ハヤカワ文庫 NV
〈NV1355〉

トレインスポッティング

アーヴィン・ウェルシュ
池田真紀子訳

早川書房

7620

TRAINSPOTTING
by
Irvine Welsh

Translated by
Makiko Ikeda
First published in Great Britain in 1993 by
SECKER & WARBURG
Published 2015 in Japan by
HAYAKAWA PUBLISHING, INC.
This book is published in Japan by
arrangement with
HARVILL SECKER,
THE RANDOM HOUSE GROUP LTD.
through THE ENGLISH AGENCY (JAPAN) LTD.

アンに捧ぐ

目次

スコットランド
エディンバラ
グラスゴー
アイルランド
リバプール
イングランド
ロンドン
ウェールズ

スコットランド

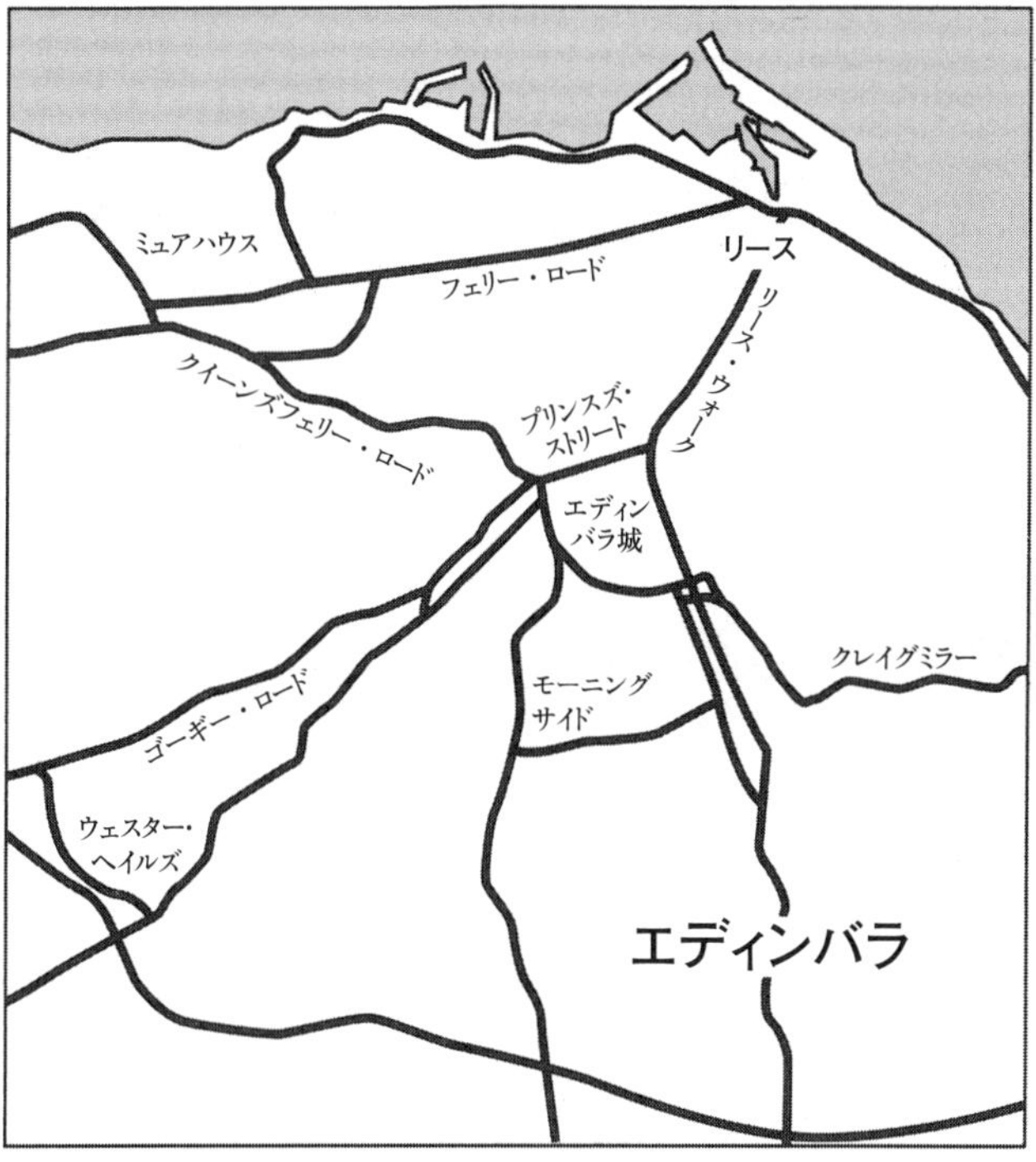
ミュアハウス
リース
フェリー・ロード
リース・ウォーク
クイーンズフェリー・ロード
プリンスズ・ストリート
エディンバラ城
クレイグミラー
モーニングサイド
ゴーギー・ロード
ウェスター・ヘイルズ
エディンバラ

トレインスポッティング

登場人物

マーク・レントン…………………エディンバラに住む無職の若者。ヘロイン中毒者

シック・ボーイ
ベクビー
スパッド
セカンド・プライズ
トミー
デイヴィー
マッティ
レスリー
ケリー
ダイアン
アリソン
…………レントンの遊び仲間

ジョニー・スワン…………………通称「修道院長」。ヤクの売人
ビリー……………………………レントンの兄

禁ヤク

スキャグボーイズ、ジャン＝クロード・ヴァン・ダム、そして修道院長

シック・ボーイの額から、汗が滝のように流れ落ちていた。全身が震えている。俺は視線をテレビに固定して、奴の様子に気づいていないふりを決めこんだ。まだ現実に返りたくない。だから、ジャン＝クロード・ヴァン・ダムのビデオに没頭しようとした。

いかにもって感じの映画だった。お決まりの派手なアクション満載のオープニング。それが一段落すると、極悪非道の敵役《かたき》が登場して緊張感を演出し、突っこみどころのありすぎるストーリーをどうにか前に進めていく。そしてようやくいま、ジャン＝クロードの最後の死闘が始まろうとしてるところだった。

「レンツ。もうだめだ。修道院長のとこに行くぞ」シック・ボーイは息も絶え絶えといった調子で首を振った。

「わかった」俺は言った。他人《ひと》の邪魔するんじゃねえよ、てめえ一人で行って、ジャン＝クロードと俺を二人きりにしてくれ。とはいえ、俺もじきに具合が悪くなるだろうし、こいつ

が調達してきたヤクを俺にも分けてくれるなんて絶対に期待できない。この男がシック・ボーイって呼ばれてるのは、いつもいつも禁断症状で病的《シック》な顔をしているからじゃない。根っからビョーキ《シック》的な野郎だからだ。

「おい、行くぞ」必死の形相で奴が言う。

「あとちょっとだけ待てよ。ジャン＝クロードがこのいけすかない悪党をぶちのめしてからにしようぜ」いますぐ出かけたら、この続きは永遠に見られない。帰ってくるころには完全にキマっちまってるだろうし、しかもたぶん二、三日先の話だ。そうなると、見もしなかったレンタルビデオに延滞料金まで払わされる羽目になる。

「いますぐ行くんだって言ってんだろ！」シック・ボーイはそうわめくと、立ち上がって窓にもたれかかった。追い詰められた小動物みたいに息遣いが荒い。うつろな目の奥で貪欲な光だけがちらついていた。

　俺はリモコンでテレビを消した。「もったいねえ。ああ、もったいねえ」こっちも大声で言ってやった。まったく癪《しゃく》に障る野郎だぜ。

　すると奴は振り返り、あきれ顔で天井に目を向けた。「延滞料なら俺が払ってやるよ。どうせ金の問題なんだろ、そうやってふてくされてんのは。まったくせこい奴だ。たかだか五〇ペンスごときで！」

　こいつにかかると、自分がほんとにケチくさい人間みたいに思えてくる。

「そんなんじゃねえよ」そう言い返してはみたが、説得力はゼロだ。

「ああ、そうかよ。とにかく俺が言いてえのはな、こっちは苦しくてたまらねえってのに、友達のはずの野郎がわざと足引きずって歩いてるらしいってことだ！　他人の苦しみを長引かせてほくそ笑みながらな！」シック・ボーイの目は、サッカーボールみたいにでかくて敵意たっぷりに見えるが、同時に哀れっぽく訴えるような色をしていた。その目を見てると、本当に友達を裏切ってるような気になってくる。子供を持つような年齢《とし》まで俺が生き延びたとして、その子供には絶対にあんな目で見られたくない。こういうときのシック・ボーイに俺は弱い。

「いや別にそんなつもりじゃ……」

「なら、さっさとジャケットを着ろよ！」

リース・ウォークの坂の下まで出たが、タクシーは影も形もなかった。こっちに乗る気がないときには群れをなして客待ちしてるくせにな。八月だっていうのに、こうして外に立ってると、タマが縮み上がりそうに寒かった。いまのところはまだ何ともないが、禁断症状はもうすぐそこまで来てる。それは断言できる。

「いつもなら腐るほどいるじゃねえかよ。タクシーなんかよう、腐るほど。クソったれなフェスティバルの時期はいつもこうだ。次の会場に行くのにたった一〇〇メートル歩かねえ面倒くさがりの肥えた金持ち観光客ばっか乗せてんじゃねえよ、まったく。金さえ儲かりゃ何だっていいのかよ……」シック・ボーイはうわごとじみた不満を並べ立てていた。目玉が転げ落ちそうなくらい大きく目を開き、限界まで首を伸ばして、リース・ウォークの先をじっと見ている。

やっと一台来た。俺たちより先にシェルスーツにボマージャケットの一団がタクシーを待っていたが、シック・ボーイのなかではそいつらは存在しないことになってるんだろう。奴は通りの真ん中に飛び出して声を張り上げた。「タクシー！」

「おい！　何のつもりだよ、おまえ」黒と紫と水色のシェルスーツを着たクルーカットの男が突っかかってきた。

「うるせえな。俺たちが先に待ってたんだ」シック・ボーイはさっさとタクシーのドアを開けた。「ほら、次のが来たぜ」そう言いながら、近づいてくる黒いタクシーを指さす。

「ふん、運がよかったと思えよ、おまえら」

「失せろよ、ニキビ面のオカマ野郎！　ほかのに乗れって！」シック・ボーイが捨て台詞を吐き、俺たちは争うようにタクシーに乗りこんだ。

「トールクロスに行ってくれ」俺が運転手に言った瞬間、サイドウィンドウの外側に唾がべちゃっと飛び散った。

「きっちり勝負つけようじゃねえか！　降りてこいよ、クソったれども！」シェルスーツが怒鳴る。タクシーの運転手は迷惑そうな顔をしていた。根性がねじ曲がっていそうな奴だ。運転手ってのはたいがいそうだよな。国民保険料を払ってる自由業者は、神が創りたもうたこの地球上で一番下のランクに属する社会の害虫だ。

タクシーはUターンをしてリース・ウォークの長い上り坂を猛スピードでかっ飛んだ。

「何のつもりだよ、よけいなこと言いやがって。おまえにしろ俺にしろ、次に一人でうちに帰ってみろ、さっきの奴らにからまれるぞ」シック・ボーイの馬鹿に腹が立った。

「まさか、あんな連中が怖いってか？」

こいつ。今度こそ完全に頭に来た。「ああ、そうだよ、怖えよ。一人のときにあんなシェルスーツ軍団に襲われたくねえ。俺はジャン＝クロード・ファッキン・ヴァン・ダムじゃねえからな。馬鹿どもが。ついでにおまえも馬鹿野郎だ、サイモン」マジだってことをわからせるために、あえて〝サイモン〟と呼んでやった。〝サイ〟でも〝シック・ボーイ〟でもなく。

「俺は修道院長に会いたいんだよ。それ以外のことはどうだっていい。ほら、よく聞けよ」奴は人差し指で自分の唇を指し、目の玉をひんむいて俺を見た。「サイモンはしゅうどういんちょうにあいたい。ちゃんと聞き取れたか？」シック・ボーイはそう言って前を向くと、指先で膝小僧を叩きながら、運転手の後頭部をじっとにらみつけた。もっと飛ばせと念を送りこんでるんだろう。

「なあ、さっきの連中のなかにマクリーン兄弟の一人がいたんだぜ。ダンディとチャンシーの弟だ」俺は言った。

「だから何だよ」シック・ボーイはそう言い返したが、不安は隠しきれていなかった。「マクリーン兄弟なら俺だって知ってる。チャンシーは話のわかる奴だ」

「弟をオカマ呼ばわりされてもまだ話のわかる奴だといいな」

シック・ボーイはもう俺の話を聞いていなかった。俺もちくちく言い続けるのをやめた。エネルギーが無駄になるだけだ。奴は黙って耐えているが、禁断症状がマックスに達しかけているとわかる。新たな苦痛の入りこむ余地さえもう残ってないだろう。

〝修道院長〟っていうのは、ジョニー・スワンの通り名だ。ホワイト・スワンと呼ぶ奴もいる。トールクロスを根城に、サイトヒルやウェスター・ヘイルズの公営住宅を仕切ってる売人だ。シーカーやミューアハウス・リースの売人から買うくらいなら、スワニーか、奴の相棒のレイミーから買うほうがいい。スワニーのほうがたいがい上物を持ってるからだ。ジョニー・スワンとのつきあいは長い。遠い昔はポートベロ・シスル・サッカークラブのチームメートだった。いまは売人と客という間柄にすぎない。いつだったか、スワニーがこんなことを言っていた。「この業界《ゲーム》に仲間なんてものはいねえ。せいぜい知人止まりだ」

格好つけて気取った台詞を吐いてみただけだ、ただの虚勢だとそのときは思ったが、自分もどっぷり浸かったいまは違う。奴の言わんとすることが、俺にもよくわかる。

ジョニーは売人だが、当人もジャンキーだ。自分はクスリをやらない売人には、業界のしごをもう少し上まで行かないとお目にかかれない。俺たちが奴を〝修道院長〟と呼ぶのは、ドラッグ歴の長さに敬意を表してのことだ。

それからすぐ、俺も気分が悪くなった。ジョニーのフラットの階段を上ってるうちに、腹がきりきり痛み始めた。水に浸したスポンジを絞るみたいに汗がぼたぼた落ちていく。一段上るたびに毛穴という毛穴から汗が噴き出す。シック・ボーイのほうがもっとしんどいはずだが、俺の世界から奴はもう消えかかっていた。奴が階段の手すりに力なくもたれて、ジョニーのフラットと次の一発へと続く道をふさいでいなかったら、奴のことなんかすっかり忘れてただろう。シック・ボーイは手すりに必死にしがみついてあえいでいた。いまにも手すり越しにゲロをぶちまけそうな顔色だ。

「おい、平気か、サイ?」俺はいらいらを隠しながら言った。そんなとこで俺の邪魔してんじゃねえよ。

シック・ボーイは首を振り、降参のしるしみたいに天井を見上げ、俺を追い払おうとするように手を振った。俺はそれ以上話しかけなかった。いまのシック・ボーイみたいな気分のときは、しゃべりたくないし、話しかけられるのだって勘弁して欲しいものだって知ってるからだ。ときどき、人がジャンキーになるのは、ひとかけらの静寂を心のどこかで欲しがってるから、それだけなんじゃないかと思うことがある。

やっとのことで階段を上りきった。ジョニーはラリってた。部屋はジャンキーのたまり場《シューティング・ギャラリー》になってた。

「おお、シック・ボーイがお一人にレント・ボーイがお一人。だがお二方ともご気分がすぐれない《シック》ご様子ときた」ジョニーはそう言って笑った。完全にハイになってる。こいつはたまに、ヘロインを打ちながらコカインも吸ったり、ヘロインとコカインを混ぜた自家製スピードボールをやったりすることがある。一日中ぶっ飛べるぜ、ごろごろしてたくたってできねえぞと言う。いまみたいな気分のとき、ぶっ飛んでる奴ほどうざったいものはない。自分が浮かれ騒ぐのに忙しくて、他人がどれだけ悶《もだ》え苦しんでいようと気づく暇さえないからだ。パブにいる酔っ払いは、周囲の人間もまとめて自分と同じくらい酔わせたがるものだが、真性のジャンキーは他人のことなどかまっちゃいない（誰かと一緒じゃなくちゃやれないにわかジャンキーは別だ）。

レイミーとアリソンがいた。アリがちょうどヘロインを水で溶いて熱しているところだった。希望が湧く光景だ。

ジョニーは軽やかなステップでアリソンに近づくと、甘い声で歌うように言った。「美貌のお嬢さん……なあにをつくっているんだい……」それからレイミーのほうを向いた。レイミーはじっと通りを見張っている。こいつは、サメが海に落ちたほんの数滴の血の匂いを嗅ぎつけるみたいに、人込みのなかのお巡りを見分ける。

「何か音楽をかけてくれ、レイミー。エルヴィス・コステロの新譜とか。いいかげん聴き飽きたはずなんだがよ、どうしてもまた聴きたくなっちまう。まさに〝マジック・マン〟だな、コステロは」

「ウォータルー南行きの両口ACプラグ」レイミーが応じた。こいつの口から出てくることはほとんどが現在進行中の会話とはまるで無関係の意味不明な言葉の連なりだ。ヤク切れでもう限界だってときにこいつからヘロインを買おうとしようものなら、脳味噌がショートしかかる。レイミーがここまでヘロイン漬けになるとは意外だった。奴は、俺の年来の友達のスパッドとどことなく似てる。二人ともどっちかと言えばＬＳＤにはまりそうな性格だと俺はずっと思ってた。スパッドとレイミーの外見はまるで似ていないが、シック・ボーイはあの二人は絶対に同一人物だと言い張る。交友関係はほぼ重なってるのに、二人がそろってるところを見た記憶が一つもないっていうのがその根拠だ。

レイミーの野郎は悪趣味にもルー・リードの『ヘロイン』をかけやがった。ジャンキーの黄金律を破って。しかも、『ロックンロール・アニマル』に入ってるライヴバージョンだ。ヤク切れのときに聞くのは『ヴェルヴェット・アンダーグラウンド・アンド・ニコ』のオリジナルバージョン以上にきつい。それでも救いは一つあって、こっちには悲鳴みたいなジョン・ケイルのヴィオラは入ってない。あれを聞かされたら俺は卒倒してるだろう。

「ちょっと、勘弁してよね、レイミー！」アリが叫んだ。

「針でとどめを刺せ、流れに身をまかせて、いけいけベイビー、いけいけハニー……ヤク中ストリート、死人ストリート、俺たちゃみんな、死んだも同然……ビートに乗って……」レイミーは唐突に即興のラップをがなり始めた。腰を振り、目をぐりぐり回している。

シック・ボーイはちゃっかりアリの隣に座っていた。アリが蠟燭《ろうそく》の火であぶってるスプーンの中味を食い入るように凝視している。レイミーはいきなりシック・ボーイの顔を引き寄せると、唇に熱烈なキスをした。シック・ボーイはレイミーを押しのけた。全身が震えていた。

「よせよ、気色悪《わり》いな！」

ジョニーとアリが大声で笑った。ほんとなら俺だって一緒に大笑いしてただろう。体中の骨が全部いっぺんに万力で粉砕され、なまくらな鋸《のこぎり》で切られてるみたいな気分じゃなかったら。

シック・ボーイはアリの肘の上あたりをぎゅっと縛った。アリの次に打つ権利を確保しようって魂胆だ。アリの血の気のない痩せた腕を叩いて静脈を浮かせる。

「俺が打ってやろうか？」シック・ボーイが訊く。

アリはうなずいた。

シック・ボーイはコットンボールをスプーンに落とし、息を吹きかけて冷ますと、針の先を浸して注射器に五ミリリットルくらい吸い上げた。シック・ボーイが叩いていたアリの腕には、馬鹿に太くて青い静脈が皮膚を突き破って飛び出しそうなほどくっきり盛り上がっていた。シック・ボーイがゆっくりと針を刺す。注射器に血液がどくんと逆流した。アリはほんの一瞬、懇願するような目でシック・ボーイを見つめた。唇が震えていた。シック・ボーイの表情は醜悪だった。いやらしい目つき、爬虫類じみた目つき。次の瞬間、シック・ボーイはアリの脳味噌に向けてカクテルをぶちこんだ。

アリが頭をのけぞらせた。まぶたを閉じ、唇は開いて、セックスで達したみたいなうめき声を漏らす。シック・ボーイの目は、今度は無邪気で好奇心たっぷりな表情を浮かべていた。クリスマスの朝、起きてきて、ツリーの下にプレゼントの山を見つけた子供。ちらちらと揺れる蠟燭の灯《あか》りに仄《ほの》かに照らされた二人は、不思議と美しく純粋に見えた。

「どんな大きなのを挿れられるより、すごい……この世のどんな太いコックよりずっと……

…」アリがあえぎながら大まじめな顔で言った。それを聞いて俺は急に落ち着かなくなって、自分のがちゃんとついてるか、思わずズボンの上から触って確かめていた。だが、触ったとたん、よけいに不安になった。

　ジョニーがシック・ボーイに注射器を渡す。

「ほら、おまえの分だぜ。ただし、この注射器を使うのが条件だ。今日は信頼ゲーム・デイだから」ジョニーの顔は笑っていたが、言ってることは本気だ。

　シック・ボーイは首を振った。「針も注射器も他人のは使わない。自分のがある」

「おいおい、やけに他人行儀じゃねえか。どう思う、レンツ？　レイミー？　アリ？　他人行儀だよな？　それとも何だ、シック・ボーイ。このホワイト・スワン様、修道院長様が、ヒト免疫不全ウィルスに冒されてるとでも？　俺様のデリケートな心が傷ついちゃうな。いいか、この注射器を使わねえなら、クスリもなしだ」ジョニーはそう言うと、虫歯だらけの歯をむき出して大げさな笑みを作った。

　ジョニー・スワンがそんなことを言うなんて信じられなかった。これはスワニーじゃない。まるで奴らしくない。悪魔か何かがジョニーの体に入りこんで、心に毒を注入したんだ。俺がよく知ってる紳士でジョーク好きのジョニー・スワンと、いま目の前でしゃべってるこいつは、同じ顔をしたまったくの別人だ。ジョニーはいい人間だ。誰もがそう言う。うちのおふくろだってそう言う。サッカー好きで、人当たりのいいジョニー・スワン。メドウバンクでフットサルの試合があるたび、全員分のユニフォームの洗濯を押しつけられてたが、一度だって文句を言ったことがない。

この調子じゃ、俺が打てるのはいつになるかわからない。「なあ、ジョニー、頼むから妙なこと言い出すなよ。落ち着けって。金なら、ほら、ちゃんとある」俺はポケットから札を何枚か引っ張り出した。

後ろめたくなったか、現金を目にしたからか、いつものジョニーがあっさり復活した。

「何だよ、そんなにマジになるなよ。な、ジョークだよ、ジョーク。このホワイト・スワン様が旧友相手に売り惜しむとでも思ったか？　さ、ほらやれよ、二人とも。おまえたちは賢いよ。病気の予防は大事なことだ」それからジョニーは、沈んだ声で言った。「おまえら、ゴーグジーは知ってるよな？　あいつ、エイズに感染しちまったらしい」

「それ、ほんとだったのか？」俺は訊き返した。誰がＨＩＶに感染したとか、誰は大丈夫だったとか、根拠のない噂がしじゅう流れてくるが、俺はいちいち真に受けないことにしてる。ただ、ゴーグジーの件はあちこちから俺の耳に入っていた。

「ああ、本当だ。まだ発症したわけじゃねえが、検査じゃ陽性だと。だがな、俺は奴に言ってやった。ゴーグジー、まだ世界の終わりが来たってわけじゃねえぞってな。ウィルスとうまく共存してけばいい話だ。感染したっていままでどおり生活してる奴だってたくさんいる。何年も発症しないままってこともあるんだ。感染してなくたって、明日、車に轢《ひ》かれて死ぬかもしれない。そう考えりゃ、なんてことはねえ話だろ。あきらめちゃいけねえ。前に進むしかねえんだよ」

血を冒されたのが自分じゃなければ、哲学者ぶるのは簡単だ。

ジョニーにしては珍しく、シック・ボーイの分のクスリを熱して注射器に準備してやっている。

焦《じ》らされたシック・ボーイが絶叫しかけたころ、ジョニーは針を静かに血管に刺した。血が注射器に逆流するのが見えた次の瞬間、命を与え、命を奪う魔法の液体がシック・ボーイの血管に注ぎこまれた。

シック・ボーイはスワニーをきつく抱擁したあと、そのまま腕をからめたまま、だらりともたれかかった。二人とも安らいだ顔をしていた。セックスの余韻を楽しむ恋人たち。今度はシック・ボーイがジョニーの耳もとで愛の歌をささやいた。「スワニー、愛してる。愛してるよ、スワニー、俺の大事なひと……」ついさっきまでいがみ合ってた二人がいまやソウルメートだ。

次は俺の番だ。血管を浮かせるのにえらく時間がかかった。俺の血管はふつうと違って肌の奥深くでひっそり暮らしている。ようやく血管が浮いてきて、俺はじっくり味わいながら流しこんだ。アリの言うとおりだ。過去最高だったオーガズムを思い出して、その感覚を二十倍にしてみても、この快感にはとうていかなわない。愛しいヘロインの優しい愛撫に、乾いてひび割れかけていた全身の骨が癒やされ、とろけてゆく。大地を揺るがすほどの恍惚《こうこつ》感。どこまでも止まらない。

ケリーの見舞いに行ってやりなさいよとアリソンが言っている。あの子、中絶してずいぶん落ちこんでるみたいだから。別に俺を責めてるつもりはないんだろうが、まるで俺がケリーの妊娠や中絶に責任があるみたいに聞こえた。

「どうして俺が行かなくちゃならないんだよ。俺は関係ない」俺は言い訳がましくつぶやいた。

「友達でしょうが」

俺たちはもう友達じゃない、ただの知人だっていうジョニーの言葉が喉まで出かかった。頭のなかで試してみると、なかなかいい感触だった。「仲間はいない、知人だけだ」。ドラッグにはまった俺たちだけに当てはまることじゃない。俺たちの時代をみごとに集約した名言だ。

とりあえず、ケリーの友達って言うなら俺ら全員がそうだろうと指摘し、どうしてわざわざ俺を指名して会いに行けって言うんだよと訊くだけにした。

「あのね、マーク。あの子はあんたのことが好きなの」

「ケリーが？　嘘こけ」驚いた。面食らった。それに、かなりばつが悪かった。アリの言うとおりなら、俺は鈍感で気の利かないまぬけだってことになる。

「ほんとだったら。本人から何度も聞いた。あんたの話ばっかり。マークがどうで、マークがこうでって」

俺のことをマークと呼ぶ奴はほとんどいない。たいていは〝レンツ〟、口の悪い奴は〝男《レント》・娼《ボーイ》〟だ。そう呼ばれると胸糞が悪くなる。ただ、本心じゃ嫌がってることは顔に出さないようにしてた。相手をよけいにおもしろがらせるだけだからな。

シック・ボーイが聞き耳を立てていた。俺は奴に訊いた。「な、ほんとだと思うか？ ケリーが俺に惚れてるって話」

「おまえに熱を上げてるって話なら、この世の全員が知ってる。本人もとくに隠してねえしな。ただし、なんでおまえなのかが理解不能だ。一度、頭の検査してもらうべきだね」

「そうかよ。ありがたいお言葉だね」

「真っ暗な部屋に閉じこもってビデオばっかり見てたら、世の中で何が起きてようと気づきようがない。おまえがそれでかまわないって思うなら、俺だってわざわざ忠告なんかしない」

「ケリーから何も聞いてなかったからさ」俺は自己憐憫《れんびん》に浸りながら言った。

「あんたみたいなニブちんでもわかるように、Tシャツの胸にでも書いとけってこと？ ねえマーク、あんたって女のこと、何にもわかってないよね」アリソンが言い、シック・ボーイがにやにや笑った。

アリの一言はぐさりと来たが、この二人にかつがれてる可能性も考えて、ここは軽く受け流しておくことにした。二人がぐるになって俺をからかってるんだとしたら、発案者はシック・ボーイに決まってる。こいつはトラブルメーカーだ。友情を一発で吹き飛ばす地雷をそこらじゅうにばらまきながら人生をよろめき歩いている。そんなことをして何が楽しいんだか、俺にはさっぱりわからないが。

俺はジョニーからヘロインを少し仕入れた。

「降ったばかりの雪みたいに純粋なブツだぜ」ジョニーが言った。

つまり、嵩《かさ》を増すための混ぜ物はさほど含まれてない、あまりにも体に悪すぎるものはさほど入ってないという意味だ。

それからまもなく、俺は帰りたくなった。ジョニーは耳を貸すに値しないことをしゃべり続けていた。聞きたくもないことばかりだ。誰が誰をカモったとか、アンチ・ドラッグをヒステリックに叫ぶ〝常識人〟どもが公営住宅にいてうっとうしいとか。あとはジョニー・スワンの半生お涙ちょうだいバージョンを一人語りしてみたり、ドラッグなんかやめてタイに行くんだなんて夢のまた夢をまくしたてたりもした。ジョニーが言うには、タイの女はみな男の扱いを心得ていて、白い肌と、ポケットに一〇ポンド札が数枚あれば、それだけで王侯貴族の暮らしができるらしい。ほかにも、もっとどうしようもないこともしゃべっていた。人を小馬鹿した話、他人を利用することしか考えていないような類《たぐい》の話だ。それを聞きながら俺は思った。ホワイト・スワンじゃなく、また悪魔がしゃべってるんだな。いや、ほんとにそうか？　もう区別なんかつかない。そもそもどっちだっていい。

アリソンとシック・ボーイは、何やら事務的なやりとりをしていた。次のヘロイン取引の交渉でもしてるみたいな話しぶりだった。やがて立ち上がると、一緒に部屋を出ていった。退屈そうで冷めた顔をしていたが、しばらくしても戻ってこないところをみると、たぶん寝室でやってるんだろう。女たちは、シック・ボーイとはセックスするのが当然だと思ってるらしい。友達と世間話をしたり、お茶を飲んだりするのと同じ感覚だ。

レイミーはクレヨンで壁に絵を描いていた。完全に自分の世界に行っちまってる。本人はそれでハッピーなんだろうし、周囲もハッピーだ。

俺はアリソンのさっきの話のことを考えてた。ケリーは先週、中絶したばかりだ。会いに行ったところで、なんとなく気色悪くてセックスなんかする気になれない。向こうがその気だとしてもな。だって、まだ何か残ってそうだろ。べとっとした塊とか、胎児の残りとか。ひょっとしたら、生傷みたいなものとか。俺はたしかに馬鹿だ。アリソンの言うとおりだよ。女のことなんて何もわかっちゃいない。何のことだってわかっちゃいない。

ケリーはインチに住んでる。バスで行くには面倒なところだし、タクシーに乗る金はない。たぶん、バスも通ってるんだろうが、どの系統に乗ればいいのかわからない。それに、正直な話、これだけラリってると勃つものも勃たないし、話をするのだって億劫《おっくう》だ。一〇系統のバスが来た。それに飛び乗って、ジャン＝クロード・ヴァン・ダムが待つリースに帰ることにした。バスに揺られてるあいだずっと、あの悪党をジャン＝クロードがやっつける瞬間が楽しみでしかたなかった。

ジャンク・ジレンマ　No. 63

洗われるがままにまかせている。あるいは、それが体のなかを流れていくにまかせている。内側から清められていく。

内なる海。困ったことに、その美しい海には、毒を含んだ漂流物が山のように浮かんでいることだ……その毒も海の水が薄めてくれるが、波が沖へ引いていっても、漂流物は体のなかに遺される。波は、与え、そして奪い去る。エンドルフィンを、体に自然に備わった鎮痛剤を、洗い流してしまう。そうやって流されたものが元どおり補充されるまでには時間がかかる。

この肥溜《こえだ》めじみた部屋の壁紙は最低だ。ぞっとする。棺桶に片脚突っこんでるような奴が大昔に張ったものだろう……俺にもお似合いってところか。俺も同じだから。俺も棺桶に片脚を突っこんでるも同然だから。体の動きはどんどん鈍っていく……だが、汗ばんだ手をちょっと伸ばせば届くところに全部そろっている。注射器、針、スプーン、蠟燭、ライター、ヘロインの包み。何もかも万全、何もかも最高だ。それでも怖い。内なる海はまもなく引き潮を迎えるだろう。毒を含んだ漂流物を波打ち際に残して。その漂流物は打ち上げられたまま、二度と波にさらわれていくことはない。

次のクスリの準備を始めた。震える手でスプーンを蠟燭の炎にかざし、ヘロインが溶けるのを待ちながら、俺は考える。満ち潮の時間は短くなり、毒の半減期は延びていく。だが、そう考えて怯えてみたところで、すべきことをしている俺の手を止めることはできない。

エディンバラ・フェスティバル初日

三度目の正直。シック・ボーイはこう言ってた。「ヤクを断つプロセスがどういうものか、実行前に知識を持っておく必要がある。人は失敗からしか学べないし、失敗を通して何を学ぶかと言えば、何より準備が肝心だということだ」一理ある。というわけで、今回の準備は万全だ。モンゴメリー・ストリートの住所はみんなに知られすぎてるから、一月分の家賃を前払いして、リース・リンクス公園に面した家具のついてないだだっ広い部屋を禁ヤク用に借りた。現金払いだぜ！　あれだけの現ナマとおさらばするのはなかなかつらかった。一番簡単だったのは、今朝、左腕に打った最後のヘロインだ。短期決戦の準備期間を乗り切るために、何か後押ししてくれるものが必要だった。それからカークゲート・ショッピングセンターをロケットみたいに飛び回り、ショッピング・リストを上からやっつけた。

ハインツのトマトスープ十缶、マッシュルーム・スープ八缶（温める手段がないから、冷たいまま飲む）

バニラ・アイスクリーム大一箱（冷蔵庫がないから、溶けたやつを飲む）

ミルク・オブ・マグネシア便秘薬　二瓶
パラセタモール鎮痛薬　一瓶
リンステッド口臭消しトローチ　一パック
マルチビタミン剤　一瓶
ミネラルウォーター　五リットル分
ルコゼード栄養ドリンク　十二本
雑誌（ソフト・ポルノ、『Ｖｉｚ』、『スコティッシュ・フットボール・トゥデイ』、『ザ・パンター』など）

一番大事なアイテムは、すでに実家から調達してある。おふくろのバリアムだ。バスルームの棚にあったのを瓶ごと失敬してきた。罪悪感なんかない。おふくろも最近は精神安定剤なんか一度ものんでないし、万が一必要になっても、更年期の女なんだ、それこそ飴玉でも買うみたいに、医者に行けば即、処方してもらえる。リストの項目の最後の一つに愛情をこめて×印をつけた。さあ、きつい一週間が始まるぞ。

新しい部屋には家具も家電もなく、カーペットさえ敷かれていない。部屋のど真ん中に寝袋を置いたマットレスが一枚。電気ストーブ一台。ちっちゃな木の椅子の上に白黒テレビ。茶色のプラスチックバケツは三つ用意した。それぞれ水で薄めた消毒液が半分くらい入っている。大便用、ゲロ用、小便用だ。間に合わせの寝床からすぐ手が届く距離に、スープや飲み物の缶や薬をずらりと並べた。

　朝のうちに一発打ったのは、買いものを片づける憂鬱を乗り切るためだった。最後に仕入れた分のヘロインは、眠ったり、禁断症状を和らげたりするために使うつもりでいる。少量ずつ計画的に使うことにしよう。そろそろ朝打った分の効果が切れかけている。禁断症状がいまにも襲ってきそうだ。いつもどおりの経過だった。まずは胃のあたりに軽い吐き気と、根拠のない不安感。その二つの存在に気づいたとたん、「なんとなく気持ち悪《わり》いかも」だったものが「もう我慢できねえ」まで一気に進む。歯が痛み始め、その痛みが歯から顎へ、顎から目の奥へと広がり、まもなく、涙が出そうな、抑えこみようのない、起き上がる力さえ奪う激痛がどくんどくんと体じゅうに響く。すると、待ってましたとばかりに汗が噴き出す。そうだ、悪寒も襲ってくる。車のルーフにうっすら降りる秋口の霜が、背中一面に張りつくみたいな感覚だ。大至急、対策が必要だ。このまま寝床に突っ伏し、自分の選択の結果を受け止めるなんて、とてもできない。いま必要なのはスローバーンだ。〝禁ヤク用のヤク〟。クスリを手に入れるためならどうにか動ける。ねじれて絡み合った肋骨をほどき、眠るための一発。それでヘロインとは永遠のお別れだ。スワニーは行方不明だし、シーカーは塀のなかだ。残るはレイミー一人。廊下の公衆電話から奴に連絡した。

　ダイヤルを回してるあいだに、誰かがすぐ後ろを通り過ぎていった。俺は何かが背中をかすめる感触に思わずびくりとしたが、振り向いて相手を確かめたいとは思わなかった。新しいご近所さんたちがどんな奴らか知る暇もないくらいさっさとすませて部屋を引き払いたい。

いまは俺の世界に隣人なんか存在すらしていなかった。いるのはレイミーだけだ。硬貨が落ちた。電話に出たのは女だった。

「もしもし?」鼻をすする音がする。夏風邪でも引いたか、それともヘロインのせいか。

「レイミーは? マークだけど」

奴は俺のことをこの女に話していたらしい。俺は女が誰なのか見当がつかないが、向こうは俺を知っているようだった。

「レイミーならいない。ロンドンに行ったから」冷めた声が言った。

「ロンドンだって? マジかよ……で、いつ戻るって?」

「知らない」

「俺宛てに何か残してってない?」残してるわけないよな、あいつが。

「何もないけど……」

俺は震える手で受話器を置いた。選択肢は二つ。1:ここはじっと耐えて部屋に戻る。2:フォレスターの野郎に電話してミューアハウスへ行き、好き放題に罵《のの》られても我慢して、法外な代金と引き換えにクズみたいなブツを押しつけられる。迷うことはない。たったの二十分で行けるじゃないか。「これ、ミューアハウスに行く?」三二系統のバスの運転手に確かめ、震える手でなけなしの四五ペンスを料金箱に落とす。嵐のなかじゃ、どんな港だってありがたいものだろう。しかもこの嵐は俺の頭のなかで吹き荒れてるんだ。

バスの後ろのほうに行こうとしたら、どっかの婆さんが汚いものでも見るみたいに俺をじろりと見た。どうやら俺はよほどひどい顔をしてるらしいな。だが、気にもならなかった。いまの俺の世界にあるのは、俺とマイケル・フォレスターだけだった。それと、俺とフォレスターとのあいだを隔ててる、気の遠くなるような距離だけ。だがこのバスは、着々とその距離を縮めている。

一階の一番奥の座席に座った。バスはがらがらだった。通路の向こう側に座った若い女が、ソニー・ウォークマンで音楽を聴いていた。美人かって？　誰が知るか。ウォークマンは〝パーソナル〟ステレオのはずなのに、俺のところまで音楽が聞こえてきた。デヴィッド・ボウイの曲――「ゴールデン・イヤーズ」だ。

生きる目的がわからないなんて言わないでくれ
エンジェル……
空を見上げてごらん　人生はもう始まっている
夜は優しく、昼は若く……

ボウイのアルバムは全部持ってる。一作の漏れもなく。海賊版まで全部。それでも、ボウイのことも、ボウイが作った音楽も、どうだっていい。いまはマイケル・フォレスターのことしか頭にない。アルバムを制作したことも、シングルの一枚も出したことも、ただの一度だってない、何の才能も持ち合わせないあの醜悪なろくでなししか頭になかった。シック・

ボーイは前にこんなことを言っていた。どうせ誰かの受け売りだろうけどな。「この瞬間のほかには何も存在しない」（たぶん、チョコレートの広告のコピーか何かだろう）。だがその感覚さえ、いまはしっくりこない。せいぜい〝この瞬間〟の上っ面を表現してるにすぎないからだ。〝この瞬間〟に含まれるのは、病人の俺と、癒し手のマイキー、それだけだ。

どこかの婆さんが——ああいう年寄りって、なんでだかいつもこのくらいの時間のバスに乗ってるよな——運転手にあれこれ訊いてる。これはどの系統のバスなのかとか、どこを通るのかとか、到着時間だとか。乗るならさっさと乗れよ、くそばばあ。乗らないなら、とっとと降りてくたばっちまえ。他人の迷惑を顧みない婆さんのせこさと運転手の甘っちょろい寛大さに怒りがふつふつと湧いて、俺は窒息しかけていた。最近の若い者の破壊行為がどうとか、よく文句が言えたものだよな。この婆さんみたいな年寄り連中の精神的破壊行為は許されるのかよ？　ようやく乗りこんできても、婆さんはまだずうずうしくぺちゃくちゃとしゃべり続けてた。

婆さんは俺のすぐ前の席に腰を下ろした。俺は婆さんの後頭部に視線をぎりぎりねじこんだ。脳卒中か心臓発作でも起こしてくれと念じた——いや、だめだ。俺は途中で念じるのをやめた。だって、ほんとに死なれてみろ、ますます時間を食われるだけじゃないか。それに、この婆さんには苦しみながらゆっくり死んで欲しい。俺に与えた苦痛分を償ってもらいたい。婆さんが一瞬のうちに死のうものなら、周囲の人間に大騒ぎする口実を与えちまう。世間はきっかけさえあれば空騒ぎする。そうだ、癌がいいな。婆さんの体内で悪性の細胞が成長し、増殖するよう念じた。細胞が増殖していくのを感じられるような気がした……だが、増殖しているのは、俺の体のなかでだ。もうくたくたで、念じる力も残っていなかった。婆さんへの憎悪も消え失せた。残ったのは究極の無関心だ。婆さんはもう〝この瞬間〟の外に遠ざかっていた。

前を向いているだけでもつらい。頭がときどき唐突にぐらりと揺れた。そのうち首からもげて吹っ飛んで、すぐ前に座ったうざったい婆さんの膝に着地しちまうんじゃないかと思った。肘を膝について、頭を両手で支えた。そうやってたら、降りるはずの停留所を通り過ぎそうになった。いけねえ。ふいに力が湧いてきて、俺はショッピングセンターの真向かいにあるペニーウェル・ロードの停留所でバスを降りた。二車線道路の中央分離帯を乗り越えて向こう側に渡り、ショッピングセンターを突っ切った。一度も借り手のついたことがないスチールシャッターが下りた商店街、車が停まってるのを一度も見たことがない駐車場。ショッピングセンターができて以来、一度も、だ。このセンターができたのは二十年も前だぜ。

フォレスターのメゾネット式のフラットは、ミューアハウス周辺で一番大きな建物の一つにある。この界隈の建物はだいたい二階建てだが、フォレスターのところは五階建てで、おかげさまでエレベーターがある。ただし、ついてはいても、故障してる。俺はエネルギーを節約しようと、壁にもたれ、ずりずりと這うようにして階段を上った。

腹の差しこみや痛み、脂汗《あぶら》に加え、中枢神経がほぼ完全にいかれてるせいで腸が全力で働き始めていた。下腹で何か物体が移動する不快な感覚。長い便秘の果ての下痢の前兆。フォレスターの部屋の前で、平静を装おうと試みた。限界が近いことはフォレスターにもわかっちまうだろう。元ジャンキーの売人は、禁断症状に襲われてる奴を一目で見抜く。だが、これほど切羽詰まってることは知られたくない。この際どんなヘロインでも文句は言わない。ブツを手に入れるためなら、フォレスターに何と罵られようが耐え抜いてみせる。だが、こっちの状態を必要以上に宣伝するのは得策じゃない。

波形模様のついた針金入りのガラスに俺の赤毛が映っているはずだ。なのに、フォレスターは百年くらいかけてやっとドアを開けた。しかも、俺が室内に入る前から俺をいびり始めた。俺を迎えた声に親しげな気配なんかかけらも感じられなかった。

「元気か、レンツ」

「まあまあだよ、マイク」

奴は俺を〝マーク〟じゃなく〝レンツ〟と呼び、俺は奴を〝フォーリー〟じゃなく〝マイク〟と呼ぶ。向こうが圧倒的に優位にあるからだ。ひたすら下手《したで》に出ておくべきだろうか。たぶん、いまはそうするしかないだろう。

「入れよ」フォレスターが軽く肩をすくめてそっけなく言った。俺はおとなしく従って奥に進んだ。

ソファに腰を下ろす。ただし、先に座っていた、脚を骨折しているらしい肥満体の女とのあいだにちょっと距離を空けた。女はギプスをした脚をコーヒーテーブルにのせている。薄汚れたギプスと桃色のパンティの隙間に生白い肉が盛り上がっているのが見えて、胸が悪くなった。女のおっぱいがギネス・ビールのグラスのイラストをびろんと引き延ばし、茶色の袖なしのトップスは生白い贅肉を押さえこみきれずにはち切れそうだ。ブリーチした脂っぽい髪の根元に灰色がかったさえない茶色の地毛が二センチくらいのぞいていた。俺が来たことに気づいていないわけがないのに知らんぷりを決めこみ、フォレスターが何か言うと、聞いてるこっちが恥ずかしくなるような、ブタみたいな声で笑った。奴が何を言ったのか俺には聞き取れなかったが、どうせ俺の見てくれのことだろう。フォレスターは俺の真向かいのくたびれたアームチェアに座った。顔の肉づきのよさとは裏腹に首から下は痩せていて、まだ二十五歳だっていうのに、頭はほとんど禿げている。この二年くらいで一気に髪が薄くなった。ＨＩＶに感染したからかと一瞬思ったが、そうじゃないって気がした。早死にするのは善人だけだからな。いつもなら一つ二つ憎まれ口を叩いてやるところだが、いまの俺の立場を考えると、人工肛門パウチをぶら下げてるうちのばあちゃんをからかうほうがまだましだ。何と言っても、マイキーは俺の救世主になる男なんだから。

　マイキーの隣のもう一つの椅子には、ひどく人相の悪い男が座っていた。ブタ女を、というより、そのブタ女が吸っている素人くさい巻きかたのマリファナ煙草をじっと見てる。ブタ女は大げさなくらい芝居じみた手つきで一服すると、人相の悪い男に煙草を回した。こういうネズミじみた細長い顔に死んだ昆虫みたいな目をくっつけた奴らを見ると、虫酸が走る。無辜《むこ》の市民じゃない。〝ウィンザー・ホテル・チェーン〟のどれかに滞在してたのは一目瞭然だ。全員が悪人だとはかぎらない。だが、着てるものを見ればこいつの正体は察しがつく。

ソートン刑務所か、バーリニー刑務所か。それともパースか、ピーターヘッドか。しかもかなりの長期滞在だったのは間違いないだろう。七〇年代っぽい濃紺のベルボトムパンツ、黒い靴、襟と袖口に青い縞《しま》の入ったからし色のポロシャツ。椅子の背に緑色のパーカ（このクソ暑いのに！）。

紹介はいっさいなかった。だが、それは我が丸ぽちゃ顔のアイドル、マイク・フォレスターに与えられた特権だ。この場の支配者はフォレスターで、奴もそのことをよく知っている。そして、おとなに「そろそろ寝なさい」と口をはさまれないように頑張ってる子供みたいに、どうだっていい話をべらべらしゃべり出す。ミスター・ファッショナブル――そうだな、ジョニー・ソートンって仮の名前をつけてやろう――は黙ったまま、何を考えてるのかわからない笑みを顔に張りつけ、ときおり恍惚としたみたいな大げさな表情を作って白目をむいたりしていた。他人が弱みを見せるのを待ってる狡猾《こうかつ》な人間の顔だ。ブタ女は（それにしてもグロテスクな女だ）ブタ声で馬鹿笑いし、俺はこのへんで笑っておいたほうが無難かなってタイミングを見計らってごますり笑いをはさむ。

与太話をしばらくは我慢して聞いていたが、ついに全身の痛みと吐き気に耐えきれなくなって、俺は話に割りこもうとした。しかし、無言のシグナルを送っても送っても蔑《さげす》むような視線を向けられるだけで無視された。そこでしかたなく話に割りこんだ。

「話の邪魔をして悪いんだけど、俺、あんまり時間がなくてさ。マイキー、例のもの、用意しといてくれたか？」

　フォレスターが俺を焦らしておもしろがってるってことを差し引いても、過剰としか思えない反応が返ってきた。

「おまえは黙ってろ！　空気の読めねえ奴だな。俺がいいと言うまで黙って待ってろ。つべこべ抜かすな。俺たちの話がつまんねえってんなら、帰ってもらってかまわねえんだぜ。こっちは全然かまわねえんだ」

「悪かったよ、謝るよ……」無条件降伏するしかない。だって、この男は俺の神なんだから。こいつの糞を歯磨き粉にして歯を磨けと命じられたら、俺はガラスの破片を敷いた道を一〇〇キロ這ってでもその糞のあるところまで行くだろう。それは暗黙の了解だ。この〈マイキー・フォレスターに逆らうと怖いぞキャンペーン〉という名のゲームでは、俺は駒の一つにすぎない。マイキーを知っている奴にとっては、笑っちまうほど穴だらけのコンセプトに基づいたゲームだ。それにそもそもこのゲームがプレイされてるのは、ジョニー・ソートンに見せつけるため、それだけだ。だが、そんなこと言ったってしかたがない。これはマイクのゲームだ。それに、こいつの番号をダイヤルしたあの瞬間、俺は自分からなぶられ役に立候補したようなものだ。

　というわけで、そこからもまた永遠と思えるくらい長いあいだ、なおもひどい屈辱に耐えることになった。だが、それしきのこと、屁でもない。俺は何ものをも愛さず（ヘロインは別）、何ものをも憎まず（ヘロイン調達を邪魔するものは別）、何ものをも恐れない（ヘロインが調達できない状況は別）。それに、フォレスターのことだ。最後にはちゃんと売るつもりがあるからこそ俺をこうやって焦らしている。

　奴が俺を嫌ってる理由を思い出して、俺は内心でにやりとした。昔、マイクはある女に入れあげてたが、女のほうは奴を鼻であしらった。そのあと、俺はその女と寝た。俺とその女にとっては別に大したことじゃなかったが、むろん、マイクは地団駄を踏んだ。誰でも経験から知ってると思うが、手に入らないものほど欲しくなるものだし、別に欲しいと思ってないものにかぎって簡単に手に入ったりする。人生ってそういうものだろ。セックスだけは例外なんてことはない。俺にも似たような経験はあるが、いちいち気にしない。誰だって同じだろう。ところが面倒くさいことに、マイク・フォレスターって奴は、どんなにつまらない恨みでも絶対に忘れない。何でもかんでも溜めこんでおく強欲なリスだ。それでも俺は奴を愛してる。愛するしかない。ヤクを持ってるのは奴だから。

　マイキーは愚弄ゲームにそろそろ飽きてきたらしい。サディストにとっては、プラスチックの人形にピンを突き刺して遊ぶ程度のことなんだろう。俺としては奴をもっと楽しませてやりたいところだが、馬鹿の一つ覚えみたいな暴言を繰り返されて、いちいち言い返してやる気力もない。そんなこんなで、ついに向こうが折れた。

「金はあるんだろうな」

　俺はポケットからくしゃくしゃになった札を引っ張り出し、けなげにもコーヒーテーブルの上で一枚一枚、丁寧に皺《しわ》を伸ばした。それから、〝王様〟マイキーにふさわしい敬意を込めて、恭《うやうや》しい手つきで金を差し出した。このとき初めて、ブタ女のギプスに太字の油性ペンで何か書いてあるのに目が留まった。ももの内側から女の股に向けて矢印がある。その矢印に沿って、大文字が並んでいた。「コックはこちらへ」。俺の胃がまた宙返りをした。マイキーの手から全力でヘロインをひったくり、こんな奴らとは一刻も早くおさらばしたいという抗《あらが》いがたい衝動に駆られた。マイキーは俺の手から札をかっさらうと、ポケットから白いカプセルを二つ取り出した。見たこともない物体だった。蠟みたいなものでコーティングされた、ミサイル型の小さなカプセルだ。怒りがどこからともなく燃え上がってきた。いや、どこからともなくってことはないな。こういう強烈な感情は、ヘロインそのものか、ヘロインが手に入らないんじゃないかという恐怖からしか生まれない。「何だ、そりゃ?」

「アヘンだよ。アヘンの坐薬だ」マイキーの声はさっきまでと変わっていた。遠慮がちな、申し訳なさそうと言ってもいいような口調だ。俺の怒りが爆発し、俺たちのサドマゾ的な共生関係はたちまち吹き飛んだ。

「そんなもん、どうしろってんだよ!」考えるより先にそうわめいていた。しかし、返事を待つまでもなく答えが浮かんできて、俺はにやりと笑った。怒りは霧散した。

「教えてもらわなくちゃわからないってか、え?」さっきの勢いをいくらか取り戻して、マイキーが嫌みったらしく言った。ソートンがくっくっと笑い、ブタ女はブタみたいな声で笑った。だが、俺は笑っていないのを見て、マイキーは続けた。「ヘロインじゃなくたってかまわないんだろうが? ゆっくり効いて楽にしてくれるブツがいいんだろ、ヘロインをやめられるように。だったらそいつが一番だ。おまえのためにあるようなものだぜ。効くのもゆっくりだが、切れるのもゆっくりだ。病院でヤク抜きするときもそいつを使う」

「絶対効くんだろうな」

「経験者は語る、だ」マイキーはにやりとしたが、俺にっていうよりソートンに向かってだ。ブタ女は脂ぎった頭をのけぞらせ、黄ばんだばかでかい前歯をむき出して笑った。

そこで勧められたとおりにすることにした。経験者のお言葉に従った。ちょっと失礼と断って便所に行き、慎重に慎重を期して坐薬をケツの穴に挿れる。肛門に指を突っこむなんて、生まれて初めてだった。ちょっと吐き気がした。洗面所の鏡をのぞく。汗で湿ったもつれた赤毛。血色の悪い顔。そこにでかいニキビの花畑。なかでもすごいのが二つあった。こいつらはニキビっていうよりおできだな。一つは頬、もう一つは顎にできている。ブタ女と俺。見目麗《うるわ》しいカップルになりそうだ。そこでふと、見たくもない光景が頭に浮かんだ。俺とブタ女がヴェニスの運河でゴンドラに揺られている図。それから下の階に戻った。まだ苦しいには苦しかったが、とにもかくにもヤクを手に入れられてハイな気分だった。

「効くまでしばらくかかるぞ」俺が悠然とリビングルームに入っていくと、フォレスターがそっけなく言った。

「わかってるって」いろいろ親切にしてもらったことだし、こいつらをケツの穴に突っこんでやりたいところだった。ジョニー・ソートンがこのとき初めて俺に笑顔を向けた。殴ってやりたくなった。唇を腫らし、血を滴らせてる奴の姿が目に浮かぶ。ブタ女のほうは、俺に初子を生贄《いけにえ》にされでもしたみたいな顔でこっちを見ていた。悲しいのか何なのかよくわからない女の表情を見てたら、小便をちびるまで笑ってやりたくなった。マイクは、単なるジョークだったのにまいったなとでも言いたげな顔をしていたが、その表情はあきらめに似たような色合いも帯びていた。俺に対する支配力が失われたことを悟ったからだろう。奴の支配は、取引が完了した瞬間に終わったんだ。いまとなってはこんな野郎、ショッピングセンターに放置されてる犬の糞と同じだ。いや、犬の糞にも劣る。それ以上言うことはない。

「じゃ、またな、きみたち」俺はソートンとブタ女に軽くうなずいた。笑顔のジョニー・ソートンは、なれなれしく片目をつぶってみせた。部屋が丸ごと吸い込まれちまいそうなくらい大げさに。ブタ女まで俺を笑顔で送り出そうとしている。三人の激変ぶりは、マイクと俺のパワー・バランスが根こそぎ覆《くつがえ》った証拠だろう。マイキーがわざわざ玄関まで見送りに来たこともそれを裏づけていた。「またいつでも来いよ。その……さっきはいろいろ言って悪かった。あのドネリーって奴……あいつがいるとどうも落ち着かなくてさ。とんでもねえイカレ野郎なんだ。また今度、詳しく話すよ。な、怒ってなんかないよな、マーク？」

「またな、フォーリー」本気で心配するとまではいかなくても、いくらか不安な気持ちが残る程度には脅してるみたいに聞こえることを願った。徹底的にやっつけてやるのもどうかって気持ちが心の隅っこにあった。考えたくもない話だが、またこいつが必要になることがあるかもしれない。いや、そう考えること自体、間違ってる。そんな可能性を考慮に入れてるうちは、ヘロイン断ちなんてやってみるだけ無駄だ。

建物の階段を下りきるころには、吐き気も何もすっかり忘れていた。いや、ほぼ気になららなくなってたと言うべきか。全身がうずくような感覚はまだ残ってるが、もう我慢できないほどじゃない。坐薬がもう効いてきた証拠だと自分を騙すのも馬鹿みたいな話だが、プラシーボ効果はたしかにあった。とはいえ、一つ不安があった。下腹がぐるぐる言い始めてる。体の内側が溶けていこうとしてるみたいな感覚だ。大のほうは、もう五日か六日出ていない。それがいま、一気に全部出ていこうとしてる。屁が出た。それと同時に、パンツに濡れたような感触があって、脈が一気に速くなった。俺はブレーキペダルを思い切り踏みつけた。括約筋をこれでもかと締め上げる。だが、もう手遅れだった。いますぐ何か対処しないととんでもないことになりそうだ。フォレスターの部屋に戻ろうって考えが一瞬頭をよぎったが、あんな奴とは当面のあいだ関わりたくない。そこで思い出した。ショッピングセンターの場外馬券屋の奥に便所があったはずだ。

煙草の煙が充満した馬券屋に入るなり、脇目も振らずに便所に突進した。うわ……何てこった。男が二人、便所の戸口に立ってなかに向けて放尿していた。便所の床に濁った小便が優に二センチくらいの深さに溜まってものすごい臭いを発していた。大昔に通ってたスイミング・プールの足の消毒プールをちょっと連想させる眺めだ。二人は戸口に立ったまま一物を振り、汚れものをくるんだハンカチをポケットに入れるみたいに慎重な手つきでズボンのなかにしまった。片方がうろんな目で俺を見やり、行く手をふさいだ。

「便所なら詰まってて使えねえよ。大は無理だ」そいつは、便座のない便器を指さした。便器には茶色い水が縁《ふち》まで溜まり、トイレットペーパーと大便のかたまりが水面を漂っていた。

俺は険悪な目でそいつを見返した。「いいからどいてくれ」

「ここでドラッグでもやるつもりか？」

やれやれ、勘弁してくれよ。ミューアハウスのチャールズ・ブロンソンのつもりか。ただ、こいつに比べりゃ、本物のチャールズ・ブロンソンだってマイケル・J・フォックスみたいにキュートに思える。いや、それより、エルヴィス・プレスリーに似てるな。いまのエルヴィスだよ。たっぷり脂肪をつけて墓のなかで腐りかけてる元テディボーイ、エルヴィスだ。

「そこをどけって！」俺は怒鳴った。その気迫にビビったのか、そいつは急に言い訳がましくなった。

「悪かったよ。ほら、公営住宅の若いのがここをたまり場にしてドラッグをやったりしてたもんだから。そういうのは勘弁してもらいたくてな」

「あきれた連中だぜ」もう一人が横から言った。

「ここ何日も便秘だったんだよ。そこにいきなりひでえ下痢が来た。糞《shit》がしたいんだよ。ひでえ便所だが、あの便器にするか、パンツに漏らすか、二つに一つって状況なんだ。クスリなんか持ってねえ。酒だって苦手なのに、それより強いものなんかやれねえよ」

男は同情した顔でうなずくと、一歩脇によけた。なかに足を踏み入れたとたん、スニーカーに小便が染みてくるのがわかった。クスリは持ってないなんて言ったのを思い出して、おかしくなった。パンツのなかは糞《shit》まみれだってのにな。だが、一つだけ幸運に恵まれた。ドアの鍵はちゃんとかかった。身の毛がよだつ便所の有り様を考えれば、奇跡に近い。

　パンツを引きずり下ろし、濡れてひんやりした陶器の便器にケツを載せ、腹の中味を空けた。大腸、小腸、胃、脾臓《ひぞう》、肝臓、腎臓、心臓、肺、それに脳味噌まで、そろってケツの穴から便器に落ちてった気がした。そのさなかにハエが顔にたかってきて、背筋がぞっとした。俺は一匹を捕まえようとした。意外にも一発で捕まえられて、なんだかうれしくなった。手のなかでハエがぱたぱた羽ばたいているのがわかる。力を入れた。ハエは動かなくなった。手を開いてみると、特大のアオバエだった。毛の生えた干しぶどうみたいなアオバエ。

　目の前の壁にハエをなすりつけた。ハエの内臓や肉、血液をインクにして、人差し指でHと書く。次にI、B。最後にSを書こうとしたところでインクの在庫が心細くなった。だが、悲観することはない。インクが有り余ってるHから借りることにしてSを書き上げた。便器に滑り落ちないように用心しながらケツをできるだけ後ろにずらし、出来映えを鑑賞した。俺に不快な思いをさせた卑《いや》しいアオバエが鑑賞に堪える芸術作品に姿を変えた。それって俺の人生のほかのことにも当てはまる前向きなメタファーなんじゃないかと実に洞察に満ちたことを思いつくと同時に、たったいま自分が何をしでかしたかに気づいた。その衝撃が冷たい恐怖になって体を駆け抜け、全身を麻痺させた。一瞬、凍りついたみたいに動けなくなった。だが、それも本当に一瞬のことだった。

　俺は便器から滑り降りた。床に膝をつく。小便が豪快に跳ね、ジーンズが床までずり落ちて小便を貪欲に吸い上げる。だが、そんなことにかまっている場合じゃない。シャツの袖をまくり上げ、かさぶたのひび割れたところからときどき膿《うみ》みたいなものがにじみ出してくる腕の注射跡にちらりと目をやっていっとき躊躇《ちゅうちょ》したあと、茶色の水に肘まで一気に突っこんだ。最新の注意を払いながらかき回すと、坐薬の一つはすぐに見つかった。こびりついた糞を指でこすり落とす。ちょっと溶けかかっていたが、まあ無事だ。まずはそいつをタンクの上に避難させた。それから、ミューアハウスからピルトン一帯の住人の糞や小便やゲロを念入りに数回かき回して、ようやくもう一つを探し当てた。一度吐きそうになったが、ともかく俺の白い金塊は無事に見つかった。しかも、一つめよりかえって状態がいいくらいだった。大便より、水の感触のほうがずっと気色悪かった。腕が茶色く汚れて、Tシャツを着て日焼けしたみたいに見える。汚水管が曲がってるところからさらに奥まで手を突っこむ羽目になったせいで、肘よりずっと上まで汚れていた。

水の感触は気持ち悪かったが、洗面所の流しで腕を洗っておいたほうがいいだろう。こんなに時間をかけて丁寧に洗ったのは生まれて初めてって言うにはほど遠いが、それ以上、水の感触に耐えられなかった。次に、パンツの汚れてないところでケツを拭き、パンツは糞の浮いた便器に放りこんだ。

小便をぐっしょり吸ったリーバイスを引っ張り上げたころ、ノックの音が聞こえた。このときも、悪臭じゃなく、脚の濡れた感覚でめまいを起こしかけた。ノックの音は平手で叩くみたいなやかましい音に変わっていた。

「おい、早く出ろよ。漏れちまうよ」

「もうちょっとの我慢だ」坐薬をのみこんじまおうかという誘惑に駆られたが、思いついたとたんに却下した。もともとケツの穴で効くようにできてるわけだし、蠟みたいなカプセルの残骸がまだたっぷりくっついている。喉につかえて吐いちまうだろう。腹はすっかり空っぽになったわけだし、こいつらは元の場所にお帰りいただくのが無難だと思い直した。で、二つともまたケツの穴に直行した。

うさんくさげな視線を背中に感じながら馬券屋を出た。「やれやれ、やっとかよ」とでも言いたげな目で俺をにらみながら便所に突進していった小便待ちの面々だけじゃない。俺のよれよれの見てくれに気づいたのも一人二人いて、疑わしげな目で俺を追った。そのうちの一人は脅しめいたことを何かぶつぶつ言っていたが、ほかの客はオッズの一覧表やテレビの競馬中継を見るのに忙しそうだった。エルヴィス／ブロンソンはテレビに向かって盛んに腕を振り回していた。

バスの停留所まで戻って初めて、うだるような暑さになっていたことに気がついた。そういえば、今日からエディンバラ・フェスティバルだって誰かが言ってたな。フェスティバルらしい天気に恵まれたわけだ。停留所の脇の塀に座った。濡れたジーンズに太陽の温もりが染みこんでいく。三二系統のバスが来たが、俺は乗らなかった。動く気力がなかった。次のが来たところで、どうにか立ち上がり、バスに乗って陽光降り注ぐリースに帰った。新しく借りたフラットの階段を上りながら考えた。今度こそ本気でヤクを抜くぞ。

沸　点

ケツの穴をザーメンでぬらぬらさせてる男娼《レント・ボーイ》よ、頼むからくだらない話をよだれみたいに俺の耳もとで垂らすのをやめてくれ。俺たちのすぐ前を歩いてる女の下着のラインが透けて見えてるだろう。あれを徹底的に吟味するのに全神経を集中したいんだよ、俺は。いいね！　あれなら不満はない！　俺は過熱しかけてる。沸点に達しようとしている。このところホルモンがピンボール・マシンの球みたいに全身を跳ね回り、頭のなかで光や音がちかちかぱちぱち言っている。

ところが女をあさるのにもってこいのこの気持ちよく晴れた美しい昼下がりに、レンツの野郎は何をしたがってる？　酒と、いつのだかわからないザーメンと、何週間分も溜めこんだゴミの臭いが染みついたフラットに帰って、ビデオを見ようと言い出した。カーテンを閉め切ってせっかくの陽光を遮断し、インスピレーションを遮断し、こいつがマリファナ煙草を片手に、何が画面に映し出されようが馬鹿みたいにくすくす笑う姿を隣で見てろって？　ノン、ノン、ノン、ムッシュ・レントン。あいにくだが、このサイモン様は、真っ暗な部屋に閉じこもって、リース住まいのお庶民やジャンキーどもの戯《ざ》れ言に午後じゅうじっとつきあうようなお人じゃないものでね。だってベイビー、僕はきみを愛するために生まれ、きみは僕を愛するために生まれてきたのさ……

……すげえデブ女が、パンティのラインが透けてるかわい子ちゃんと俺のあいだによちよち割りこんできた。馬鹿でかいケツが邪魔で、あのいけてるケツが見えないじゃないか。そんな締まりのないケツをしてるくせに、よくもまあぴちぴちのレギンスなんか穿いて――頼むぜ、サイモン様の胃腸はな、しごくデリケートにできてるんだよ。

「いや、ずいぶん痩せたねえちゃんだな！」俺はわざとでかい声で嫌みを言ってやった。

「そういう性差別的な表現はよせよ、この馬鹿《cunt》」レント・ボーイが言った。

　こんな道化、無視してやろうかと思った。男とつるむなんて時間の無駄だ。自分が社会的・性的・知的レベルが並み以下だからって、チャンスと見れば、俺様まで同じレベルに引きずり下ろそうとする。だが、俺に理屈で勝ったと思わせておくのは癪だから、ここは軽く反撃しておくとしよう。

「おまえが〝性差別〟って語と〝まんこ《cunt》〟って語を一つの文のなかで使うという事実が、ほかのあらゆることについてと同様、おまえって人間が性差別という問題についてまるきり理解できていないという事実を裏づけている」

　レンツの奴はうろたえた。何やら情けない弁解をして、どうにか事態を収拾しようと必死になっている。レント・ボーイ対サイモン、０－１。奴にも自分の失点だとわかってる。レントトン、レントトン、スコアはいくつかな……。

　橋は女で埋め尽くされていた。ウー・ラ・ラ、さあ踊ろうよ、ウー・ラ・ラ、サイモンが踊る……ありとあらゆる人種、肌の色、宗教、国籍の女があふれている。いいね、いいね！チャンス到来だ。東洋人の女が二人、地図を広げていた。それ行け、サイモン急行。もうものにしたも同然だ。レンツなんか放っておけ。ただの馬鹿、ただの役立たずだ。

「何か困ったことでも？　道に迷った？」俺は声をかけた。しょの調子だよ、シュコットランド人は親切なことで有名なんだ。しょの調子なら女たちもメロメロだろうね、シャイモン。新たなジェームズ・ボンド、若きショーン・コネリーが言う。だって、お嬢さん、諺《ことわざ》があるだろう、新たな支配者には新たな服従《ボンデージ》……。

「ロイヤル・マイルを探してるの」おやおや、お上品な植民地英語が返ってきた。大いにそそられるじゃないか。シンプル・サイモンが歌う。手で足をつかんで……。

　大勢の女に囲まれたレント・ボーイはただのふにゃちんだ。こいつは勃起って現象は高い塀を越えて小便を飛ばすためにあると信じてるんじゃないかと思いたくなるときがある。

「案内してあげよう。何かショーを見る予定？」ここでいきなりセレナーデを奏でてみたところで、どうせフェスティバルの魅力には勝てない。

「そうなの」かわい子ちゃん《チャイナ・ドール》の一人がフライヤーを見せる。〈ブレヒト：『コーカサスの白墨の輪』——ノッティンガム大学演劇グループ〉。どうせ芸術家を気取ったきいきい声のニキビ小僧どもの集団に決まってる。大学を出たら、周辺地域の子供を端から白血病にする原子力発電所とか、工場を閉鎖して労働者を貧困と絶望のどん底につき落とすコンサルティング会社に就職するような輩《やから》さ。まあ、まずは演劇のことなんか忘れてもらうところからだ。そうだろ、ショーン？　牛乳配達仲間のショーンくん？　ああ、シャイモン、まったくきみの言うとおりだと思うよ。俺とショーンおやじには共通点が多い。どちらもエディンバラ出身、牛乳配達少年だった過去を持つ。俺はリース地区しか配達しなかったが、本人の弁を信じるなら、ショーンおやじはエディンバラ全域の全家庭に配ってた。そのころの児童労働法はいまより甘かったんだろう。俺たちの唯一の違い《アウトショーン》はルックスかな。ルックスの点では、さすがのショーンもサイモン様にはかなわない。

やれやれ、レンツが『ガリレイの生涯』だの『肝っ玉お母とその子供たち』だの『バール』だの、ブレヒトの戯曲の蘊蓄《うんちく》を垂れ始めた。女たちはすっかり感心しちまってる。こいつは驚いたね。このふにゃちんにも使い道があったとは！　世の中、わからないものだな。しょうだよ、シャイモン、世の中を知れば知るほど、よけいにわからなくなるものだ。そうだね、まったく同感だよ、ショーン。

東洋人の女二人は舞台を観に行っちまったが、あとでディーコンの店で会う約束はしっかり取りつけた。レンツは来られない。えーんえーん、残念だよぉ。ぼくちゃん、今夜はきっと枕を濡らして眠るんだ。ふにゃちんレントンは、ミズ睡眠薬、あのかわいいヘイゼルと約束があるそうだ――つまり、俺がオリエンタルな女たち両方の相手しなくちゃならないわけだ――ただし、俺が約束どおり行けたらの話だがな。あいにく俺は忙しい男なんだ。任務をしゃいゆうしぇんで果たしゃなきゃならない、しょうだろ、ショーン？　しょのとおりだよ、シャイモン。

レンツを追い払った。ヤクの打ちすぎで死にたいなら一人で勝手にやってくれ。まったく、俺のダチどもときたら。スパッドにセカンド・プライズ、ベグビーにマッティ、トミー。〝頭が弱い〟が服を着て歩いてるようなのばっかりだ。とことん知性に欠けている。負け犬にぐうたら、スキンヘッドに団地住まいの貧乏人にヤク中。うんざりだ。俺は活力に満ちた若人だ。将来有望で押しが強い。押しが強い、押しが強い……

……左翼は同志だの、階級だの、組合だの、社会だのを論じたがる。勝手に言ってろ。保守党は雇用者だの、国家だの、家族だのを論じたがる。ますます勝手に言ってろ、だ。いいか、これはこの俺、この俺様、サイモン・デイヴィッド・ウィリアムソン、**ヌーメロ・ファッキン・ウーノ**のサイモン様と全世界の一対一の闘いなんだ。しかも闘う前から勝負はついてる。楽勝すぎて張り合いがねえ……他人のことなんぞ俺には関係ねえ。きみのしょの雄々しい個人主義はしゅばらしいね、シャイモン。私の若いころにしょっくりだ。光栄だよ、ショーン。みんなしょう言ってくれる。

おっと……ハーツのスカーフを巻いたニキビ面の野郎がいるぞ……そうか、今日はハーツのホームゲームか。見ろよ。あれが自己表現のつもりなら、時代遅れもいいところだろう。うちの弟にハーツのスカーフを巻かせるくらいなら、妹を売春宿で働かせるほうがまだましってものだ。いやほんとに……おっと、またしてもナイスバディを発見……バックパッカーか、よく日に焼けた肌……うーん……いいね……誰もがひれ伏す……

……どこへ行くかな……クラブのジムで筋トレでもするか。サウナとタンニング・マシンも入ったし……少し鍛えておくとしよう……ジャンキー時代の神経過敏な感覚はもう、不愉快な記憶にすぎない。さっきの中国系の女たち、マリアンヌ、アンドレア、アリ……今夜はどの子に俺と寝る幸運を与えてやるかな。セックスがうまいのは誰だ？　決まってるだろ、この俺さ。クラブにチャンスが転がってるかもしれない。クラブの人間力学は興味深い。グループは三つ。女、ストレートの男、ゲイの男。ゲイの男は、たくましい二の腕とビール腹をしたバウンサー・タイプのストレートの男のケツを狙う。ストレートの男は女をあさり、女はほっそりしなやかな体をしたホモ男に夢中だ。結局、だれもしゅきなタイプを手に入れられないわけだな。俺たちをのじょいては誰も。そうだろ、ショーン。しょの通りだね、シャイモン。

前回、クラブに行ったとき俺にモーションをかけてきたあのホモ野郎と出くわずにすむといいが。カフェテリアで行き会ったそいつは、自分はＨＩＶに感染してるが、ふつうに暮らしてる、何も死刑宣告ってわけじゃないし、こんなに気分がいいのは生まれて初めてだとぬかした。まったくの他人にいきなりそんな打ち明け話をする奴がどこにいる？　どうせでたらめだろう。

見え透いた嘘つきホモ野郎……おっと、それで思い出したぞ。コンドームを買っておかないとな……といっても、エディンバラで女とやってＨＩＶに感染する危険はまずない。ゴーグジーは女からうつされたって言い張ってるが、実はヘロインを注射でやってたか、こっそり男とやってたんだろうよ。レントンやスパッド、スワニー、シーカーとつるんでヤクをやっててうつらないなら、そいつはＨＩＶに感染する運命にはないってことだ……といっても……あえて危険を冒すとしたら馬鹿だ……しかし、冒険のない人生はつまらない……少なくとも、俺はちゃんと生きてる。こうしてまだちゃんと生きている。女や女のあそこと戯《たわむ》れるチャンスさえあればいい。俺に必要なのはそれだ。ほかのものは何一つ役に立たない。このでっかいブラック・ホールはほかのものじゃ埋められない。胸のど真ん中をパンチされて空いたみたいな、このブラック・ホールを埋められるものは、ほかにはない……

おとなへの階段

母が怒っていることはわかる。だが、自分が何をしてしまったからなのか、ニナにはそれがわからなかった。母が発信するシグナルは矛盾していた。最初は〝おとなの邪魔にならないようにしていなさい〟だった。ところが今度は〝突っ立ってないで何か役に立ちなさい〟だ。親戚が集まって築いた人間の壁にさえぎられて、ニナの座っている位置からはアリスおばさんは見えない。それでも、部屋の奥のほうでおばを慰めている低い声が聞こえているから、あの親戚の山のどこかにおばが埋もれているのはたしかだ。

母が娘の視線をとらえた。母の目はまっすぐニナを見ている。九つの頭を持つヒドラの顔を思い出した。「さあ、もう泣かないで」とか「本当にいい人だった」と口々に慰める親戚たちをあいだにはさんで、母が唇の動きだけでこう伝えてきた——お茶。

ニナはそのシグナルを無視しようとしたが、母の低い声が部屋の向こうから一直線に伝わってきた——お茶を淹《い》れ直して。

ニナは読みかけの『ＮＭＥ』を床に置いた。のろのろとアームチェアから立ち上がり、大きなダイニングテーブルから、ティー・ポットとほぼ空のミルク・ジャーが載ったトレイを持ち上げる。

　キッチンで鏡をのぞいた。唇のすぐ上にできたニキビを観察する。毛先をすいたショートボブの黒髪は、昨夜シャンプーしたばかりなのにもうべたついていた。お腹をそっとさすってみた。水分を溜めこんだような重たい感覚。もうじき生理が始まる。憂鬱になった。

　この奇妙な不幸の宴《うたげ》にはどうにもなじめなかった。なんとなく嘘くさい気がする。アンディおじさんの死に関心がなさそうな態度を崩さずにいるのは、かならずしも演技というわけではない。小さいころ、ニナは親戚のなかで一番アンディおじさんになついていて、よく遊んでもらっていた――と、誰もが言う。ニナ自身にもそんな記憶がないわけではない。なんとなく憶えている。からかわれたり、くすぐられたり、遊んでもらったりした記憶はたしかにあった。アイスクリームやお菓子をねだればいくらでも買ってもらえた。しかし、いまの自分とその当時の自分を結びつけることができない。だから、アンディおじさんとのあいだに何らかの絆を感じることもできなかった。親戚の誰かがニナの子供時代の思い出話を始めると、とたんに居心地が悪くなる。いまの自分を根底から否定されているかのように思えた。しかもこの場のすべてが嘘くさい。

　それでも少なくとも葬式向きの服装はしてきた。周りからも何度もそう言われた。親戚はみんな退屈な人たちだとニナは思った。容赦ない現実のなかのつまらない何かにひたすらしがみつく。彼らを一つにまとめているのは不幸という接着剤だ。

「あの子は黒い服しか着ないんだな。俺らの時代には、若い娘は明るいきれいな色を着たもんだが。ヴィンパイアじゃないんだから」太って頭の鈍いボブおじさんがそう言い、親戚は一斉に笑った。一人残らず。愚かで卑屈な笑いだった。おもしろい話を聞いたおとなの笑い声ではなく、いじめっ子に目をつけられないようびくびくしている子供の笑い声。笑いはユーモアのためだけにあるものではない。ニナはそのとき初めて身をもって理解した。いまの笑いは、張り詰めた空気を和らげるため、死神を前にして一致団結するためのものだ。アンディおじさんの死をきっかけに、それはこの場にいる全員の最優先事項になった。

電気ケトルのスイッチが切れた。ニナは淹れ直した紅茶のポットを手にダイニングルームに戻った。

「さあ、元気を出して、アリス。元気を出しなさい。ニナがお茶を淹れてくれたから」アヴリルおばが言った。それってPGティップス印の紅茶に対する過大な期待ってものじゃない？——ニナは思った。二十四年間連れ添った夫を亡くした喪失感が紅茶なんかで埋まるわけ？

「心臓に持病があると厄介なもんだ」ケニーおじさんが言った。「苦しまずにすんだのは不幸中の幸いか。癌みたいに、苦しみながらじわじわ死んでいくよりはましだ。うちの親父も心臓発作で死んでる。フィッツパトリックの家系なのかな。きみのおじいさんの話だよ」ケニーはニナのいとこのマルコムを見て微笑んだ。マルコムはケニーの甥に当たるが、ケニーより四歳若いだけだし、ケニーよりよほど老けて見える。

「そのうち、心臓病や癌なんて病気のうちに入らない時代が来るよ」マルコムが言った。

「言えてる。医学の進歩ってやつだな。ところで、エルサはどうしてる？」ケニーは声をひそめた。

「また手術を受けることになった。卵管の手術だよ。どうやら今回は……」

ニナは向きを変えて部屋を出た。マルコムには、不妊治療のために妻が受ける手術くらいしか話題がないらしい。治療の詳細を聞いていると、指先にびりびりするような痛みを感じる。他人がそんな話に興味を持つと本当に思っているのだろうか。奇声を上げる子供をまた一人増やすためだけにそこまでする女も信じられないが、そこまでさせる男もどうかしてる。ちょうど玄関ホールに出たところで、チャイムが鳴った。キャシーおばさんとディヴィおじさんだった。リースからボニーリグまで駆けつけてきたにしては早い。

キャシーがニナを抱き締めた。「ああ、ニナ。アリスはどこ？　どこにいるの？」キャシーおばさんは嫌いではない。おばたちのなかでは話しやすいし、ニナを子供扱いしたりせず、一人前に接してくれる。

キャシーは奥へ入って義理の妹アリスを抱き締め、次に実の姉であるニナの母アイリーンを抱き締めた、その次に弟たち、ケニーとボブを抱き締めた。ニナはその順序を見て、キャシーおばさんはまっとうな感覚の持ち主だと思った。ディヴィおじさんは厳粛な顔で一同にうなずいた。

「あのおんぼろのバンで来たわりには早かったな」ボブが声をかける。

「ああ。バイパスを通ってきたからね。ポートベロの少し手前から乗って、ボニーリグの手前で降りた」デイヴィは律儀にそう説明した。

また玄関のチャイムが鳴った。今度やってきたのは一家のかかりつけ医のドクター・シムだった。足取りこそきびきびしていたが、顔は悲しげだった。場にふさわしい思いやりを示しつつ、医師らしい実務的な態度は崩さず、遺族に安心感を与えようとしている。シムは、我ながらなかなかやるじゃないかと悦に入った。

ニナも同感だった。おばたちは、ロック・スターに群がるグルーピーのようにシムを取り囲んで大騒ぎしている。やがて、ボブ、ケニー、キャシー、デイヴィ、アイリーンの五人がドクター・シムと一緒に二階へ上がっていった。

ちょうどそのとき、生理が始まったのがわかった。ニナはおとなたちのあとを追って階段を上った。

「あんたは関係ないの！」アイリーンが振り返って小声で叱りつけた。

「バスルームを借りたいだけだってば」ニナは憤然と言い返した。

バスルームに入ると、黒いレースの手袋を外してから、服を脱いで確かめた。ショーツは汚れていたが、黒のレギンスまでは染みていない。

濃い褐色の血液がバスルームのカーペットにぽたりと落ちた。「やだ」ニナはそうつぶやくと、トイレットペーパーを巻き取って股間に当て、これ以上の被害をとりあえず食い止めた。キャビネットをのぞいたが、タンポンやナプキンは見当たらない。アリスおばさんはもう閉経するような年齢《とし》だったろうか。きっとそうなのだろう。

トイレットペーパーを水で湿らせてカーペットをこする。染みの跡はほぼわからなくなった。

シャワーで慎重に流した。新たにトイレットペーパーを巻き取って当座しのぎのナプキンを作り、急いで服を着た。パンティは穿かずに洗面台で洗い、固く絞ってジャケットのポケットに入れた。最後の仕上げに唇のすぐ上のニキビをつぶす。気分がすっきりした。

おとなたちが寝室を出て階段を下りていく気配がした。こんな退屈なところにいつまでもいたくない。だが、母に小遣いをねだるチャンスが来るまでは我慢するしかなかった。今夜はショーナやトレーシーと、エディンバラのカルトン・スタジオのライヴに行く約束をしていた。生理中に出かけるのはあまり好きではない。生理中かどうか、男にはわかるのだとショーナが言っていた。どんなに隠したって臭いでわかるみたい。ショーナはそういうことに詳しい。ニナよりも一つ年下だが、もう二度も体験している。一度目の相手はグリーム・ラドパス。二度目はアヴィモアのスキー場で知り合ったフランス人の男の子とだ。

一方のニナは恋人ができたこともなく、初体験もまだだった。友達はみな口をそろえて、恋愛なんかつまらないと言う。男なんてみんな馬鹿だし、無口で面倒くさいか、すぐ怒り出すかのどちらかだ。ニナは自分に対する異性の反応をおもしろがっていた。惚《ほう》けた顔でニナを目で追う男の子たちを観察するのは愉快だ。初体験の相手は経験豊富な人がいい。年齢がだいぶ上の人。ただし、ケニーおじさんみたいな人はいやだ。ケニーは犬みたいな顔でニナを見る。血走った目、いやらしい舌なめずり。ケニーは歳こそ食っているが、ショーナやニナの友達が寝た男の子達と下手さではあまり変わらないのではないかとニナは思っている。

ライヴに行くのは気が進まないが、行かないなら、家でテレビを見るくらいしかすることがない。より具体的には、母や幼稚な弟と並んで『ブルース・フォーサイスのジェネレーション・ゲーム』を見るしかない。弟は、最後のゲームで賞品がベルトコンベアに乗って次々と出てくると大喜びし、出てきた品物の名を耳障りな甲高い声でそらんじた。母はリビングルームで煙草を吸わないでとニナには言うくせに、自分の恋人のダギーのときは黙認する。癌や心臓病の原因になるから云々ではなく、軽い冗談の種だと思うことにすれば、腹は立たない。しかし、煙草を吸うときは上の階に行くしかないというのが最悪だ。ニナの部屋は凍えるように寒く、ヒーターをつけても、部屋が暖まるまでに、二十本入りのマールボロを一パック吸い終われるくらい時間がかかる。笑い事じゃない。今夜は思い切ってライヴに行くことにしよう。

バスルームを出て、アンディおじさんがいる部屋に行ってみた。遺体はベッドに横たえられている。まだ布団をかけたままだった。誰かが口を閉じてやったらしい。おじさんは、酔っ払ってサッカーや政治を巡って喧嘩腰に議論しているさなかにふいに息絶え、そのまま凍りついてしまったように見えた。遺体は痩せて弱々しい。しかし、それは生きているころも同じだった。油断しているとふいに伸びてきて、ニナの脇腹をいつまでもくすぐっていた骨張った指の感触を思い出す。おじさんはあのころからずっと死と隣り合わせでいたのかもしれない。

アリスおばさんの箪笥《たんす》をのぞいて失敬できそうなパンティがないか探してみようと思い立った。一番上の抽斗《ひきだし》にはおじさんのソックスやブリーフが入っていた。おばさんの下着は二段目にあった。開けたとたん、ニナは目をむいた。おばさんはありとあらゆる種類の下着をそろえていた。特大サイズのパンティから――試しにからだに当ててみると、ニナの膝近くまであった――アリスおばさんが穿いている姿など想像さえつかないようなちっちゃなレースのパンティまで。ニナの黒いレースの手袋と同じ素材のショーツがある。手袋を外して生地にじかに触れてみた。その黒のショーツに心を残しながら、結局、ピンクの小花柄のショーツを選び、バスルームに戻って穿いた。

下の階に下りると、場を和ませる潤滑剤は紅茶からアルコールに変わっていた。ドクター・シムはウィスキーのグラスを手に、ケニーやボブやマルコムと話していた。マルコムは卵管のことでも質問しているのだろうか。男の人たちはみな、酒を飲むことが重大な任務になったかのように、粛然たる決意を顔に浮かべて飲んでいた。誰もが悲嘆に暮れてはいるが、室内に安堵に似た空気が漂っているのも確かだった。アンディおじさんが発作を起こしたのは今回が三度目だ。その三度目がついにおじさんの命を奪った。これからはアリスから電話がかかってくるたびにどきりとせずにすむのだ。

別のいとこ、マルコムの弟のジェフも来ていた。ニナは、自分のほうを見たジェフの視線に憎悪が含まれているのを感じた。だが、どうせジェフはいやな奴だ。ニナのいとこはみないやな奴だった。少なくともニナが知っているいとこは全員がそうだ。キャシーとデイヴィ

(このおじはグラスゴー出身で、プロテスタントだ)には息子が二人いる。陸軍を除隊になったばかりのビリーと、ドラッグにはまっているらしいマーク。ビリーとマークは、アンディおじさんやボニーリグの親戚とはほとんど接点がなかったから、今日は来ていない。葬式には姿を見せるだろう。いや、ひょっとしたら参列しないかもしれない。キャシーとデイヴィには本当はもう一人息子がいて、その息子も父親と同じデイヴィという名前だったが、いまから一年くらい前に死んだ。ディヴィは心身に重度の障害があって、人生の大部分を病院で過ごしていた。ニナは一度しか会ったことがない。体をねじ曲げて車椅子に座り、口を開けたままうつろな目でどこかを見つめていたデイヴィ。キャシーとデイヴィは、息子のデイヴィが死んだとき、どう感じたのだろう。今日と同じように、悲しみながらもほっとしただろうか。

いやだ。ジェフがこっちに来ようとしている。ショーナにあれがジェフよと指さして教えたとき、ショーナは、ウェット・ウェット・ウェットのボーカルのマーティに似ていると言った。ニナはマーティもウェット・ウェット・ウェッツも大嫌いだった。それに、マーティとジェフはまるで似ていないと思う。

「元気にしてるか、ニナ」

「ええ。アンディおじさん、残念だったわね」

「ほんとに。言葉もないよ」ジェフはそう言って肩をすくめた。ジェフは二十一歳だが、ニナから見れば二十一歳は老人だ。

「学校はいつ卒業だっけ」ジェフがニナに尋ねた。

「来年。もう行きたくないけど、ママがどうしてもあと一年行きなさいって言うから」

「共通試験《Oグレード》は受けるの？」

「受ける」

「どの科目で？」

「英語、数学、美術、会計学、物理、社会学」

「受かりそう？」

「まあね。そこまで難しくない。数学は苦手だけど」

「そのあとはどうするつもり？」

「就職する。それか職業訓練でも受ける」

「上級試験《Aレベル》は受けないんだ」

「受けない」

「受ければいいのに。きみならAレベルにも受かって大学に行けるだろう」

「行って何になるの？」

ジェフは言葉に詰まった。ジェフ自身、英文学部を今年卒業したばかりというのに、いきなり失業手当をもらう身分だ。同期生の大半がそうらしい。「人脈が広がる」ジェフはようやくそう答えた。

さっきジェフの視線に憎悪を感じたが、あれはどうやら情欲だったらしいとニナは気づいた。ここに来る前から飲んでいたのは明らかで、その分、自制が効かなくなっている。

「もうりっぱなおとなだな、ニナ」ジェフは言った。

「まあね」頬が赤くなるのがわかった。自分がいやになる。

「どこか行かないか？　パブとか。すぐそこにパブがある」

誘いに応じるべきか、ニナは迷った。大学がどうのという話をまた聞かされることになったとしても、このまま家にいるよりマシだろうし、パブに男といるところをきっと誰かに目撃されるだろう。ここはボニーリグだ。噂にならないわけがない。その噂はショーナとトレイシーの耳にも入り、浅黒い肌に黒っぽい髪をした年上の男の正体を知りたがるに決まっている。こんなチャンス、逃す手はない。

そのとき、手袋のことを思い出した。うっかりアンディおじさんの部屋の箪笥の上に置いたまま来てしまった。「いいよ。だけどその前にちょっとトイレに行っておく」ニナはそう断ってジェフのそばを離れた。

手袋はさっきのまま箪笥の上にあった。ジャケットのポケットに入れたが、そっちには濡れたパンティが入っていた。あわてて取り出し、反対のポケットに入れ直す。何気なくおじさんのほうを振り返ったとき、異変に気づいた。おじさんが汗をかいている。体がわずかに動いたのもわかった。間違いない、いま確かにぴくりと動いた。ニナはおじさんの手に触れてみた。温かい。

ニナは階段を駆け下りた。「おじさんが！　ねえ……いま……みんな来て……まだ生きてるみたい……」

　ニナの声に振り向いた顔はどれも驚愕を浮かべていた。最初に反応したのはケニーだった。ケニーは一度に三段ずつ階段を駆け上がり、そのあとにディヴィとドクター・シムが続いた。アリスおばさんはぎくりとしたあと、状況が呑みこめないのか、ぽかんと口を開いたあと、うわごとのように繰り返した。「いい人だった……わたしに手を上げるようなことは一度もしなかった……」それでも、何かに突き動かされたように立ち上がってみなの後を追った。

　ケニーがアンディの汗をかいた額と手に触れて確かめた。

「すごい熱だ！　アンディは死んでない！　アンディは死んでない！」

　ドクター・シムが確認しようとベッドに近づいたが、アリスがその医師を押しのけ、束縛からふいに解き放たれたかのように、パジャマ姿の夫の温かな体にすがりついた。

「アンディ！　アンディ、聞こえる？」

　アンディの頭がぐらぐら揺れた。しかし、顔に張りついていた間の抜けたような表情に変化はなく、体も力なく横たわったままだった。

　ニナは困ったような笑い声を漏らした。アリスは心の病に冒されて何をするかわからない患者のようにアンディから引き剝がされた。その場の全員でアリスをなだめているあいだに、ドクター・シムがアンディおじさんの様子を確認した。

「誤解だったようです。残念ですが、ミスター・フィッツパトリックはやはり亡くなっています。心臓が動いていません」ドクター・シムは重々しい調子で言った。シムは一歩後ろに下がって寝具の下に手を差し入れた。それから腰をかがめ、壁のコンセントからプラグを抜いた。白い電源コードと手もとのスイッチをベッドの下から引き出す。

「電気毛布の消し忘れです。体温が上昇したことも、汗をかいていたことも説明がつきます」

「なんだ、心臓が止まるかと思ったよ」ケニーおじさんが笑い出した。だが、ジェフの険悪な視線に気づくと、両手を広げて弁解するように言った。「アンディだっていまごろ大笑いしてるさ。あいつは悪ふざけが好きな奴だった」

「あんたって人はまったく……アリスの気持ちも考えてやれよ……」ジェフは口ごもりながら言うと、部屋を飛び出していった。

「ジェフ。ジェフ。ちょっと待てよ……」ケニーが引き留めようとしたが、玄関のドアが乱暴に叩きつけられる音が聞こえた。

ニナはおしっこを漏らしてしまうかと思った。こみ上げる笑いを必死に噛み殺す。全身が震えて、脇腹が引き攣りそうだった。するとキャシーおばさんがニナの肩を抱いた。

「気にしないのよ、ニナ。ね？　気にするようなことじゃないんだから」キャシーが慰めるようにささやく。そこでニナはようやく気づいた——自分が赤ん坊のように泣きじゃくっていたことに。ふいに体の力が抜けた。ニナはキャシーおばさんの腕に体を預けると、感情のままに泣いた。人目など気にならなかった。そうやって泣いていると、思い出が——子供時代の甘やかな記憶があふれ出た。アンディとアリスの思い出が、おじとおばが我が家と呼んでいたこの場所でかつて生きていた幸福と愛が、心に蘇った。

元日の勝利

「新年おめでとう！」フランコがスティーヴィの頭を抱えこんだ。スティーヴィは首の筋肉が何本か裂けたように感じた。体をこわばらせ、感情を抑え、人目を気にしながらも、もがいたりしてよけいに痛い思いをしないよう辛抱した。

できるだけ愛想よく新年の挨拶を返す。全員が口々に新年おめでとうと言った。おずおずと差し出したスティーヴィの手は、指が折れそうなほどきつく握り締められ、こわばった背中は平手で叩かれ、拒絶するように固く結んだ唇にキスされる。スティーヴィの頭にあるのは、電話とロンドンとステラのことだけだった。

ステラはまだ電話をかけてこない。それだけならまだしも、スティーヴィから電話してみると、ステラは留守だった。実家にも帰っていなかった。スティーヴィがエディンバラに帰省して、キース・ミラードにライバル不在という絶好のチャンスを与えてしまった。あいつがそのチャンスを逃すわけがない。ひょっとしたらいまこの瞬間も、ステラとキースは一緒にいるのかもしれない。昨夜も一緒だったのかもしれない。ミラードは薄っぺらな奴だ。スティーヴィも同じだ。ステラだってそうだ。やれやれ、最悪の組み合わせじゃないか。ただし、ステラは、スティーヴィの目にはこの世で最高に素晴らしい人間とも映る。その分、ステラの〝薄っぺら度〟はやや軽減される――いや、それどころか、ステラはそもそも薄っぺらな人間なんかじゃない。

「ぱあっと行こうぜ、ぱあっと。新年なんだからな、新年」

フランコがそう提案した。というより、命令を発した。いつものことだ。フランコの命とあらば、無理にでも楽しい思いをしなくては我が身が危ない。

とはいえ、その場の大多数に強制は必要はなかった。みなとっくにおそろしくハイになっていた。しかしスティーヴィは、さっきまでいた世界とはまるで別ものこの世界に急には馴染めなかった。気づくと、全員の視線が彼に集まっていた。こいつらはいったい何なんだ？　何を求める？　その答えは、彼らはスティーヴィの友人であり、彼らが求めているのは彼だということだ。

レコードプレイヤーから流れる歌が意識に割りこんできて、スティーヴィの憂鬱な気分をいっそう憂鬱にした。

あの娘《こ》を愛してた　きれいな　きれいなあの娘を
谷間のヒースのように愛らしい
谷間のヒースのよう
釣り鐘形をした紫の花

マリー　スコットランドに咲く僕の花

全員が楽しげに声を合わせて歌う。「やっぱハリー・ローダーにかぎるよな。新年にはな」ドージーが言った。

自分を囲む陽気な顔との対比で、スティーヴィは自分の憂鬱の深さを思い知った。憂鬱の淵は底なしで、彼は急速にその淵に沈みつつあり、楽しいひとときは遠ざかっていく。彼を焦らすかのように、楽しい時がときおり手の届くところをかすめながら、周囲をぐるぐると回っているのが見えるようだった。心は残酷な檻だ。そこに囚われた彼の魂に自由をちらつかせるが、それだけだ。

スティーヴィはエキスポート・ビールをちびちび飲みながら、できるだけ他人《ひと》に不愉快な思いをさせずに今夜を乗り切りたいと考えていた。最大の問題はフランク・ベグビーだ。ここはフランクの部屋だし、奴は客をもれなく楽しませてやろうと意気込んでいる。

「スティーヴィ、今晩の試合、おまえの分もチケット買っといたぜ。ハーツのホームに乗りこむぞ」レントンが言った。

「パブで見ようって奴はいないのか？　テレビ中継もあるって聞いたぜ」

スティーヴィの知らない小柄な黒髪の女と話していたシック・ボーイがこちらを振り返った。

「何ふざけたこと言ってんだ、スティーヴィ。さてはロンドンで悪い癖をつけてきたな。テレビのサッカー中継なんかクソだ。コンドームを着けてセックスするようなものだよ。セイフ・セックス、セイフ・サッカー、何でもかんでもセイフ・何とか。〝力を合わせて安全な世界を築きましょう〟」シック・ボーイは顔を歪め、嘲《あざけ》るように言った。シック・ボーイと会うのは久しぶりだったが、他人を小馬鹿にした態度は相変わらずのようだ。

レンツもシック・ボーイに同調した。珍しい。この二人は年中無休で火花を散らしている。いつもなら、一人が砂糖と言えば、もう一人はすかさず糞と言う。「サッカー中継なんか、法律で禁止すりゃいいんだ。どんなデブちんや出不精だって、重たいケツを持ち上げてサッカー場に行こうって気になるだろう」

「わかった。行くよ」スティーヴィは降参して言った。

レントン＝シック・ボーイ連合は、しかし、たちまち瓦解した。

「それにしても、よくもまあ、重たいケツがどうのとか他人のことを言えるよな。自分だってミスター・カウチポテトのくせに。ヘロインを十分より長くやめてみな。それだけで去年のシーズンよりもっと観に行けるはずだろうよ」シック・ボーイが鼻で笑った。

「おまえこそよく恥ずかしげもなく……」レンツはスティーヴィのほうを向き、軽蔑の表情を作って親指でシック・ボーイを指した。「こいつのあだ名、知ってるか？　〝ドラッグストア〟だぜ。いつだって全種類のドラッグを大量に持って歩いてるから」

つまらない言い合いはさらに続いた。以前のスティーヴィなら、おもしろがって聞いていただろう。だが、いまはげんなりさせられるだけだ。

「な、スティーヴィ、二月におまえのとこに泊めてもらう話、忘れてねえよな」レンツが言った。スティーヴィはむっつりとうなずいた。このときまで、レンツのほうが忘れているか、そもそも計画倒れになっているかしていてくれと願っていた。レンツはたしかに友人だが、ドラッグという大問題を抱えている。ロンドンに来たら、すぐにまたトニーやニクシーとつるんでヘロインをやるだろう。三人は失業保険の申請に使っている住所を渡り歩いている。レンツは働いている様子がないのに、いつも金は持っていた。それはシック・ボーイも同じだが、シック・ボーイの場合、「人の金は俺の金、俺の金は俺だけの金」が主義だからだ。

「試合が終わったら、マッティのとこでパーティだ。いいか、ローン・ストリートの新居のほうだぜ。おまえら、ちゃんと来いよ」フランク・ベグビーが三人に向かって怒鳴った。

またパーティか。スティーヴィに言わせればそれこそ苦役に等しかった。新年は果てなく続く。新年らしさが薄れるのは、パーティとパーティの間隔が開き始める四日ごろからだ。その間隔は少しずつ広がっていき、やがてパーティが開かれるのは週末だけというふだんの生活が戻ってくる。

新年を祝う客は続々と増えた。小さなフラットの床が抜けそうだ。これほどご機嫌なフランコ、別名ザ・ベガーは初めて見た。仲間内では〝セカンド・プライズ〟と呼ばれているラブ・マクローリンがベグビーの部屋のカーテンの裏で小便を垂らしたときでさえ、ぶちのめされずにすんでいた。セカンド・プライズはもう何週間も、一瞬たりとも素面《しらふ》に戻ったことがない。その手の人間にとって、新年というのは願ってもない隠れ蓑《みの》だ。セカンド・プライズの恋人キャロルは、奴の醜態にあきれて帰っていった。しかしセカンド・プライズ当人は、そもそもキャロルが来ていたことにさえ気づいていなかった。

スティーヴィはキッチンに移動した。ここのほうが静かだから、電話のベルが聞こえる可能性はいくらか高い。スティーヴィは、ステラから電話があった場合に備え、都会のやり手ビジネスマンのように、自分が立ち寄りそうな場所の電話番号をリストにして母親に預けてきていた。

エディンバラに帰省する前、いつも行くのとは別のケンティッシュ・タウンのむさ苦しいパブにステラを誘い、そこで気持ちを打ち明けた。何もかも打ち明けた。ステラの返事は「少し考えさせて」だった。驚いたから。それに即答できるような簡単なことではないから。ステラは、スコットランドのスティーヴィの実家に電話すると約束した。その話はそれきりになった。

パブを出たところで別れた。スティーヴィはスポーツバッグを肩にかけ、地下鉄でキングス・クロス駅に出ようと最寄り駅に向かった。ふと立ち止まり、振り返って、橋を渡るステラを目で追った。

ステラの長い茶色の巻き毛は強い風にもてあそばれていた。ミニスカートに黒の厚手のウールタイツ、ドクター・マーチンの九インチブーツを履き、ドンキージャケットを着こんだステラが遠ざかってゆく。スティーヴィは、こっちを振り向いてくれるのではないかと待った。だが、ステラは一度も振り返らなかった。スティーヴィは駅でベル・ウィスキーを買った。列車がウェイヴァリー駅にすべりこむころには、ボトルはほぼ空になっていた。

それ以来、気分が上向きになる気配すらなかった。フォーマイカのカウンターにもたれてキッチンのタイル張りの壁を見つめた。フランコのガールフレンドのジューンが入ってきて彼に小さく微笑み、怯えたような様子で酒の瓶を取ると、またリビングルームに戻っていった。ジューンは無口だ。大勢がいる場では極端に人見知りした。とはいえ、フランコが優に二人分しゃべるから、勘定は合っている。

ジューンと入れ違いにニコラが入ってきた。続いてスパッドが現われた。スパッドは、よだれを垂らしながら主人を追いかける犬みたいに、ニコラを追い回していた。「あれ……スティーヴィ？……新年おめでとう……」スパッドがもごもごと言った。

「もう会っただろ。ゆうべ、トロンで。忘れたか？」

「あ……そうだった。怒んないでよ」スパッドの目の焦点がふいに定まり、まだ未開封のリンゴ酒のボトルをつかんだ。

「元気にしてる、スティーヴィ？　ロンドンはどう？」ニコラが訊いた。

ああ、だめだ。スティーヴィは思った。ニコラが相手だと、つい話しちまいそうになる。何もかもぶちまけちまいそうだ……だめだ、やめよう……いや、話しちまおう。

スティーヴィは話し始めた。ニコラは優しく耳を傾けた。スパッドは同情するようにうなずきながら、ときおり「そういうのってヘヴィだよね……」と感想をはさんだ。

自分を情けなく思いながらも、もう止まらなかった。ニコラにしてみれば退屈な話に違いない。スパッドでさえ退屈だと思っているだろう。それでもやめられなかった。やがてスパッドが出ていき、今度はケリーがやってきた。次にリンダが加わった。リビングルームから、サッカーの応援歌を歌っているらしい声が聞こえた。有名なフォークソングの替え歌だ。

ニコラが現実的なアドバイスをした。「こっちから電話して、彼女がかけ直してくるのを待つか、ロンドンまで会いに行くか。二つに一つだね」

「**スティーヴィ！　こっちに来いよ！**」ベグビーがわめいている。スティーヴィはしかたなく、文字どおり体を引きずるようにしてリビングルームに戻った。「うちのキッチンで女を口説きやがって。そこのジャズ・オタクより始末が悪《わり》いな」ベグビーはそう言うと、さっきから口説きにかかっていた女とキスや愛撫を始めたシック・ボーイを指さした。さっきシック・ボーイが「俺は根っからのジャズ・ファンでね」と言うのが聞こえたからだ。

緑のユニフォームで乗りこむぞ――女王をぶっ飛ばせ！
兜が陽射しにきらめく――ハンズを叩きのめせ！
銃剣の一撃《スラッシュ》、オレンジ色のサッシュ
空にトムソンの銃声がこだまして

スティーヴィは暗澹《あんたん》とした気持ちで聴いていた。このやかましさでは、電話が鳴っても絶対に聞こえないだろう。

「おい、ちょっと静かに！」トミーが怒鳴った。「俺の一番好きな歌なんだ！」ウルフトーンズが歌う『バンナ・ストランド』だ。トミーがレコードに合わせて低い声で口ずさむ。何人かが一緒に歌った。

孤独なバンナの浜辺で……

同じウルフトーンズの『ジェームズ・コノリー』がかかると、涙を浮かべる者もいた。「偉大なる反逆者、偉大なる社会主義者、そして偉大なるヒブス・サポーター。ジェイムズ・ファッキン・コノリー」ギャヴがレントンに言い、レントンは生真面目な顔でうなずいた。一緒に歌を口ずさむ者もいれば、大音量の音楽に負けじと怒鳴るように会話を続ける者もいた。だが、『ザ・ボーイズ・オブ・ザ・オールド・ブリゲード』がかかると、全員が合唱に加わった。

おお父よ　なぜ悲しむのですか
イースターの朝　空は晴れ渡っているというのに

「おい、歌えよ！」トミーがスティーヴィの脇を肘で突いた。ベグビーが新しいビールの缶をスティーヴィの手に押しつけ、首に腕を絡みつけた。

　アイルランドの男たちは
　生まれ故郷を誇りに思っているというのに

　スティーヴィは合唱を聞きながら不安を感じていた。何やら悲壮感が漂っているような気がした。声の限り歌えば、この場の全員が強力な同胞愛で一つに結ばれるとでもいうようだった。しかしこの歌は「武器を取れ」と呼びかける軍歌だ。しかもスコットランドや新年とは関係ない。戦いの歌なのだ。スティーヴィは誰とも戦いたくなかった。ただ、美しい歌には違いなかった。
　二日酔いは、新たな酒に押されてなりをひそめているものの、着々と悪化していた。そろそろ真剣に心配したほうがよさそうなくらい、大きく育とうとしている。だが、ひどい二日酔いといざ直面するまで誰も飲むのをやめないだろうし、二日酔いが襲ってくるのは、体内のアドレナリンがすべて燃え尽きたときだろう。

　おまえと同じ年頃で
　ＩＲＡに加わった——ＩＲＡ暫定派に！

　廊下の電話が鳴っている。ジューンが取った。次の瞬間、ベグビーが受話器を引ったくり、ジューンを追い払った。ジューンは幽霊のようにひっそりとリビングルームに戻ってきた。

「あ？　誰だって？　もっかい言ってみ？　スティーヴィ？　ああ、いるよ、ちょっと待ちな。ところで、新年おめでとさん」フランコは受話器を置いてから付け加えた。「おまえが誰だかさっぱりわからねえけどな……」それからリビングルームに入ってきた。「おい、スティーヴィ。どっかの女からおまえに電話だよ。口にボールでも突っこんでるみてえな話しかただ。ロンドンからだとさ」

「ひゅう！　この色男！」スティーヴィがソファから跳ねるように立ち上がると、トミーが冷やかした。スティーヴィは三十分も前から小便がしたくてたまらずにいたが、ずっと我慢していた。便所までまともに歩けるか不安だったからだ。だがいまはしゃっきりしていた。

「スティーヴ？」彼女はいつも〝スティーヴィ〟ではなく〝スティーヴ〟と呼んだ。ロンドンではみなそうだった。「どこ行ってたの？」

「ステラ……どこに行ってたのって……昨日、電話したんだよ。そっちこそいまどこ？　いま何してる？」誰と一緒なのかと訊きそうになったが、ぎりぎりで自分にブレーキをかけた。

「リンの家に行ってた」

そうだよ、決まってるじゃないか。ステラの妹のところだ。チングフォードかどこか、田舎町に住んでいる妹。スティーヴィはめまいがするほどの安堵を感じた。

「新年おめでとう！」幸福感があふれて胸がはち切れそうだった。

ピッと音がし、コインを入れている音が聞こえた。公衆電話からかけている。いったいどこの？　ミラードとパブにでもいるのか？

「新年おめでとう、スティーヴ。いま、キングス・クロス駅にいる。十分後のエディンバラ行きに乗る予定。十時四十五分に駅まで迎えに来てくれる？」

「ほんとに？　冗談じゃなく？……行くよ！　絶対に行くよ。十時四十五分だね？　今年はいい年になりそうだ。ステラ……この前、話したことだけど……いまも気持ちは変わってない……」

「よかった。だって、あたしもあなたを愛してるってわかったから……あれからずっとあなたのことばかり考えてた」

スティーヴィはごくりと喉を鳴らした。目に涙が溜まった。一粒がついにあふれて頬を伝った。

「スティーヴ……大丈夫？」

「最高に大丈夫だよ、ステラ。愛してる。ほんとだ。嘘じゃない」

「あ……もう小銭がない。あたしに嘘なんかついたら許さないから、スティーヴ。あたしも本気だから……じゃ、十一時十五分前に……愛してる……」

「愛してる！　**愛してるよ！**」ピッと音がして、電話は切れた。

スティーヴィは手のなかの受話器を愛おしむように見つめた。何か別のものであるかのように。彼女の一部であるかのように。それから架台に戻すと、さっきから我慢していた小便をしに行った。生きているとこれほど強く実感したことはない。悪臭を放つ自分の小便が便器のなかで元気に跳ねるのを眺めながら、彼の脳味噌はなんとも美しい考えにどっぷりと浸った。世界のすべてに対して熱い愛を感じた。今日から新しい年が始まった。『オールド・ラング・サイン』を歌う日。全人類に愛を感じる。とりわけステラに。そして今日のパーティに集まった旧友たちに。彼の同志たち。心優しき反逆者たち。地の塩。同時に、彼はハーツのサポーターに対してさえ愛を抱いた。ハーツ・サポーターだって同じ善良な人間だ。ただ、ライバルのチームを応援しているだけのことだ。今夜の試合の結果がどうであれ、今年はハーツ・サポーターにも新年の挨拶をしてやろう。エディンバラ中のパーティにステラを連れていける。素晴らしく楽しい新年になりそうだ。プロサッカーのディビジョン制など愚かしいナンセンスだ。労働者階級の団結を妨げ、ブルジョアジーの覇権を揺るぎないものにすることにしか貢献していない。スティーヴィの手にはいま、望むすべてがあった。

まっすぐリビングルームに戻り、プロクレイマーズの『サンシャイン・オン・リース』をかけた。どこへ行こうともこの街の出身であること、この街の人々が家族であることを祝いたかった。何人かから不満の声が上がったが、まもなくみなの琴線に触れたらしい。前の音楽をいきなり止めたことに対する不満のざわめきも、スティーヴィの恍惚とした様子に気づいて波のように引いていった。スティーヴィは、トミー、レンツ、ベガーの背中を威勢よく叩き、大声で歌い、ケリーをパートナーにして踊り回った。自分の豹変ぶりをどう思われているかなど少しも気にならなかった。

「ようやくパーティに参加する気になったらしいな」ギャヴが言った。

　サッカーの試合中も、スティーヴィはずっとハイだった。ただし、スティーヴィ以外のヒブス・サポーターにとっては最悪の経過をたどった。スティーヴィはまたしても一人浮いた存在になった。さっきは自分の幸福をみなと分かち合うことができなかった。今度は失意を分かち合うことができない。試合はハーツがリードしていた。両チームとも、無数のチャンスを凡ミスでふいにしてばかりいる。小学生なみの試合内容だが、少なくともハーツは、巡ってきたチャンスのいくつかを得点に結びつけた。シック・ボーイは頭を抱えている。フランコは、反対側のスタンドで喜びに沸くハーツ・サポーターを敵意に燃えた目でにらみつけている。レンツは監督をクビにしろと怒鳴った。トミーとショーンはディフェンダーのミスをあげつらい、失点の責任が誰にあるのか議論している。ギャヴは審判の判定がハーツ寄りだと罵り、ドージーは何分も前のヒブスのミスをいまだに嘆いていた。スパッド（ドラッグ）とセカンド・プライズ（アルコール）はそれぞれぶっ飛んだままベグビーの部屋で転がっている。あの二人の分のチケットは無駄になった。あとでマリファナを巻く紙にでも使うしかない。だが、いまのスティーヴィにとってはどれもこれも騒ぐようなことではなかった。彼は恋をしているのだから。

　試合が終わると、スティーヴィは友人たちと別れ、ステラを出迎えるために駅に向かった。ハーツ・サポーターの大部分もやはり駅の方角に向かっていた。険悪な空気が漂っていたが、スティーヴィは気づかずにいた。一人がスティーヴィの目の前まで来て何か怒鳴った。四対一でそっちが勝ったんだぜ？　なのにまだ何か不満なのか？　血を求めてるのか？　どうやらそうらしい。

駅までのあいだ、スティーヴィはハーツ・サポーターのオリジナリティに欠けた罵声に耐えた。「タマなしヒブス」に「フィニアンども」。もう少し愉快な悪口は思いつけないのか？　仲間にけしかけられたお調子者が一人、背後からスティーヴィの足を引っかけて転ばせようとした。ヒブスのスカーフを外しておけばよかった。だが、誰にわかる？　彼はもうロンドンっ子だ。こんなつまらない騒ぎ、いまの彼の人生にどんな関係がある？　しかし、自分の問いに自分で答える気にもなれなかった。

駅構内に入ると、ハーツ・サポーターの一団が彼に近づいてきた。「タマなしヒブス！」一人がそうわめく。

「何か誤解があるみたいだな。俺はボルシア・メンヒェングラートバッハのサポーターだ」唇の端を殴られ、口のなかに血の味が広がった。何度か蹴りが飛んできたあと、一団は去っていった。

「新年おめでとう、みんな！　愛と平和を祈るよ、ハーツ・サポーターの兄弟たち！」スティーヴィは彼らの後ろ姿に向かって笑い、切れてじんじん痛む唇を舐めた。

「なんだよ、イカレ野郎か」一人が言った。スティーヴィは彼らが戻ってきて彼をぶちのめすかと身構えたが、彼らの興味はもう、アジア系の女性と二人の子供たちに移っていた。

「パキスタンの売女！」

「とっとと自分の国に帰れ！」

彼らは一斉にサルの鳴き真似をし、サルのようなしぐさをしながら駅を出ていった。

「ひどくチャーミングで思いやりのある奴らだったね」

スティーヴィが女性に声をかけると、女はイタチを警戒するウサギのような目でスティーヴィを見つめた。彼女の目にはスティーヴィも、呂律《ろれつ》が回らず、血を流し、アルコールの臭いを撒き散らす、さっきの面々と同類の若い白人としか映っていないだろう。それに何と言っても、この男も、自分を脅した若者たちと同じように、サッカー・チームのスカーフを巻いている。しかも彼女にとってはスカーフの色の違いなど問題ではない。この女の考えているとおりだ、とスティーヴィは深い悲しみとともに悟った。緑色のスカーフをしたヒブス・サポーターがこの女性に暴言を吐いた可能性だってあるのだ。どこのチームのサポーターにも愚かな人間はいる。

列車は約二十分遅れで到着した。イギリス鉄道にしては上出来なほうだ。ステラは乗っているだろうか。スティーヴィは不安に駆られた。その波が全身を震わせる。乗っているかどうかにすべてがかかっている。かつて経験したことがないほど重大な局面だ。ステラの姿は見えない。ステラの顔を思い描くことすらできなかった。だが次の瞬間、彼女がすぐそこに立っていた。彼の思い描いていたステラとは違うステラが。よりリアルで、より美しい彼女が、そこにいた。あの微笑み、彼の思いと同じものを映したあの眼差し。彼は二人のあいだの短い距離を走って埋め、彼女を抱き締めた。長い長いキス。やっと唇を離したとき、プラットフォームから人影は一つ残らず消え、列車はとうにダンディに向けて走り去っていた。

わかりきったこと

部屋の外のどこかから、耳をつんざくような叫び声が聞こえた。窓際の俺の隣で眠りこんでいたシック・ボーイが、飼い主の口笛を聞きつけた犬のように頭をもたげた。俺は身震いをした。不快な叫び声が俺の全身を切り裂いていく。

レスリーが何かわめき散らしながら入ってきた。その声の破壊力たるや。お願いだ、やめてくれ。いますぐ黙れ。やかましくて死にそうだ。ここにいる全員が死んじまうぞ。頼むからいまは静かにしてくれ。これほど強く何かを願ったのは、生まれて初めてだ。

「赤ちゃんが……赤ちゃんがたいへん……ドーンが……ああ、どうしよう……どうしよう……」やかましい声のうち、言葉らしい言葉に聞こえたのはそれだけだ。レスリーがすり切れたソファにどさりと座る。俺は、その上の壁についた大きな茶色の染みから目を離せずにいた。何だ、あれは？　いったい何があんなとこに？

シック・ボーイが立ち上がった。目をむいている。カエルの目みたいだ。とっさに俺の頭に浮かんだ図はそれだ。カエル。ぴょんと跳ねるみたいに立ち上がると、さっきまでは死んだみたいに動かなかったくせに、急に機敏に動き出した。レスリーをちょっと見つめたあと、早足で寝室に向かう。マッティとスパッドは、わけがわからないといった顔できょろきょろしているが、ヘロインで朦朧《もうろう》とした頭でも、何か恐ろしい事態が起きたことだけはわかったらしい。俺にもわかった。確信があった。だから、よくないことが起きるといつも言う台詞をつぶやいた。

「軽く一発やっておこう」

マッティが俺の顔をまっすぐに見た。それからうなずいた。スパッドは立ち上がり、ソファのレスリーとは少し離れた位置に座った。レスリーは両手で顔を覆っている。スパッドはレスリーの肩を抱くとか何かするつもりでいるんだろうと思った。肩に腕を回してやれよと思った。そう念じた。だがスパッドは、黙ってレスリーを見ただけだ。レスリーの首にある大きなほくろにぼんやりと視線を注いでいる。

「あたしのせいだ……あたしの……」手で顔を覆って泣きながら、レスリーが言った。

「ねえ、レス……ほら、マークがヤクを作ってくれてるよ。だから……ねえ、泣かないで……」スパッドがレスリーに言った。ここ数日で初めてスパッドの声を聞いた。もちろん、本当にずっと黙ってたわけじゃないだろう。何かしらしゃべったはずだが、俺は憶えていない。

シック・ボーイが戻ってきた。見えないリードが首に巻かれていて、それをめいっぱい引っ張ってる犬みたいに、全身が張り詰めているのがわかる。シック・ボーイの声は低くかすれていた。『エクソシスト』の悪霊の声を連想した。背筋がぞっとした。

「くそ……人生ってのはどうしてこうなんだ？　こんなことになって、どうしたらいい？

え？」

こいつのことは生まれたときから知ってるようなものだが、それでも、こんなシック・ボーイは一度も見たことがない。「何があった、サイ？　いったいどうしたんだよ？」

シック・ボーイが近づいてくる。俺は蹴り飛ばされると身構えた。俺たちは親友と呼べる仲だが、酔っ払ったときや、その場かぎりの怒りが爆発して、相手を殴ったことは何度もある。本気じゃない。かっとなってちょっと暴れる程度のことだ。それで友情が壊れたりはしない。だが、いまはいくら友達でも許せそうになかった。禁断症状が出始めているいまはやめてくれ。もしもこの状態で蹴られたら、俺の骨は粉々に砕けるだろう。だが、奴はすぐ目の前まで来ると、黙って俺を見下ろした。よかった。感謝するぜ、シック・ボーイ様、サイモン様。

「おしまいだ。何もかもおしまいだ！」シック・ボーイが声を絞り出すように言った。甲高い、絶望に満ちた声。車にはねられた犬が、楽にしてくれる人間を待って鼻を鳴らすように。

マッティとスパッドが立ち上がって寝室に行った。シック・ボーイをその場に置いて、俺も後に続いた。赤ん坊が目に入る前から、寝室に死が充満しているのを感じた。赤ん坊は、ベビーベッドの上でうつぶせになっていた。それは、いや、ドーンは、死んでいた。目のまわりが黒ずんでいる。触れてみるまでもなく死んでいるとわかった。どこかの子供部屋のクローゼットの床に置き忘れられた小さな人形みたいだった。それくらい小さかった。悲しくなるほど小さかった。ちっちゃなドーン。かわいそうに。

「ドーンが……信じられねえ。ひどすぎる……」マッティが首を振りながら言った。

「ヘヴィだよね……だって、こんなのって……」スパッドは顔を伏せ、ゆっくりと一つ息を吐き出した。

マッティはまだ首を振っている。そのまま段々と小さくなって消えてしまいそうに見えた。

「俺は帰る。俺には重すぎる」

「許さねえぞ、マッティ！　いまは誰もこの家から出るな！」シック・ボーイが怒鳴った。

「落ち着いてよ、シック・ボーイ。ねえ、落ち着こうよ」スパッドが言った。おまえのほうこそ落ち着けよと言いたくなるような声だった。

「いいか、ここにはヘロインが大量にあるんだぞ。しかもこの界隈は何週間も前からお巡りだらけだ。いま出ていけば、俺たち全員がブタ箱行きになる。どこもかしこもお巡りだらけなんだ」シック・ボーイが冷静になろうとしているのが手に取るようにわかる。警察の手入れが入るかもしれないと考えると、とたんに頭がしゃっきりする。ドラッグに関して俺たちは典型的なリベラリストで、どんな形であれ、国家による介入には断固反対だ。

「そうかもな。けど、俺たちはやっぱり引き上げたほうがいいんじゃないのか。片づけて出ていけば、レスリーだって救急車なり警察なりを呼べるだろ」俺はマッティに賛成だった。

「だけど……レスリーのそばにいてやったほうがいいんじゃないかなあ。だって、友達だろ」スパッドが言った。そんな仲間意識、この状況には少しばかり甘っちょろいと思えた。マッティがまた首を振る。こいつは半年ぶりにソートン刑務所から出てきたばかりだ。ここでまた塀のなかに逆戻りとなれば、かなりこたえるだろう。一方で、通りは警官だらけだ。事実かどうかわからないが、そんな気がし始めていた。一緒にいようというスパッドの懇願よりも、シック・ボーイの妄想のほうに俺の気持ちは傾いていた。便所にヤクを全部流すなんてごめんだった。それなら刑務所のほうがましだ。

「俺に言わせてもらえば」マッティが口を開いた。「あれはレスリーの赤ん坊だ、そうだろ？　ちゃんと面倒を見てりゃ、死んだりなんかしなかっただろうよ。なのに、なんで俺たちが巻きこまれなきゃならねえんだ？」

シック・ボーイの息遣いが、過換気の発作でも起こしたみたいに速くなっていた。

「こう言っちゃ何だが、マッティにも一理あるぜ」俺は言った。そろそろ本格的に具合が悪くなり始めている。とにかく一発やって、ここから消えたい。

シック・ボーイは迷っているような顔をしている。異様だった。いつもの奴なら、誰彼かまわず命令しまくる。相手がそれに従おうが従うまいがおかまいなく。

スパッドが言った。「だけど、レスリーを一人で放ってくわけにもいかないよ。だってさ……わかるだろ？」

俺はシック・ボーイをまっすぐに見て聞いた。「父親は誰だ？」

シック・ボーイは答えない。

「ジミー・マクギルバリーじゃねえの」マッティが言った。

「そんなわけねえだろ」シック・ボーイが鼻で笑った。

マッティが俺のほうを向いた。「レンツ、おまえ、しらばっくれてんじゃねえよ」

「あ？　何だと？　何言い出すんだよ？」

「おまえ、あそこにいただろ、レンツ。ボブ・サリバンのパーティ」

「よせよ。俺はレスリーとやったことは一度もねえよ」それは事実だが、言っちまってから、かえってまずかったと思った。世の中には、他人の主張の正反対が真実だと思いこむ輩は少なくない。セックスがらみではとくにそうだ。

「じゃ、なんであの次の日の朝、レスリーと一緒に寝てたんだ？」

「酔っぱらっただけだよ。酔いつぶれただけだ。ドアストッパーか何かを枕にして寝違えるよりずっといいだろ。最後に女とやったのなんか、思い出せないくらい昔の話だぜ」それで全員が納得したらしい。俺がいつからドラッグにはまってるか、みんな知ってる。それがセックス方面にどんな影響を及ぼすかも知ってる。

「そうだ……誰かから聞いたな……父親はシーカーだって……」スパッドが言った。

「シーカーじゃねえよ」シック・ボーイが首を振った。それから、死んだ赤ん坊の冷え切ったほっぺたに手を触れた。目に涙を溜めている。俺も泣きたくなった。胸が締めつけられた。謎が一つ解けたからだ。ドーンの死に顔は、俺の幼なじみ、サイモン・ウィリアムソンに生き写しだった。

　シック・ボーイが上着の袖を引っ張り上げた。体液をじくじく垂れ流している注射跡が見えた。「金輪際、ヘロインはやらない。俺はいまこの瞬間からドラッグをやめる」誰かとセックスしたいときや金を融通してもらいたいときと同じ、あの傷ついたバンビみたいな表情をしている。俺はあやうく奴を信じそうになった。

するとマッティがシック・ボーイのほうを向いて言った。「なあ、サイ。無茶な結論に飛びつくなよ。赤ん坊が死んだこととヘロインは関係ねえだろ。レスリーのせいでもない。さっきはかっとなってあんなこと言っちまったけどさ、レスリーはちゃんとした母親だった。この赤ん坊を愛してた。誰のせいでもねえよ。これはほら、あれだよ、乳幼児突然死とかいうやつだ」

「そうだ、それだよ……それに決まってる」スパッドがうなずく。

俺は本当にこいつらが好きだと思った。マッティ。スパッド。シック・ボーイ。レスリー。おまえらを愛してるよと言いたかった。言おうとした。だが、口から出てきたのは、まるきり違う言葉だった。「ヤクを作る」当惑した目が一斉にこっちを向く。俺は肩をすくめ、言い訳がましく言った。「俺にはそれしか言えない」

耐えがたかった。レスリー。俺はこういう場面ではまったくの役立たずになる。いや、役立たずどころじゃない。いないほうがまだましだ。レスリーはさっきのまま座っていた。そばに行って肩を抱き、慰めの言葉をかけてやるべきなんだろうな。だが、全身の骨がねじれ、ぎいぎいと軋《きし》んでいる。いまは他人に触れたくない。だからこうぼそぼそと言うだけにした。

「残念だよ、レスリー……でも、誰のせいでもない……突然死ってやつだ……ちっちゃなドーン……かわいい子だった……残念だ……」

レスリーが俺を見上げた。血の気のない憔悴した顔は、乳白色のフィルムを貼った骸骨みたいだった。目の縁が赤く染まり、真っ黒なくまができていた。

「クスリを作るの？　あたしも打ちたいよ、マーク。打たずになんていられない。お願い、マーク、あたしの分も作って……」

ようやく誰かの役に立てそうだ。注射器やら針やらが部屋じゅうに散らばっている。どれが俺のだ？　シック・ボーイは、どんなことがあろうと他人の注射器は絶対に使わないと言う。くそくらえだ。こんな精神状態で、かまっていられるか。俺は手近なやつを取った。スパッドのじゃないことはまず確かだ。あいつはずっと部屋の反対側から動かずにいたから。スパッドがいまもＨＩＶに感染せずにいるとしたら、政府は統計学の専門家をリースに派遣すべきだろう。確率の法則が当てはまらない謎の地域だってことだから。

自分のスプーンとライター、コットンボールをかき集め、シーカーがずうずうしくもヘロインと呼ぶ、下手したら粉末洗剤かもしれない粉を用意した。ほかの三人も集まってきた。「手もとが暗くなるだろうが」俺は手を振って奴らを追い払った。偉そうな態度だと自分でも思ったし、そんな自分がいやでたまらない。逆の立場だったら不愉快だ。だが、いったん権力を手にしたら、誰だってその絶対的権力を悪用してみたくなるものだろう。奴らは少し下がったところから黙って俺の手もとを見つめた。こいつらはしばらくお預けだ。いまはレスリーが最優先だ。ただし、そのレスリーより、俺のほうが先だがな。そんなの、わかりきったことだろ。

ジャンク・ジレンマ No. 64

「マーク！　マーク！　開けてちょうだい！　いるのはわかってるのよ！　いるんでしょ！」

　おふくろだ。おふくろにもずいぶん会ってない。俺はドアから少し奥の床に転がっている。そのドアの向こうには細い廊下があって、もう一つドアがある。おふくろはその二つ目のドアの向こうにいる。

「マーク！　お願い、お願いだから開けてちょうだい！　ママよ、マーク！　開けてちょうだい！」

　泣いてるみたいな声だった。「開けれちょうらあい」に聞こえる。おふくろのことは愛してる。ものすごく愛してる。だが、その愛の性質を言葉で表現することはできない。そのせいで、面と向かって愛してると言うのも不可能に近い。俺は、おふくろをすごく愛してる。本当に愛してるから、こんな息子で申し訳ないと思っている。代わりの息子を探してきてやれたらと思う。いまの状態を変えることができないからこそ、変えてやりたいと思う。

　あのドアは開けられない。絶対に。だから、またヤクを作ることにする。痛みを感じる神経群が次をよこせとわめいている。

とっとと次をよこせ。

ちくしょう。もう少し楽な生きかたはないのかよ。

ヘロインには不純物がたっぷり入っている。ちゃんと溶けないのがその証拠だ。くそ、シーカーの野郎！

そのうち親父とおふくろの家にも寄ってやらないとな。様子を見に。よし、最優先事項にチェックしておこう。ただし、シーカーの野郎のところに寄るほうがもっと最優先だ。言うまでもなく。

あたしの男

うわ、信じられねえ。

俺たちは軽く一杯飲みに来ただけだ。なのになんでこんなことになる？

「おい、見たかよ、いまのあれ？　いくらなんでもやりすぎだろ」トミーが言った。

「ほっとけよ。関わらないほうがいい。事情がわかんないわけだしさ」俺は言った。けど、俺も見た。ばっちり見た。男が女を殴った。平手打ちとか、そんなレベルじゃない。パンチだよ、顔面にパンチ。どうかしてる。

奴らと俺のあいだにトミーが座っててよかったと思った。

「俺がそう言ってるんだから、そうなんだよ！」

男がまた女に向かって怒鳴った。ほかの誰も気にとめてない。カウンターの前にいたちりちりの金髪をした大柄な男が振り向いてにやりと笑ったが、すぐにまた向こうを向いてダーツ・ゲームの観戦に戻った。ダーツをやってる一行はこっちに目もくれずにいる。

「同じのでいいか？」俺は空になりかけたトミーのビール・ジョッキを指さした。

「ああ」

俺がカウンターまで行ったとたん、また喧嘩が始まった。声が聞こえてくる。バーテンダーや金髪ちりちり頭にも聞こえたらしい。

「やりなさいよ。好きなだけ殴ればいいじゃない。殴れば！」女が男を挑発している。女の声は幽霊の声みたいに細くて、唇をほとんど動かさずにしゃべった。その女の声だってわかるのは、女の座ってるとこから聞こえてくるからだ。パブはがらがらだった。ほかにも席はいくらでも空いてる。なのに、どうしてよりによってあの隣に座っちまったんだろう。

男が女の顔を殴った。女の口から血が噴き出した。

「もっとやれば、根性なし。やりなさいよ！」

男がまた殴る。女は悲鳴を上げ、両手で顔を覆って泣き出した。男は女のすぐ隣に座ったまま、口を大きく開け、うつろな目で女を見つめていた。

「痴話喧嘩か」ちりちり頭が俺の視線をとらえてにやりとする。俺も笑みを返した。なんでだかわからない。味方を増やしときたかったからかな。これまで誰にも打ち明けたことがないが、俺は酒を飲むといろいろ手に負えなくなる。そういうとき、ダチは他人のふりをするものだろう。自分も酒に呑まれるたちじゃない奴はだいたいそうだ。

俺は、灰色の髪をして口髭を生やした年配のバーテンダーのほうを見た。バーテンダーは首を振って、何かぶつぶつつぶやいた。

俺は二人分のビールを持って席に戻った。絶対に女を殴っちゃいかん。うちの親父はよくそう言っていた。女を殴るような男はくずだ。そう言っていた。連れの女を殴った奴は、見るからにくずだった。脂でべたついた黒い髪の毛、青白い痩せた顔に黒い口髭。イタチ顔の卑劣な男。

　もうこんな店は出たい。俺は静かに飲みたかっただけだ。二、三杯でやめるからって約束して、トミーを誘った。もう酒の問題は乗り越えた。ウィスキーは飲まない。ビールだけだ。けど、こういう事件があると、ウィスキーが欲しくなる。キャロルは実家に帰ってる。もう帰ってくる気はないと言われた。俺は軽く飲みに来ただけだけど、この調子じゃまた止まらなくなるかもしれない。

　席に戻ると、トミーがこわばった顔をしていた。息遣いが荒い。

「信じられねえよ、セカンド・プライズ……」トミーが低い声で言う。

　女はまぶたが腫れて目を開けられなくなっていた。顎も腫れていて、口からはまだ血が垂れていた。痩せた女だった。次に殴られたらバラバラに吹っ飛んじまいそうだ。

　それでもまだ挑発をやめない。

「それがあんたの答えってわけね。どうせいつもその答えだものね」女はしゃくり上げながら吐き捨てるように言った。男にも腹が立つし、自分も哀れだって顔だった。

「黙れ！　黙れって言ってんだろう！　黙りやがれ！」男のほうも、いまにも怒りが爆発しそうな顔をしていた。

「どうするつもりよ？」

「このあま……」男はまた殴ろうとしていた。

「よお、もういいだろ。やめろよ。いくらなんでもやりすぎだ」トミーが男に言った。

「おまえには関係ねえだろう！　よけいな口出しするんじゃねえよ！」男はトミーに人差し指を突きつけた。

「そこの二人、いいかげんにしろ！　頼むぜ！」バーテンダーが怒鳴った。ちりちり頭がにやにやし、ダーツをやってた男たちも何人かこっちを見た。

「いまこの瞬間から俺にも関係があることになった。そう言ったらどうする、え？」トミーが男の鼻先に顔を突きつけた。

「やめとけよ、トミー。な、落ち着けって」俺は関わりたくなかったが、バーテンダーの手前、トミーの腕をつかんだ。が、あっさり振り払われた。

「おまえも殴られたいか」男が脅すように言った。

「俺が黙って殴られると思うか、このタコ！　外に出ようぜ！　ほら来いよ！」トミーは馬鹿にしたみたいにそう言い返した。

男が縮み上がった。まあ、無理もない。トミーは体格がいいからな。

「おまえにゃ関係ねえだろ」男が言った。さっきまでより声が弱々しくなっている。

そのときだ、女がトミーに向かってわめいた。

「あたしの男よ！　あんた、あたしの男に何て口きくのよ！」

女がいきなり身を乗り出してトミーの顔を引っかいた。予想外の事態に、トミーはとっさに女の手を押さえることさえできずにいた。

それをきっかけにめちゃくちゃな騒ぎになった。トミーが立ち上がって男の顎を殴り、男は椅子から転げ落ちた。俺はカウンターの前のちりちり頭に突進し、顎を狙って殴りつけ、ちりちりの髪をつかんで床に引き倒すと、顔面に何度か蹴りを入れた。

一度は奴に手でよけられちまったし、俺の履いてるのはスニーカーだったから、顔に当った分もそれほど痛くはなかっただろうと思う。ちりちり頭は腕を振り回し、髪をひっつかんだ俺の手を払いのけた。それから、真っ赤な顔に、わけがわからねえって表情を浮かべながら、後ずさりした。俺はきっとやり返されると思った。奴がその気になればできただろう。なのに、そいつは突っ立ったまま両手を広げた。

「いったいどういうことだよ？」

「おまえ、もっとやれって顔で見てただろ」俺は言った。

「何の話だ？」本当にわからないらしい。

「警察を呼ぶぞ！　おまえら、出ていけ！　さもないと警察を呼ぶぞ！」本気だってところを示すためだろう、受話器を持ち上げて、バーテンダーが怒鳴った。

「こんなとこで喧嘩はやめとけよ、おまえら」ダーツをやってた太った男が脅すみたいな声で言った。ダーツの矢を手に持ったままだった。

「俺は何の関係もないだろう」ちりちり頭が俺に言った。

「そうかな、俺の勘違いだったかな」俺は言った。

軽く飲みに来ただけだった俺たちを面倒に巻きこんだ男と女は、こそこそ出ていこうとしていた。

「ろくでなし。あたしの男なのに」去り際に女がわめいた。

トミーが俺の肩に手を置く。「行こうぜ、セカンド・プライズ。帰ろう」

ダーツ・チームの太っちょ――パブの名前とダーツの矢の絵と、その下に〝ステュ〟と名前が入った赤いシャツを着ていた――は、まだ言い足りないらしかった。

「二度とこの店で騒ぎを起こすんじゃねえぞ。おまえらはこの界隈の人間じゃねえだろう。おまえらの顔なら知ってる。あの赤毛の小僧や、ウィリアムソンって野郎、ポニーテールにした男の仲間だろう。ドラッグを売り買いしてるろくでなしどものな。そういう人種はこの店には要らねえ」

「俺たちはドラッグはやらねえよ」トミーが言った。

「へえ、そうかい。ここじゃやってないってだけだろ」太っちょが言い返す。

「そのくらいでいいだろ、ステュ。そいつらのせいじゃないんだから。悪いのはアラン・ヴェンタースと奴の女だ。あの二人は、このあたりのどの連中よりもドラッグにどっぷり浸かってる。それくらい知ってるだろうが」髪の薄い別の男が言った。

「痴話喧嘩はわざわざパブに来てやらないで、家でやってくれって話だよな」また別の男が言う。

店を出る瞬間が一番おっかなかった。奴らが追って来やしないかと思って怖かった。俺は急ぎ足で歩き出そうとしたが、トミーはぐずぐずしていた。

「ちょっと待てよ」トミーが言った。

「うるせえ、とっととずらかろうぜ」

通りを歩き出す。パブのほうを振り返ってみたが、誰も追いかけてきていなかった。いかれカップルが少し先を歩いているのが見えた。

「あいつにちょっと話がある」トミーはそう言って二人を追いかけようとした。そのとき、バスが来るのが見えた。

「やめとけよ、トミー。ほら、Aの二二系統。ちょうどいい。

バスが来た。乗ろうぜ」俺たちは停留所まで走っていってバスに飛び乗った。二つか三つ先の停留所ですぐ降りるのに、二階の一番奥まで行った。

シートに座ると、トミーが訊いた。「俺の顔、ひでえことになってねえか？」

「いつもとどこも変わってねえよ。ひでえ顔だ。いや、あの女のおかげでましになったかもな」俺はそう言ってやった。

トミーはバスの窓ガラスに自分の顔を映して確かめた。「あのいかれ女」

「いかれ女といかれ男め」俺は言った。

トミーを引っかいたのは女なのに、男を殴ったトミーはいい奴だと思った。やんちゃだったころ、俺だって自慢にならないことをいろいろやったが、女を殴ったことだけはない。キャロルの言い分はでたらめだ。俺があいつに暴力を振るったとか言ってるけど、俺は殴ったことなんか一度もない。ちゃんと話をしたかったから、ちょっと押さえつけただけだ。あいつは押さえつけるのと殴るのは同じだ、暴力には違いないって言った。俺はその理屈に納得がいかない。俺はただ、引き留めたかっただけだ。話がしたかっただけだ。

レンツにこの話をしたら、キャロルの言うとおりだって意見だった。俺と一緒にいたいかどうか、キャロルには決める自由があるって言う。けど、それだってでたらめだろう。俺はただ話がしたかっただけなんだから。フランコは俺の味方だった。男と女ってのは理屈じゃない。俺たちはレンツにそう言ってやった。

バスに揺られてたら、いまさら不安で緊張してきた。トミーも同じだったんだろう。トミーもそれきり黙りこんでたから。けど、明日になったら俺たちはまた、レンツやベガー、スパッド、シック・ボーイとパブに繰り出して、今夜のことを自慢話みたいにしゃべり散らすんだろうな。

スピーディな面接

1　準備

　スパッドとレントンは、ロイヤル・マイルのパブにいる。この店はアメリカをモチーフにしたテーマ・バーのつもりらしいが、あまりそれらしく見えない。寄せ集めのがらくたがごちゃごちゃ並べてあるだけだ。

「おもしろいこともあるもんだね、同じ仕事を紹介されるなんてさ」スパッドはギネス・ビールを音を立ててすすりながら言った。

「俺に言わせりゃとんでもない災難だぜ。仕事なんか誰が要るかってんだよ。悪夢だ」レントンが首を振る。

「うん、失業手当もらってるほうが楽でいいよな」

「問題はだ、スパッド。真剣にやらないと――採用されないようにわざと面接をぶちこわしにしたりすると、職安に連絡が行って、手当の支給が打ち切られるってことだ。ロンドンでやられた。警告を食らってる。次に同じことをすると、ロンドンの失業手当を打ち切られる」

「うん……ぼくも同じだな。で、どうする？」

「そうだな、やる気満々のふりをしつつ、悪い印象を与えなくちゃならない。やる気があるなら、向こうだって何も言えないだろ。ふだんどおりにして、正直に答えてれば、俺たちが採用されるなんてことはまずないよ。ただ黙って座ってたりしたら、即行で職安に連絡がいく。働く気がまったくなさそうだって告げ口される」

「えー……そんな芸当、ぼくには無理だよ。そんな風にうまくやれる自信ないな。ぼくはほら……もともと内気な人間だし」

「トミーがスピードをくれた。おまえの面接は何時からだっけ？」

「二時半」

「そうか、俺は一時からだ。二時にここに戻ってくるから待ってろよ。俺のネクタイを貸してやる。ついでにスピードもな。それで自信がついて、自分を売りこめる。さてと、いまのうちに書類を仕上げちまおうぜ」

二人は応募用紙を取り出してテーブルに広げた。レントンの書類はすでに半分ほど記入がすんでいた。スパッドは学歴に目を留めた。

「ちょっと……これ何だよ？　ジョージ・ヘリオット卒って……リーシー卒だろ……？」

「なあ、エディンバラじゃ、一流校を出てなきゃ、ろくな仕事にありつけないのは常識だよな。逆に、たかがホテルのポーターにジョージ・ヘリオット卒のエリートを採用するわけがない。俺たちみたいな凡人の仕事だ。おまえも何か似たようなことを書いとけよ。履歴書にオーギー卒だのクレギー卒だのって書くと採用されちまうかもしれねえ……おっと、もう行かないと。何があっても面接に遅刻するのだけはまずい。待ってろよ、すぐ戻るから」

2　本番：ミスター・レントン（午後一時）

俺を出迎えた人事課長は、顔じゅうがニキビの花畑みたいな男だった。やけに気合の入ったスーツの肩に溜まったフケがコカインの小山を連想させる。五ポンド札を丸めて、安物のスーツから吸ってやりたくなった。この口だけは達者そうな奴はたぶん、〝できる男〟を演出したいんだろうが、軟弱そうな顔とニキビがそれをみごとにぶち壊していた。ヘロイン漬けだった最悪の時期の俺だって、さすがにここまで肌の色艶が悪くなったことはない。どう考えてもこいつは形式上、面接官として出てきてるだけだ。責任者はおそらく真ん中に座った気むずかしげなデブちんだ。向かって左には、冷たい笑いを口もとに浮かべた、男が女物のビジネススーツを着てるみたいな厚化粧の女、不細工のビジュアルカタログみたいな女が座っている。

たかがポーターの面接に、ずいぶんと豪華な顔ぶれじゃないか。

相手の初手は予想どおりだった。デブちんが親しみのこもった目を俺に向けて言った。

「応募書類を拝見すると、ジョージ・ヘリオットを卒業されたようですね」

「ええ……学生時代はよかったなあ。もう大昔のことみたいに思えますよ」

書類には嘘を書いたかもしれないが、面接では嘘はついていなかった。ジョージ・ヘリオットに通ってた時期があるのは事実だからな。ギルスランド工務店で見習いをしてたころ、あの学校の仕事を請け負った。

「あのフォザリンガム先生は相変わらずですか」

くそ。正解の確率は半々。1：ええ、相変わらずです。2：あの先生は退職しました。だめだ。やばすぎる。ここはごまかしておこう。

「ああ、懐かしいですねえ」俺はそう言って笑った。デブちんが満足顔をする。おい、まずいぞ。これで面接が終わっちまうんじゃないか。採用されちまうんじゃないか。面接は和やかな雰囲気で進んだ。俺の前提はひっくり返っちまった。博士号持ちの野心家は精肉工場の掃除係の仕事にもありつけず、重い持病のある商業高校出の爺さんは原子力発電所の技術者として採用されたりする世の中なのかもしれない。何か手を打たないとやばいぞ。俺は心底震え上がった。このデブちんは、俺のことを運悪く失業しちまったジョージ・ヘリオットOBだと思いこんで、救いの手を差し伸べようとしてる。とんでもない計算違いだったな、レントン。この大ボケ野郎。

ありがたいことに、ニキビちんぽ野郎に救われた。どう考えたって一物にもニキビがあるさ。全身の隅々までニキビだらけなんだから。それはともかく、ニキビ野郎はおずおずとこう訊いた。

「あの、すみません……えっと……ミスター・レントン……えっと……説明していただけますか……その……職歴が途切れ途切れですよね……あの……」

そっちこそ、途切れ途切れにしかしゃべれねえ理由を説明してみろってんだ、このおたんこなす。

「ええ。もう何年もヘロインの依存症に苦しんでいまして。やめる努力はしています。ただ、そのせいでいつも仕事は短期で辞めざるをえなくなって。みなさんには正直に申告しておくべきですよね。雇用主になるかもしれないわけですから」

我ながら鮮やかなどんでん返し。三人が椅子の上でもぞもぞと座り直す。

「あー、その、正直に打ち明けてくださって感謝しますよ、ミスター・レントン……その、ほかにも面接予定の方がいらっしゃいますので……今日はありがとうございました。結果は後日ご連絡いたします」

魔法だ。デブちんは俺とのあいだに冷ややかな距離を置いた。これで、俺がまじめに面接を受けなかったとは誰にも言えない……。

3　本番：ミスター・マーフィー（午後二時三十分）

このスピード、最高だな。なんかこう、全身にエネルギーが満ちあふれてる感じ。面接が楽しみでしかたない。レンツが言ってたっけ。自分を売りこめ、スパッド、嘘はつくなって。

行くぜ、スパッド。楽しもうぜ……。

「書類を拝見すると、ジョージ・ヘリオットを卒業されてますね。今日はまるでヘリオットの同窓会みたいだ」

そうだよね、デブ猫ちゃん。

「採用面接だし、ほんとのことを言わなくちゃだめだよね。実はぼく、オーギー卒なんです。セント・オーガスティン。そのあとにクレギーに行って、ね？　クレグロイストンです。ヘリオット卒って書いたのは、ほら、そのほうが楽に就職できるかなって。エディンバラじゃ、学歴差別が多いでしょ、ね？　スーツにネクタイ締めてるようなタイプは、ほら、ヘリオット卒とか、ダニエル・スチュアート卒とか、エディンバラ・アカデミー卒とかって聞くと、ね、急に気に入っちゃったりするよね。ほら、あんただって〝クレグロイストンをご卒業されてますね〟なんてわざわざ言わないでしょ？」

「いえ、私はただ会話の糸口を探していただけですよ。たまたま私もヘリオットを卒業しているものですから。あなたをリラックスさせようと思っただけのことです。それから、差別とおっしゃいましたが、その点は安心してください。新たに定めた機会均等方針であらゆる差別の禁止を謳《うた》っていますから」

「へえ、クールじゃん。ところで、ぼくならリラックスしてるから。ね？　この仕事をどうしてもやってみたくて張り切ってるだけです。ゆうべは眠れなかったな。面接で大失敗したらどうしようって心配で。その書類にクレグロイストン卒なんて書いとくとさ、みんな、こう考えるでしょ。まあ、クレグロイストンに行ったようなのは、どいつもこいつもクズだからって。ね？　でもさ、スコット・ニスベットは知ってるでしょ？　サッカー選手の。ハンズ……じゃない、レンジャーズの一軍にいて、あのソーネス監督がすげえ額の契約金を払って連れてきた外国の選手を押しのけてレギュラーをキープしてる選手。ね？　あのニスベットはぼくの一学年後輩なんだ」

「いや、とにかくですね、ミスター・マーフィー、私どもはあなたの学歴ではなく、いや、あなたを含めた応募者全員の学歴ではなく、あなたがお持ちの資格に関心を持っています。ここには、五科目で0グレードに合格と書か……」

「ちょっと待った。そこでストップ。0グレード合格なんて、ね、嘘っぱちだよ。そう書いとけば、ここんちの面接を受けさせてもらえるかなって。やる気のあるところを見せとこうって思ってさ。ね？　この仕事、どうしてもやりたいんだ。だから、ね？」

「よろしいですか、ミスター・マーフィー。あなたは雇用省の職業案内所の紹介でいらしているわけです。嘘などつかなくても、面接は受けられるんですよ」

「へえ、そうなんだ……あんたがそう言うなら、そうなんだろうね。決めるのはあんただもんな。あんたが議長ってとこだ。ね？」

「ええ、まあそうです。なかなか話が進みませんね。では、嘘をついてまでこの仕事を志望された理由を話していただけますか」

「コレが要るからだよ」

「なぜレジャー産業を志望されたんですか？」

「ああ、そういうことですか。しかし、具体的には、なぜレジャー産業を志望されたんですか？」

「だって、楽しい思いをするのは誰だって好きだよね？　ちょっとした娯楽は誰だって好きでしょ？　ぼくにとっては、それこそが娯楽《レジャー》なんだ。みんなが楽しそうにしてるのを見てるのが、ね？」

「なるほど」厚化粧のメス猫ちゃんが言った。このねえちゃん、けっこう好みかも……「あなたの長所はどこだとお考えですか？」

「そうだな……ユーモアのセンスがあるところだね。人間、ユーモアが必要だよ。なくちゃ一人前じゃない。とにかく必要なものだよ、ね？」〝ね？〟ばっかり言わないように気をつけなくちゃ。凡人だって勘違いされちまうかもしれない。

「短所は？」スーツで決めた、ばかに声の高い子猫ちゃんが訊いた。あ、これがニキビ野郎か。全身ニキビだらけだってレンツは言ってたけど、あれ、冗談じゃなかったんだな。ヒョウの子供みたいにブチブチだよ。

「そうだな、完全主義すぎることかな。ね？　ちょっとでも思ったとおりにいかなくなると、すぐ放り出したくなるんだ。ね？　でも、今日の面接は、ものすごくうまくいってるって感じ、びんびん伝わってくる。ね？」

「どうもありがとうございました、ミスター・マーフィー。結果は後日ご連絡します」

「礼を言いたいのはこっちだよ。これまで受けた中で最高の面接だった。ね？」ぼくは跳ねていって、猫ちゃんたち全員の前足を握ってやった。

4　反省会

スパッドは、レントンの待つパブに戻った。

「どうだった、スパッド？」

「ばっちりだよ、ばっちり。うまく行きすぎたかも。採用されちゃうかもしれないな。いやな予感がする。でもさ、レンツ、スピードをやっておいてよかったよ、ありがとう。今回みたいにしっかり自分を売り込めたのは初めてだ。絶好調だったよ、レンツ。絶好調」

「じゃあ、成功を祝って乾杯しようぜ。さっきのスピード、もうちょっとやるか？」

「当然じゃん、レンツ。当然だよ」

再発

スコットランドは正気を守るためにドラッグをやる

リジーの前でバロウランドのライヴの話はできない。絶対に、一言もだ。失業手当を受け取るなり、チケットを買った。それで文無しになった。だがまずいことに、ライヴの日はリジーの誕生日でもある。つまり、チケットか、リジーのプレゼントか、その二者択一だった。考えるまでもないよな。イギー・ポップだぜ。リジーだってわかってくれると思ってた。

ところが、リジーの反応はこうだった。「イギー・ファッキン・ポップのチケットは買えて、あたしの誕生日プレゼントは買えないってこと?!」想像できるだろう? 俺がどんな目に遭ったか。リジーの激怒っぷりときたら。いや、勘違いしないでくれ。リジーの気持ちはわからないでもない。いけないのは俺だ。俺が悪かった。甘かったよ。おしゃべりトミー、考えが足りなかった。もう少し——えっと、何て言うんだっけ? 世渡り? もう少し世渡りがうまければ、チケットの件は黙ってたんだがな。うれしくて、思わずぺらぺらしゃべっちまった。機関銃《トミー・ガン》なみのおしゃべり。怖いものなし。我ながらアホすぎる。

だから、それ以来、ライヴの話はおくびにも出さずにいた。ところが前日の晩、リジーが『告発の行方』を見に行きたいって言い出した。『タクシー・ドライバー』のあの女優の新作らしい。俺はあんまり気が進まなかった。宣伝されすぎてて、かえって見る気がしないってやつだ。いや、だが、見たいか見たくないかって問題じゃないんだよな。問題は尻のポケットに入ってるイギー・ポップのチケットだ。そこでしかたなくライヴの話をした。

「ごめん、明日はだめだ。バロウランドのイギー・ポップのライヴに行く予定だからさ。ミッチと約束してる」

「へえ、あたしと映画より、デイヴィ・ファッキン・ミッチェルとライヴを選ぶってわけね」リジーらしいね。女といかれた野郎ども御用達の最終兵器——話をいきなり大げさにする。

この瞬間、俺の返事が、俺たちの今後の関係を決定する重責を負うことになった。反射的に〝そうだよ〟と言っちまいそうになったが、もしそう答えたら、リジーに捨てられるに決まってる。俺はリジーとするセックスがなきゃ生きていけない。この女のセックスは最高だぜ。とくにバックからやるのがたまらない。リジーの低いあえぎ声、俺の部屋の黄色いシルクの枕に広がるきれいな髪。枕カバーは、スパッドが引越祝いにって、プリンスズ・ストリートのブリティッシュ・ホームストアから万引きしてきてくれたやつだ。そんなプライベートな話を他人に聞かせるもんじゃないってことはわかってる。しかし、ベッドでのリジーのイメージがあまりにも鮮烈で、ふだんは愛想がないとか、すぐ癇癪を起こすとか、その程度の欠点は色褪《あ》せる。いつもベッドにいるときのリジーみたいだったら、もっと最高なんだけどな。

　俺は甘い言葉を並べて謝り倒そうとしたが、リジーは冷酷で容赦なかった。優しくてきれいなのは、やっぱりベッドのなかだけだ。年がら年中あんな意地の悪い顔をしてたら、せっかくきれいなのに、すぐ老けちまうだろう。リジーは思いつくかぎりの暴言で俺を罵り、それでも気がすまなかったのか、まだまだわめき散らした。哀れなトミー・ガン。勇ましいトミー・ガンはもういない。今日からはケツの穴の小さいただのトミーだ。

　ただし、イギーは何も悪くない。イギーに責任を押しつけるのは無茶ってものだろう？　だって、イギーが会場のバロウランド・ボールルームを押さえたとき、そのせいで見も知らぬ男がこんな災難に遭うなんて、予想できたはずがないからね。予想してたとしたら、そっちのほうが気味悪いよ。それでもともかく、イギーはリジーの堪忍袋の緒を切るはさみの役割を果たしちまったわけだ。リジーは本物の鋼鉄の女だよ。だが、俺はハッピーだ。あのシック・ボーイでさえ、俺に嫉妬してる。リジーの恋人って肩書は勲章みたいなものだからな。しかし、それには有名税ってやつもくっついてくるわけだ。その喧嘩のあと、パブを出たとき、俺にはもう人間として価値がなくなったと思ったよ。

　フラットに帰ってスピードをやり、メリーダウンのリンゴ酒をボトル半分くらいがぶ飲みした。それでもどうしても眠れそうになかったから、レンツに電話をかけ、うちに来て一緒にチャック・ノリスのビデオを見ようぜと誘った。レンツは明日からロンドンに行くらしい。

最近のレンツは、エディンバラにいるよりもロンドンに行ってるほうが多かった。例の失業手当の受給がどうのって関係だな。あいつは、何年も前、ハリッジ−フーク・ファン・ホラント間のフェリーで働いてたころ、同僚に誘われて、失業保険詐欺のシンジケートみたいな組織に加わった。で、ロンドンにいるあいだにイギーのタウン・アンド・カントリー公演に行く予定らしい。俺たちはマリファナをやりながら、束になってかかってくるアカどもを叩きのめすのを見ながら、首がもげそうなほど大笑いした。チャックはあのお馴染みの退屈そうな冷めた表情を最後まで崩さなかった。素面じゃこんなくだらない映画、見てられないだけど、ハイなときにはたまらなくおもしろい。

次の日、起きてみると、でかい口内炎が何個もできてた。テンプス――最近このフラットに越してきたギャヴ・テンパリー――には、自業自得だと言われた。スピードのやりすぎでそのうち死ぬぞって脅されたよ。それに、おまえの学歴なら、その気になれば仕事にありつけるだろうとも言われた。だから言い返してやった。母親みたいに偉そうな口きくなよ、たかがダチのくせに。とはいえ、ギャヴの言いたいこともわかる。ちゃんと働いてるのはギャヴ一人だから――あいつ、職安で働いてるんだ――俺たち全員からたかられる羽目になる。気の毒なテンプス。そのうえゆうべは俺とレンツのせいで寝られなかったんじゃないかな。ちゃんと働いてる奴はみんなそうだろうけど、テンプスも、失業手当をもらってる奴が楽しそうにしてるのが気に入らない。レンツが毎日テンプスのところへ押しかけて失業手当の申請手続なんかをあれこれ聞き出そうとするのにもうんざりしてる。

俺は実家に行き、ライヴに備えて小遣いをせびった。酒やドラッグを買う金もそうだが、電車賃も要る。俺はドラッグならスピードが好きだ。酒と相性がいいし、俺は酒も好きだからね。スピード狂トミーってとこか。

おふくろは説教を始めた。ドラッグは危険だとか、俺がこんなざまだからがっかりしてるとか。親父は何も言わないが、心のなかでは俺のことを本気で心配してるとか。しばらくすると親父が仕事から帰ってきた。おふくろが二階に行ってるあいだに、今度は親父がこう言った。母さんは何も言わないかもしれないが、心のなかではおまえのことを本気で心配してるんだぞ。率直に言って、俺がこんなざまだからがっかりしてるそうだ。ドラッグはやめるんだなと言いながら親父は、隠してもわかるぞとでも言いたげに俺の顔をまじまじと見た。皮肉な話だよな。俺はヘロインや何かにはまってる奴も、スピード常用者もいろいろ知ってるが、一番たちが悪いのはな、アルコール依存症だ。セクスみたいな。セクスっていうのは、ラブ・マクローリン、つまりセカンド・プライズのことだよ。あいつが一番やばい。

俺は小遣いをせしめると、パブのヘブスでミッチと落ち合った。ミッチはまだゲイルとつきあってる。なのに、どうやらまだ一度もやってないらしい。奴の話を十分も聞いてれば、なんとなく察しがつく。そのときもうミッチは酔っ払ってたから、ミッチからもいくらか借りた。俺たちはビールを四杯ずつ空けてから列車に乗った。グラスゴーに着くまでのあいだに、俺はエキスポート・ビールを四缶あけ、スピードを二回やった。グラスゴーに着くと、今度はサミー・ドウで二杯飲み、タクシーを拾ってリンチに移動した。ここでも二杯、いや三杯かな、飲んだ。それから便所に行ってスピードを一回ずつやり、イギー・ポップの歌をメドレーで歌い、バロウランドとは反対方向、ギャロウゲートのサラセン・ヘッドって店に行った。ここでもアルミホイルに包んだスピードを舐めながら、仕上げにリンゴ酒とワインを飲んだ。

このパブを出たときにはもう、ネオンサインがにじんで見えるくらい酔っ払ってた。外は死ぬほど寒かった。凍るんじゃないかって本気で心配になったぜ。明かりを目標物に歩き、バロウランド・ボールルームに入った。ライヴはもう始まってるみたいだったが、まっすぐバーに向かった。俺は破れかけたTシャツを脱いだ。ミッチは金持ち向けのスピード、すなわちコカインを出してフォーマイカのテーブルに白い線を何本も引いた。

次の瞬間、空気が一変した。ミッチが金がどうとかと言った。俺はよく聞き取れなかったが、奴が怒ってるのはわかった。俺たちは呂律が回らない同士で猛烈な口喧嘩をし、やがて殴り合った。どっちが先に手を出したのかは憶えてない。だが、そんな状態で殴り合ったところで、痛くも何ともない。自分のパンチが当たった感触もわからないし、相手のパンチが当たった感触だってわからない。そのくらい酔っ払ってた。それでも、俺の鼻から血がぼた滴って、胸やテーブルに飛び散ったのを見て、頭に血が上った。ミッチの髪の毛をつかんで、頭を壁に叩きつけてやろうとしたが、手が言うことをきかなかった。誰かが俺をミッチから引き剝がし、二人まとめてバーから通路に放り出された。俺は立ち上がると、会場から漏れてくる音楽に合わせて口ずさみながら、汗まみれの体がひしめくホールに入り、人を押しのけ、かき分けながら前へ前へと進んでいった。

　一人の男が頭突きを食らわしてきたが、俺はかまわず、そいつの顔を確かめもせずにひたすら前進を続けた。ステージの真ん前に来ると、思い切り踊り回った。偉大なるイギーがすぐ目の前にいる。バンドは『ネオン・フォレスト』を演《や》っていた。誰かが俺の背中を叩いて言うのが聞こえた。「おまえ、頭おかしいぜ」俺は声をかぎりに歌い、体をくねらせ、ゴムまりみたいにぴょんぴょん跳ね続けた。

「アメリカは正気を守るためにドラッグをやる」って歌詞にさしかかったとき、イギー・ポップは俺をまっすぐ見ていた。ただし、イギーは「アメリカ」を「スコットランド」と歌った。なあ、たった一文で、ここまで俺たちのことを正確に描写した奴が過去にいたか……？

　俺は舞踏病から覚めたみたいに動きを止め、畏敬に打たれた目でイギーを見上げた。だが、イギーはもう別の誰かを見ていた。

ビール・ジョッキ

ベグビーの困ったところと言えば……いや、ベグビーには困ったところがありすぎるな。俺が何より厄介だと思うのは、奴といるときは一瞬たりとも気を抜けないってことだ。とくに酒が入ったとき。誰かに対する奴の気分がほんの少しでも変わった瞬間、そいつは大親友から迫害のターゲットに一気に格下げになる。ターゲットにされたくないなら、媚《こ》びすぎだと思われない絶妙な加減で機嫌を取っておくことだ。

それでも、きっちり引かれた境界線を明らかに超えても無事でいられる場合もある。第三者の目にこの境界線は見えないが、俺たちはもう直感で察知できる。ただし、奴の気分しだいでルールは刻一刻変わる。そう考えると、ベグビーとつきあうのは、女とつきあう前のちょうどいい予行演習だ。感受性が身につく。相手のニーズの変化を意識できるようになる。俺は女とつきあうときはいつも、ベグビーといるときと同じように、露骨にならない程度に甘やかすよう心がけている。

ベグビーと俺は、ギボの二十一歳の誕生パーティに招待されていた。出欠の返事を出さなくちゃいけない、しかも同伴者が必要な類の正式なパーティだ。俺はヘイゼルを誘い、ベグビーはジューンを連れてきた。ジューンは妊娠しているが、まだ腹のふくらみは目立たない。パーティの前に、ローズ・ストリートのパブで待ち合わせた。そのパブを指定したのはベグビーのほうだ。ちなみにローズ・ストリートは、チンピラとぼんくらと観光客くらいしか足を向けない界隈だ。

ヘイゼルと俺の関係は奇妙だ。くっついたり別れたりを繰り返しながら、もう四年くらい続いている。ある種の了解みたいなものがあって、俺がヘロインをやり始めると、ヘイゼルは黙って姿を消す。それでもヘイゼルが完全には俺と別れないのは、ヘイゼルも俺に負けないくらいイカレてるからだ。しかもヘイゼルは、問題を解決しようと努力するどころか、問題なんか存在しないふりをする。ヘイゼルの場合、問題の根源はクスリじゃなくてセックスだ。俺たちはめったにセックスをしない。俺はヤクのせいでできない場合が多いし、ヘイゼルは不感症だからだ。世間的には、不感症の女なんかいない、インポの男がいるだけだってことになってる。それはある程度までは当たってる。それに、セックスには自信があるなんて、俺は口が裂けても言えない——過去の無惨な戦績がその雄弁な証拠だ。

ヘイゼルは小さいころに父親から性的虐待を受けたらしい。一度、酔っ払ったときその話を聞いた。そのときは、俺のほうも同じくらい正体をなくしてたから、ちゃんと聞いてやれなかった。あとになって、詳しく話してくれと言ったが、ヘイゼルは二度とその話はしなかった。それ以来、俺たちのセックスライフは壊滅的になった。もともと無惨なものだったが。死ぬほど焦らしたあげく、ヘイゼルはやっと応じるが、してるあいだずっと、ヘイゼルは体をこわばらせてマットレスを握り締め、歯を食いしばっていた。そのうち、セックスレスになった。だって、あれじゃサーフボードとやってるみたいなものだ。いろんな前戯を試したが、ヘイゼルをリラックスさせるのは無理だ。かえって緊張させるばかりで、ときにはほんとに吐きそうになったりした。いつか、ヘイゼルが安心して体を開ける相手が見つかればいいと思う。そんなこんなで、俺たちのあいだには奇妙な協定ができた。社交のうえで互いを利用する。ほかにうまい表現を思いつかない。要するに、〝ノーマル〟を装うのに互いを利用するってことかな。ヘイゼルはセックスを受けつけないことを隠せる。俺はヤクのせいで勃たないことを隠せる。これほど都合のいいことはない。俺の親父やおふくろもヘイゼルをすっかり気に入って、いまから未来の義理の娘扱いしてる。ほんとのことを教えてやったら何て言うだろう。ま、そんなこんなで、俺はヘイゼルに連絡し、今晩のパーティに一緒に行ってもらうことにした。仮面カップルとしてな。

　ザ・ベガーは、俺たちが店に着く前からもう飲んでいた。スーツ姿だと、いかにもワルそうでアブナそうに見える。襟もとや袖口から刑務所で入れた風の入れ墨がのぞいてるしな。入れ墨が明るいほうへともぞもぞ動いているような気がした。服の下に押しこめられてるのが気に入らないんだろう。

「来たか、男娼《レント・ボーイ》、調子はどうだ？」がらがら声でザ・ベガーが怒鳴った。奴からはTPOって概念がそっくり抜け落ちている。「彼女、元気かい？」次にヘイゼルに声をかける。「今日の服、似合ってるぜ。な、こいつにはスタイルがある」謎めいた一言を口にしたあと、わざとらしく間をおいてから、説明を加えた。「役立たずのくず野郎ではあるな。だが、こいつはスタイルを持ってる。頭の回転が速い。品がある。この俺と同じだ」

他人の架空の長所を挙げておいて、最後に臆面もなくそっくりそのまま自分に当てはめる。いつもの手だ。

ヘイゼルとジューンは友達ってほどの間柄じゃないが、さっさと女同士でおしゃべりを始め、ザ・ベガー、フランコ将軍のお相手役を体よく俺に押しつけた。ベグビーと二人で飲むのはずいぶん久しぶりだ。ほかに誰かいれば休みやすみ相手ができるが、一対一じゃ気を抜く隙もない。

俺の注意を引くのに、ベグビーは俺の脇腹に肘をめりこませた。仲間うちのことじゃなかったら、暴力と誤解されても文句が言えないくらい強烈に。それから、無用の暴力シーンだらけのバイオレンス映画の話を始めた。そのうえ、そのシーンをここで再現すると言って聞かない。空手チョップとか、首を絞めるとか、ナイフで刺すとか。俺を相手役にして、だ。映画そのものの倍くらいの時間をかけて、懇切丁寧に説明された。まだ酔っ払ってもないってのに、明日には俺は全身痣《あざ》だらけだろうな。

俺たちは二階のバルコニー席で飲んでいたが、込み合った一階にヤバそうな一団がどやどや入ってくるのが見えた。大声で騒いで周りの奴らをビビらせている。

俺はこういう手合いが大嫌いだ。ベグビーみたいな奴ら。たとえばパキスタン移民とか、同性愛者とか、自分と異質なところがあると、相手かまわずぶっ飛ばしたがる。この最低の国のなかでも最低の輩だ。この国を植民地にしたイングランドを責めたってしかたがない。俺にはイングランド人を憎む気持ちはないな。馬鹿を憎んだってしかたがない。ただし、俺たちはその馬鹿の集団に植民地にされたんだ。俺たちは、洗練されて活気がある、健全な国を自分たちの植民者に選ぶことさえできなかったんだ。俺たちは、落ち目の国家に統治されてる。つまり俺たちは何だってことになる？　この世のかすみたいな国だってこと、地上に排泄された何よりもみじめで、卑屈で、同情する価値もない、最低ランクのクソだってことだ。俺はイングランド人を憎んではいない。奴らは奴らなりに勝手にさせておけばいい。俺が嫌いなのはスコットランド人だ。

ベグビーは、今度はジュリー・マシソンのことをしゃべりだした。大昔にベグビーが片思いしてた女だ。ジェリーのほうは、はなからベグビーを嫌っていた。だからかな、俺はジュリーが気に入ってた。本当に善良な女だった。HIVに感染したあとに赤ん坊を産んだが、子供は陰性だったと聞いてほっとした。ところが病院の奴らときたら、放射能汚染防護スーツみたいなものを着たうえに、ご丁寧に防護ヘルメットまでかぶった奴を二人付き添わせて、ジュリーと赤ん坊を救急車で家に送り返した。一九八五年の話だ。まあそりゃそうだって結果になった。近所の住人はその様子を見てビビりまくり、ジュリーをフラットから追い出した。HIVキャリアのレッテルを貼られたら最後、人生終わっちまうって証拠だよ。独り暮らしの女となればなおさらだ。結局、ジュリーは精神的にまいっちまった。もともと免疫は低下してるわけで、まもなく発症した。

ジュリーは去年のクリスマスごろ死んだ。俺は葬式に行けなかった。スパッドのうちのマットレスで自分のゲロにまみれて、立ち上がる気力さえなかった。いまでも後悔してる。ジュリーとはいい友達だったから。一度も寝たことはない。お互い、いい友達のままでいたいと思ってた。一度でも男女の関係になったら。もとには戻れない。セックスは、男女の関係をさらに深めるか、終わらせるかのどっちかだ。寝たあと、前か後ろかには進めるが、その場にとどまるのは難しい。ジュリーはヘロインをやり始めてから、ものすごくきれいになった。たいていの女にそれは当てはまる。もともと持ってた最高の面が表に出るらしいな。ヘロインっていうのは先にいいものを与えておいて、あとから利息つきでそれを取り返す。

ベグビーの追悼の言葉。「一度やりたかったなあ、あの女。もったいねえ」

俺は、おまえにはもったいない女だったよと言い返してやりたい衝動を抑えつけた。怒りを顔に出さないようにした。口からだらだら血を流す羽目になるに決まってる。そこで、下の階に行って酒を注文することにした。

さっき来たチンピラどもが押しあいへしあいしながら、ついでに関係ない連中も押しのけながら、カウンターの前にたむろしていた。酒を注文するのは一苦労だった。傷痕と入れ墨だらけの皮を縫い合わせて作った人型の殻が——いやたぶん、なかに誰か入ってはいるんだろうが——怖じけて縮み上がったバーテンダーにわめいていた。「**ウォッカのダブルのコーラ割り！　おい、ぐずぐずしてんなよ、ダブルのコーラ割りだ、とっととよこせ！**」俺は奥の棚に並んだウィスキーのボトルに目を据え、そいつと視線を合わせないことに集中した。

だが、目は、俺とは別の生き物みたいに勝手に横に動いていく。パンチやボトルが飛んでくるのをいまかいまかと待ってるみたいに頬が熱を持ってびりびりした。こういうタイプは自制心を持ち合わせていない。サイコ野郎のなかでも最高ランクに位置する奴らだ。

ジョッキを持って二階に戻った。まず女たちの小ジョッキ、次に俺たちの大ジョッキをテーブルに置く。

次の瞬間、それは起きた。

俺は、エキスポートの一パイントサイズのジョッキをベグビーの前に置いただけだ。奴はジョッキを持ち上げると、ぐっと一口流しこんだ。次に、その前に飲んでた空のジョッキを手すり越しに放り投げた。肩越しに、ひょいとさりげなく。取っ手がついたどっしりした造りのビール・ジョッキだ。それが回転しながらすっ飛んでいくのが俺の視界の隅をかすめた。思わずベグビーの顔を見ると、奴はにやにや笑っていた。ヘイゼルとジューンは怯えた顔をしていた。俺と同じく、このあと何が起きるか不安で凍りついている。

ジョッキは、チンピラの一人の脳天にぶつかった。額がぱっくり割れた。チンピラは床に膝をついた。仲間たちはとっさに臨戦態勢を取り、そのうちの一人はすぐ隣のテーブルに突進して、無実の男に体当たりした。別の奴は、トレイに酒のグラスを並べて通りかかった不運な男の胸ぐらをつかんだ。

ベグビーは席を立つと、全速力で階段を駆け下りた。そして、一階フロアのど真ん中に仁王立ちして言った。

「ジョッキをぶつけられた奴がいる！　投げた犯人が見つかるまで、おまえら、一人もこの店を出るんじゃねえ！」

それから何も知らないカップルに大声で命令したり、店の従業員に指図したりした。滑稽なことに、チンピラ集団たちでさえ何も疑っていなかった。

『落ち着けよ、あんた。俺たちで何とかするから」ウォッカのコーラ割りダブル野郎が言った。

ベグビーが何と答えたのか聞き取れなかったが、どうやらダブル野郎は感服しちまったらしい。次にベガーはバーテンダーに近づいた。「そこのおまえ！　サツに電話しろ！」「よせ！　サツなんか呼ぶんじゃねえ！」チンピラ集団から声が上がった。きっと両手の指を使ってもまだ余るくらい前科があるんだろう。気の毒に、バーテンダーは、困り果てた様子でカウンターの奥でおろおろしていた。

ベグビーがすっと背筋を伸ばす。首の筋肉がぐっと盛り上がる。カウンター周辺をにらみ回し、それから二階席を見上げた。

「何か目撃した奴はいねえのか？　そこのおまえら、何か見たか？」二階席で息をひそめていた、商業高校とかマリーフィールドあたりを出ていそうなグループに向かって怒鳴った。

「いえ、何も……」一人が震え声で答えた。

俺はヘイゼルとジューンにここから動くなよと言い置いて、階下へ下りた。ベグビーときたら、アガサ・クリスティーの推理小説にでも出てきそうな病的に几帳面な探偵みたいに、全員を尋問して回っている。まったく、いくらなんでもやりすぎなんだよ。俺は階下に下りると、カウンターからタオルを取って被害者の割れた額に当てて止血を試みた。チンピラがうなり声を上げた。感謝の意を表しているのか、俺のタマを踏みつぶすって予告なのか判別は難しかったが、とにかく俺は傷口の圧迫を続けた。

チンピラ集団の一人、太った男が、カウンターのそばにいた別の集団に近づいて、そのなかの一人にヘッドバットを食らわせた。それが合図になったみたいに、店のあちこちで騒ぎが持ち上がった。女たちは悲鳴を上げ、男たちは互いに脅し合い、どつき合い、殴り合った。グラスの割れる音がそこらじゅうで響く。

俺は白シャツの前を血でぐっしょり濡らした奴は放っておいて、人をかき分けながら階段を上って、ヘイゼルとジューンを連れ出そうと二階席に戻った。誰かが横から俺の顔を殴ろうとした。パンチが飛んでくるのがちらりと見えたから、まともに食らわずにすんだ。俺がそっちを見ると、そいつはこう言った。「かかってこいよ、このおたんちん！　相手になってやる！」

「やめておく」俺は首を振って言った。それでも奴はかかってこようとしたが、仲間らしき別の男がそいつの腕をつかんで引き留めた。助かったぜ。こんな奴とやり合って勝てるわけがない。相当体格のいい男で、あの体重を載せたパンチを食らったらこっちはひとたまりもない。

「よせよ、マーキー。そいつは関係ないだろ」仲間が奴に言った。俺はそそくさとテーブルに戻った。それからヘイゼルとジューンを連れてまた階段を下りた。さっきのマーキーは別の奴を見つけて殴りつけていた。一階の真ん中に誰もいない道筋ができていた。俺はヘイゼルやジューンを連れ、その道筋をたどって出口に向かった。

「よう、女が一緒なんだ、気をつけてくれ」俺は目の前で殴り合いを始めようとしてた二人組に言った。一人がもう片方に飛びかかり、俺たちはそのあとにできた隙間をすり抜けた。

パブからローズ・ストリートに出ると、ベグビーともう一人が（あのウォッカのダブルだ）、歩道に倒れこんだ不運な奴を二人がかりで蹴りつけていた。「**フランク！**」ジューンが身の毛のよだつような叫び声を上げた。ヘイゼルは俺からじりじりと離れようとしていた。つないでいた手が引っ張られる。

「**フランコ！　行くぞ！**」俺はベグビーの腕をつかんだ。ベグビーは動きを止めて自分の作品を見下ろしたが、俺の腕は振り払った。それから振り返ると、俺の顔をじっと見つめた。一瞬、殴られると思った。俺のことが見えてないのか、俺が誰だかわからないのかと思った。

やがてベグビーは言った。

「レンツ。ヤ《Y》ング・リ《L》ース・チ《T》ームのフランコ様を侮《あなど》っちゃいけねえぜ。こいつらにそのことを教えてやらないとな、レンツ。忘れてもらっちゃ困るんだ」

「あんた、やるな！」フランコの暴行の共犯者、ダブル野郎が言った。

フランコはにっと笑ってみせ、いきなり奴のタマを蹴りあげた。見てる俺まで痛かった。

「ありがとよ、このタマなし！」ベグビーはそう言うと、ウォッカのダブル野郎の顎を狙って強烈なパンチを繰り出した。ダブル野郎が倒れる。真っ白な歯が弾丸みたいに奴の口から吹っ飛び、タイル敷きの歩道に散らばった。

「フランク！ 何してんの！」ジューンが叫んだ。

パトカーのサイレンが近づいてきている。俺たちはベグビーを引きずるようにしてその場を離れた。

「いまのあいつは、それにあの店にいたあいつの仲間どもはよ、俺の兄貴を刺した奴らなんだよ！」ベグビーは猛《たけ》り狂っている。ジューンは精根尽き果てたような顔をしていた。

ベグビーの言い分はでたらめだ。確かにベグビーの兄貴のジョーは、もう何年も前にニドリーのパブで喧嘩して刺されてる。だが、そもそも喧嘩を吹っかけたのはジョーのほうだったし、刺されたって言っても大した傷じゃなかった。それにどのみち、フランコとジョーの兄弟仲は最悪だ。それでもベグビーはその一軒を口実に、定期的に飲んだくれちゃ、その界隈のギャングどもに突っかかっていく。ベグビー当人もいつか刺されることになるだろう。絶対に。それが俺が一緒にいるときじゃないことを願うだけだ。

ヘイゼルと俺は歩く速度を落とし、フランコやジューンを先に歩かせた。ヘイゼルは家に帰りたがっていた。「ベグビーって正気とは思えない。さっきの人のおでこ、見たでしょ？ ね、帰ろ」

思わず俺は嘘をついていた。ベグビーの行動を正当化してやろうとして嘘をついた。自分のことながらいやになっちまう。だが、怒っているヘイゼルをなだめるのは無理だし、そのせいで口論になるのも勘弁だ。嘘をつくほうが簡単だった。仲間うちじゃ、いつだってベグビーのことで嘘を言い合ってるからな。ベグビー神話っていうのは、俺たちが互いについてきた嘘で作り上げられたようなものだ。しかも俺たちだけじゃなく、ベグビー当人もその嘘っぱちを信じこんでいる。ベグビーがいまのベグビーになったのは、俺たちにも責任がある。

神話：ベグビーのユーモアのセンスは超一級だ。
現実：ベグビーのユーモアのセンスは、他人の（たいがいは仲間の）不運や失敗、弱みが露呈した場合にのみ発揮される。

神話：ベグビーは〝鋼鉄の男〟である。
現実：カッターナイフ、野球のバット、ブラスナックル、ビール・ジョッキ、先を尖らせた編み棒といった武器を持っていない丸腰のベグビーなんか、たぶん屁でもない。この仮説を実際に証明してやろうなんて勇気のある奴は俺も含めてまずいないが、おそらく事実と認定していいだろう。トミーが一度、ベグビーの欠点を本人の前で指摘しちまったことがある。即座に喧嘩になった。勝負は互角だった。言っておくが、トミーは体格がいいし、鍛えてる。それでもベグビーの優勢勝ちだった。

神話：仲間はベグビーを慕っている。

現実：仲間はベグビーを怖がっている。
神話：ベグビーは、仲間には絶対に手を出さない。
現実：ベグビーのダチは、この仮説を証明してやろうと試みるほど無謀じゃない。たまにこれに挑む奴がいるが、全員がこの仮説をひっくり返すことになった。
神話：ベグビーはつねに仲間の味方につく。
現実：ベグビーは、仲間の誰かのジョッキをうっかり倒しちまったり、うっかり体をぶつけちまった悪気のない哀れなまぬけを徹底的に叩きのめす。だが、相手が本物のサイコ野郎の場合は免責される。ベグビーとつるんでる俺たちより、そういうサイコ野郎どものほうがベグビーとより親しい場合が大部分だからだ。ベグビーは、児童自立支援施設や少年院、フーリガンのネットワーク——すなわち一連のギャングの秘密結社みたいなものを通じて、その手合いを大勢知っている。

ともかくそんな神話をベースにして、その晩も俺はベグビーのために言い訳をしてやった。

「なあ、ヘイゼル。フランコが手に負えないのは俺にもわかる。でもそれは、あの一味がジョーを生命維持装置につながれるような目に遭わせたからなんだ。あの兄弟は仲がいいし」

ベグビーはヘロインみたいなものだ。癖になる。小学校の入学式当日、担任教師が俺に言った。「マーク・レントン、きみはフランシス・ベグビーの隣に座りなさい」中学に上がっても、またベグビーの隣に座らされた。成績を上げてOグレード受験クラスに入ったのだって、ベグビーから離れたい一心だったからだ。だが、ベグビーが退学になって別の学校に移り、のちに少年院に収容されるころには、俺の成績も下がって普通クラスに逆戻りしていた。それでも、とにかくベグビーとは離れられた。

そのあと、ゴーギーの工務店で見習い大工をしていたころ、俺はテルフォード・カレッジに建具師の国家試験の講習を受けに行った。カフェテリアでチップスを食べようとしていると、あろうことか、ベグビーがサイコ仲間と一緒に現われるじゃないか。非行少年向けの金属細工の職業研修を受けに来てたらしい。あの手の研修ってのは、わざわざ軍の放出物資店まで買いに行かなくてもよく切れる金属の武器を自作できるようあいつらを訓練するためにあるようなものだ。

大工見習いをやめ、Aレベル受験を目指してカレッジに行き、そこからアバディーン大学に進んだときは、どうせまた新入生歓迎のパーティかなんかで「この野郎、ガンつけやがって」とか何とか、勘違いしたことをわめきながら、中流階級出身の眼鏡をかけたお坊ちゃまを半殺しの目に遭わせてるベグビーに遭遇しちまうんだろうと、なかば覚悟していた。

とにかく、ベグビーは第一級のイカレ野郎だ。それは間違いない。だが、困ったことに、奴は俺のダチだ。あきらめるしかない。そうだろ？

俺たちは足を速め、ベグビーたちに追いつこうとした。イカレ四人組の復活さ。

幻　滅

俺は奴を憶えてた。しっかり憶えてたよ。クレイギーに通ってた当時は、そいつのことを手ごわい野郎だと思ってたさ。な？　いつもケヴ・ストロナックや奴の取り巻き連中とつるんでた。あのどうしようもねえ連中とな。勘違いしないでくれよ。そいつのことはまともな野郎と俺は思ってた。けど、あるときわかったんだよ、どこの出身なんだってそいつに言った奴がいてさ。「ジェイキー！（そいつの名前だよ）おまえ、グラントンを出てきたのかよ、それともロイストンか？」そしたらそいつはこう答えた。「グラントンはロイストン。ロイストンはグラントン」それを聞いて、俺のなかでそいつの評価は一気に下がった。それは学校に行ってたころの話だ。な？　いまとなっちゃ大昔の話だ。

それはいいとして、一週間くらい前かな、トミーやセクス——ラブのことだよ、ほら、セカンド・プライズだ——とヴォリーに飲みに行った。そうしたらそいつが、クレイギーで一緒だった馬鹿でかいジェイキーって奴が入ってきた。向こうは俺に気づかなかった。だが俺のほうは、あいつと石でカニをぶっ潰して遊んだことを思い出した。港でな。向こうはこっちに気づいてなかったよ。俺が誰だかさっぱり憶えてない……ふん、無礼な野郎だよ。

まあ、それはいいとして、そいつのあばた面のダチ公が、掛け金を台に置いた。賭けビリヤードの金だよ。そこで俺は、メガネをかけたしょぼくれた野郎を指さして言ってやった。「次はあいつの番だぜ」メガネは順番待ちのボードにちゃんと名前を書いてたくせに、俺がそう言ってやらなきゃきっとそのまま黙ってただろうよ。

俺はやる気満々だった。俺は喧嘩のネタをこっちから探すような人間じゃねえ。だけどな、念のために言っとくが、そいつらが飛びかかってきたら、受けて立つつもりだった。武器代わりのビリヤードのキューを持ってたから、キューの太いほうの尻を膿だらけのあばた面に叩きこんでやれる立場にあった。しかもナイフもいつも持って歩いてる。そうさ。さっきも言ったけど、俺は喧嘩のネタを探して歩いてるわけじゃないぜ。だけどな、生意気な野郎どもから挑まれたら、いつだって受けて立つ。ってなわけで、メガネが金を台に置いて、球をラックに並べ始めた。あばた面は黙って椅子に座った。俺はあの手ごわい野郎から目を離さなかった、いや、少なくとも学校のころは手ごわかったんだよ。な？　そいつは一言も口をきかなかった。一度も口を開かなかった。ふん、何様だよ。

トミーが言った。「なあ、フランコ、あの野郎、ずいぶんとおしゃべりじゃねえか？」トミーときたら、こいつがまた怖いもの知らずなんだ。あいつらにもトミーの声は聞こえてただろう。しかし、今度も一言も口をきかなかった。あばた面も、昔は手ごわかったはずのあいつも。喧嘩になれば二対二だ。だってよ、こっちのもう一人はセカンド・プライズだぜ。誤解しねえでくれよ、俺だってセカンド・プライズは大事なダチだと思ってる。けどな、喧嘩となると使い物にならねえ。そのときも完全に酔っ払ってて、キューを持ってられるのが奇跡ってざまだったからな。ちなみに、これは水曜日の朝十一時半の話だ。ともかく、ほんとなら喧嘩になってるところだ。ところがあいつらは一言もしゃべらねえ。あばた面のほうははなから勘定に入れてなかったわけだが、手ごわい奴には、いや、昔は手ごわかったはずの野郎にはがっかりしちまったよ。結局、手ごわくも何ともなかったってことだ。はっきり言って、ただのタマなしだったってことだよ。幻滅させられたよ、あの野郎には。がっかりだ。

コックの問題

針を刺すところを必死で探すなんて、気分が悪くなる。昨日はしかたなくコックに打った。全身のなかで血管が一番はっきり確認できるとこがコックなんだよ。毎回そんなとこに打つ羽目になったら勘弁だ。だって、いまのところはありそうにないにせよ、小便を垂れる以外の使い道がもしかしたら見つかるかもしれないだろ。

玄関のチャイムが鳴ってる。ちくしょう。どうせあのへなちょこ大家に決まってる。バクスターのじじいの息子だ。父親のバクスターは（神よ、じいさんの霊を休ませたまえ）、家賃のことをうるさく言ったりしなかった。ただの耄碌《もうろく》じいさんだった。じいさんが来ると、俺は老いぼれ好みのいい子を演じた。上着を脱がせてやり、とりあえずかけてくださいよと椅子に座らせ、エキスポート・ビールを勧める。それから、競馬や、五〇年代にスミス、ジョンストン、ライリー、ターンブル、それにオーモンドの〝フェイマス・ファイブ〟と呼ばれていたフォワード・ラインが現役だったころのヒブスの話なんかをした。俺は競馬はよくわからないし、五〇年代のヒブスのことも知らないが、バクスターのじいさんが話すことと言えばその二つしかなかったから、こっちもいいかげんに憶えて適当に相槌《あいづち》を打てるようになった。そうやってしゃべりながら、預かったじじいの上着のポケットを探り、現金を抜き取る。このじいさん、いつだって分厚い札束を持って歩いてた。というわけで、俺はじいさん自身の金で家賃を払うか、え、さっき払ったじゃないですかと言うわけさ。

金欠になると、こっちから電話をかけて呼びつけることもあった。スパッドやシック・ボーイが居候してたりするとき、水道が止まらなくなったとか、窓が割れたとか、そんな口実で、じいさんを部屋に来させた。自分たちでわざとガラスを割ったこともあった。シック・ボーイが古い白黒テレビを投げつけて割ったりな。そうやってカモられやすい老いぼれを呼びつけておいて、金を失敬する。あのじじいのポケットにはいつも大金が入ってた。ただ、じいさんがよそで強盗に遭っちまった場合を考えて、全部は取らず、いくらか残しといてやるようにしてた。

ところがバクスターのじいさんは天国へ行っちまった。代わりに大家になったのは、じいさんの息子、ユーモアを解する心が死にかけの息子だ。こいつときたら、こんなおんぼろフラットでもまだ家賃を取れると信じてるらしい。

「レンツ！」

郵便受けの隙間から誰かの大声が聞こえた。

「レンツ！」

大家じゃない。トミーだ。こんな時間に何だよ？

「ちょっと待ってくれ、トミー。すぐ開ける」

俺はまたちんぽ《コック》に針を刺した。これで二日連続だ。針が刺さったコックは、醜い海ヘビに何か実験でもしてるみたいに見えた。どんどんグロテスクなことになっていく。すぐに快感が脳天まで突き抜けた。一瞬、夢心地になったが、次の瞬間には吐きそうになった。ここまでの上物とは思わなかったから、ちょっと濃くしすぎちまったらしい。深呼吸をして気を落ち着ける。背中にあいた弾痕くらいのちっちゃな穴から、薄い空気が流れこんできているような感覚があった。よし、過量摂取でぶっ倒れる気遣いはなさそうだ。落ち着け。肺をせっせと動かし続けろ。落ち着けば大丈夫だ。いいぞ、その調子だ。

俺はふらつきながら玄関を開け、トミーを入れてやった。これはなかなか難題だった。トミーは不愉快なくらい健康そうだ。マジョルカ島で小麦色に焼いてきた肌もそのままだ。海辺で色の抜けた髪は、短めに切って後ろになでつけてあった。片方の耳たぶにスタッド形とフープ形のゴールドのピアス。柔らかな空色をした瞳。小麦色に焼けたトミーは、なかなか男前だ。こいつは日に焼けたとき一番いい男に見える。ハンサムで、おおらかで、知的で、しかも喧嘩になると強い。いかにも周囲から妬《ねた》まれそうな男だ。なのに、不思議とこいつは妬まれない。自分の長所を知ってて利用するような奴じゃないからだろう。一緒にいてうんざりするような自惚《うぬぼ》れ屋でもない。

「リジーと別れた」トミーが言った。

どっちだろうな。おめでとうと言うべきか、ご愁傷さまと言うべきか。リジーとのセックスは最高らしいが、水兵みたいに口が悪いし、あの目でにらまれたら、それだけでタマが縮み上がっちまうような女だ。たぶん、トミー自身も喜んでいいのか悲しんでいいのか迷ってるんだろう。ともかく、いまはそれ以外のことを考える余裕がないらしいとわかった。いつもはヘロインをやるなんておまえは馬鹿だって口癖みたいに言うくせにまだ言わないし、いまの俺の状態について一言の感想も述べていない。

ヘロインが巡らす無関心の壁のこっち側から、必死にトミーを気遣ってるふりをした。本当のところは、その外側のことなんか、俺にはどうだっていいんだけどな。

「落ちこんでるのか」

「わからない。正直な話、一番さびしいのは、あのセックスができなくなったことだ。それから、何だか一人ぼっちになったみたいな気がすることかな」

トミーは人並み以上のさみしがり屋だ。

俺の記憶に一番強烈に残ってるリジーは、中学校時代のものだ。俺はベグビーやギャリー・マクヴィと一緒に、極悪のナチス野郎、小うるさい担任教師のヴァランスの目を逃れて、リンクス公園の陸上競技トラックのそばに寝そべっていた。そこに陣取ったのは、女子が短パン姿で走るのがいい具合に眺められて、とびきりのマスネタを収集できるからだった。

リジーは最初からがんがん飛ばしていたが、長い脚でひょろひょろ走っていた大柄なモラーグ・〝生理用ナプキン《ジャムラグ》〟・ヘンダーソンにゴール寸前で抜かれて二位になった。俺たちは腹ばいで伏せ、地面に肘をついて顎を手のひらで支えて、リジーがいつもの意地の悪い表情をして懸命に走る姿を眺めていた。何をするときもそういう意地の悪そうな顔をしていた。いや、セックスのときはどうなんだろう。トミーが立ち直ったら、そのあたりのことを訊いてみよう。だめだ、やめておいたほうが……やっぱり訊こう。ともかく、そうやって眺めていると、はあはあという重たい息遣いが聞こえてきた。音のするほうを振り返ると、ベグビーが女子の走る姿を見ながら腰をゆっくり動かしていた。「かわいいリジー・マッキントッシュ……やりてえな……いいケツだ。いつでも歓迎だぜ……いいケツだ……すんげえおっぱいだ……」

そうあえぐと、奴は芝生に顔を埋めた。そのころのベグビーは、いまほどの危険人物じゃなかった。いまとは違ってボスでも何でもなくてただの悪友の一人にすぎなかったし、俺の兄貴のビリーに少しビビってるところもあった。口下手で軟弱だった俺は、兄貴の評判に守られて無事に学校生活を生き延びてるようなところがあった。いや、実際そうだった。それはともかく、俺は腹ばいのベグビーをひっくり返した。すると、奴の土まみれのコックから白い液体がぽたぽた滴った。柔らかな芝生に飛び出しナイフで穴を掘って、地面とやってたんだよ。俺は笑って笑って小便をちびりかけた。ベグビーも笑った。ベグビーは本物のサイコ野郎だっていう、俺たちが作り上げた神話を、ベグビー自身も信じるようになる前のベグビーは、いまより全然のんきな奴だったんだ。

「うわ、マジかよ、フランコ！」ギャリーが言った。

ベグビーはコックをしまい、ジッパーを上げると、ザーメンと土をつかんでギャリーの顔になすりつけた。

もう少しで俺もやられるところだった。だが、ギャリーが爆発し、ベグビーのスニーカーの底を思い切り蹴飛ばした。するとベグビーは腹を立ててぷいとどっかに行っちまった。よく考えたら、リジーのっていうより、ベグビーの記憶か。だがまあ、リジーが〝ナプキン〟に果敢に挑んだことがきっかけになって起きた一件だ。

それはともかく、いまから二年か三年前にトミーがリジーをものにしたとき、ほとんど全員がラッキーな奴だと思ったはずだ。さすがのシック・ボーイでさえ、リジーとは寝たことがないんだから。

意外なことに、トミーはヘロインの小言をまだ一つも口にせずにいた。注射器や何かが部屋じゅうに散らかっているし、俺がかなり酔ってることにだって気づいているはずなのにだ。こういうとき、いつものトミーなら、俺のおふくろのへたくそな口真似をする。寿命が縮まるわよ。もうやめなさい。そんなくだらないもの、なくたって生きていけるでしょ。まあ、そんなことをぶつぶつ言うんだ。

ところがだ。今日はこう来た。「な、それを打つとどうなるんだ、マーク？」純粋に好奇心から聞いているらしい。

俺は肩をすくめた。そんな話、したくもない。ロイヤル・エディンバラ病院とかエディンバラ市立病院の精神科医にはそういうことを延々としゃべらされたけどな。そんな話をしたところでヘロイン漬けから抜け出す役には立たない。だが、トミーはしつこかった。

「なあ、教えてくれよ、マーク。知りたいんだ」

考えてみれば、楽しいときもつらいときも（おもにつらいとき）変わらずにダチでいてくれた奴なんだ。せめて説明する努力くらいはすべきだろう。カウンセラー（思想警察と呼んでもいいいな）には説明したわけだしな。そこで俺は熱弁を振るい始めた。話してると、意外にもいい気分だった。心は穏やかになり、頭がしゃっきりした。

「言葉では説明しにくいんだけどな、トミー。物事がいつもよりリアルに感じられるような気がする。人生って、退屈で無益なものだろ。生まれたときは希望にあふれてるけど、だんだん弱気になってく。自分だっていつか死ぬってことに、しかも大事な答えがちゃんと見つかる前に死んじまうんだろうってことに気づくわけだ。人生をそれぞれに解釈してつまらない理屈をこね上げるが、知ってる価値のあること、つまり本当に大事なこと、真実に関連する知識はちっとも増えてかない。基本的に人間てのはさ、短くて無意味な人生を送って死ぬだけなんだ。だから人生にクソを盛る。仕事だの、人間関係だの、クソみたいなものを盛るおかげで、人生もまんざら無駄じゃないかもしれねえって勘違いするわけだ。そう考えると、ヘロインは正直なクスリだ。そういう幻想をみんな吹き飛ばしてくれるから。ヘロインをやると、前向きな気分のときなら自分は不死身だって思う。落ちこんでるときは、もとからあったいやなことがますますいやに思えてくる。唯一の正直なドラッグだよ。よく言う、意識を変容させるとかそういうことはない。がつんと来て、自信みたいなものを与える。ヘロインをやったあとだと、いやなものもありのままに見えるようになる。感覚が研ぎ澄まされるから、見て見ないふりをするってのができなくなる」

「嘘だ」トミーが言った。「そんなの、嘘に決まってる」

そう、たぶん嘘だ。同じことを先週訊かれていたら、俺はまったく違うことを答えていただろう。明日、訊かれたら、それもまた違うことを言うだろう。だが、とりあえずいまは、ほかのドラッグは退屈で無意味に思えても、ヘロインだけは効くんだという説を貫いておく。

俺の問題は、欲しいと思ってたものが現実に手に入るかもしれないと思ったとたん、または手に入ると確信したとたん、それが急にくだらない無用なものに思えてきて、どうでもよくなっちまうところだ。ガールフレンド、フラット、仕事、学校、金。何だってそうだ。だが、ヘロインだけは別だ。ヘロインに背を向けようとしても、そう簡単にはいかない。向こうが離してくれないからだ。ヤクとうまくつきあうのは、最高に難しい。でも、すげえ快感も味わえる。

「すげえ快感も味わえる」

トミーが俺の目を見た。「俺もやる。やってみたい」

「やめとけって、トミー」

「すげえ快感だっていま言ったろ。だったらやってみたいんだよ」

「やめといたほうがいい。なあ、トミー。俺は本気で言ってるんだぜ」俺が止めるものだから、トミーはかえってやりたくなったらしい。

「金ならある。ほら。だから俺にも打ってくれ」

「トミー……頼むから……」

「本気だよ。いいだろ？　俺とおまえの仲じゃないか。やらせてくれよ。俺の心配は要らない。一度打ったくらいでどうなるもんでもないだろ。打ってくれ」

　俺は肩をすくめ、奴の願いをかなえてやることにした。注射器や針を念入りに消毒し、薄めに一回分を作って、打ってやった。

「うわ、ほんとにすげえな、マーク……ジェットコースターだ……脳味噌がぶっ飛んでる……ぶっ飛んで……」

　奴の反応を見て、俺は怖くなった。世の中には、ヘロインがやたら効く奴がいるんだな……。

　効果が切れたトミーが帰ろうとしたとき、俺は言った。

「ついにやっちまったな、トミー。これでもう何も怖くない。マリファナ、ＬＳＤ、スピード、エクスタシー《E》、マッシュルーム、ネンブタール、バリアム、ヘロイン、何でもござれだ。だが、やめておけ。今日のを最初で最後にしろよ」

　最後にしろといったのは、きっと奴が少し分けてくれ、持って帰りたいと言うだろうと思ったからだ。人に分けるほどは持ってない。余分に持ってたことなんかあったためしがない。

「ああ、そうするよ」トミーはそう言ってジャケットをはおった。

　トミーが帰ったあと、コックがかゆくてたまらないことに初めて気づいた。だが、掻くわけにはいかない。掻いたりしたらバイ菌が入ってコックが化膿しちまう。そんなことになったら、今度こそマジで悲惨なことになる。

昔ながらの日曜の朝食

おいおい、ここはいったいどこだ。どこだよ、ここは……こんな部屋、初めて見た……考えろ、デイヴィ。考えろ。僕は唾液を充分に分泌できないらしく、舌が上顎に張りついている。情けない。情けないったらない……なぜこんな……二度と酒なんか。

うわ！……嘘だろ……誰か嘘だと言ってくれ。やめてくれ、なあ、嘘だよな……。

お願いだ。

こんなことって。頼むよ、勘弁してくれ。まさか、嘘だろ。いや、本当だ。

本当だった。僕は、見たこともない部屋の見たこともないベッドの上で自分の汚物にまみれていた。ベッドに小便を漏らしている。ベッドに吐いている。ベッドに大便までしていた。頭はいまにも破裂しそうに痛いし、胃袋は吐き気の塊だ。ベッドは汚物だらけだった。どこもかしこも汚物だらけだ。

シーツを剝がし、上掛けのカバーも剝がして一つにまとめた。鼻をつまみたくなるような毒のカクテルを内側に隠して。中味が漏れてこないよう、ボールのように固めて口を縛った。マットレスを裏返して染みを隠し、バスルームのシャワーで胸や脚や尻をざっと洗った。このころには、自分がどこにいるか思い出していた。ゲイルの実家だ。

ああ、勘弁してくれ。

ゲイルの実家。どうしてこんなところに？　誰が連れてきた？　寝室に戻ると、僕の服がきちんと畳んで置いてあるのが目に入った。どうして？

誰が脱がせたんだ？

記憶を整理してみよう。今日は日曜だ。ということは昨日は土曜。グラスゴーのハムデン・パークで準決勝を観た。試合の前も後も、試合そっちのけでハイになっていた。勝ち目などないと思ったからだ。グラスゴーを本拠にするチームの一方とグラスゴーで対戦して勝てるわけがない。ハムデン・パークの観客も審判も、全員が向こうの味方なんだから。そんな試合、必死になって応援するだけ無駄だ。だったら酔っ払って浮かれ騒ぐほうがよほどいいと思った。ただ、その浮かれ騒いでいたあいだのことは考えたくない。だいたい、本当に試合を観に行ったのかどうかさえはっきり思い出せなかった。リースの奴らと一緒にデューク・ストリートからハムデン・パーク直行バスに乗ったのは憶えている。トミー、レンツ、それに奴らの仲間たち。ぶっ飛んだ奴らだった。試合前にラザーグレンのパブに行ったところまでは憶えているが、そこから先の記憶がすっぽり抜け落ちている。大麻入り菓子《スペースケーキ》、スピード、ＬＳＤ、マリファナ。だが、いちばん効いたのは酒だ。パブで落ち合ってバスに乗る前に一人でウォッカを一瓶空けた……。

それでも、どこでゲイルが出てくるのかまるでわからない。くそ。しかたなくもう一度べッドにもぐりこんだ。シーツを剝いでしまうと、マットレスも上掛けもひんやり冷たかった。二、三時間たったころ、ゲイルがドアをノックした。ゲイルとはつきあい始めて五週間になるが、まだセックスはしていなかった。体の関係から入るのはいやだとゲイルが言うからだ。その後の関係の性質がそれで決まるかららしい。『コスモポリタン』の記事にそんなようなことが書いてあったらしく、その説が正しいかどうか検証したいそうだ。そのまま五週間。おかげで僕は股のあいだにスイカ大のタマを二つぶら下げて歩いている。おそらく、大小便と嘔吐物のカクテルのなかに、精液もかなりの量、混じっているだろう。

「ゆうべは相当聞こし召してたようね、デイヴィ・ミッチェル」ゲイルがなじるように言った。本気で怒っているのか、それとも頭に来たふりをしてるだけなのか、よくわからない。

「ちょっと、ゲイル、シーツはどうしたのよ？」おっと、本気で怒ってるらしい。

「実は、ゲイル、ちょっとした事故があって」

「そう、まあいいわ、そのままにしといて。降りてきたら？　朝食ができてるから」

ゲイルが行ってしまうと、僕はのろのろと服を着て、這うみたいに慎重に階段を下りた。穴があったら入りたい。シーツのボールも持って下りた。そのまま持って帰って洗って返すつもりだった。

ゲイルの両親がキッチンのテーブルについていた。日曜の朝食に定番の、目玉焼きとソーセージやベーコン、それに豆料理を作ってる音と匂いでキッチンはむっとしていた。胃が宙返りをした。

「ゆうべはずいぶんご機嫌だったわね」ゲイルのお母さんが言った。怒ってるわけじゃなく、からかってるみたいな言いかただったから、僕はほっとした。

　それでもやっぱり気まずくて顔が赤くなった。テーブルについたミスター・ヒューストンが僕をかばうように言った。

「まあまあ、たまには羽目をはずすくらいでちょうどいいんだよ」

「たまにはしゃんと《tied up》してるところも見てみたいかもね」

　お父さんやお母さんには見られないよう、僕がゲイルのほうを向いて眉を吊り上げると、ゲイルがそう言った。ちょっとしたボンデージ《tied up》も悪くないかな……そんな機会があるかどうか、かなり怪しいけど……

「あの、ミセス・ヒューストン」僕は足もとの床に置いたシーツのボールを指さした。「シーツとキルトを汚してしまったんです。持って帰って洗濯しますから。明日、返します」

「あら、そのくらい気にしないでちょうだい、デイヴィ。洗濯機に放りこむだけだもの。ほら、あなたは座って、朝ご飯になさい」

「いや、でも、その……ひどい汚れなんです。恥ずかしいですから。持って帰ります」

「おやまあ」ミスター・ヒューストンが笑った。

「いいから座りなさい、デイヴィ。それは私にまかせて」ミセス・ヒューストンが近づいてきてシーツボールに手を伸ばした。キッチンは彼女のテリトリーだ。ここで自分に逆らう相手がいるとは思っていない。僕はシーツをつかんで胸に抱えようとした。ところがミセス・

ヒューストンは手が早く、しかも見かけよりずっと力があった。シーツをしっかりつかんで思い切りよく引っ張る。

シーツボールがぱくりと花開き、下痢気味の大便とアルコール臭いゲロと濃縮された小便が混ざった鼻が曲がりそうな雨がキッチンに降り注ぎ、床で盛大に飛び散った。ミセス・ヒューストンは二秒くらいのあいだ棒立ちしていたが、すぐに流しに飛びつくと頭を突っこんで吐いた。

水っぽい糞の茶色の点々が、ミスター・ヒューストンの眼鏡にも顔にも真っ白なシャツにも跳ねていた。リノリウムのテーブルにも、ミスター・ヒューストンの朝食の皿にも。まるでテイクアウトのフィッシュ・アンド・チップスについてくるやたら水っぽいソースのパッケージを開けそこねたみたいだった。ゲイルの黄色いブラウスにもくっついている。

ああ。どうしよう……

「うわ……なんだ……うわ……」ミスター・ヒューストンは茫然とそう繰り返し、ミセス・ヒューストンはげえげえ吐き、僕は少しでもいいからとにかくシーツのなかに戻そうと、汚物を手でかき寄せた。

ゲイルの嫌悪と憎悪が入り交じった目が僕をにらんでいる。僕らの関係はここまでだろう。ゲイルと寝る日は来ない。そう悟っても口惜しいと思わないのは、生まれて初めてだった。そんなことより、一秒でも早くその場から逃げ出したかった。

ジャンク・ジレンマ　No.65

　気がつくと寒かった。ひどく寒かった。蠟燭はもうほとんど溶けきっていた。部屋を照らしてるのは、テレビ一つ。白黒の番組だ……といっても、もともと白黒テレビなんだから、当たり前か……これがカラーテレビだったら、カラーの番組なのかもしれない……。

　凍えそうだ。しかし、体を動かすとよけいに寒くなるだけだ。何をしたって体は温まらないと思い知らされて、よけいに寒くなる。だが、こうしてただじっとしてれば、俺だってその気になれば動けるんだ、すぐそこの電気ストーブのスイッチを入れることくらいいつだってできるんだと自分を騙すことができる。肝心なのは、可能なかぎり体のどこも動かさないことだ。この体を引きずっていってストーブのスイッチを入れるより、そのほうがずっと簡単だ。

　部屋に別の人間の気配がある。きっとスパッドだな。暗くてよく見えない。

「スパッド……スパッド……」

　返事はなかった。

「寒くて死にそうだ」

スパッドは——そいつがスパッドだとしての話だが、やはり何も答えなかった。死んでるのかもしれない。いや、たぶん生きてる。だってほら、目が開いてるだろう。けど、そうか、目が開いてるからって生きてるとはかぎらないか。

ポート・サンシャインの愁嘆

レニーは自分の手札を見つめ、それから仲間たちの顔をじろじろと観察した。

「持ってんの、誰だよ？　ビリー、おまえだな」

ビリーが自分の札をレニーに見せた。「エース二枚だぜ！」

「こいつ！　何でおまえにばっかいい札が行くんだよ、レントン！」レニーはそう言ってこぶしを反対の手のひらに叩きつけた。

「がたがた言ってないで、ほら、金をよこせ」ビリー・レントンは、床の真ん中で小山をなした紙幣をかき集めた。

「ナズ、そこの缶ビール、取ってくれよ」レニーがナズに頼む。

レニーは飛んできた缶を取りそこね、缶は床に落ちた。プルトップを引くと、中身の大部分がピーズボにかかった。

「何すんだよ、この野郎！」

「わりい、ピーズボ。文句はあいつに言ってくれ」レニーはナズを指さして笑った。「取ってくれとは言ったが、俺の頭を的にして速球を投げろなんて言ってねえからな」

レニーは立ち上がって窓の前に立った。

「あいつ、まだ来ねえか？」ナズが訊く。「賭け金が少なくてつまんねえよ」

「まだだ。もともとが遅刻魔だしな」レニーが答える。

「電話してみようぜ。何やってんのか訊けよ」ビリーが促した。

「そうだな。そうするか」

レニーは廊下の電話からフィル・グラントに連絡した。子供じみた額で賭けカードをするのにそろそろうんざりしていた。もしフィルが金を持って来ていれば、いまごろはレニーが大金持ちになっていたはずだ。

呼び出し音が鳴り続けた。

「誰も出ないな。いるのかもしれないけど、電話には誰も出ねえ」

「あの金を持ち逃げしたりしてなければいいがな」ピーズボはそう言って笑ったが、その笑い声はいくらかぎこちなかった。それまで誰も口に出さずにいたが、その場の全員が同じ不安を抱いていた。

「持ち逃げなんぞしねえほうが本人のためだろうな。ダチを裏切るような野郎はただじゃおかねえ」レニーは不機嫌に言った。

「でもさ、考えてみろ。あれはグランティの金だ。どう使おうとあいつの勝手と言えばそうだろ」ジャッキーが言った。

全員の困惑と敵意の入り交じった目がジャッキーに集中した。やがてレニーが言った。

「ばか言ってんじゃねえよ」

「けど、ある意味、あいつは正当な手段であの金を手に入れたわけだろ。全員、納得した話だったはずだ。クラブの金をちょいと足して、ゲームをおもしろくしようって。そのあと山分けするって。俺はちゃんと憶えてるぜ。ともかく、俺が言ってるのは、法律的に見て……」ジャッキーが弁解を始めた。

「あれは全部、俺たちの金だ！」レニーがぴしゃりと言い返した。「グランティだってちゃんとわかってるはずだぜ」

「それはそうだな。ただ、俺は法律的な観点から……」

「ごちゃごちゃ理屈っぽい奴だな、いいから黙れよ」ビリーが口をはさんだ。「いいか法律的にどうかなんて話はどうだっていいんだよ。これはダチとしてどうかって話だ。法律的な観点から言ったら、おまえんちには家具なんか一つもねえはずだろ、このこそ泥」

レニーはそうだそうだと言うようにビリーにうなずいた。

「そう結論を急ぐなよ。あいつがまだ来てないのにはちゃんと理由があるのかもしれないだろ。何か急用で遅れてるだけかもしれない」あばたのある顔にこわばった表情を浮かべてナズが言った。

「強盗に金を取られたとか」ジャッキーが言う。

「グランティを襲おうなんて奴はいねえよ。どっちかっていうと、あいつが襲う側だろう。あいつがそんな言い訳を始めたら、それこそただじゃおかねえよ」レニーは不安でしかたたなかった。何と言ってもあれはクラブの金なのだ。

「あんな現金を持って歩いたら危ねえって言いたいだけだ。それだけだよ」ジャッキーが言った。ジャッキーはレニーに怯えたように言った。

グランティが毎週木曜の夜のカード大会に現われないのは、旅行に行っているときを別とすれば、この六年間で初めてだ。学校時代のグランティは誰からも頼られる兄貴分だった。レニーとジャッキーには、それぞれ暴行と住居侵入の罪で服役していて参加していない時期があった。

彼らがクラブの金、または旅行資金と呼んでいる積立金は、十代のころ、そろってリョレート・デ・マルに休暇旅行に出かけたりしていたころの残りが元になっている。だが、年齢を重ねるにつれてしだいに小さなグループに分かれて、あるいは妻や恋人と旅行に行くようになった。ゲームの賭け金とクラブの金がいつしかごっちゃになったのは、二年ほど前、酔っ払ってゲームをしたときからだった。当時会計係だったピーズボが冗談交じりにクラブの金を一つかみテーブルに放って自分の賭け金とした。大金を賭けるスリルが気に入り、クラブの金を平等に分け、それを賭けていわば架空の賭けカードをした。そのとき以来、賭ける現金が心細い週は〝リアル〟な金を賭ける代わりにクラブの金を賭けて遊ぶようになった。モノポリーで玩具の紙幣を使って競う感覚に似ていた。

先週のグランティのように誰かが一人勝ちしたときなどには、自分たちの行動の奇妙さや危険が心をよぎることがなくはない。だが、彼らは仲間だ。仲間を裏切る奴などいるはずがないという共通認識がある。ただし、その認識を裏づけているのは信頼だけではない。理屈もあった。彼らの全員がこの地域に何らかのつながりを持っている。たかだか二〇〇〇ポンドのために永遠にこの街と縁を切ることなどできないはずだ。金を持ち逃げすれば、この街には二度と帰れないのだから。誰もが繰り返し自分にそう言い聞かせた。それより怖いのは、無関係の第三者に金を盗まれることだった。銀行に預けたほうが安全に決まっている。預けずにいるのは、怠慢が常態化し、さらに常識の欠如にまでつながったからだ。

翌朝になってもグランティからは何の連絡もなかった。レニーは職安の出頭時間に遅刻した。

「ミスター・リスター。あなたはすぐそこの角を曲がったところにお住まいですね。しかも、ここに来るのは二週間に一度だけでしょう。ご負担が大きすぎるとは思えないのですが」職員のギャヴ・テンパリーが気取った調子で言った。

「職安の事情もよくわかりますよ、ミスター・テンパリー。しかし、私は大きな事業を同時進行でいくつも抱えている忙しい人間です。そういった事情をご理解いただけませんか」

「何馬鹿なこと言ってんだよ、レニー。この寝ぼすけ。そうだ、あとでクラウンで落ち合おうぜ。今日は先に昼休みを取れる日だから。奥の席で、十二時に」

「いいよ。だが、ギャヴ、おまえのおごりになっちまうぜ。次の住宅手当の小切手が届くまで、俺、すっからかんなんだ」

「ああ、いいよ」

　レニーはパブへ行き、カウンター席に座ってラガーを飲みながら『デイリー・レコード』紙を読んだ。煙草を吸おうかと考えたが、やめておくことにした。まだ朝の十一時四分だというのに、今日はもう十二本も灰にした。無理して午前中のうちに起床すると、たいがいこうだ。やたらに煙草に火をつけてしまう。ベッドでごろごろしていればさほど吸わないから、ふだんは午後二時までは寝ていることにしている。早起きさせるのは、彼の健康と経済状況の両方を破綻させてやろうという政府の陰謀としか思えない。

『デイリー・レコード』の後ろのほうのページは、今日もレンジャーズとセルティックに関する読むに値しない記事で埋め尽くされていた。レンジャーズのソーネス監督はイングランド第二部リーグでプレイしている選手をひそかに引き抜こうとしているらしいし、セルティックのマクニール監督はセルティックは自信を取り戻しつつあると言っているらしい。ハーツの記事は一つも載っていなかった。いや、あった。ジミー・サンディソンについて短い記事があるが、同じ発言が二度繰り返し書かれているせいで、記事が尻切れになっていた。それから、ヒブスの監督ミラーが、ヒブスが過去三十試合でたったの三点しか得点していないというのに、いまだに自分が監督にもっともふさわしい人物だと考えている理由を書いた記事があった。

　レニーは三面を開いた。『サン』紙のトップレスの女の写真より、『レコード』紙の最低限の面積の布地で大事なところを隠した女の写真のほうが好みだった。そのほうがかえって想像力を刺激される。

コリン・ダルグリッシュが店に入ってくるのが視界の隅に映った。

「よう、コーク」レニーは新聞から目を上げずに声をかけた。

コークはレニーのすぐ横にスツールを押してきて座り、ヘヴィ・ビールを注文した。

「聞いたか？　悲劇だな」

「何を？」

「グランティだよ……おい、聞いてないのか……？」コークはレニーの目をまっすぐに見つめた。

「いや。どうし……」

「死んだんだよ。死んじまったんだ」

「なあ、冗談だよな。そういう趣味の悪い冗談はよせよ……」

「ほんとだって。ゆうべの話らしい」

「なんで死んだんだよ」

「心臓だってさ。どかーん」コークはぱちんと指を鳴らした。「もともと何か持病でもあったんだろ。誰も知らなかったんだな。あいつ、ピート・ギリガンのとこでこっそりダブルワークしてただろ。で、昨日の五時ごろ、ピートの手伝いをして片づけて、さて帰るかってときになって、胸を押さえてぶっ倒れたらしいんだ。ピートが救急車を呼んで病院に運ばれたけど、それから二時間くらいで死んじまった。グランティ。かわいそうに。いい奴だったのにな。おまえ、いつも一緒にカードやってたんだろ？」

「ああ……そうだ……あんないい奴、そうそうお目にかかれねえ。ショックだよ。ショック《gutted》だ」

二、三時間後、レニーは大ショックを受けただけでなく、酔いつぶれる《guttered》寸前になっていた。酔いつぶれてしまいたい、それだけのためにギャヴ・テンパリーから二〇ポンド借りておいた。夕方近くにピーズボが店に来たときには、涙もろいウェイトレスと、テネント・ラガーのロゴが入った作業服を着て困ったような顔をした男を相手に、呂律の回らぬ口で言っていた。

「……あんないい奴、そうそうお目にかかれねえ……」

「よう、レニー。聞いたよ」ピーズボはそう言うと、レニーのたくましい肩に手を置き、その手にぐっと力を込めた。ダチの一人は少なくともまだ生きていると思い出させるほかに、レニーの酔いの程度を確認する意味も含まれていた。

「ピーズボ。ああ。まだ信じらんねえ……あんなにいい奴、そうそうお目にかかれねえ……」レニーはのろのろとウェイトレスに向き直って目の焦点を合わせた。それから握りこぶしを作り、親指をぐっと突き立てると、肩越しにピーズボを指さした。「こいつにも訊いてみな……なあ、ピーズボ？　グランティだよ。あんなにいい奴、そうそうお目にかかれねえよな……なあ、ピーズボ？　グランティはいい奴だった。なあ？」

「ああ、ほんとにショックだよ。まだ信じられねえ」

「そうだろ！　昨日までちゃんと生きてたのに、突然、あいつには二度と会えなくなるなんて……たった二十七歳だ。世の中、不公平なもんだな。そうだろ。不公平だ……不公平だよ……」

「グランティは二十九じゃなかったっけ？」ピーズボが言った。

「二十七、二十九……どっちだっていいじゃねえか。とにかくまだ死ぬような年齢《とし》じゃなかったんだよ。俺はさ、あいつのかみさんやガキがかわいそうでよ……な、あの年寄りを見ろよ……」レニーは、店の片隅でドミノをやっている老人グループを腹立たしげに指さした。

「あいつらはもうたっぷり生きただろうが！　充分、長生きしたじゃねえか！　なのによ、あいつらが言うこととときたら、文句ばっかだ！　グランティは一度も文句なんか言わなかった。あんなにいい奴、そうそうお目にかかれねえよ」

それからレニーは、パブの反対側に座っている、自分たちよりもさらに若いスパッド、トミー、セカンド・プライズの三人に目を向けた。

「あそこにいるの、ビリーの弟のジャンキー仲間だろ。きっとエイズで死にかけてる。自分で自分を殺そうとしてる。そうさ、勝手に死ねばいいんだ。グランティは自分の命を大事に生きてた。なのに、あいつらは自分から命を捨てようとしてるんだからな！」レニーは三人をにらみつけたが、当の三人は自分たちの会話に夢中でレニーの視線には気づかなかった。

「まあ落ち着けよ、レニー。頭を冷やせ。他人を悪く言ってもしかたないだろ。あの三人はまともだよ。ほら、あれはダニー・マーフィーだろ。無害な奴さ。トミー・ローレンス、トミーは知ってるな。それにあれはラブだ、ラブ・マクローリン。昔はすげえサッカー選手だった。マンチェスター・ユナイテッドでプレイしてた奴だよ。あいつらは死にかけてなんかいない。そうだよ、あの三人はおまえの友達、ほら、職安で働いてる奴のさ、友達じゃないか。何て名前だっけ、ギャヴか？」

「だな……だけど、あのじじいどもは……」レニーは三人については主張を譲り、ふたたび反対の隅の老人たちに目を向けた。

「おい、もうやめろよ、レニー。あのじいさんたちだって無害だ。誰に迷惑かけてるわけでもない。ほら、そのグラスを空けちまえよ。ナズのとこに行こう。ビリーとジャッキーにも電話してみる」

ブキャナン・ストリートのナズのフラットは暗い空気に包まれていた。グランティの死そのものからは目をそらし、もっぱら宙ぶらりん状態の現金の話題に終始した。

「あいつ、山分け直前の金曜にくたばりやがった。一八〇〇ポンドだろ、奴が預かってたのは。六人いるから、一人三〇〇ポンドか」ビリーが嘆くように言った。

「けど、取り返しようがねえだろ？」ジャッキーが思い切ってそう口にする。

「勘弁してくれよ。あの金、毎年七月の休暇の二週間前に分けることになってただろ。俺、それを当てにして、ベニドルムのホテルを予約しちまった。あの金がないとなると、払えねえ。キャンセルしたなんてシーラに言ったら、あいつ、俺のタマを抜いてビリヤードの球にするだろうな。勘弁してくれよ」ナズが言った。

「言えてる。そりゃ、フィオナや子供には同情するけどな。誰だってそうだろ。そりゃそうだ。けど、あの金はフィオナのものじゃねえ。俺たちの金だ」ビリーが言った。

「俺たちがいけないんだよ。いつかこんなことになるんじゃないかと思ってた」ジャッキーは肩をすくめた。

玄関のチャイムが鳴った。レニーとピーズボが入ってくる。

「おまえはどうってことないだろ。もともと金はうなるほど持ってるんだから」ナズがジャッキーに言った。

ジャッキーは何も答えず、ピーズボが床に置いた缶ビールの山からラガーを一つ取った。

「最悪の結果になったな」ピーズボが言った。

レニーは不機嫌な顔でビールをあおった。「あんなにいい奴、そうそうお目にかかれねえよ」

ナズにとってはレニーのその一言はありがたかった。あの金がないと困るよなと言いかけていたが、レニーのおかげで、ピーズボが最悪と言ったのはグランティの死のことだと気づいたからだ。

「こんなときに自分の都合ばかり言うのも何だけどな、金はどうしても取り返したい。来週には分けるはずだったろ。俺だって休暇の予約がある。あの金が要るんだよ」ビリーが言った。

「ビリー、おまえってほんといい奴だな。ダチが死んだばかりだってのに、もう金の話かよ?」レニーは鼻で笑った。

「フィオナに使われちまうかもしれねえだろうが！　誰も言わずにいたら、フィオナにだってあれが俺たちの金だなんてわからないだろ。あいつのものを整理してて、あらあら、これは何かしら、まあ、二〇〇〇ポンド近くあるわってことになるだろうよ。そしたらフィオナはカリブ海かどっかでのんびりして、俺たちは休暇のあいだずっとリンクス公園あたりでリンゴ酒をちびちびすすることになる」

「ビリー、おまえの口の悪さは救いようがないな」レニーが言う。

ピーズボは不安げにレニーを見やった。不穏な空気が漂い始めている。

「レニー、こんなこと言いたくはねえけどさ、ビリーの意見だってかならずしも的外れじゃないだろ。グランティはいい奴だったけど、フィオナと贅沢な生活をしてたってわけじゃない。いや、誤解しないでくれよ、フィオナの悪口なんか誰からも聞いたことねえけど、でもさ、自分ちで二〇〇〇ポンド見つかったら、とっとと使うだろ。出所を確かめるのは使った後だ。だろ？　俺だったらそうする。誰だってそうだろうよ、正直に認めればさ」

「へえ、そうか？　で、誰がフィオナに訊く？　俺はごめんだね」レニーは低い声で言った。

「全員で行こう。あれは俺たち全員の金なんだから」ビリーが言った。

「そうだ。葬式の後がいい。火曜日に」ナズが提案した。

「だな」ピーズボも賛成した。

「いいよ」ジャッキーは肩をすくめた。

レニーはしぶしぶながらもうなずいた。まあ、たしかに、俺たちの金なんだしな……。

火曜日が来て、過ぎた。葬儀の場でそのことを口にする勇者は出なかった。全員で酔っ払い、グランティを悼《いた》んだ。この日は金の話題にはならずじまいだった。翌日の午後、ひどい二日酔いの状態で集合し、そろってフィオナの家を訪れた。

留守だった。

「実家に戻ってるとか」レニーが言った。

そこへちょうど、踊り場をはさんだ向かい側の部屋から、青い花柄のワンピースを着た白髪の女性が出てきた。

「フィオナなら今朝から旅行に行ったわよ。カナリア諸島ですって。お子さんは実家に預けたとかで。うれしそうに話してくれた」

「やられた」ビリーがぼそりと言った。

「じゃ、これまでってことか」ジャッキーが肩をすくめた。その場のほぼ全員が、そのしぐさを嫌みだと感じた。「もうどうしようもないよ」

次の瞬間、強烈なパンチがジャッキーの顔に飛んだ。殴ったのはビリーだ。ジャッキーはバランスを失って階段を転げ落ちた。手すりをつかんでどうにか一番下まで落ちずにすんだが、階段の途中から怯えた目でビリーを見上げた。

ほかの面々も、ビリーの唐突な行為に、ジャッキー当人に負けず劣らず呆気にとられていた。「落ち着け、ビリー」レニーはビリーの腕を押さえ、表情を探るようにじっと見つめた。ビリーの激高の理由はいったい何だろう。「どうかしてるぞ。悪いのはジャッキーじゃないだろ」

「こいつのせいじゃないだって？　俺はずっと黙ってたけどな、この小ずるい野郎にはもう我慢ならねえ」ビリーはまだ階段に倒れこんだままのジャッキーを指さした。みるみる腫れ始めた顔に、これまではなかった後ろめたそうな表情が見え隠れしていた。

「いったいどういうことだよ？」ナズが訊いた。

ビリーはナズの質問には答えず、まっすぐにジャッキーを見た。「いつからだ、ジャッキー？」

「何の話だ？」ジャッキーはそう言ったが、説得力ゼロの弱々しい声だった。

「カナリア諸島に行くんだろ。どこでフィオナと落ち合うんだ？」

「あんた、いかれてるよ、ビリー。さっきの隣の人が言ったこと、聞いただろ？」ジャッキーは首を振りながら言った。

「フィオナはうちのシャロンの妹だ。俺が耳に栓して歩いてると思うのか？　いつからフィオナとできてたんだよ、ジャッキー？」

「いや、彼女は……」

ビリーの怒りが階段室に満ちた。同じ怒りがほかの全員の胸のなかでふくらんでいくのがビリーにも感じ取れた。彼は天地に声を轟《とどろ》かせる旧約聖書の神のようにジャッキーを見下ろし、天罰を下した。

「彼女はおまえのセックスフレンドの一人だった、そうだろ！　グランティが気づいてなかったと言い切れるか？　あいつが死んだのはそのせいじゃないって断言できるか？　親友だと思ってた奴が、自分の女房と寝てたんだぞ！」

レニーは怒りに身を震わせながらジャッキーを見下ろした。それから、仲間たちの顔を一つずつ確かめた。どの目も怒りに燃えていた。一秒とかからず、暗黙の了解が成立した。

蹴りつけられ、踊り場から踊り場へと引きずり下ろされるジャッキーの悲鳴が階段室にこだました。恐怖と苦痛に耐えながらどうにか我が身を守ろうという空しい努力を続けながら、ジャッキーは、なんとかこの災難を乗り切り、生きてリースを出ていけますようにと願っていた。

禁ヤクふたたび

特急列車《Inter Shitty》

　まいっちまうよな！　今朝は二日酔いで頭ががんがんしてんだよ、マジに。俺は冷蔵庫に突進した。よっしゃ！　ベックス・ビールが二瓶。これで治るだろう。二倍速で二本とも流しこむ。頭痛はたちまち消えた。そうだ、こうしちゃいられねえ、急がなきゃ。

　寝室に戻ると、あいつはまだ寝ていやがった。見てやってくれよ。このだらけきったみっともねえ姿。腹にガキがいるからって、それを言い訳に一日中ごろごろしても文句は言われないって気でいやがる……まあ、いいや、その話は今度な。大急ぎで荷造りだ……あいつ、俺のジーンズを洗濯したんだろうな……リーバイスの五〇一……おい、俺の五〇一はどこだ？……お、あったあった。ふん、洗ってあるじゃねえか。

　ジューンが目を覚ました。「フランク……何してるの？　ねえ、どこ行くの？」

「ずらかるんだよ。急いでんだ」俺はあいつの顔を見もしないで答えた。靴下、靴下はと……二日酔いの頭じゃ、何をやってもふだんの倍は時間がかかるし、頭痛がしてるときはこの女の声は聞きたくねえ。

「どこに行くの。ねえ、どこに行くの！」

「言っただろ、急いでるんだよ。レクソと組んでちょっとした仕事をしてな。これ以上は話せねえがよ、二、三週間は姿をくらましといたほうがよさそうだ。もしサツが来たりしたら、俺はしばらくここには帰ってきてねえって言えよ。油田に出稼ぎに行ってるとか何とか言っとけ。いいな。しばらく会ってないって言うんだぞ」

「でも、どこに行くのよ、フランク。いったいどこに行くつもりなの？」

「俺が知ってりゃ、おまえは知らなくていいんだよ。サツがおまえから聞き出そうとしたところで、そもそも知らなきゃ聞き出しようがねえからな」

するとあいつは起きてきて、俺に向かってわめき散らしやがった。行き先も言わずに出ていくなんて許さねえんだとさ。俺はあいつの顎を殴り、ケツを蹴飛ばしてやった。あいつは床に転がってうめいてたよ。ふん、自業自得だよ。俺様に向かって生意気な口を叩いてみろ、ぶちのめしてやるからなっていつも言ってんだろうが。それがゲームのルールだ。それに黙って従うか、そもそもゲームから抜けるか。

「赤ちゃんが！　赤ちゃんが！」あいつがわめく。

「赤ちゃんが！　赤ちゃんが！」俺は口真似をした。「ガキがガキがって騒ぐんじゃねえ！」あいつは床に転がって、壊れたレコードみたいに繰り返してる。

どうせそもそも俺のガキじゃねえかもしれねえだろ。それに前にも別の女にガキを産ませたことがあるから、どんなもんかもう俺は知ってる。こいつはガキが生まれたらそりゃ幸せだろうと思いこんでるが、実際に生まれてみろ、ショックを受けるに決まってる。俺はガキのことなら知り尽くしてる。あんなもの、ただの頭痛の種さ。

髭剃り一式。持って行かないとな。何か忘れてると思ったんだ。

女はまだわめいていた。腹が痛え、医者に連れてってくれだと。あのな、くだらん戯れ言につきあってる暇はねえんだよ。おまえのせいで遅刻しそうなんだ。もう行かなきゃ間に合わねえ。

「フラアアアアアンク!」俺が玄関から出ようとすると、女が叫んだ。俺は考えてた。あのハープ・ビールのコマーシャルみたいだな。「かっこよく退場といこうぜ」俺にぴったりだ。

パブは朝っぱらから満員だった。赤毛野郎のレントンが黒の球を落としてマッティに勝った。

「ラブ! 待ちリストに俺の名前を書いとけよ! おまえら何飲んでる?」俺はカウンターに向かった。

ラブ、別名セカンド・プライズは目のまわりにみごとな痣を作ってた。どっかのチンピラにでもやられたんだろう。

「ラブ。誰にやられた?」

「ああ、ロックエンドの奴らだよ。俺、酔っ払っててさ。気の弱そうな奴と目が合ったから」

「名前は？」

「わからない。でも心配するなよ、自分で片をつけるから。大丈夫だよ」

「ならいいが。知ってる奴らか」

「いや、見た顔ってだけ」

「俺とレンツがロンドンから帰ってきたら、ロックエンドに行ってみるとしよう。ドージーもしばらく前にあの辺でやられてるからな。答えが必要な疑問があるってわけだ」

俺はレンツのほうを向いた。「おい、覚悟はいいか？」

「ああ、かかってこいよ、フランコ」

俺は球を並べてブレイクした。二個だけ残してほかは全部一発で落ちた。赤毛野郎に順番を譲るまでもなく、俺が勝った。「マッティやセカンド・プライズくらいならおまえでも勝てるだろうが、このハリケーン・フランコが上陸したら、おまえなんかひとたまりもねえと思え、赤毛の兄ちゃんよ」

「ビリヤードなんか、馬鹿の遊びだよ」レンツが言った。ふん、いけ好かねえ野郎だ。自分が苦手なものは全部、馬鹿の遊びだって言いやがる。

まあ、じきに出発しなきゃならねえことだし、こんなとこで勘弁してやるか。俺はマッティのほうを向くと、札束を引っ張り出してひらひらさせた。

「おい、マッティ！　これが何だかわかるか？」

「あ……ああ……」

　俺はバーを指さした。「じゃ、あれは何だ？」

「あ……バーだ……」とろくせえ野郎だ。とことんとろくせえ。だがこういう奴の扱いは心得てる。「じゃ、こいつは何だ？」今度は俺のグラスを指さす。

「あ……ああ……」

「おいおい、俺にいちいち全部言わせんじゃねえよ、このとんま。スペシャルとジャック・ダニエルとコークのミックスだよ、まぬけ！」

　マッティは近寄ってきて言った。「あのさ、フランク。俺、金欠《short》なんだよ……」

　こいつの扱いなら心得てる。「背なら伸びるかもしれねえよ、頭にたんこぶができたりしてな」奴はようやく俺の脅しを察してカウンターに向かった。またドラッグをやり出したんだろう。そもそも一時的にでもやめてたとすればの話だが。ロンドンから戻ったら、よく言い聞かせてやらないとな。ジャンキーどもめ。いるだけ無駄な奴らだ。レンツはまだクリーンのままらしい。あの飲みっぷりを見りゃわかる。

　今回のロンドン行きは楽しみだ。レンツは二週間くらい、トニーって奴とそいつの女のフラットの留守番を頼まれてる。どこかに旅行に行ってていないらしい。俺もムショ時代のダチを何人か知ってるから、ロンドンに着いたら探してみるつもりだ。昔話もたまにはいいもんだろ。

　ロレインがマッティの注文を聞いてる。そそる女だ。俺はカウンターに向かった。

「おい、ロレイン。こっちへ来いよ」ロレインの髪をそっと押しやって、耳の後ろに指で触れた。女はこうされると喜ぶ。性感帯ってやつだな。「耳の後ろに触ってみりゃ、そいつが前の晩にセックスしたかどうかわかるんだぜ。熱を持ってるかどうかでな」

ロレインは笑っただけだった。マッティもだ。

「いや、科学的に証明された話だぜ」世の中、無知な奴が多くて面倒だよな。

「じゃあ、ロレインは昨夜セックスしたのか？」マッティが訊いた。ひでえ顔をしてやがる。死人が生き返ったみてえなざまだ。

「それは俺たちだけの秘密だ、なあ、ロレイン？」ロレインが俺に惚れてるのは間違いねえと思うぜ。だってよ、俺から話しかけられると急に口数が少なくなって、ちょっとこう、恥ずかしそうに身を引いたりとかするもんな。ロンドンから戻ったら、とっととロレインの家に転がりこむことにするか。

赤ん坊が生まれたあともジューンと暮らすなんてごめんだ。それに、もしあの女がまた俺を怒らせたりして、腹んなかのガキに何かあったりしたら、ジューンの奴もぶっ殺してやる。身ごもって以来、あの女は俺に口答えしてもいいもんだって勘違いしてやがる。ガキが腹にいようがいまいが、俺は誰にも生意気な口はきかせねえ。あの女だってわかってるくせに、小生意気なことを言いやがる。まったく、腹のガキにもしものことがあったら……。

「おい、フランコ」レンツの声が聞こえた。「そろそろ行ったほうがいい。テイクアウトの飲み物も頼まないといけないしな」

「そうだな。おまえは何を持ってく？」

「ウォッカ一瓶と缶ビール何個か」

だろうと思った。俺はウォッカがでえきれえなんだよ。あの赤毛め。

「俺はジャック・ダニエルのボトルと、エキスポート八缶だな。そうだ、ロレインに言って、ドラフト・ビールのテイクアウト用《draft pak》パックを二つもらっとくことにするか」

「向こうに着くころには赤い顔したチンピラ《draft pak》が二人、できあがってることになりそうだな」

こいつのユーモアのセンスには首をかしげたくなることがある。レンツとはずいぶん長いつきあいだが、こいつは昔とは変わっちまったみたいな気がする。いや、ドラッグのことだけで言ってるわけじゃないぜ。何かさ、あいつはあいつの道を行って、俺は俺の道を行ってるとでも言えばいいのかな。だが、それでもこの赤毛野郎はなかなかいい奴だ。それは変わらない。

俺用のスペシャルを一パックと、赤毛用のラガーを詰めたパックを一つもらった。俺たちは酒を抱え、タクシーに飛び乗ってダウンタウンまで行き、駅のパブで軽く一杯やった。そのバーで、ソートン時代の知り合いの弟と偶然会ってしゃべった。ファイフ出身の奴で、記憶にあるかぎり、悪い奴じゃない。無害な男さ。

ロンドン行きの列車はぎゅう詰めだった。何か納得がいかねえよな。だってよ、こっちは高い金払って切符買った客だぜ。イギリス鉄道も相当な神経だよな、切符を売りつけといて、座れもしねえときてる！　何様のつもりだよ。

　俺たちは必死で酒を守った。この分じゃじきパックが破裂する。バックパックだの何だの、大荷物を背負った客のせいだ……それに、赤ん坊を乳母車に乗っけてる奴までいる。列車にガキを乗せるんじゃねえよ。

「えらい混みようだな」レンツが言った。

「席を予約してる奴らがむかつくな。エディンバラからロンドンまで予約するならまだわかる。まあ、首都から首都だしな。けどよ、ベリックからどっかまでとか、中途半端に予約してる奴らは許せねえ。そもそもそんなにあちこちで停まることねえだろ。エディンバラ発ロンドン行き、ノンストップ。それでいいじゃねえか。俺ならそうするね。だろ?」近くの客が俺の顔を見てる。ふん、誰がどう思おうと、俺は思ったことをそのまま言わせてもらうぜ。

　ふん、予約席が何だ。特権をひけらかすなよ。早い者勝ちにしろよ。予約席なんかあるからいけねえんだよ……予約した奴らをぶちのめしてやりてえ……。

　レンツが女二人の横に座った。なかなかナイスな女。やるじゃねえか、赤毛の兄ちゃんよ。

「ここはダーリントンまで空いてるみたいだ」レンツが言った。

　俺は〈予約席〉のカードを剝がして尻ポケットに突っこんだ。「これでロンドンまで空いたぜ。予約した奴らなんか知るか」俺は女たちに笑ってみせた。当然だよな。一人四〇ポンドも払ってんだ。がめついイギリス鉄道め。まったく。レンツは肩をすくめただけだった。この気取った野郎は緑色の野球帽なんかかぶってやがる。こいつが寝たら、あの帽子は窓から飛んでいっちまうだろうよ、まあ、見てな。

レンツはウォッカをがぶ飲みしてた。列車がまだエディンバラ市内から出てもいねえうちに、かなりの量が奴の腹のなかに消えてた。俺はウォッカが嫌いなんだよ、この赤毛。ま、そっちがその気なら、こっちだって……俺はジャック・ダニエルのボトルをひっつかんで、ぐいと傾けた。

「行くぞ、行くぞ、行くぞ……」俺はつぶやいた。レンツはにやりとしただけだった。女のほうばかり見てやがる。アメリカ人だな。レンツの情けないところはよ、相手が女だと、世間話の一つもできねえところだ。せっかくスタイルのある奴なのにな。俺やシック・ボーイとは違って、女の前じゃ口もきけなくなる。まあ、女きょうだいがいねえから、扱いを知らねえってことだろうな。こいつから話しかけるのを待ってたら、日が暮れちまう。ここは俺が手本を見せてやるとするか。

「イギリス鉄道の野郎どもはがめついな、え？」俺は隣に座った女を肘で軽くつついて言った。

「何ですって？」女が言った。「ぬあんですってえ？」に聞こえたぜ。

「あんたらどっから来た？」

「ごめんなさい、おっしゃることがよく……」

異国の奴らにはさ、由緒正しきクイーンズ・イングリッシュが通じねえんだよな。でけえ声で、とろとろ、それこそ気取ってしゃべってやらないと、通じやしねえ。

「**あんたたち、どこから、来た？**」

ほら、今度は通じた。俺らの正面に座った詮索好きそうな野郎が俺を見た。俺は黙って見返してやった。ロンドンに着くまでには、口から血を流す奴が出そうだな、この調子じゃ。

「ああ……カナダのトロントからです」

「トーントか。ローン・レンジャーの相棒がそんな名前だったっけな」

女たちが俺を見つめた。ま、世界にはスコットランドのユーモアが通じない輩もいる。

「そちらはどちらから？」もう一人の女が訊く。いや、それにしても、そそられる二人組だな。赤毛野郎、この席に目をつけるとは、なかなかやるじゃねえか。

「エディンバラですよ」お上品なアクセントでレンツが言った。ふん、調子のいい野郎だ。フランコ様がお膳立してやったとたん、ジョー・クール気取りで首を突っこんできやがる。

女たちは、エディンバラはとってもきれいな街ですねだの、公園の上の丘の頂上にあるお城がすてきだったわだのとしゃべり始めた。観光客は、エディンバラ・キャッスルとプリンスズ・ストリートとハイ・ストリートがエディンバラだと思ってる。アイルランドの西に浮かぶ小島のちっぽけな村から、モニーのおばさんが子供を連れて、エディンバラに越してきたときもそうだった。

そのおばさんは住むとこを探して役所に相談に行った。役人は訊いた。どの地域がご希望ですか。おばさんは答えた。お城が見えるプリンスズ・ストリートがいいわ。とんちんかんな女だった。母語はゲール語だし、英語らしい英語をろくにしゃべれねえ。駅で列車を降りて最初に見えたプリンスズ・ストリートが気に入って、エディンバラじゅうああなんだと思いこんだってわけさ。役所の係はただ笑って、誰もやりたがらないウェスト・グラントンの電話身の上相談サービスの仕事を押しつけた。そんなわけで、そのおばさんは、城どころか、ガス工場しか見えないフラットに住むことになった。現実ってのはそんなものさ。馬鹿でかい家に住んで、使い道に困るくらいの金を持ってるんじゃなければな。

そんな話はともかく、女たちも酒につきあい始めた。いつもならあの赤毛が酔いつぶれたあとでもまだ飲めるこの俺でも酔ったかなと感じるくらいだ。レンツは相当酔っ払ってるはずだ。いいか、俺は昨日、コースターファインの宝石店で一仕事片づけたあと、レクソと飲み明かしたんだぜ。いま俺がどのくらい酔っ払ってるか、それで想像がつくだろ。しかしな、俺がいまやりたくてうずうずしてるのは、トランプだ。

「トランプを出せよ、レンツ」

「え、持ってこなかった」こいつ、信じらんねえ！　こないだの晩、別れ際に念を押しといたじゃねえか。トランプを忘れるんじゃないぞって。

「トランプを忘れるなって言っといただろうが、このあんぽんたん！　こないだ、別れ際に何て言った？　トランプを忘れるなって言ったぜ。

「忘れたんだよ」奴が言った。どうせわざと忘れたんだろうよ。トランプがないと間がもたねえ。

くそつまらねえ野郎は、本なんか読み出した。無礼な奴だな。それから赤毛とカナダの女たち——両方とも学生らしい——は、これまでに読んだ本の話なんか始めやがった。癪に障る連中だよ。俺たちはな、楽しむためにこうしてここにいるんだ。本だの何だのってつまんねえ話をするためじゃねえ。この世の本を全部かき集めて山にして、火をつけてやりてえよ。本ってのはな、お利口さんな奴らが、どれだけ読んだか自慢するためだけに存在するんだ。大事なことは全部、新聞とテレビから学べるんだよ。ふん、気取りやがって。本なんか、まとめてぶちのめしてやる……。

ダーリントンから乗ってきた二人連れが、俺たちが座った座席の番号と切符を見比べてた。

列車はまだ混んでたから、ほかの席は空いてねえ。

「すみません。ここはぼくたちの席です。予約してるんですよ」一人が切符を俺たちの鼻先でひらひらさせた。

「いや、何かの間違いじゃないでしょうか」レンツが言った。この赤毛はその気になればえらくお上品な口がきけるんだ。こいつにはスタイルがある。「エディンバラで乗ったとき、この席には予約のカードがついてませんでしたから」

「でも、ほら、予約した切符があるんですよ」ジョン・レノン眼鏡をかけた奴が言った。

「そうですか、イギリス鉄道の職員に苦情を言ってみてはいかがですか。僕たちはカードがついてないのを確かめて、この席に座ったわけですから、イギリス鉄道の落ち度の責任を僕らが引き受ける義理はありません。じゃ、そういうことで」レンツは笑いながらそう言った。赤毛のくせに、やるじゃねえか。俺は赤毛の口上に聞き惚れちまってて、奴らに失せろって言うのも忘れちまってたよ。な、俺は揉め事は嫌いなんだ。ところがジョン・レノン眼鏡が引き下がらねえ。

「でも、切符があるんですよ。ここが僕たちの席だっていう証拠です」

はいよ、そこまでだ。

「おい、おまえ！」俺は怒鳴った。「そこのおまえだよ。クソ生意気なおまえ！」奴が振り返った。俺は立ち上がった。「いまこいつが言ったことをきいただろ。とっとと失せろ、眼鏡野郎！　ほら……行けったら！」俺は通路の先を指さした。

「行こうぜ、クライヴ」もう一人が言った。そうだよ、そのほうが身のためだよ。一件落着と思ったが、しばらくすると、今度は車掌を連れて戻ってきやがった。

車掌は、いかにも自分は関係ねえ、仕事だからしかたなくやってるんだって顔をしながら、ここはこちらのお客さんの席ですからとか何とかごちゃごちゃ言い始めた。俺はきっぱり言ってやったぜ。

「いいか、兄ちゃんよ、そいつらの切符に何と書いてあろうが、そんなこたあ知っちゃいねえ。俺らがこの席に座ったときにはよ、予約のカードなんかなかったんだよ。俺らは譲らねえぞ。この話はここまでだ。高い金取ってんだからよ、今度からはちゃんとカードを貼っつけとくんだな」

「きっと誰かが剝がしたんでしょう」車掌は言った。けど、それだけだ。

「そうかもしれないし、そうじゃないかもしれない。俺の知ったこっちゃねえ。さっきも言ったがな、この席は空いてた、だから俺らは座った。それだけだ」

私にはもうどうしようもありませんと車掌が二人組に言い、三人のあいだで言い争いが始まった。俺はそのまま知らん顔をしといたさ。二人組は、あんたの名前を出して会社に苦情を言うと脅し、車掌は怒り出した。

正面に座った男がまた俺の顔を見てやがる。

「何か文句でもあんのか、え？」俺は怒鳴った。奴は愛想笑いをしてむこうを向いた。ふん、臆病者。

赤毛は眠っちまった。べろんべろんに酔っ払ってる。奴のビールのパックは半分くらい空になってるし、缶ビールはほぼ全部空っぽだ。俺は奴のビールのパックを持って便所に行き、ビールを少し流して、その分、俺の小便を足した。トランプを忘れた仕返しだよ。三分の二がラガー、三分の一が俺の小便だ。

席に戻ってパックを元のとこへ戻す。奴と女の片方はぐっすり寝こんでる。もう一人の女は本に夢中だ。いやはや、そそる女たちだぜ。大柄なブロンドのほうがいいか、それとも黒髪のほうがいいかな。

ピーターバラに着くと、俺は赤毛を起こした。

「起きろ、レンツ。もう酔っ払ってんのかよ。ガンガン飛ばしすぎじゃねえのか、短距離走みたいにさ。短距離ランナーは長距離ランナーのペースには結局ついてこられねえんだな」

「酔っ払ってなんかねえって……」奴はそう言うと、ラガーをぐいっとあおった。顔をしかめる。笑いをこらえるのはそりゃきつかったぜ。

「まずい。気が抜けてる。小便みたいな味がするな」

俺は必死で笑いを押し殺した。「言い訳なんかしてんじゃねえよ、この下戸」

「まだ飲めるったら」奴が残りを流しこむあいだ、俺は窓の外を見てるふりをした。

ロンドンのキングス・クロス駅に着いたころには、俺も完全に酔っ払っちまってた。女たちはとっとと降りちまいやがった。くそ、いいめっけもんだと思ったんだがな。そのうえ列車を降りるときにレンツを見失っちまった。しかも間違えて赤毛の荷物を持ってきちまってた。あいつ、俺のを持って降りてなかったらぶっ飛ばしてやる。俺は例のフラットの番地も知らないんだからな……あ、いたいた、地下鉄の入口のところで、プラスチックのコップを持った小柄な男としゃべってる。俺の荷物を持ってた。ふん、運のいい野郎だぜ。

「フランコ、小銭もってないか？」レンツが言い、汚らしい痩せっぽちの男がコップを差し出した。涙目で俺を見てやがる。

「このクソ野郎、失せやがれ！」俺はコップを吹っ飛ばした。男は通りがかりの客の足のあいだを這い回った小銭をかき集めた。俺はその姿を見て大笑いしてやった。

「で、おまえのダチのフラットはどこだって？」俺はレンツに言った。

「すぐ近くだ」

レンツは妙な目で俺を見ていた……こいつはよくこういう目をして人を見る……相手がダチだろうと関係ねえ、いつかこいつの顔をめちゃくちゃにぶちのめしてやろう。次の瞬間、レンツは俺に背を向けて歩き出した。俺はその後を追ってヴィクトリア線の改札に向かった。

おば《ナ》あちゃん《ナ》とネオナチ

リース・ウォークの交差点はすごい人出だった。色白のデリケートな肌にはさ、ちょっと暑すぎる感じ。暑くなるとやたら張り切る猫もいるけど、ぼくはさ、苦手なんだ。ちょっとやりすぎだよね、この暑さは。

落ちこむ理由はもう一つある。ぼく、文無しなんだ。金がないとみじめだよ。こうやってぶらぶらしながら、知り合いを探すしかない。みんなほんとは優しい猫ちゃんばかりだけど、こいつ金がないらしいぞってわかったとたん、さりげなく距離を置かれちゃうんだよね……。

ヴィクトリア女王の像のとこでフランコを見つけた。レクソっていう、でかくてヤバい奴としゃべってる。あの二人は友達っていうより、顔見知り。おもしろいもんだよね、サイコ連中はどうしてみんな知り合いなのかな。ね、不思議だよね。ああいうつながりって、なんとなく物騒だよね。物騒な感じだよ……

「スパッド！　偶然だな！　どうだ、元気にしてるかよ！」ベガーはずいぶんご機嫌みたいだ。

「まあまあだよ、フランコ……そっちは？」

「絶好調だぜ！」ベガーはそう言って、隣の四角くそびえる山のほうを向いた。

「レクソは知ってるよな」質問っていうより、頭から決めつけてる感じ。ぼくは曖昧《あいまい》にうなずいておいた。でかい奴は一瞬だけぼくのほうを見たあと、すぐにフランコに向き直って話の続きを始めた。

たぶんね、あの野良猫ちゃんたちは、ゴミ袋を破ってなかをあさる相談をしてるんだ。だからぼくはこう言った。「ごめん……ちょっと急いでるんだ。またね」

「ちょい待ち。おまえ、金はあるのか？」フランコがぼくに訊く。

「えっと、基本的にはね、文無しと変わらない。ポケットに三二ペンスと、アビー・ナショナル銀行の口座に一ポンド。それが全財産。シャーロット・スクエアのエリートが徹夜で市場の動向を見張ってなくちゃならないような資産じゃないよね」

フランコが一〇ポンド札を二枚、ぼくの手に握らせてくれた。そうこなくちゃ、ベガー・ボーイ。

「いいか、その金でヘロインなんか買ったら承知しねえぞ！」やんわり釘を刺された。「週末には電話しろ。それか、うちに来い」

ぼくがフランコの悪口なんか言ったことあったっけ？　あいつは……あいつは悪い奴じゃないんだ。ちょっと野蛮な猫ちゃんではあるけどさ、ジャングルで暮らしてる猫たちにも、いい子に座って喉をごろごろ言わせたりすることはあるよね。たとえば、獲物をがつがつ食って腹いっぱいのときなんかに。フランコとレクソは誰を食ったのかなあ。フランキー・ベイビーは警察から隠れて、レンツと一緒にロンドンに行ったはずだ。ここで何してるんだろう。まあ、知らないほうがいいこともあるよな。いや、どんなときでも知らないほうが幸せだ。

　ウールワースを突っ切った。ものすごい込みようだった。ほんとすごかったよ。警備員はセクシーなレジ係と夢中になってしゃべってたから、その隙にカセットテープをくすねた……鼓動が急激に速くなって、それからまたゆっくりに戻ってく……すかっとした。最高の気分だよ……いや、最高から二番目か。ヘロインのほうがもっといい……そうだ、女の子とやってイクのもいいね。ともかくすごくいい気分だ。アドレナリンが全身にあふれてさ、ダウンタウンに繰り出して万引きしまくりたくなる。

　この暑さときたら……〝熱さ〟だよ。そうとしか表現できない。海のそばまで歩いて、職安のそばのベンチに腰を下ろした。ポケットの一〇ポンド札二枚、いい感触だよ。希望の扉がいくつか開いたって感じ。だから座ったままぼんやり川を眺めた。川にはでかい白鳥がいた。ジョニー・スワンとヘロインを連想した。川のほうの白鳥はものすごくきれいだ。パンでも持ってればちぎって投げてやれたのにな。

　ギャヴは職安で働いてる。昼休みで出てきたところをつかまえられたら、一杯おごってやろう。ここんとこ、何度かおごってもらってるからね。職安の建物から、リッキー・モナハンが出てくるのが見えた。あれもなかなかいい奴だ。

「リッキー……」

「おお、スパッド。どうだよ調子は？」

「とくに変わったことはないかな。完全にすっからかんだけど」

「完全にか」

「そう、すっからかん」

「ドラッグはやめてるんだろ？」

「うん、最後のヘロインから、今日で四週間と二日。一秒一秒、数えて暮らしてる感じ。一秒一秒ね。チック・タック・チック・タック」

「それで体調はよくなったか？」

そう言われて初めて気づいた。死ぬほど退屈ではあるけど、体調は確かに……よかった。最初の二週間はずっと臨死体験してるみたいだった……でもいまは、そうだな、〝ユダヤの王女様〟とか、真っ白なソックスなんか履いたカトリック系の学校に通ってるようなおしとやかなお嬢様とだって、ホットなセックスができそうだ。念のため繰り返すけど、白いソックスがポイントだよ。真っ白なソックス。

「……うん……いいかもしれない、そういえば」

「土曜日はヒブスのホーム・ゲームだな。行くのか？」

「ううん……」サッカーの試合なんか、もうずいぶん長いこと観に行ったことがない。たまには行ってもいいいな。レンツを誘って……あ、レンツはロンドンか……じゃあ、シック・ボーイか誰か。そうだ、ギャヴを誘って、ついでにビールをおごってやろう。「……いや、行こうかな。考えてみる。リッキーは行くの？」

「いいや。俺は去年、ミラーがチームにいる限り、二度と観に行くもんかって誓ったからな。監督が変わらなきゃ話にならないな」

「そうだね……ミラーか……確かに監督のバスケットには新しい猫が必要だね……でもさ、ぼく、誰が監督やってるのかも知らなかった。選手も、誰と誰がいるのかさっぱり……カノはいるよね……いや、カノは移籍しちゃったか。あ、デュリー！　ゴードン・デュリー！」

「デュリーがまだヒブスにいるかって？」

リッキーはぼくをじっと見て、軽く首を振った。

「いいや、もうずいぶん前に移籍したよ、スパッド。八六年だ。チェルシーに移った」

「そうか、そうだったね。デュリー。あいつがセルティック戦で決めたゴール、忘れられないな。あれ、レンジャーズだった？　まあいいや、どっちでもいいや、とにかくすごいゴールだったんだから……二枚のコインの表と裏みたいな違いだよ」

リッキーは肩をすくめた。ぼくの言ってることがいまいちわからなかったんだろうな。

リッキーはぼくについてきた。いや、ぼくがリッキーについていったのかな……いやその、こんな人だらけでわけのわからない時代に、どっちがどっちにくっついていったかなんて、誰にもわかんないよね？　どっちがどっちについていったにしろ、向かった先はまたリース・ウォークの入口だった。ヘロインがないと、人生ってやつはほんと退屈だ。レンツはロンドンだ。シック・ボーイはニュータウンあたりをせっせと嗅ぎ回ってる。古き良き港町リースはもう、あの猫にとってはクールでも何でもないんだろう。ラブ、別名セカンド・プライズはどうしてるのかわからないし、トミーはあのリジーって女と別れて以来ずっと引きこもってるみたいだし。結局、残ったのはぼくとフランコだけか……おかしなものだよね、ほんと。

リッキー、モニー、アイルランドの自由を求める勇士仲間のリチャード・モナハンは、そうさ、そうだろうと思っただけど、くそ、やっぱり女と待ち合わせてた。小生、独りぼっちになってしまいましたってことだ。そこでぼくは、イースター・ロード競技場のすぐそばの介護施設にいるおばあちゃんのとこに行ってみることにした。おばあちゃんはかなりいい部屋をもらってるのに、本人は施設の暮らしが気に入ってないみたいだ。ぼくなら、あんな部屋に住めたらうれしいけどね。こぎれいでいいところだけど、老人しか住めない。何か困ったことがあったら、部屋に下がってる紐を引っ張るとどっかでベルが鳴って、管理人か何かがすっ飛んできてどうにかしてくれる。それってぼくの好みにぴったりだよ。フランク・ザッパの娘、あの最高にいかす女、大金持ちのカリフォルニアっ子、ムーン・ユニット・ザッパがその管理人だったりしたら、もう最高だろうな、マジにさ！

おばあちゃんは脚が不自由でね、医者が言うには、あの脚でローン・ストリートのおんぼろフラットの最上階まで上り下りするのはちょっと無理だろうって。そうだろうね、大先生。静脈瘤を全部切除したら、おばあちゃんの脚はなくなっちゃうだろう。二度と立ち上がれない。スクランブルエッグみたいなおばあちゃんの脚に残ってる静脈より、ぼくの腕の静脈のほうがはるかに健康だ。それでもおばあちゃんは医者相手に最後までごねまくった。年寄り猫っていうのは、ほら、何十年もずっと、ここは自分の縄張りだぞって印つけて歩いてさ、その縄張りに愛着を持ったりするものだろ。で、そこから別の場所に移そうとすると、ものすごく抵抗する。爪がにゅっと現われて、むしられた毛が飛び散る。それがぼくのおば《ナ》あちゃん《ナ》だ……ぼくはミズ・ムスクーリって呼んでるけど、ね。知ってるでしょ、ナナ・ムスクーリ。

　おばあちゃんの部屋が入ってる棟には社交室があるけど、おばあちゃんはミスター・ブライスをナンパするとき以外はそこには行かない。ミスター・ブライスの家族は、おばあちゃんがミスター・ブライスにセクハラしてるって苦情を言ったらしい。苦情を受けた女の管理人は、ぼくのママとミスター・ブライスの娘のあいだに入って丸く収めようしたけど、その娘さんの顔に大きな痣があって——ときどきいるでしょ、顔にワイン色の母斑がある人——おばあちゃんはその痣のことでさんざん意地悪を言って娘さんを泣かせちゃった。おばあちゃんは他人の弱点を見抜いて、そこを突くのがすごくうまいんだよ。特に相手が同性だとね。

　いろんな種類のロックがかちり、かちりと順番に外れて、おばあちゃんが笑顔で入れてくれた。おばあちゃんを訪ねてくるとぼくは大歓迎されるけど、ぼくのママや姉貴は、その場にいないみたいな扱いをされる。おばあちゃんのためにいろいろやってあげてるのはあの二人なのにね。おばあちゃんは男が好きで、女は嫌いなんだ。五人の男とのあいだに八人の子を産んでる。ただし、ぼくたちが知ってるのは五人ってだけだ。

「ハロー……カルム……ウィリー……パトリック……ケヴィン……デズモンド……」おばあちゃんは孫の名前を片っ端から並べたけど、ぼくの名前だけはやっぱり出てこない。ぼくは気にしない。誰からも〝スパッド〟って呼ばれてるし、うちのママまでそう呼ぶ。けど、ほんとの名前が何だったたか、自分でもわからなくなることがある。

「ダニー」

「ダニー。ダニー、ダニー、ダニー。ケヴィンのことをダニーって読んじゃうのにね。そうだよ、ダニー・ボーイ、どうしていつも忘れちゃうのかね！」

そうだよ、忘れるわけがないのにね……おばあちゃんが知ってる歌は『ダニー・ボーイ』と『ローゼス・オブ・ピカルディ』の二曲だけなんだから。おばあちゃんは声をかぎりに歌い出す。かすれて、メロディになってない声だった。こう、両手を天に向けて差し伸べる振りつきでさ。

「ジョージも来てるんだよ」

L字型になった部屋の奥をのぞくと、ドードおじさんがいた。椅子にだらしなく座ってテネント・ラガーを飲んでる。

「ドード」ぼくは声をかけた。

「よう、スパッドか！　元気か、ボス？　調子はどうだ？」

「ゴキゲンだよ、ゴキゲン。おじさんはどう？」

「まあまあだよ。おまえの母ちゃんは元気か」

「そうだな、相変わらず口うるさいよ」

「おいおい！　自分の母ちゃんの悪口は言っちゃあいけねえよ。一番の親友のはずなんだから。そうだろ、母ちゃん？」

「あったりまえだよ、ジョージ！」

「あったりまえ」はおばあちゃんの口癖だ。もう一つは「ちえっ《pish》」もそうだな。あんなふうに「小便《pish》」って言うのはおばあちゃんだけだ。語尾をさ、何ていうか、引っ張るように発音するんだよ、「シー」って。そう発音されると、真っ白な便器に黄色いジェット水流が飛び散って、湯気が立ちのぼってる絵が目の前に浮かんでくる気がするよね。

　ドードおじさんはおばあちゃんに向かって甘ったるい笑顔を作った。おじさんはさ、ハーフなんだ。西インド諸島の船乗りの子供なんだって。ってことはさ、西インド産のザーメンからできたってことだよ！　ドードおじさんのお父さんの船はほんの短期間だけ、でもおばあちゃんを妊娠させるのに充分なあいだ、リース港に停泊してた。それからまた七つの海にこぎ出していった。船乗りっていいよな。ほら、港ごとに女がいるって言うでしょ。

　ドードおじさんは、おばあちゃんの一番下の子供だ。

おばあちゃんが最初に結婚したのがぼくのおじいちゃん。アイルランドのウェックスフォード出身の風来坊だった。おじいちゃんは、よくうちのママを膝に乗っけて歌を歌ってくれたって。アイルランド民謡だ。鼻の穴から鼻毛がぼうぼうはみ出してるのが見えるもんだから、ママはすげえ年寄りなんだと思ってたって。子供ってそういうものだよね。でも、おじいちゃんはそのころまだ三十いくつかだったらしい。それはともかく、このおじいちゃんはちょっとしくじった。安フラットの最上階の窓から落ちたんだ。別の女と浮気の最中だったらしいよ。酔っ払って落ちたのか、自殺だったのか、それとも両方だったのか……誰にもわからなかった。ともかく、おばあちゃんは、この最初の結婚相手とのあいだに、ぼくのママを含めて三人の子供を産んだ。

おばあちゃんの次の（結婚）相手は足場職人だっただみ声の男だ。この人はいまもリースに住んでる。ずっと前、パブで偶然会ったとき、足場を組むのはいまじゃりっぱな手職として認められてるって言った。だけどそのころ工務店で働いてたレンツが、飲んだくれが口からでまかせ言いやがって、あんなのちょっと訓練すりゃ誰だってできる仕事だとか言い返したもんだから、そいつ、怒っちゃった。いまでもヴォリーの店で見かけることがある。おばあちゃんとは一年しか続かなかったけど、別れたときには子供が一人産まれてたし、おばあちゃんのお腹のなかに二人目もいた。

保険の営業マンで、少し前に奥さんを亡くしたアレックが、おばあちゃんの次の、えっと、その、カモだった。聞くところによると、当時おばあちゃんのお腹にいた赤ん坊は自分の子供だと思ってたらしい。アレックとは三年続いて、もう一人子供が産まれたけど、おばあちゃんが別の男を引っ張りこんでやってる現場に出くわして、家を出ていった。

アレックは階段でその浮気相手を待ち伏せしたらしいよ。酒瓶を持ってさ。浮気相手は、お願いだから殴らないでくれって懇願した。そしたらアレックは、こんな武器なんかなくてもおまえなんか楽勝でぶっ飛ばせそうだって言って酒瓶を放り出した。そのとたん、浮気相手の表情が一変した。哀れなアレックをいきなり蹴飛ばした。階段から転がり落ちて血まみれで朦朧としてるアレックをそのままリース・ウォークまで引きずっていって、食料品店の前に積んであったゴミの山のてっぺんに放り投げたんだってさ。

うちのママは、アレックは善良な人だったって言う。おばあちゃんが男たらしだって知らなかったのは、リースじゅうでアレック一人だった。

下から二番目の子の父親はいまだに謎だ。その子供っていうのはリタおばさんのことだけど、リタはうちのママの年齢より、ぼくの年齢に近い。たぶん、ぼくは初めて会ったときからリタに惚れちゃってる。かっこいいんだよ。六〇年代ど真ん中を貫いてるっていうか、そんな感じで。でも、リタの父親が誰なのかわからずじまいだった。そのあとおばあちゃんは四十代半ばになってからドードを産んだんだよ。

ぼくはガキのころ、ドードのことをひどく薄気味悪い奴だと思ってた。土曜日なんかにお茶をしにおばあちゃんのところに遊びに行くだろ、そうすると、意地の悪そうな黒猫がいて、黙ってみんなをじっと観察する。そのあと、こそこそ姿を消すんだよ。あのドードって奴、何か気に入らないことがあるんだろうってみんな言ってたし、ぼくもそうだろうって思ってたけど、そのあと、ドードが学校や通りでいじめに遭ってるってわかった。他人には関係ないことなのにな。人種差別はイングランド人が持ちこんだものだとか、スコットランド人はみんなジョック・トムソンの子孫なんだとかって誰かが言うと、ぼくは適当に笑っておく…

…だけど、そんなの馬鹿げてると思う。くだらない言い分だよ。

うちってさ、こそ泥の家系らしいんだよね。おじさんたちはみんな泥棒猫だ。でも、ほんとにほんとにつまんない罪でも重い刑を食らうのは、決まってドードだった。何か根本的におかしいと思うんだ。レンツはこう言う。肌の色が濃いってことほど、警察や裁判官を過剰に刺激するものはほかにないって。ほんとそうだ。

ま、そんな話はともかく、ぼくとドードはパーシーの店に一杯やりに行くことにした。パブはむちゃくちゃ込んでた。いつもならここは静かで家族的な雰囲気なんだけど、この日は、リンクス公園で毎年恒例のオレンジメンズ・デイの集会やパレードがあったから、そのせいだ。別にそいつらに不愉快な思いをさせられたことは一度もないけど、ぼくはどうもあの類の奴らが好きになれない。憎しみだけで生きてるみたいな連中だろう。大昔の戦争の勝利を祝うなんて、さ。ものすごく馬鹿みたいだよね。

レントンのパパが来てた。親戚と一緒だった。レンツの兄貴のビリーもいた。レンツのパパはグラスゴー出身でプロテスタントだけど、オレンジメンズ・デイみたいな騒ぎにはもうあんまり関心がないみたいだ。でも、グラスゴーの親戚は大いに関心があるらしくて、レンツのパパはその親戚とのつきあいを大事にしてるってだけ。レンツはあの親戚とはうまくいってない。どっちかっていうと嫌ってる。親戚の話はあんまりしたがらない。だけど、兄貴のビリーは違う。ビリーはあのオレンジ党がどうのって話にすっかり入れあげてる。サッカーで言えば、レンジャーズ対セルティックのオールドファーム対戦がやたら盛り上がるみたいな話だな。カウンターのところからビリーがぼくにうなずいた。でも、ぼくが誰だかちゃんとわかってるのか疑問だな。

「ダニーじゃないか！　元気でやってるかい」レントンのパパが言った。

「はい……元気です、デイヴィ。元気です。マークから何か連絡は？」

「ないよ。しかしまあ、頼りがないのはって言うだろう？　あれが連絡してくるのは下心があるときだけさ」半分は冗談で言ってるんだろう。レンツのいとこの子猫たちがぼくらのほうをものすごく険悪な目で見てる。ぼくとドードは出入口に近い隅の席に座った。

それがまずかった……。

その辺にはヤバそうな雰囲気の猫たちが座っていた。スキンヘッドのネオナチっぽい奴もいる。スコットランド訛の奴と、イングランド訛の奴と、ベルファスト訛の奴が混じっていた。ネオナチバンド〈スクリュードライバー〉のTシャツを着てるのが一人、〈アルスターは英国領〉って書いたのを着てるのが一人。全員でボビー・サンズをくそみそにけなす歌を歌い出した。政治のことはよくわからないけど、ぼくにはサンズって奴は勇敢な人物に思える。人を殺したことはないしね。それに、勇気がなきゃ、抗議のハンストを貫いて死ぬなんてできないでしょ。

しばらくすると〈スクリュードライバー〉Tシャツの奴が、ぼくらのほうをやたらにじろじろ見始めた。ぼくらは絶対に目を合わせないようにした。だけど、奴らが「ユニオンジャックに黒は使われてない」とか歌い出したあとじゃ、そっちを見ないようにするほうが一苦労だった。ぼくらは知らん顔してたけど、そいつはあきらめない。どら猫野郎は爪を出して、ドードに向かってこうわめいた。

「おい！　そこのニガー、何ガンつけてんだよ！」

「うるせえな」ドードは鼻で笑った。ドードにしてみれば、何度も通った道なのかもしれない。でも、ぼくは初めてだ。すごくヘヴィだよ。

グラスゴーの奴らのなかには、あんな奴ら、本物のオレンジジメンじゃない、ナチスだって言ってるのもいたけど、オレンジ猫の大部分はドードがガンつけたって言い分を鵜呑みにして、ネオナチ野郎どもを煽り立てた。

どら猫が全員でがなり立てた。「ニガー！　ニガーは出てけ！」

ドードは立ち上がり、奴らのテーブルに近づいた。そのときまで馬鹿にしたみたいな表情をしてた〈スクリュードライバー〉の顔色が変わるのがわかった。ドードが持ってるものに気づいたからだ。ぼくにも見えた。重たそうなガラスの灰皿……暴力沙汰になりそうだ……まずいよ……。

……ドードは灰皿を振り上げて〈スクリュードライバー〉の頭をがつんと殴った。〈スクリュードライバー〉の脳天がばかっと割れ、奴はスツールから床に転げ落ちた。ぼくは怖くて震えてた。マジにビビりまくってた。でも、別の奴がドードに飛びかかったかと思うと、ほかの奴がそこに加わってドードを床に押さえつけるのが見えて、加勢しないわけにはいかなくなった。ぼくはグラスをつかんで〈アルスター〉Tシャツの顔を殴った。グラスは割れもしなかったのに、そいつは頭を抱えてうずくまった。その直後にほかの誰かがぼくの腹にパンチを叩きこんだ。痛くて、ナイフで刺されたかと思ったくらいだった……。

「そのフィニアン野郎をぶっ殺せ！」誰かが叫び、ぼくは壁に押さえつけられて……手や足を夢中でばたばたさせた。何にも感じなかった……それどころか、ぼくはおもしろがってた。だってベグビーが誰かをぶっ飛ばすのを見慣れてるとさ、こんなの喧嘩のうちにも入らないし、なんかどたばたコメディみたいだろ……ぼくは喧嘩は弱いけど、相手もあんまり喧嘩慣れしてないみたいだった……何か味方同士で邪魔し合ってるって感じで滑稽だった……。

それから何がどうなったのか、よくわからない。レンツのパパのデイヴィ・レントンと兄貴のビリーが、奴らを引き剝がしてくれたみたいだ。次の瞬間、ぼくはふつうに立って、ぼこぼこにされたドードを店の外に引っ張り出してたから。ビリーの声が聞こえた。「そいつを外に連れ出せ、スパッド。できるだけ遠くまで行け」このときになって、全身のあちこちが死ぬほど痛み出した。ぼくは泣いてた。怒りと恐怖の涙だ。でもたぶん、悔しかったっていうのが一番大きいと思う……。

「ねえ、こんなことって……ねえ……くそう……こんな……こんなの……」

ドードはナイフで刺されてた。ぼくは肩を貸して通りを歩き出した。どこか後ろのほうで怒鳴り合ってる声が聞こえてた。でもぼくは振り向かなかった。おばあちゃんがいる施設の入口しか見てなかった。なかに入って、ドードを支えて階段を上った。ドードの脇腹と腕から血が流れてた。

ぼくが電話で救急車を呼んでるあいだ、おばあちゃんはドードの頭を胸に抱いていた。

「いまになってもまだこんな目に遭うなんて……いつになったら放っておいてくれるようになるんだろう……学校のころから、学校にいたころからずっと……」

ぼくは死ぬほど腹が立ってた。おばあちゃんに、だよ。だって、おばあちゃんにはドードみたいな子供がいるんだ。だったら、みんなと違うところのある人、目立ちたくなくたってどうしても目立っちゃう人の気持ちが理解できるはずだよね？　たとえば顔にワイン色の痣がある人の気持ちだってわかるはずだ……なのに、世の中には憎しみがあふれてる。憎しみしか持たない人がいる。ぼくはどうしたらいい？　ぼくに何ができる？

ぼくはドードに付き添って病院に行った。見た目ほど深い傷じゃなかった。傷を縫い合わせてもらったあと、ぼくはストレッチャーに寝かされてるドードの様子を見に行った。

「心配するなよ、ダニー。もっとひどい目に遭ったことがあるし、この先ももっとひどい目に遭うだろうからさ」

「そんなこと言わないでよ。そんなこと言わないで」

ドードはぼくの顔を見つめた。おまえには絶対に理解できないだろう――そう言ってるみたいな目だった。そうだね。悲しいけど、ドードの言うとおりなのかもしれない。

百年ぶりのセックス

　彼らは朝からずっと飲み続け、いまもまだ飲んでいた。クロームめっきとネオンの輝きが渦巻く、肉欲が充満した悪趣味なクラブ。バーカウンターには法外な値をつけた酒をずらりとそろえている。洒落たカクテル・バーを気取っているつもりだろうが、どう見てもそれにはほど遠い。

　客はたった一つの目的のためにこの店に集まってくる。とはいえ、まだまだ宵の口だ。酒を飲み、だべり、音楽を聴いているふりをしていても、この時間ならまだしらじらしくは見えない。

　マリファナと酒のせいで、スパッドとレントンのヘロイン明けのリビドーは暴れ馬のレベルに達していた。どの女を見ても途方もなくセクシーに映る。男を見てもむらむらきた。次から次へと目移りして、ターゲットを絞り切れずにいた。そうやってそこにいるだけで、最後にセックスをしたのがいかに遠い昔のことか、あらためて痛感させられる。

「この店でナンパできなきゃ、今日はあきらめるんだな」シック・ボーイは音楽に合わせて軽くうなずきながら言った。こう言った場面で余裕しゃくしゃくといった風に人を突き放す発言をするのは毎度のことだ。自分は強い立場にいるのだから。目の下の黒々としたくまを見れば、ミント・ホテルに泊まっているあのアメリカ女二人と朝からずっとやっていたんだろうとわかる。スパッドやレントンやベグビーに、いずれか一人を譲ってやろうという気はなさそうだ。二人ともシック・ボーイと帰るのだろうし、シック・ボーイ以外の誰も歓迎しないだろう。シック・ボーイ閣下は、ただ単にこの場に臨席して光彩を添えているだけのことだ。

「あの二人、すげえ上物のコークを持ってるんだ。あんなの初めてだよ」

スパッドが言った。「成金向けのスピードか」

「コカインか……クズみたいなもんじゃないか。ヤッピー御用達のクズだ」レントンはヘロインを抜いて数週間になるが、ヘロイン以外のドラッグに対するジャンキー特有の軽蔑はまだ抜けていなかった。

「おっと、お嬢様方が戻ってくるぞ。では、諸君、申し訳ないが、あとは諸君らでその下劣な作戦を遂行してくれたまえよ」シック・ボーイは首を振って尊大な調子でそう言うと、優越感に満ちた傲慢な表情でバーを見回した。やがて、嘲るように鼻を鳴らして言った。「労働者階級の娯楽だな」スパッドとレントンは顔をしかめた。

シック・ボーイとの友情には、セックス方面でのジェラシーがもれなくついてくる。

スパッドとレントンは、今晩のシック・ボーイの「ミントのまんこ」（シック・ボーイはアメリカ娘たちをそう呼んだ）とのコカインつきセックス・ゲームを思い描こうとした。想像するのがせいぜいだ。シック・ボーイは、自分のセックス冒険譚《たん》を絶対に詳しく話そうとしない。だが、シック・ボーイのその慎ましさは、寝た相手に対する配慮というより、女でいい思いをしたことのない仲間に対する嫌がらせだ。コカインをやりながら金持ちの観光客二人と3Pプレイにふけるのは、シック・ボーイのようなセックス貴族だけに与えられた特権なのだ。スパッドとレントンはそう痛感した。自分たちには、このレベルのバーがお似合いだ。

レントンは遠くからシック・ボーイを観察し、どうせあいつはおべんちゃらを並べているんだろうと想像してうんざりした。

少なくとも、シック・ボーイが女を連れて先に消えるのはいつものことだ。しかしベグビーまでもが別行動を取り始めたことに気づいて、レントンとスパッドは愕然とした。ベグビーが話しかけてる女、けっこう美人じゃん――スパッドはそう考えていた。一方のレントンは、ずいぶんでかいケツをした女だと、意地の悪いことを考えていた。ああいうサイコじみた男に惚れやすい女って、けっこういるんだよな。悪意を含んだ嫉妬を燃やしながら、レントンはそんなことを思った。ただし、その代償は高い。待っているのはみじめな人生だ。たとえばベグビーのガールフレンドのジューン。出産のために入院してるはずなのに、ベグビーはこうしてほかの女を引っかけてる。自説を裏づける事実を即座に見つけられたことを誇らしく思ったレントンは、ベックス・ビールをぐいとあおった。証明終わり。

しかし、レントンはいつもの自己分析モードに入っており、せっかくの自己満足もすぐに霧散した。よく見ると、あの女のケツもそこまででかくないか、と考え直す。またあの自己欺瞞機能を起動してしまったようだ。心の片隅では、自分はここにいる誰より魅力的な人間だと思っている。その根拠は、どれほど美しい人間を前にしても、一つは醜悪な点を探し出す才能が彼には備わっているからだ。たった一つの欠点に注目することにより、その人物の美しさを心のなかで帳消しにしてしまうことができる。一方で自分の欠点は気にならない。慣れっこになっているし、第一、自分の目には見えない。

それはさておき、レントンはいま、フランク・ベグビーに嫉妬を感じていた。これ以上は差をつけられたくない。ベグビーと新たな恋人はシック・ボーイやアメリカ女としゃべっている。アメリカの二人は、極上の部類に属するいい女だった。少なくとも、小麦色の肌といかにも高価そうな服は極上に見える。ベグビーとシック・ボーイが大の親友同士を演じている姿を見ていると、吐き気を催しそうになる。ふだんは憎まれ口を叩き合ってるくせに。成功者と脱落者を分けるのは、ほかの分野でも同じだが、セックスの領域でもやはり、行動力だ。

「どうやら俺とおまえだけになっちまったらしいぜ、スパッド」

「うん……そうみたいだね、キャットボーイ」

スパッドは他人のことをよく〝キャットボーイ〟と呼ぶ。レントンはその響きが好きだった。ただし、自分がそう呼ばれるのは嫌いだ。猫と聞くだけで吐き気がする。

「なあ、スパッド。俺、ヘロインをまたやりたいと思うことがある」そう言ったのはたぶん、スパッドがショックを受け、マリファナでぼんやりしている表情が変わるのを見たかったからだ。だが、その言葉が口から出たとたん、自分は本気で言っているらしいとわかった。

「それは、その、ヘヴィだよね？……ヘヴィだよ」スパッドは、結んだ唇から押し出すようにしてそう言った。

　そのとき、レントンの頭に閃《ひらめ》いた。さっきトイレでやったスピード、こいつは低級品だと文句を言いながらやったスピードが、いまごろになって効き始めているのだ。ヘロインをやめると、どんなドラッグにでも手を出す無責任な馬鹿に成り下がるから厄介だ。ヘロインをやっているあいだは、ほかのドラッグが入りこむ隙などない。

　何かしゃべりたくてたまらない。スピードは、レントンの体内で、マリファナや酒を周回遅れにする勢いで駆け巡っていた。

「な、おまえもそう思うだろ、スパッド。ヘロインをやってるときは、それだけですむよな。ヘロインのことだけ心配してりゃいい。うちの兄貴のビリーは知ってるな。あいつさ、ついこの前、軍に戻る契約書にサインしたんだぜ。あの馬鹿、ベルファストに行くらしい。兄貴の頭がどうかしてるってのは前から知ってたよ。帝国主義の下僕だ。けどな、兄貴が俺に向かって何て言ったか聞きたいか？　こうだぜ。〝俺は民間人になんかなれそうにねえよ〟。軍人はジャンキーと同じだ。唯一違うのは、ジャンキーはめったに撃《シュート》たれたりしねえってことだ。それに自分が打《シュート》つほうの立場だしな」

「それって、ちょっと強引すぎる理屈だって気がするけど」

「いいから聞けって。考えてみろ。軍にいれば、軍が何でもやってくれる。食い物の心配はいらない。基地にあるしけたクラブで酒だって安く飲める。ほら、兵隊が基地の外で飲んで暴れたりして、軍の評判が下がったり、近所の住人を怒らせたりしたらまずいからな。ところが除隊になったとたん、何から何まで自分でやらなくちゃならなくなる」

「そうだね、でもさ、やっぱりちょっと違うよ、だって……」スパッドが口をはさみかけたが、レントンの勢いは止まらなかった。酒瓶で脳天をがつんと殴るくらいのことをしなければ、黙らせることはできそうになかった。殴ったところで、何秒黙らせておけることか。

「ああ、ああ……ちょっと待てって。聞けよ、最後まで言わせてくれ……どこまで話したっけ?……そうだ! いいか。ヘロインをやってると、ヘロインを手に入れることだけ心配してればいい。ところがヘロインをやめると、山ほど心配事ができる。金がなくちゃ、酒も飲めねえ。かといって金がありゃ、飲みすぎる。女がいなけりゃ、やるチャンスもねえ。いたらいたで、面倒ばかり増える。あれこれ干渉されまくる。それでも我慢するか、爆発しちまって後悔するかだ。請求書や食べるものの心配もあるし、税金の心配もしなくちゃならなかったり、セルティック・サポーターのネオナチどもにぶちのめされないように用心したり。どれもこれも、ヘロインをやってるときはどうでもよかったことばっかだぜ。一つのことだけ心配してればいいんだ。人生は単純そのものになる。な、納得したろ?」レントンはそこで言葉を切ると、またしても歯を食いしばってぎりぎりと鳴らした。

「まあね。でも、それも悲惨な人生だよね。生きてるって言えないよ、あんなの。だって禁断症状が来ると……あれは最低中の最低だろ……全身の骨がぎしぎしいったり……毒なんだよ。単なる毒……だからそんなこと言わないでよ、またあんな生活に戻りたいなんてさ。どうせ出任せで言ってるんだろうし」スパッドの反論には、穏やかでのんきなスパッドには珍しく、わずかな毒が含まれていた。レントンは、どうやら気に障ったらしいなと思った。

「そうだな。くだらねえことをついしゃべりすぎた。ほら、ルー・リードがかかったぜ」

スパッドがぱっと微笑んだ。あの笑顔を見たら、道行く年配の女たちはみんな、捨て猫を拾うみたいに連れて帰りたくなるに違いない。

シック・ボーイはアメリカ女、アナベルとルイーズを連れて帰り支度を始めていた。ベグビーの自尊心を甘やかすという仲間としての任務を三十分かけてまっとうしていた。ベグビーが友人を作る唯一の動機はそれだからな、とレントンは考えた。嫌いな相手と友情を維持しようなんて、正気とは思えない。単なる習慣、惰性にすぎなかった。ベグビーはヘロインと同種の悪癖だ。それも物騒な種類の。統計では、見知らぬ相手に殺される事例より、家族や親しい友人に殺される事例のほうがはるかに多い。なのに世間には、友人をサイコ野郎で固めようとする輩がいる。自分の守りが強くなって、残酷な外の世界から身を守れるだろうと勘違いするからだ。だが現実はその逆だ。

シック・ボーイは、アメリカ女を従えて出口へ向かいながらレントンのほうを振り返り、ドアの向こうへ消える寸前、ロジャー・ムーア風に片方の眉を吊り上げた。スピードに誘発された妄想がレントンに妙な閃きを与えた。そうか、シック・ボーイが女にもてるのは、眉を片方だけ吊り上げられるからだ！　レントンは、片方だけ持ち上げるのは難しいことを知っていた。何度、鏡の前に立って練習したことか。しかしどれほど頑張ってみても、やはり両方の眉が同時に持ち上がってしまう。

大量の酒と過ぎた時間が共謀し、心をただ一つのことに集中させようとする。閉店一時間前、それまではこちらからお断りと思っていた相手でも、まああれでもいいかと思えてくる。残り三十分ともなれば、積極的に選びたい相手に見えてくる。

レントンの視線は、店内をさまよいながらも、一人のほっそりした女に幾度となく引き戻されていた。毛先を軽く外向きに巻いた、長いストレートの茶色の髪。きれいに焼けた肌。化粧で絶妙に引き立てた繊細な目鼻立ち。茶色のトップに白のパンツを穿いている。女がパンツのポケットに手を入れると、パンティのラインがくっきりと浮かんだ。レントンのみぞおちのあたりがぞくりとした。レントンよ、作戦実行のときがきたぞ。

丸顔のにやけた男が、その女や友達になれなれしく話しかけている。開襟シャツの前は太鼓腹に押し上げられてボタンが引きちぎれそうだ。根っから太った人間が嫌いで、しかもそれを公言してはばからないレントンは、このときとばかり言いたい放題ぶちまけた。

「スパッド、あの太っちょを見ろよ。食い意地の塊だぜ。生まれつき太ってようが、習慣性の肥満だろうが、デブはデブだろ。テレビのニュースでさ、太ったエチオピア人なんか見たことあるか？　だからって、エチオピアには生まれつきのデブはいねえってことか？　まさか」レントンが一息にそう言い立てると、スパッドは焦点の合っていない笑みで応じた。

その女は男を見る目があるらしい。その太った男を冷たくあしらった。レントンはそのあしらい方に感心した。決然とした、だが品位ある断りかた。肥満男の自尊心をずたずたにすることはせず、それでも、興味がないことを明確に示した。太っちょは困ったような笑みを浮かべ、手のひらを上に向けて軽く肩をすくめながら首を一方にかしげた。仲間らしき男たちが茶化すように笑う。一連のなりゆきを見ていたレントンは、何がなんでもあの女に声をかけようと決意を固めた。

ついてこいとスパッドに合図する。自分が率先してモーションをかけるのは気が進まなかったから、いつもなら絶対に自分から女に声をかけたりしないスパッドが連れの女のほうに声をかけたとき、レントンは内心で小躍りした。さっきのスピードが効いているのは間違いなさそうだ。ただし、スパッドがフランク・ザッパの話を一方的にしゃべっているのが聞こえて、レントンの胸に危惧が芽生えた。

レントンは、さりげないが本気さが伝わり、誠実だが重たくないアプローチを試みた。少なくとも、自分ではそのつもりだった。

「話の邪魔をして悪いね。ただ、さっきの太った野郎を追い払う様子を見て、きみの男を見る目は確かだと感心したよと伝えたくて。きっと話をしてみたら楽しい人なんじゃないかと直感した。でも俺のこともやっぱり趣味じゃないって思うなら、そう言ってくれてかまわない。ところで、俺はマーク」

女は少し当惑したような作り笑いをした。レントンは、少なくとも〝寄るな触るな〟よりはるかにいい感触だと思った。話しているうちに、自分の外見が気になり始めた。スピードの効き目が薄れたせいだろう。黒に染めた髪がまぬけに見えるんじゃないかと急に心配になった。黒にすると、赤毛の宿命ともいえるオレンジ色のそばかすがよけいに目立ってしまう。ジギー・スターダスト時代のボウイに似ていると自負していた時期もあった。しかし何年か前、ある女から、スコットランド代表でもあるアバディーン所属のサッカー選手アレック・マクリーシュにそっくりだと言われた。以来、それがあだ名になった。アレック・マクリーシュが引退する日が来たら、感謝のしるしに引退試合を観にアバディーンまで行ってやろうと思っている。シック・ボーイが悲しげに首を振りながらこう言ったことをレントンは忘れていない。「アレック・マクリーシュにそっくりな男が女にもてると思うか？」

そんなわけで、マクリーシュのイメージを払いのけるために髪を黒に染め、頭頂部をつんつん逆立てたスタイルにした。すると今度は、せっかく女をナンパできても、服を脱いだとき、恥毛は真っ赤だとわかったら、涙が出るほど笑われるのではないかと心配になった。眉も黒く染めたから、どうせなら恥毛も染めようと思った。愚かなことに、それについて母親の助言を仰いだ。

更年期障害で怒りっぽくなっている母親はこう答えた。「つまんないこと考えるんじゃありません、マーク」

女はダイアンという名前だった。レントンは、かなりの美人だと思った。だが、ここは割り引いて考えたほうが無難だろう。これまでの経験から、体と脳味噌をドラッグが駆け巡っているときの自分の判断力を信用してはならないと身に染みている。音楽の話になった。ダイアンはシンプル・マインズが好きだと言い、ダイアンとのあいだの初めての議論に発展した。レントンはシンプル・マインズが嫌いだった。

「U2に便乗して、政治や社会問題を取り上げるようになってからのシンプル・マインズは、どうしようもないクズだと思うな。ポンプ・ロック出身だってことを忘れて、ちゃちな政治観を前面に押し出すようになったあたりから、信用できなくなった。初期の曲はすごくよかったけど、『黄金伝説』以降は聴く価値もない。マンデラがどうしたとか薄っぺらな歌を聴いてるとこっちが恥ずかしくなる」

シンプル・マインズは、マンデラや南アフリカの人種差別撤廃運動を本気で支援しようとしてると思うけど、とダイアンは言った。

レントンはクールに決めようとそっけなく首を振ったが、アンフェタミンとダイアンの反論のせいで、どうしようもないほど頭に血がのぼっていた。

「一九七九年の『NME』を持ってるけど――いや、持ってたのに何年か前に捨てちまったんだが――それに載ってたインタビューで、ジム・カーは、政治問題に首を突っこみたがるバンドのことをくそみそにけなして、シンプル・マインズはひたすら音楽だけを追求してるんだって断言したのを俺は忘れてない」

「人は変わるものよ」ダイアンが切り返した。

レントンは、その一言の純粋さ、シンプルさにどきりとした。ますますダイアンが気に入り、肩をすくめて負けを認めた。一方で、ジム・カーは彼のグル、ピーター・ガブリエルからつねに一歩遅れているとか、〈ライヴ・エイド〉以来、善良な人間ぶるのがロック・スターのあいだで流行っているらしいといった考えが、頭のなかをぐるぐる駆け巡っていた。しかしそれを口に出すのは控え、今後は音楽に関して強固な意見を言わないようにしようと心に決めた。広い目で見たら、音楽なんか本気で論じるようなことではないじゃないか。

しばらくすると、ダイアンと連れはトイレに行き、レントンとスパッドの評定会をした。ダイアンはレントンについて迷っていた。ろくな男ではなさそうだが、この店にいるほかの男もどうせろくな男ではないし、レントンはほかの男とは少し違うような気もする。だからといって飛びつくほどの男ではない。とはいえ、もう時間が時間だし……。

スパッドがレントンのほうを向いて何か言ったが、ザ・ファームの曲がやかましくて聞き取れなかった。こんな音楽、ほかのと一緒で、Eでもやってハイになってるときでなければ聴いていられない。かといって、ハイになってるときにザ・ファームなど聴くのはもったいない。それならテクノ系がずんずん鳴っているレイヴで踊り狂ったほうがましだ。どのみち、スパッドの言ったことが聞き取れていたとしても、脳味噌が疲れ切っていてまともに答えられなかっただろう。ダイアンと話をしているあいだ大健闘を見せたレントンの脳味噌は、褒美に休暇を取っていた。

次にレントンは、リヴァプールから休暇で来ているという男をつかまえてだらだらとしゃべり始めた。その男の話し方の癖や物腰が、デイヴォという友人にどことなく似ていたからだ。だが、しばらくたつと、その男はよく見ると少しもデイヴォに似ていないし、どこの誰ともわからない相手に個人情報をべらべらしゃべるのは愚かだと気づいた。そこでバーカウンターに戻ろうとしたが、スパッドを見失ったところで、自分はどうしようもなく酔っ払っているようだと悟った。ダイアンはただの記憶になっている。ドラッグが築いた無感覚の壁の向こう側から伝わってくる、ぼんやりとした熱にすぎない。

外の風に当たろうと外に出ると、ちょうどダイアンがタクシーに乗りこもうとしているのが見えた。一人きりだ。スパッドは連れの女と一緒だってことか？　レントンは嫉妬に悶えながら考えた。そして女を持ち帰りできなかったのは自分一人だけかもしれないと気づいて愕然とし、強烈な絶望感に背中を押されるにまかせ、さりげなくダイアンに近づいた。

「ダイアン。途中まで一緒に乗せてもらっていいかな」

ダイアンは疑わしげな顔をした。「フォレスター・パークに行くのよ」

「よかった。俺も同じ方角に行くんだ」レントンは嘘をついた。それから自分に言い聞かせた。いまこの瞬間から、そういうことになったのさ。

タクシーのなかで話をした。ダイアンは連れのリサと口喧嘩になり、一人で先に帰ることにしたらしい。最後に見たときは、スパッドともう一人、別の馬鹿っぽい男と一緒にまだフロアで踊りまくっていた。二人のどっちと一緒に帰るか、決闘でもさせてるみたいに。レントンはもう一人が勝つだろうと確信した。

リサはひどい人間だと話すダイアンは、絵に描いたように不機嫌そうな顔をしていた。聞いているほうが少し不愉快になるくらい毒を含んだ口調でリサの浅ましい行動をあれこれ並べ立てたが、どれもいちいち腹を立てるようなことではなかった。それでも適当に調子を合わせ、リサは世界一自分勝手な人間のようだねと言った。しかし、リサの話を続けるうちダイアンの機嫌がどんどん悪化していることに気づき、これはまずいと、レントンは話題を変えた。都合の悪い部分は省きつつ、スパッドやベグビーの滑稽なエピソードを話した。シック・ボーイには一言も触れなかった。シック・ボーイは女にもてる。たとえ会話のなかだけのことであっても、できることならせっかく知り合った女を一ミリたりともシック・ボーイに近づけたくない。

ダイアンの機嫌が上向いてくると、レントンは、キスしてもいいかいと訊いた。ダイアンは肩をすくめた。どっちでもかまわないということなのか、判断するにはまだ早いと言いたいのか、どっちつかずの反応だった。レントンは、だめときっぱり断られるより、無関心のほうがずっとましだと自分を納得させた。

キスをし、互いの体をまさぐった。この香水、むらむらくるな。レントンはそう考えていた。一方のダイアンは、この人、がりがりに痩せてるけどキスは上手いのねと思っていた。

息継ぎのために唇を離したとき、まだ一緒にいたかったからさっきは嘘をついたが、本当はフォレスター・パークに住んでいるわけじゃないとレントンは打ち明けた。ダイアンは、自分でも意外なことに、そう言われてうれしくなった。

「上がってコーヒーでもどう?」

「いいね」レントンは、狂喜しているのを悟られまいと、努めてさりげなく言った。

「でも、コーヒーだけよ」ダイアンが付け加える。レントンは、いったいどういうつもりで念を押しているのかと必死に脳味噌を絞った。交渉すべき事項の一つとして暗にセックスを匂わせると同時に、額面どおりの意味しかないと思っているようにも聞こえる、巧みな言い回しだった。レントンは都会の作法に疎《うと》い田舎者のように、ただうなずくしかなかった。

「物音を立てないようにね。みんなもう寝てるから」ダイアンが言った。ベビーシッターつきの赤ん坊が部屋で眠っている図を想像して、レントンの気持ちはいくぶん萎《な》えた。とはいえ、赤ん坊を産んだことのある女と寝た経験はまだないことに気づいた。そう思うと、何やら妙な気分になった。

玄関からなかに入ると、たしかに人がいる気配はしたが、赤ん坊特有のおしっこやゲロやベビーパウダーの匂いはしなかった。

「ダイア……」

「しっ！　みんな寝てるの」ダイアンがレントンを黙らせる。「起こさないように気をつけて。起きてきちゃうとまずいことになる」

「寝てるって、誰が？」レントンはおずおずと小さな声で訊いた。

「しっ！」

レントンは冷静を失った。思い出したくもない経験や、他人から聞いたとんでもない事件があとからあとから記憶に蘇ってくる。完全菜食主義者《ヴィーガン》のルームメート、頭のイカレたぽん引き。あらゆる体験談が収められた頭のなかのデータベースを大急ぎで検索した。

ダイアンはレントンを寝室に案内すると、シングルベッドに座らせた。それからどこかへ姿を消し、数分後、コーヒーの入ったマグを二つ持って戻ってきた。レントンの分には砂糖が入っていた。いつもは砂糖の入ったコーヒーは大嫌いだが、味などろくにわからなかった。

「寝る?」ダイアンは眉を吊り上げ、さりげないような、熱のこもったような、不思議な声でささやいた。

「あー……いいね……」レントンはコーヒーを噴き出しそうになりながら答えた。脈が速くなった。不安に襲われた。おろおろして、まるで童貞の男みたいだ。ドラッグとアルコールをちゃんぽんしたせいで勃たなかったらと心配だった。

「絶対に声を出しちゃだめだからね」ダイアンが言った。レントンはうなずいた。

レントンは大急ぎでセーターとTシャツを脱ぎ、それからスニーカー、ソックス、ジーンズを脱いだ。赤い恥毛が気恥ずかしくて、パンツはベッドに潜りこんでから脱いだ。

ダイアンが服を脱ぐのを見ているとちゃんと勃起した。レントンは胸をなで下ろした。ダイアンはゆっくり時間をかけて服を脱いだ。見られていることに気づいていないかのように自然な動作だった。いい体をしている。レントンの頭のなかで、サッカーの応援歌『ヒア・ウィ・ゴー』が繰り返し鳴っていた。

「あたしが上がいい」ダイアンはそう宣言して毛布を剝いだ。レントンの赤い恥毛が露わになった。ありがたいことに、ダイアンは気づかないようだった。レントンは自分のペニスを誇らしく思った。いつもよりずっとでかくなっているように思えた。そうか、勃起してるのを見るのが久しぶりだからか。ダイアンは特段の感想は抱かなかったようだ。まあこんなものよねとでも言いたげな顔だった。

愛撫を始めた。ダイアンは前戯を楽しんでいる。過去に寝た男と違い、レントンの愛撫には熱意がこもっていた。だが、レントンの指がヴァギナに触れようとしたとき、ダイアンは体をこわばらせてその手を押しのけた。

「もう充分濡れてるから」それを聞いて、レントンはいささか萎えた。冷たく機械的な言いかただった。一瞬、せっかくの勃起がしぼんでしまうかと思った。いや大丈夫だ、萎えている暇はなかった。ダイアンが腰を沈めたからだ。奇跡の中の奇跡。彼のものはりっぱに屹立したままだった。

ダイアンに包みこまれて、レントンは低いうめき声を漏らした。リズムを合わせてゆっくりと動き、さらに深く貫く。ダイアンが彼の口に舌を差し入れる。レントンはダイアンの尻にそっと手を添えた。ああ、こんな感覚はいつ以来だろう。すぐにでもいってしまいそうだった。ダイアンはレントンが絶頂の一歩手前まで来ていることを察した。よしてよ、この人もまた早漏なの？　勘弁してってば。

レントンはダイアンを意識の外へ追い出し、マーガレット・サッチャーとやっている自分を想像した。ポール・ダニエルズ、ウォレス・マーサー、ジミー・サヴィル。俺はいま、せっかく勃ったコックも萎えちまうような面々とやってるんだ。そう考えて、爆発の瞬間をできるだけ先に延ばそうとした。

ダイアンはその機をとらえてクライマックスに達した――ばかでかいスケートボードにのったディルドみたいにじっと動かないレントンを相手に腰を上下させながら。一方の手をレントンの胸に置き、達したときに思わず漏れる悲鳴のような声をこらえようと、もう一方の手の人差し指を噛んでいるダイアンを見た瞬間、レントンも達した。ウォレス・マーサーにカマを掘っているんだと自分に言い聞かせたところで、もう我慢できなかっただろう。射精は永遠と思われる時間続いた。あきらめの悪い悪戯《いたずら》っ子の手に握られた水鉄砲のように、彼のコックは液体を放出しつづけた。長い禁欲のあとだ。そこに含まれる精子の数は天井知らずだった。

もしレントンが寝た女のことをべらべらしゃべるタイプだったら、同時にイカせたんだぜと自慢しても決して嘘ではなかっただろう。行為の一部始終を具体的に描写して聞き手を楽しませてやるよりも、謎めいた表情で肩をすくめ、ちょっと微笑んでみせるだけのほうが、こいつは強いらしいという印象を与えやすいからだ。シック・ボーイを見ていてそのことを学んだ。シック・ボーイは本当は性差別に反対の立場を取っているのに、それすらも性差別主義的な利己心で塗り隠されている。まったく、男なんて哀れな生き物だよ。レントンは心の中でつぶやいた。

ダイアンがレントンの上から下り、レントンは至福の眠りへと落ちていこうとしていた。そうだ、夜中に起きて、もう一度セックスしよう。さっきよりもゆったりと構えつつ、もっと積極的に攻めるんだ。俺の実力を見せてやるさ、これで不運の悪循環から抜け出せたわけだからな。ゴール前のシュートが決まらないスランプをようやく脱したストライカーの気持ちは、きっとこんなだろう。次の試合が待ち切れない。

次の瞬間、ダイアンの言葉がぐさりと突き刺さった。

「帰って」

文句を言う暇もなく、ダイアンはベッドから下りた。レントンの濃縮された精液が流れ出し、ももの内側をゆっくりと伝い始めるのを感じ、それを堰《せ》き止めるためにパンティを穿いた。レントンはこのときになって初めて、コンドームなしのセックスによるＨＩＶ感染のリスクを思い出した。最後に注射針を貸し借りしたあとに検査を受けているから、自分が感染していないことは知っている。気になるのはダイアンがどうかということだった。レントンと寝るような女なら、誰とだって寝るだろう。さっさと追い出そうという態度を取られただけで、レントンのもとより繊細な性的自尊心は粉々に砕け散り、ほんの短時間のうちに、彼はクールな絶倫男から早漏のびくびく男に成り下がっていた。最近の〝シューティング・ギャラリー〟では、大勢が一つの注射器を使い回すのは好まれないにしても、何年もの間、注射針の貸し借りをしてきて大丈夫だったというのに、たった一度のセックスで感染したら、それはもう運が悪いとしか言いようがない。

「泊まってっちゃだめなの？」我ながら弱々しくていじけた声だった。シック・ボーイがここにいたら、容赦なく真似されるだろう。ダイアンはまっすぐにレントンを見て首を振った。

「だめ。でも、ソファで寝るならいいわ。静かにしててくれるならね。もし誰かと会っても、このことは黙ってて。さ、何か着て」

全身のなかで妙に浮いた赤い恥毛がまたしても気になってしかたなくなっていたレントンは、大喜びでその命令に従った。

ダイアンはリビングルームのソファにレントンを連れていき、パンツ一丁で震えているレントンを残してどこかへ消えた。やがて寝袋とレントンの服を抱えて戻ってきた。

「ごめんね」ダイアンはそうささやいてキスをした。そのまま互いの体をまさぐり合っているうち、レントンはまた固くなりかけたが、ドレッシングガウンの下へ手を入れようとすると、ダイアンに止められた。

「だめよ」きっぱりとした口調だった。

ダイアンは行ってしまった。レントンは空しさと当惑とともに残された。ソファに体を横たえ、寝袋にもぐりこんでジッパーを上げた。暗がりに目を凝らし、リビングルームにあるものを一つずつ確かめようとした。

ダイアンのルームメートは、異性を連れこむのは御法度と言うような堅物ぞろいなのだろう。知らない男を拾って帰ってセックスするようなことをすると思われるとまずいわけだ。そう考えると、彼のきらめくウィットと、非の打ちどころは多少あるにしてもみごとなルックスに、どうにも抵抗しきれなくなったということだろう。レントンはそう考えて自尊心を鼓舞した。本気でそう信じかけた。

やがて眠りに落ちたが、おかしな夢を見て何度も目を覚ました。もともと不可解な夢をよく見るほうだが、その夢はあまりにも鮮烈で、びっくりするほど細かいことまで記憶に残っており、気味が悪かった。夢のなかのレントンは、青いネオンで照らされた真っ白な部屋の壁に鎖で縛りつけられていた。部屋にはフォーマイカの大きなテーブルがずらりと並び、そこに人間のバラバラ死体がいくつも並んでいる。オノ・ヨーコと、ヒブスのディフェンダー、ゴードン・ハンターがその肉を貪《むさぼ》り食っていた。聞くにたえない侮辱の言葉でレントンを罵倒しながら、肉片を食いちぎり、ゆっくりと咀嚼《そしゃく》する。唇からは血が滴り落ちていた。次にテーブルに並べられるのはきっと俺だ。レントンは〝ギーブジー〟・ゴードン・ハンターに取り入ろうと試みた。前からあなたの大ファンだったんですよ。だが、ゴードン・ハンターは、絶対に敵の突破を許さないという評判どおり、レントンの鼻先で声を立てて笑っただけだった。そこでほかの夢に切り替わってほっと胸をなで下ろしたが、今度は全裸で自分が垂れ流した糞にまみれながら、こちらはちゃんと服を着ているシック・ボーイと向かい合い、リース川を眺めながら卵とトマトと揚げパンを食っていた。その次の夢では、アルカン・ブランドのアルミホイルでできたビキニしか着けていない美人に口説かれていた。ところが、女と思ったのは実は男だった。その男と、全身のいろんな穴を使ってファックした。穴からは、髭剃りフォームみたいな液体がじくじくにじみ出していた。

食器がぶつかり合う音とベーコンの焼ける匂いで目が覚めた。リビングルームのすぐ奥にあるキッチンに女が入っていく後ろ姿がちらりと見えたが、ダイアンではなかった。次に男の声が聞こえ、恐怖にとらわれた。二日酔いのうえに見知らぬ場所でパンツ一丁でいるときに絶対に聞きたくないもの、それは別の男の声だ。レントンはまだ眠っているふりをした。

　こっそり薄目を開けて見ると、レントンと背丈が同じか少し低いくらいの男がキッチンに静かに入っていくのが見えた。男と女は低い声で話していたが、その声はレントンにも聞こえた。

「ダイアンはまた友達を連れて帰ってきたのか」男が言った。レントンは、〝友達〟と言ったときの、いくらか茶化したような抑揚が気にくわなかった。

「そうみたい。でも、何も言わないでね。不機嫌になったり、また見当違いの結論に飛びついたりしないで」

　二人がリビングルームに戻ってくる気配がし、すぐにまた出ていった。レントンは大急ぎでTシャツとセーターをかぶった。それから寝袋のジッパーを下ろし、床に足を下ろすのとジーンズを引っ張り上げるのをほぼ同時にやってのけた。寝袋をきちんと畳み、乱れたクッションを元どおり並べ直す。ソックスとスニーカーは悪臭を放っていたが、そのまま履いた。ここまで臭えばそれは無理というものだろうが、誰も気づかないでくれと祈った。

　不安でたまらず、疲れを感じる余裕さえなかった。だが、二日酔いだということはわかった。二日酔いは、隙あらば襲いかかってやろうとこちらをうかがっている忍耐強い強盗のように、心の影の奥にじっとひそんでいる。

「おはよう」ダイアンではない女がリビングルームにまた入ってきた。

大きな美しい目と、繊細でほっそりした輪郭。美人だ。どこかで見たことがある顔のような気がした。

「どうも。えっと、マークです」

女は自己紹介しようとしなかった。その代わり、レントンのことを知りたがった。

「ダイアンのお友達？」どことなく喧嘩腰な訊きかただった。レントンは安全策を採用し、見え透いた嘘ではなく、多少の説得力のある嘘をつくことにした。困ったことに、説得力のある嘘をつくというジャンキーならではの特殊技能が邪魔をして、嘘を言うときより、本当のことを話すときのほうがかえって嘘っぽくなってしまう。レントンは口ごもった。ヘロイン《ジャンク》より嘘《ジャンク》のほうがてごわいとはな。

「ダイアンの友達の友達。リサは知ってる？」

女がうなずく。自分の嘘に勢いづいて、レントンの口から気持ちいいほどぽんぽんとでたらめが飛び出した。

「それが、ちょっと恥ずかしい話で。昨日は僕の誕生日で、かなり酔っ払っちゃったんです。それで部屋の鍵をなくしちまって、しかもルームメートはいまギリシャに遊びに行ってる。まいったよ。だったらドアを壊して入ればいいのに、なんせ酔っ払ってまともに頭が働かなくて。自分のフラットに押し入った容疑で逮捕されたりしたら笑えないし！　でも、ちょうどよくダイアンに会って。親切にもこのソファで眠らせてくれた。ダイアンのルームメートでしょ？」

「ルームメート……そうね、そうとも言えるわね」女は奇妙な笑いかたをした。レントンはどういうことだろうと必死に考えを巡らせた。何かおかしい。

さっきの男が入ってきて、レントンに向かってそっけなくうなずいた。レントンはおずおずと笑みを返した。

「こちらはマーク」女が紹介する。

「どうも」男は曖昧に言った。

二人とも俺と同じくらいの年か、少し上かな。レントンはそう考えたが、もともと年齢に関しては見る目がなかった。ダイアンは、この二人よりも少し年下のようだ。おそらくこの男女は、ダイアンに対して要らぬ親心みたいなものを抱いているのだろう。年上の人間にはよくあることだ。周囲からちやほやされ、元気にあふれた若者を支配しようとする。ほとんどの場合、それは下の年代にはあって自分には欠けた長所を妬ましく思うからだ。その不当な支配は、善意から出た過保護な態度に見せかけて現われる。レントンは、この二人にそれを感じた。敵意がむくむくとふくらんだ。

次の瞬間、レントンは衝撃の大波にがつんと襲われて絶句した。一人の少女がリビングルームに入ってきた。その少女を見るなり、全身に鳥肌が立った。少女はダイアンに生き写しだった。だが、この子はせいぜい中学生くらいにしか見えない。

それがダイアン本人だとわかるまでに数秒を要した。女が化粧を落とすとき、「顔を取っちゃうわね」と言う理由に一瞬で納得がいった。ダイアンは十歳くらいに見えた。レントンの驚愕の表情にダイアンも目を留めた。

レントンはカップルに視線を戻した。ダイアンに親心を抱くわけだ。本物の親なのだから。動転しながらも、もっと早く気づかない俺はどうしようもないまぬけだと自分を罵った。

一同は朝食が用意されたテーブルについた。当惑しきったレントンはダイアンの両親のさりげない尋問を受けることになった。

「で、何をなさってるの、マーク？」母親が尋ねた。

何をなさってるって、少なくとも仕事って意味じゃ〝何にも〟だよな。レントンは失業保険詐欺組織の一員で、五つの異なる住所を使って失業手当を受給している。エディンバラとリビングストン、グラスゴーでそれぞれ一件ずつ。ロンドン市内で二カ所――シェパーズブッシュとハックニーの住所を使い分けていた。そうやって国から金を騙し取るのは徳を積む行為と思え、ついつい成果を吹聴して周りたくなる。だが、黙っていたほうが自分のためだということはわかっていた。独善的でお節介で聖人ぶった人間がいつどこで聞き耳を立てているかわからない。ただ、自分にはその金を受け取る資格があると思っていた。五件の申請をきちんと管理するのは大した能力だ。ことに、ヘロイン中毒と闘いながらとなればなおさらだろう。全国各地の職安に出頭し、住所を融通し合っている組織のメンバーとの連絡を欠かさないようにし、トニーやキャロリン、ニクシーから採用面接があるから行けと職安から連絡が来たと伝えられれば、すぐさまヒッチハイクしてロンドンに向かわなくてはならない。だが、バーガー・キングのノッティングヒルゲート店の将来有望な仕事を紹介されたのにレントンが断ったのをきっかけに、シェパーズブッシュの職安は怪しみ始めていた。

レントンは頭のなかのいんちき職業便覧を検索し、そのうちの一つを引っ張り出した。

「郡のレクリエーション部美術館課でキュレーターをしてます。社会史コレクション担当で、たいていはハイ・ストリートのピープルズ・ストーリー博物館に常駐してます」

ダイアンの両親は、やや当惑しながらも、とりあえずは感心したようだった。それは期待どおりの反応だった。調子に乗ったレントンは、思い上がったところのない控えめなタイプを演じてさらに評価を上げておこうと、謙遜《けんそん》した口調で続けた。「といっても市民が不要品収集に出したがらくたを掘り返して、労働者の生活ぶりを垣間見ることのできる史料として並べるだけの仕事ですよ。展示中に壊れたりしないよう点検したり」

「学歴がないとできない仕事だね」父親がレントンに言った。だが、目はダイアンのほうを見ていた。レントンは、ダイアンと目を合わせられずにいた。そうやって避けていればかえって疑われるとわかってはいても、どうしてもダイアンの顔を見ることができない。

「いやいや、そんなことはないですよ」レントンは肩をすくめた。

「でも、資格がいるでしょう」

「ああ、ええ、アバディーン大学の歴史学科を卒業しました」これは完全な嘘ではない。アバディーン大学に入学し、大学の勉強くらい楽勝だと思ったが、奨学金をドラッグと売春婦に注ぎこんだのがばれて一年目の途中で退学処分を食らった。どうやらアバディーン大学史上初めて学生ではない女と寝た学生だったらしい。歴史を勉強するのは誰にでもできるが、歴史に名を残すのはそう簡単ではない。

「学歴がいつかものを言う。この子にはいつもそう言い聞かせてるんですがね」父親は、ダイアンに向かってそら見ろとばかりに言った。レントンは父親のその態度は気に入らなかったが、その陰謀に加担している自分はもっと気にくわなかった。いやらしいおじにでもなった気分だった。

ダイアンがせめてAレベルを受けるような年齢でありますように。レントンが胸の内でそう祈ったちょうどそのとき、母親がその期待を打ち砕いた。

「ダイアンは来年、歴史のOグレードを受ける予定なの」そう言って微笑み、誇らしげに続けた。「フランス語、英語、美術、数学も」

レントンは心のなかでまたしてもすくみ上がった。ってことは——十四歳かよ！

「ねえ、そんなこと、マークは興味ないって」ダイアンが言った。会話のだしに使われてどうしようもない子供がよくするように、両親をたしなめるような分別くさい口のききかただだった。俺も昔、親父とおふくろが喧嘩を始めたときなんかによくあんなことを言ったな。ただし、ダイアンの口調は、ひどくぶっきらぼうで、あまりにも子供っぽく聞こえ、本人が意図したのとは正反対の効果をもたらした。

レントンの脳味噌は働きすぎてパンク寸前だった。これって児童淫行罪に当たるよな。刑務所行きになるかもしれない。間違いなくそうなるか。しかも当分は出てこられない。性犯罪者の烙印を押される。ソートンに放りこまれたら、毎日のように額をかち割られるだろう。

性犯罪者。子供をレイプした男。性的異常者。ロリコン。ベグビーみたいなイカレた服役仲間の噂話がいまから聞こえるような気がした。まだ六歳の子をやっちまったらしいぜ……レイプだってな……俺やおまえの娘でもおかしくねえってわけだ……やめてくれ——レントンは身を震わせた。

食べかけのベーコンの匂いで胸がむかついた。何年も前から菜食主義を通していた。政治思想や愛護精神とは何の関係もない。ただ肉の味が嫌いというだけのことだ。だが、ダイアンの両親に悪い印象を持たれたくない一心で黙っていた。それでもソーセージには手をつけなかった。この手の加工肉には毒がたっぷり入っているからだ。ついこのあいだまでヘロインを打ちまくっていたことを思い出して、自嘲気味にこう考えた。自分の体に入れるものはよく選ばないとな。ダイアンにそう言ったらおもしろがるだろうか。本当は不安でたまらないくせに、自分の卑猥な洒落がおかしくて、思わずくっくと笑ってしまった。

レントンは首を振り、作り話をして、いや、同じ作り話をもう一度してどうにかごまかそうとした。「まったく、俺も馬鹿ですよね。ゆうべは相当酔っ払ったらしい。ふだんはあまり酒を飲まないから。でも、誰の人生にも一度は二十二歳の時代があるわけだから」

ダイアンの両親は、二十二歳というくだりを聞いて、疑わしげな顔をした。レントンは実際には二十五歳だが、四十手前といっても通るほどやつれた顔をしていた。それでも、両親は礼儀正しく黙ってレントンの話を聞いた。

「さっきも言いましたけど、ジャケットと鍵をなくしちゃって。ダイアンのおかげで助かりました。それからご両親にもお礼を言わなくちゃ。ご親切に一晩泊めていただいたうえに、うまい朝食までご馳走になって。ソーセージを食べきれなくてすみません。もう腹がいっぱいで。いつも朝はあまり食べないから」

「あなたちょっと痩せすぎよ」母親が言った。

「独り暮らしだからだろう。東へ行っても西へ行っても、わが家がいちばん、だよ」父親がまぬけなことを言い、テーブルは気まずい沈黙に包まれた。やがて父親がおずおずと付け加えた。「……と、世間ではよく言うじゃないか」そしてついでに話題を変えた。「で、どうやってフラットに入るつもりだい？」

こういう連中は、レントンを心底うんざりさせる。自分は生まれてこのかた一度だって法を犯したことはないという目をして彼を見る。ダイアンがバーで男をあさるような娘に育ったのも不思議ではない。この夫婦は、腹立たしいほど常識的な人間と思えた。父親の髪は薄くなりかけているし、母親の目尻にはカラスの足跡がうっすらと浮かんでいるが、第三者の目にはレントンと同年代に映るだろう。ただし、夫婦のほうがレントンよりもはるかに健康そうに見えるだろうが。

「ドアをこじ開けるしかないでしょうね。でも、エール錠が一つついてるだけですから。皮肉な話だ。ずっと前からもっと頑丈な錠前に付け替えるつもりでいたんです。ところが、そのままにしてたのが正解だったわけですよ。建物はオートロックになってますけど、それは隣の人にでも連絡して入れてもらいます」

「お手伝いできるかもしれないな。わたしは建具屋でね。住まいはどちらです？」父親が訊いた。これにはレントンもいささか焦ったが、でたらめを信じてくれたらしいことに内心ほくそ笑んだ。

「いやいや、ご心配なく。実は僕も大学に行く前に大工をしてたことがあるんです。でも、ご親切にどうも」これも嘘ではなかった。本当のことを話すとどうも落ち着かない。嘘を並べているほうがかえって気が楽だ。真実を話すと、とたんに自分が生身の人間に戻ったようで、無防備になった気がしてくる。

父親がほうと眉を吊り上げたので、レントンは続けた。「ゴーギーのギルスランド工務店で見習いをしてました」

「ああ、ラルフィー・ギルスランドなら知ってる。いやな男だな、あれは」父親は、さっきまでより砕けた調子で言った。共通の知り合いが見つかったからだろう。

「ええ、辞めた理由の一つは、あの人です」

テーブルの下で、ダイアンが脚をすり寄せてきた。レントンは凍りついた。紅茶をがぶりと飲み下す。

「あの、そろそろ帰らないと。いろいろありがとうございました」

「ちょっと待ってて。あたしも一緒に出るから」レントンはいやそれはと言いかけたが、もうダイアンは立ち上がって部屋から出ていってしまった。

レントンは上の空でテーブルの片づけを手伝い、母親がキッチンで洗いものを始めると、父親に促されてリビングルームのソファに座った。レントンの心は沈んだ。二人だけになったとたん、「おまえのでたらめなんかお見通しだぜ」と言われるだろうと覚悟していた。そうはならなかった。それどころか、ラルフィー・ギルスランドや仕事上の共通の知り合いの話で大いに盛り上がった。レントンはラルフィーの弟コリンが自殺したと聞いてざまあみろと思った。

次にサッカーの話になった。父親はハーツのファンだった。レントンはヒブスのファンだ。今シーズンのヒブスは近隣のどのチームにも負け越していた。もっと言えば、スコットランドの全チームにも負け越している。父親はすかさず言った。

「ハーツ戦のヒブスは悲惨だったたな」

レントンはにやりとした。この男の娘と寝たことを初めて誇らしく思った。それも、セックスが理由ではなく。それにしてもおもしろいものだ。セックスとヒブスという、ヘロインをやっていたころには何の意味も持たなかったものが、ふいにきわめて重大な意味を帯びたのだ。もしかしたら俺のドラッグ問題は、八〇年代のヒブスの低迷と何らかの相関関係にあるのかもしれないな。

ダイアンが身支度をすませて戻ってきた。昨夜よりも化粧が薄く、十六歳くらいに見えた。それでも実際の年齢より二つ上だ。家を出るなりレントンはとりあえずほっとしたが、こんなところを知り合いに見られたらと人の目が気になってしかたがない。このあたりには、売人やヤク中の知り合いが何人か住んでいる。いまここで誰かに目撃されようものなら、今度は女子高生の売春斡旋ビジネスを始めたのかと思われるだろう。

サウスガイル駅から電車に乗り、ヘイマーケット駅で降りた。電車に乗っているあいだ、ダイアンはレントンの手を握ったまま、息つく間もなくしゃべり続けた。厳格な両親から解放されて、ダイアンもほっとしていた。それに、レントンのことをもっとよく知っておきたかった。今後、ハシシの調達に利用できるかもしれない。

レントンは昨夜のことを考え、ダイアンの行為を思い出して身震いをした。いったい誰とやって、あんなテクニックを身につけたんだ？　迷いのない行為だった。自分が二十五ではなく五十五歳になったような気がした。乗り合わせた全員にじろじろ見られているような気がした。

昨夜の服のままのレントンは、薄汚れて、汗臭くて、疲れきっていた。ダイアンは、タイツのようにぴったりとした黒のレギンスに白いミニスカートを重ねて穿いていた。レントンは、どっちか一枚でいいじゃないかと思う。ヘイマーケット駅の売店でレントンが『ザ・スコッツマン』『デイリー・レコード』を買っていると、一人の男がダイアンを舐めるように見た。レントンはそれに気づき、なぜか不愉快になって、その男の頭のてっぺんから爪先までじろじろ見てやった。その怒りはおそらく自己嫌悪の裏返しなのだろうと思った。

ダルリー・ロードのレコード店に入り、アルバムをチェックした。二日酔いが急に悪化し始め、レントンはかなり神経過敏になっていた。ダイアンは、次から次へとアルバムを選んではレントンに渡し、「これ、かなりいい」とか「これは傑作」などと言った。レントンはその大部分をくだらない作品だと思ったが、具合が悪くて反論する気にもなれなかった。そのとき、後ろから肩を叩かれた。「レンツじゃねえか。どうだよ、調子は?」

レントンはぎくりとした。工作用粘土から針金が飛び出るみたいに、骨と中枢神経が肌を突き破り、またもとに戻ったような感覚だった。振り返ると、ジョニー・スワンの弟ディークだった。

「悪くないよ、ディーク。そっちは?」心臓が破裂しそうになっているのを押し隠し、何気ない口調で訊き返す。

「ぼちぼちってとこかな、ぼちぼち」ディークは、レントンに連れがいることに気づき、意味ありげに目配せした。「おっと、俺、急いでるんだ。じゃまたな。シック・ボーイに会ったら、電話しろって伝えてくれ。二〇ポンド貸してるんだ」

「あいつには俺も貸してる」

「おそろしく口がうまいからな、あいつは。じゃな、マーク」ディークはダイアンのほうを向いた。「彼女、またな。紹介もしてくれねえなんて、あんたの彼氏は礼儀を知らない奴だね。ほかの男に取られたくないってことか?　ま、この男には気をつけな」他人から初めて〝彼氏〟〝彼女〟扱いされた二人は、ぎこちない笑みを浮かべてディークを見送った。

レントンはいますぐ一人になりたいと思った。二日酔いは悪化の一途をたどり、もう我慢できそうにない。

「あのさ、ダイアン……俺、もう帰らないと。リースでダチと約束してる。サッカーを観に行くから」

ダイアンの心得顔がレントンを見上げた。うんざりしたような、あきらめたような表情。ちっと舌打ちしたようにも聞こえた。ダイアンは内心でほぞを噛んでいた。ハシシを持ってるか、まだ確かめてないのに。

「ね、住所教えて」バッグからペンと紙を取り出し、微笑みながら付け加えた。「フォレスター・パークっていうのはだめだからね」レントンはモンゴメリー・ストリートの本当の住所を書いた。頭ががんがんして、住所をでっち上げることさえできなかったからだ。

ダイアンが行ってしまうと、レントンは強烈な自己嫌悪にとらわれた。ダイアンと寝たからか、それとも、もう二度とチャンスはないとわかりきっているからか。

その晩、玄関のチャイムが鳴った。金がなかったから、土曜の夜だというのに家に閉じこもり、『ブラドック：地獄のヒーロー3』を眺めていた。ドアを開けると、ダイアンが立っていた。濃いめの化粧をしたダイアンは、昨夜と同じセクシーでそそる女に戻っていた。

「入れよ」刑務所暮らしにはどのくらいで慣れられるものだろうと思いながら、レントンは彼女を招き入れた。

これ、ハシシの匂いじゃない？　ダイアンはそう考えていた。ほんとにハシシだったら、ラッキー。

夜のメドウズ公園

　どこのパブも大混雑だった。地元の常連と、次のイベントに移動する前に一杯やろうっていうフェスティバルに来た観光客であふれ返ってる。フェスティバルにはけっこうおもしろい演《だ》し物もあるけど……入場料がちょっと高すぎるよな。

　ベグビーったら、ジーンズにお漏らししてる……。

「何だよフランコ、漏らしたのか？」レンツがベグビーの色落ちデニムにできた小さな染みを指さした。

「ばか言え！　水だよ、水。手を洗っててはねたんだ。わかってるくせに、この赤毛野郎」

　ベグビーは水アレルギーなんだ。とくに石鹼と混ざった水が大嫌いだ。

　シック・ボーイは女を探してきょろきょろしてる……まったく女好きなんだから。男だけだと、すぐ飽きちゃうらしい。そうか、だからシック・ボーイは女の扱いがうまいのかもしれないな。女の扱いがうまくなきゃ自分が困るから。そうだよ、きっとそうだ。マッティは独り言を言いながら首を振ってる。マッティの様子はちょっと変だ……ヘロインのせいだけじゃない。メンタルの話。ひどい鬱病とか、そんな感じ。

レントンとベグビーは口論を始めた。レンツは少し気をつけたほうがいいと思うよ。ベグビーはまるで……ジャングルの猫だから。ぼくらはふつうのおとなしい猫ちゃんだ。家猫って感じ。

「奴らはな、うなるほど金を持ってるんだ。金持ち連中なんかぶっ殺せとか、アブねえことを年がら年中わめいてんのはおまえだろうが。それがいざとなるとビビっちまうってか！」

ベグビーはレンツを馬鹿にしたみたいに笑った。その顔がさ、ものすごくこう、物騒な感じなんだ。黒い目の上に黒い眉。黒い髪はスキンヘッドが少し伸びただけみたいな長さ。

「ビビるとか、そういう話じゃねえよ、フランコ。気が乗らないってだけだ。ここでしゃべってるだけで充分楽しいだろ。スピードもEもあることだし、このままここで盛り上がればいいじゃねえか。あとでレイヴ・クラブに行ったりしたら楽しそうだ。だから、一晩中メドウズあたりをうろつくなんてごめんだって言ってるんだ。メドウズには馬鹿でかい野外劇場とかお子様向けの仮設遊園地とか、そんなもんがひしめいてる。お巡りだってうようよしてるだろうよ。やばすぎるだろ」

「俺はレイヴ・クラブなんかには行かねえからな。あんなの子供の遊び場だって言ったのはおまえじゃねえか」

「言ったよ。けど、それは実際行ってみる前の話だ」

「何でもいい、とにかく俺はクラブには行かねえ。それよか、パブのハシゴでもしてよ、便所で酔っ払いから金を巻き上げようぜ」

「いやだね。俺はごめんだ」

「このタマなし！　どうせこの前のブル・アンド・ブッシュの一件以来、ぶるっちまったんだろ」

「そんなんじゃねえよ。ただ、あそこまでは不必要だったと思う、それだけだ。それだけだって」

ベグビーは座ったまま身動きを止めて、レンツをじっとにらみ据えた。それからレンツのほうに身を乗り出した。レント・ボーイにつかみかかるんじゃないかと思ったよ。

「何だって？　ええ？　おめえも不要品にしてやろうか、このタマなし！」

「よせよ、フランコ。落ち着け」シック・ボーイが言う。

さすがのベグビーも言いすぎたと思ったらしい。そうだよ、爪はしまっておきなよね、猫ちゃん。柔らかい肉球を見せてごらんよ。まったく悪い猫だ。馬鹿でかくて凶暴な猫だよ。

「アメリカ野郎をちょいとぶっ飛ばしてやっただけだろうが。おまえ、あいつの何なんだ？　ああいう気取った野郎どもにはあれくらいしてやっていいんだよ！　それにだ、バーリーの店で金を山分けしたとき、一瞬たりとも金から目を離さなかったじゃねえかよ、おまえ」

「あいつ、意識不明で病院に運ばれたんだぜ、出血多量で。新聞に書い……」

「それでも、もう退院しただろうが！　新聞に書いてあっただろ！　あのくらい、どうってことなかったんだよ。どうってことあったとしたって、だから何だっていうんだ？　そもそもな、こんなとこに来るのがいけねえんだよ、あの手のアメリカの金持ち連中がよ。あんな野郎、どうなったってかまやしないだろう。だいたいおまえだって、人を刺したことがあるくせに。エック・ウィルソンのことだよ、学校で一緒だったエック。人を刺したりするような奴が偉そうな口きくんじゃねえよ」

レンツは黙っちゃった。レンツはその話をいやがる。でもほんとの話だ。ただし、しつこく引っかいてくる猫をちょっと払いのけたってだけのことだ。事前に計画して刺したわけじゃなく。でも、ベガーから見ると、その二つは同じなんだ。それにしてもこの前のはやりすぎだ。あんなのはもういやだよ……あのヤンキー、なかなか財布を渡そうとしなかった。ベグビーがナイフをちらつかせてもまだ出さなかった……ぼくに最後に聞こえたのは「使う勇気もないくせに」だった。

ベグビーはかっとなって、夢中でやっちまった。ナイフをほんとに使っちゃったんだ。あやうくみんな財布のことを忘れそうになったよ。ベグビーがそいつの顔を蹴飛ばしてるあいだに、ぼくがポケットを探って財布を盗った。血が小便と混じって排水口に流れていった。胸が悪くなるような光景だよ。ショックだった。あのことを思い出すと、いまでも怖くなる。ベッドに横になってても、全身ががたがた震えちまう。あのときのヤンキー、アメリカ合衆国アイオワ州デモイン市在住のリチャード・ハウザーに似た男を見かけるたびに、身動き一つできなくなる。アメリカ人らしきアクセントの英語が聞こえただけで、心臓がどきりとする。暴力っていうのは本当に醜いものだ。ザ・ベガーは、我らがフランコ親分は、あの晩、ぼくたち全員をレイプしたようなものだ。ぼくらを娼婦みたいに扱った。ケツに突っこむ代償として金を山分けしたようなものだ。悪党猫ベガー。凶暴な野生の猫だ。

「俺と来る奴はいるか？　スパッド、おまえは？」ベグビーがぼくに訊いた。下唇を噛んで怒りをこらえてる。

「えっと、その……えっと……暴力沙汰とか……その……そういうの、ぼくは苦手だから……このままここで酒飲んでることにする」

「何だ、おまえもビビリか」ベグビーはぼくから顔をそらした……がっかりはしてないはずだよ、初めからぼくにはそういうことを期待してないはずだから……それっていいことなのかもしれないし、あんまりよくないのかもしれないけど、いまの時代、何をどう解釈していいか、もうわからない。そうだろう？

シック・ボーイが、「僕は恋する男だよ、戦士じゃない」とか何とか、どっかで聞いたようなことを言い、ベグビーがそれに反論しようとしたところに、マッティが割りこんだ。

「俺は行くぜ」

その瞬間、ベグビーはシック・ボーイに興味を失った。マッティを褒めちぎり、ぼくたちのことを世界一の根性なし呼ばわりした。だけど、ぼくに言わせれば、マッティこそ世界一の根性なしだよ。だって、フランコの言うことにはどんなことでも従うんだから。ぼくは昔からマッティをあんまり好きだと思ったことはない……不愉快な奴だよ。友達ってさ、けなし合ったりするものだよね。マッティのは、ただけなすより悪意がこもってるように聞こえるんだ……憎しみが隠れてるって言うのかな。他人の幸せを憎んでる。マッティから見たら、それは犯罪らしい。他人の幸せがどうしても気に入らないんだ。

そういえば、マッティとぼくは二人きりで会ったことがない。ぼくとレンツの組み合わせはときどきある……ぼくとトミー……ぼくとラブ……ぼくとシック・ボーイ……ぼくとフランコ将軍っていう組み合わせまであるけど……ぼくとマッティだけっていうのはこれまで一度もない。要するにそういうことなんだよ。


悪い猫たち二匹が狩りに出かけたとたん、雰囲気はがらりと変わって……すごく明るくなった。シック・ボーイがＥを出した。たぶんあれだよ、ホワイト・ダヴだ。ＭＤＭＡ。たいがいのＥにはＭＤＭＡは入ってなくて、スピードとＬＳＤの中間みたいな使い心地だ……でもぼくがいままでにやったやつは、どれも極上のスピードって感じだった。このときシック・ボーイの持ってきたのは本物だった。ザッパ‐エスク……そう、それだ。いい表現かも。ザッパっぽい《ザッパエスク》……フランク・ザッパ、『ジョーのガレージ』、『イエロー・スノー』、ユダヤの王女様にカトリックの女の子たち……そんなことを考えてたら、彼女がいたら楽しいだろうなと思った……女の子を愛したら……寝るってことじゃないよ、それだけじゃなくて……愛するんだ。いま、この世の全員を愛したいんだ。セックスって意味じゃなくて……愛する人が欲しい……レンツにはヘイゼルがいて、シック・ボーイには……うん、シック・ボーイには数え切れないくらい相手がいて……なのに、この猫ちゃんたちはぼくより幸せって風に見えないのはどうして……。

「隣の芝生は青く見える、ここよりあっちのほうが日当たりがいい」……ぼくは歌ってる。

歌なんか歌ったことないのに……ハイになって歌ってる……フランク・ザッパの娘ムーンのことを考えてる……あの娘ならばっちりだよ……親父のザッパともつきあいができて……レコーディングスタジオに一緒に……そうだよ、芸術が創られるプロセスにじかに触れられるんだぜ、ゴキゲンじゃん……

「こりゃすげえや……動いてねえと、死んだみたいにぼんやりしちまいそうだ……」シック・ボーイは頭を抱えてる。

レントンはシャツの前をはだけて、自分の乳首をこねくり回してた……。

「スパッド……俺の乳首を見ろよ……変な感じだ……こんな乳首してる奴、ほかに見たことがねえ……」

ぼくが愛について語り始めると、レンツは愛なんかこの世に存在しない、愛は宗教みたいなものだって言った。政府はそういう幻想を俺たちの頭に植えつける。そのほうがコントロールしやすいだろ。何も考えられないようにするんだよって。何かって言うと政治を持ち出さなくちゃ気がすまない猫っているよね……だけど、レンツからそういう話を聞かされてもいやな気はしない……だって、本気で言ってるわけじゃないってわかるから……だって……だってぼくたちは目に入ったもの全部を笑いの種にしてる……カウンターのとこのイカレ野郎、青筋立ててるよ……イングランドからフェスティバルを見にはるばる来たって感じのねえちゃんは、たったいま目の前で誰かに屁をこかれたみたいな顔してる……。

シック・ボーイが言った。「なあ、メドウズに行って、ベグビーとマッティをからかってやろうぜ……ラリってなくて、退屈で、ペテン師の悪党どもをさ！」

「そん……なことした……ら、やば……いよ……あいつ……はほん……とに危ない……奴な……んだから……」ぼくは言った。

「ファンのためだ、いっちょやるか」レンツが言った。レンツとシック・ボーイは、そのフレーズをマン島のプレシーズン・トーナメントのヒブス戦プログラムに載ってた広告から拾ってきた。その広告には、ヒブスの人気猫、アレックス・ミラーがテンパった顔で写ってて、そのすぐ下にコピーがある――「ファンのためだ、いっちょやるか」。ドラッグが効くと……レンツやシック・ボーイはかならずそう言う。

ぼくたちはよれよれとパブを出て道を渡り、公園に向かった。公園に入ると、シナトラみたいに、大げさなニューヨーク訛で歌った。

あなたとわたし　ゲイのカップルみたい
メドウズをふらふら
忘れな草を両手いっぱい摘みながら

向こうから女が二人、歩いてきた……知ってる女だ……ロザンナとジル……二人ともほんとかわいいんだ、お嬢さん学校を出ててさ……えっと、ギレスピーだったかな、マリー・アースキンだったかな……いつもサザンって店で遊んでる。音楽とドラッグと、それに経験を求めて……。

……シック・ボーイが腕を伸ばしてジルを抱き寄せると、レンツもロザンナを抱き締めた……あぶれたぼくは、ぼんやりみんなを眺めてた。売春婦の集会に迷いこんだ邪魔者って感じ。

四人は熱烈にキスしたり体をまさぐったりしてる。これってひどくない？　レンツが先にキスをやめた。だけど腕はロザンナに回したまま。レンツのあの一件は笑い話になってる……だってほら……ドノヴァンでナンパした子、未成年もいいとこだったんだ。何て名前だっけ……ダイアン？　悪い猫ちゃんだよ、レンツの奴。シック・ボーイは……あれ、シック・ボーイはジルをそのへんの木に押しつけて逃がさないようにしてる。

「元気だったかい？　このあとの予定は？」シック・ボーイがジルに訊く。

「サザンに行くとこ」ジルの声はちょっと酔っ払ってた。軽く酔った金持ちのプリンセスって感じ。ジルの顔にはニキビ一つない……へえ、あの二人、そっけなくあしらおうとしてるけど、実はまんざらでもないらしい。この超モテモテ・ジャンキー・コンビにならば何されてもいいわってとこかな。ほんとに冷たい女だったら、相手の顔をひっぱたいて、男がよろよろうずくまるのをただ見てるはずだろう。だけど、この二人の場合はいやがってるふりしてるだけだ……「ママやパパに叱られちゃうわ」ってふり……でも、レンツはそこにつけこんだりはしない、だってもう充分おいしい思いをしたからね。ただしシック・ボーイについては話が別だ。シック・ボーイはジルのジーンズの中に手を入れて……。

「女の子のことならよく知ってる。ドラッグの隠し場所はここだろう……」

「サイモン！　そんなもの隠してないったら！　やめて、サイモン！　サイモン！」

ジルが嫌がってるって察したシック・ボーイは、ジルを離した。全員が弱々しい笑い声を上げる。いまのは単なるお遊びだってふりで。それから、女の子たちは行っちゃった。

「今夜またあとで会おうな！」シック・ボーイが女の子たちの背中に叫ぶ。

「そうね……サザンに来るなら」ジルが後ろ向きに歩きながら答えた。

シック・ボーイは、もものあたりをばしっと叩いて言った。「あの極上の女たちを部屋に連れて帰って、失神するまでやってやりたかったな。向こうもやりたくてうずうずしてた」ぼくやレンツに言ったっていうより、独り言みたいに聞こえた。

そのとき、レンツが何かを指さして大声で言った。

「サイ！　リスだ、ほら、おまえの足もと！　殺せ！」

シック・ボーイがいちばん近いところにいたから、リスを誘《おび》き寄せようとした。でも、リスは急ぎ足で少し先まで逃げた。なんかすごく妙な動きかただった。こう、背中を丸めるみたいにしてさ。銀色の毛に覆われた不思議な生き物だ。

レンツは石をつかんでリスに投げつけた。石がリスのすぐそばをかすめて、ぼくの心臓は止まりかけた。レンツはたがが外れたみたいに笑いながら、また別の石を拾おうとしたから、ぼくはその手を押さえつけた。

「よしなよ。あのリスに何か迷惑かけられた？」マークのすぐに生き物を傷つけようとするところは嫌いだ……だって、いけないことだろ？　自分のことも大事にできないから、ほかの生き物を傷つけたがるんだ……だって……そんなことして何になる？　リスはかわいらしい生き物だ。他人にはかまわない。自由に生きてる。レンツがリスを嫌う理由はそれかもしれないね。自由に生きてるから。

ぼくはレンツにしがみついて手を押さえてた。レンツはまだ笑ってる。上品な感じの中年の女が二人、ぼくらをじろじろ見ながら通り過ぎていった。不快なものでも見るような顔をしてた。レンツの目がぎらぎらし始めた。

「そいつ《cunt》をふんづかまえろ！」レンツはシック・ボーイに大声で言った。女たちにもちゃんと聞こえるような大声で。**「ファックするとき裂けちまわないように、セロハンで巻いとくのを忘れるな！」**

リスはひらひらとシック・ボーイから逃げていった。女たちは振り返って、放置された犬の糞でも見るみたいな目をぼくらに向けた。このときにはぼくも笑ってたけど、レンツの手は押さえたまま放さずにいた。

「おい、あの醜い年増どもは誰を見てるんだろうな？　レズどもが！」レンツが二人に聞こえるように言った。

女たちは向きを変え、さっきよりも速足で歩き出した。するとシック・ボーイが怒鳴った。**「あばよ、ゴビ砂漠並みのからからまんこ《cunt》！」**それからこっちに向き直って言った。「あの年増たち、何のつもりで俺たちに色目つかってんだ？　あんなのとやりたがる奴がどこにいる？　こんな夜遅くのこんな場所でだってさ。あんなのを押し倒すくらいなら、ホームセンターで紙やすりでも買ってきてこするほうがましってものだぜ」

「嘘こけ！　毛さえ生えてりゃ、夜と朝の隙間《ドーン》にだって突っこむくせに」レンツが言った。

たぶん、言ったとたんに後悔したんじゃないかな。だって、ドーンはあの死んじゃったレスリーの赤ん坊の名前だ。ほら、突然死しちゃった子だよ。シック・ボーイがドーンの父親だってこと、本人は言わないけど、みんななんとなくわかってる……。

だけど、シック・ボーイはこう言っただけだった。「何言ってんだよ。おまえこそ保健所の野犬とでもやりかねないじゃねえか。いままでに俺がやった女は――ちなみにおまえの想像以上の数いるがな――一人残らずやる価値のある女ばっかりだ」

いつだったか、シック・ボーイがべろべろに酔っ払って家に連れて帰った、ステンハウスの女を思い浮かべた……あれはとくにいい女とは思えなかったけど……誰にでも弱点の一つや二つはあるよね。

「あのステンハウスの女、覚えてる？　何て名前だっけ？」

「おまえは黙ってろ！　いいか、アメリカン・エキスプレス・カードとアクセス・カードではさんで無理やり勃たせてみたって、売春宿でも誰も相手なんかしねえよ」

三人であれこれけなし合いながら、少し歩いた。ぼくはちっちゃなドーンのことや、自由に生きてるだけで誰にも迷惑をかけてないあのリスのことを考えた……この二人は迷うことなくリスを殺そうとした。いったい何のために？　吐き気がした、悲しかった。腹が立った……。

　レンツやシック・ボーイはもうずっと先を歩いてる。そこでぼくは向きを変えて、別の方角に歩きだした。するとレンツが追いかけてきた。「どうした、スパッド。いったいどうしたんだ、言ってみろよ」

「あのリスを殺そうとしたろ」

「おいおい、たかがリスじゃないかよ、スパッド。害獣だぜ……」レンツがぼくの肩に腕を回す。

「ぼくやレンツほどには害がない生き物かもしれない……ほかの生き物を害獣呼ばわりする資格なんて、誰にもないよ……さっきのお上品な年増たちは、ぼくらを害獣だと思ったかもしれない。だったらぼくらは殺されてもしかたないってこと？」

「悪かったよ、ダニー……たかがリスだ。だが、ごめんよ。おまえは動物が好きなんだよな。ただ俺は……わかるだろ？　うまく言えないけど、ダニー……何て言ったらいいのかな、俺にはもうわからなくなってるんだ、ダニー。うまく言えないけどさ……ベグビーのこととか……ドラッグのこととか。これからどうやって生きていくかとか……何もかもわからなくなってるんだよ、ダニー。とにかく何をどうしていいか混乱してる。ほんとに悪かった、謝るよ」

　レンツがぼくを〝ダニー〟って呼んだの、何年ぶりかな。一度そう呼びだしたら今度は〝スパッド〟に戻らなくなってる。本気で悪かったと思ってるんだな。

「ねえ……もう気にしないで……そうだね、たかが動物の話だ……気にしないでよ……ドーンみたいな、罪のないちっちゃな生き物のことを考えてただけなんだ……生き物を傷つけるのはよくないよ……」

レンツは、いきなりぼくをがばっと抱き締めた。

「おまえって世界一いい奴だな。本気だぜ。酒やドラッグが言わせてることじゃない。本当にそう思って言ってるんだ。素面のときに男相手にこんなこと言ったりすると、ゲイ呼ばわりされそうだけどさ……」ぼくはレンツの背中をぱしぱし叩いた。まったく同じことをぼくもレンツに伝えたかった。だけど、レンツが言ったからぼくも言ってるみたいに思われそうだ。でも、やっぱり言った。

後ろのほうのどこかでシック・ボーイが叫んでた。

「よう、そこのおホモだち。やるならそのへんの木立に隠れてくれ。そこで始める気じゃないなら、ベガーとマッティを探すのを手伝えよ」

ぼくとレンツは腕をほどいて笑った。二人ともちゃんとわかってる。あの猫は街中のゴミ袋を破いて回らなきゃ気がすまない。それでも、シック・ボーイだってやっぱり世界一いい奴の一人なんだ。

振り出し

自業自得

被告人席の俺とスパッドを見下ろす判事の表情は、哀れみと憎しみのあいだを振り子のように行ったり来たりしていた。

「被告人は、転売を目的としてウォーターストーン書店から書籍を盗んだのですね」

本を売る？　とんでもない。

「いいえ」俺は答えた。

「はい」同時にスパッドが言った。俺たちは顔を見合わせた。あんなに時間かけて口裏を合わせたってのに、こいつ、たった二分でぶち壊しやがった。

治安判事は深々と溜め息をついた。考えてみれば、微罪担当の判事なんか、ちっとも楽しい仕事じゃないよな。朝から晩まで、チンピラを相手にするんだ、溜め息もつきたくなるだろう。それでも、給料はおそろしくいいんだろうし、誰かに無理強いされてこの職業についたわけじゃない。だったらもうちょっとプロ意識を発揮して欲しいもんだ。もう少し実務的にな。いらいらしたからって、いちいち顔に出したりせずにさ。

「ミスター・レントン。きみは本を売るつもりはなかったわけですか？」

「なかった。いや、はい、そのつもりはありませんでした、裁判長。自分で読むつもりでした」

　すると上から目線のエリート野郎はこう言いやがった。「なるほど、きみはキルケゴールを読む、と。では、キルケゴールについて話していただけますか、ミスター・レントン？」

「僕はキルケゴールの主観と真実という概念に関心を持ちました。とくに、選択に関する考えかたです。キルケゴールは、真の選択は疑念と不安から行なわれ、経験や他者の助言はそこに関係しないと言っています。この点に関してはある程度まで正当な異論もあるでしょう。たとえば基本的にブルジョアの実存主義的哲学であり、社会の集合的英知を弱体化させるものだというような反論が可能です。ですが、自由をもたらす哲学とも言えます。なぜかと言うと、集合的英知が否定されると、個人を支配する社会的統制の土台が崩れ始め……あっと、すみません、ついべらべらしゃべってしまって」俺はそのくらいにして口を閉じた。裁判官ってのは頭のいい被告人をいやがるし、しゃべりすぎたせいでわざと高額な罰金を科されることだってある。下手したら罰金じゃすまなくなる。謙虚にいこうぜ、レントン。キーワードは控えめだ。

　治安判事は嘲るように鼻を鳴らした。こいつはインテリなんだから、偉大な哲学者について、俺みたいな庶民よりはるかに詳しく知ってるだろう。判事になんぞなるには、よっぽど出来のいいおつむが必要なんだしさ、誰でも裁判官になれるってわけじゃねんだよ——傍聴席のベグビーがシック・ボーイにそう言ってるのが聞こえるような気がした。

「では、ミスター・マーフィー、きみはヘロインを買う金欲しさに、ほかで万引きしたものと同じく、書店で盗んだ書籍を売るつもりだったわけですね」

「そうだよ……いえ、あの、そのとおりです」スパッドはうなずいた。さっきまでのくそまじめな顔に当惑の表情が浮かぶ。

「ミスター・マーフィー、きみは常習的に万引きを繰り返している」判事に言われて、スパッドは、ぼくのせいじゃないんですとでも言うみたいに肩を震わせた。「記録によれば、現在もヘロインを常用していますね。加えて、万引きの常習犯でもある。そうですね、ミスター・マーフィー。いいですか、きみが繰り返し盗む商品は、誰かが汗を流して働いて作ったものです。そして、それを買う人も、汗を流して手にした金銭を支払って買っているのです。きみの些細ではあるが永続的な犯罪行為をやめさせるための努力が数々行なわれてきましたが、これまでのところ、何一つ実を結んでいません。そのことを勘案して、あなたは禁固十カ月の刑を宣告します」

「ありがとうございます……え?……そんな長い……」

判事はまた俺に向き直った。頼むぜ……

「ミスター・レントン。きみは少し事情が違います。記録によると、きみもヘロインを常用している。しかし、ドラッグをやめる努力を続けているようですね。きみは、薬物を断って精神的に不安定になり、その結果、今回の万引きをしてしまったと主張しています。当法廷はその主張を認めます。それから、ミスター・ローズを押しのけたのは、きみに対する暴力をやめさせようとしたからであり、彼を転ばせようという意図はなかったという主張も認めます。したがって、禁固六カ月を言い渡しますが、薬物依存症の適切な治療を継続することを条件に、執行猶予付きとします。保護監察官を任命して経過を観察することとします。それから、逮捕時の所持品のなかに自分で使用するための大麻があった。きみはヘロインを断ったための鬱状態を切り抜けるために大麻を使ったと主張していますが、違法な薬物の使用を容認するわけにはいきません。この大麻の所持については一〇〇ポンドの罰金を科すこととします。今後は、ほかの手段を用いて鬱状態を乗り越えるように。友人のダニエル・マーフィーと同じように、与えられた機会を無駄にし、ふたたびこの法廷で顔を合わせるようなことがあれば、そのときは迷うことなく実刑を言い渡します。わかりましたね？」

ああ、ようくわかったよ、騙されやすくて助かった。あんた、気に入ったよ。その頭には脳味噌じゃなくて糞が詰まってるらしいな。

「ありがとうございます、裁判長閣下。自分が家族や友人をどれだけ失望させていたか、身に染みました。いまもこうして閣下の貴重なお時間をいただいてしまっています。でも、自分が問題を抱えていると認識することは、リハビリに欠かせない要素の一つだと思っています。クリニックには定期的に通っていますし、維持療法でメタドンとテマゼパンを処方されています。これ以上、自分を騙すようなことはしません。神のお力を借りて、かならず立ち直ろうと思います。ありがとうございました」

治安判事は、うわべだけいい子にしてるんじゃないかと疑ってるんだろう、俺の顔をまじまじと見た。見たって無駄だよ。常日頃からベグビー相手にはったりきかしてるから、まじめくさった顔をするのはうまいんだ。死んで腐るよりまじめくさるほうがましだしな。はったりじゃなさそうだと納得したらしく、お人好し判事は閉廷を宣言した。俺は自由の身になり、哀れなスパッドはこのまま刑務所行きだ。

お巡りがスパッドにこっちに来いと身振りで伝えた。

「残念だったたな」俺は声をかけた。すげえ卑劣な奴になった気分だった。

「いいんだよ……ヘロインをやめられるし、ソートンならハシシが好きなだけ手に入るって話だし。楽勝だよ……」そう言うとスパッドは、堅苦しい顔をしたお巡りに連行されて行っちまった。

法廷の外のホールに出ると、おふくろが近づいてきて俺を抱き締めた。やつれた顔にくまが目立つ。

「ああ、マーク。マークったら。ほんとに困った子だわ」

「ほんと馬鹿だよな。いつかヘロインで命を落とすぞ」兄貴のビリーが首を振る。

俺は兄貴に何か言い返してやろうと思った。傍聴に来てくれなんて誰も頼んじゃいないし、陳腐な感想だって聞きたくもない。だが、反論しかけたところにフランク・ベグビーがやってきた。

「レンツ！　さっきのよかったぜ！　あれが効いたんだ、そうだろ？　スパッドにはかわいそうなことしたけどよ、思ってたより軽くてすんだな。十カ月もたたねえで出てくるさ。いい子にしてりゃ、半年で出られる。もっと短くてすむかもしれねえ」

広告代理店のエリート社員みたいな服装のシック・ボーイがおふくろの肩に腕を回し、あの爬虫類じみた笑みを俺に向けた。

「祝賀会といこうぜ。ディーコンの店にするか？」フランコが言い出した。俺たちはフランコの先導にしたがって一列縦隊で裁判所を出た。代案がある奴は一人もいなかったし、どんなときだって酒は不戦勝だ。

「母さんと父さんがどれだけ心配したか……」おふくろが真剣な顔で俺を見る。

「あんぽんたん」ビリーが冷笑する。「本屋で万引きするなんてな。あきれたぜ」

「本の万引きくらい、もう六年もやってるさ。おふくろのとこと俺のフラットに四〇〇〇ポンド分くらいある。金を払ったのが一冊でもあると思うか？　万引きで四〇〇〇ポンドの儲けだぜ、このうすのろまぬけ」

「ちょっと、マーク、嘘よね。まさかあの本が全部……」おふくろが悲しみにうちひしがれた顔をする。

「けど、もうやらないよ、おふくろ。最初からその気だった。一度でも捕まったら、それきりにする。二度捕まったら刑務所行きは確実だ。引退の潮時ってやつだよ。ジ・エンド。もういいだろう、この話は」

俺は本気だった。おふくろもそれがわかったらしく、矛先を変えてビリーに言った。「ビリー、あんたも言葉に気をつけなさい。どこで覚えてきたのかしらね、うちではそんな言葉遣い、しなかったのに」

ビリーは俺のほうを向き、どうなんだよって顔をして眉を吊り上げた。俺も同じ顔をして眉を吊り上げた。俺たち兄弟には珍しい連帯だ。

みんなあっというまに酔っ払った。おふくろが自分の生理のことをしゃべり出したものだから、ビリーと俺は下を向くしかなかった。四十七歳になってもまだ生理があるからって、自慢するようなことかよ。

「もう、洪水みたいだったわよ。タンポンなんて全然役に立たない。破裂した水道管を『イブニングニュース』でふさごうとしてるみたいなもの」おふくろは頭をのけぞらせて大笑いした。〝リース・ドッカーズ・クラブでカールスバーグ・スペシャルを飲みすぎちゃった〟風の、ちょっと身持ちが悪そうな笑いかた。おふくろは朝から飲んでたらしいな。もしかしたら、バリアムとちゃんぽんにでもしてたのかもしれない。

「よせよ、おふくろ」

「あら、ママ、恥ずかしいことなんか言ってないわよ?」おふくろは俺のこけた頬を親指と人差し指でつねった。「おチビちゃんを取り上げられずにすんだから、うれしいだけ。そうだった、この子、おチビちゃんって呼ぶといやがるんだった。でも、あんたたちはいくつになってもママのかわいいおチビちゃんなのよ。二人ともね。昔、あんたの大好きな歌を歌ってあげたでしょ、覚えてる？　あんたがベビーカーに乗ったおチビちゃんだったころ」

俺は奥歯をぐっと嚙みしめた。のどがからからになり、顔から血の気がひいていく。なあ、こんなときにやめてくれ。

「ママのおチビちゃんはショートブレッドが大好き、ママのおチビちゃんはショートブレッドが大好き……」おふくろが調子外れの歌を歌い出し、シック・ボーイが大喜びで一緒に歌い始めた。スパッドがうらやましくなった。俺がムショに行けばよかったよ。

「よう、ママのおチビちゃん、もう一杯いくか？」ベグビーが訊いた。

「あんたたち、何よ、のんきに歌なんか歌っちゃって。何なのよ。この恥知らず！」スパッドのおふくろさんがパブに入ってきた。

「ミセス・マーフィー。ダニーのことはほんとに残念でし……」俺は言いかけた。

「残念ですって！　残念なのはこっちよ！　あんたやそこのクズみたいな友達がいなければ、うちのダニーは刑務所に行くことなんかなかったのに！」

「まあまあ、コリーン、落ち着いて。つらいのはわかるけど、それは言いがかりってものよ」おふくろが立ち上がる。

「言いがかりなんかじゃないわよ！　悪いのはその子でしょ！」そう言って憎々しげに俺を指さす。「その子がうちのダニーを妙なことに誘うから！　なのに、裁判じゃ自分だけ偉そうな口きいちゃって。そうよ、その子と、そこのワル二人が悪いのよ！」俺だけじゃなく、シック・ボーイとベガーにも怒りが向いているとわかって、少しほっとした。

シック・ボーイは何も言い返さなかったが、椅子に座ったままゆっくりと背筋を伸ばし、こんなひどい侮辱は初めてだみたいな顔をしたあと、それから哀れむように首を振ってみせた。

「なにイカレたこと言ってんだよ！」ベグビーがものすごい剣幕で怒鳴った。こいつの世界には、侵すべかざる対象なんて存在しない。たとえ相手が、たったいま息子が刑務所行きにされたリースの中年女であってもだ。「俺はあんなクスリは触ったこともねえ。それどころか、レンツとスパ……マークとダニーに、あんなものやるなんて馬鹿だって口を酸っぱくして言ってたのは俺なんだぜ！　シック……サイモンだって、もう何カ月も前にやめてる」ベグビーはそう言いながら立ち上がった。怒りが燃料になって、怒りをさらに燃え立たせている。ミセス・マーフィーを殴る代わりなのか、こぶしで自分の胸をどんと叩き、彼女の鼻先でわめき散らした。「**この俺はな、あんたの息子にドラッグをやめさせようとしてたんだ！**」

　ミセス・マーフィーはくるりと向きを変え、店を飛び出していった。そのときの表情を見て、胸が締めつけられた。完全に打ちのめされたような表情だった。息子が刑務所行きになったうえに、息子に抱いてた幻想がぶち壊されたんだ。俺はミセス・マーフィーが気の毒になった。フランコに腹が立つ。

「あの人、井戸端会議のお局《つぼね》なのよ」おふくろは沈んだ声で付け加えた。「気の毒よね。息子が刑務所に行っちゃったんだものね」それから俺の顔を見て首を振る。「どんなに困った子でも、いなくなったらなったでさみしいものよ。それはそうと、フランク、赤ちゃんは元気？」おふくろはベグビーのほうを向いた。

　うちのおふくろみたいな人間はフランコにだって簡単に丸めこまれちまうんだよなと、俺はうんざりした。

「元気ですよ、ミセス・レントン。ずいぶん大きくなってね」

「キャシーと呼んでちょうだい。ミセス・レントンだなんて！　急に歳取ったみたい！」

「ほんとに歳取ってんだからしかたないだろ」俺は口をはさんだ。おふくろは俺を完全に無視し、誰一人、笑いもしなかった。ビリーさえ笑わない。それどころか、ベグビーもシック・ボーイも、生意気な甥っ子を叱りたいのに、親に気を遣って黙ってる親戚のおじさんみたいな顔で俺を見やがった。ベグビーの赤ん坊並みの身分に格下げってわけだ。

「男の子だったわね、フランク？」おふくろが育児仲間に訊く。

「そうです。ジューンにこう言ってましたからね。もし女だったら腹のなかに戻してやるってね」

　ジューンの姿が目に浮かんだ。灰色がかったオートミール色の肌。脂っぽい髪。瘦せた体から、出産後しばらくしてもまだ余って垂れ下がったままの皮膚。死人みたいに表情のない顔——笑うことも、眉をひそめることもできない。赤ん坊がまたあのぞっとするようなわめき声をあげて泣き始めても、バリアムを飲んでいるせいで、いらいらすることもない。フランコは哀れな息子にとことん無関心を貫くだろうが、ジューンはあの赤ん坊をとことん愛してやるだろう。無償の愛。盲目的で、甘くて、真綿で締めるような愛。その愛に包まれて、赤ん坊はパパそっくりに育っていくんだろう。金持ちの子供が胎児のころから名門校入学を確約されてるみたいに、その子の名前は、ジューンの腹のなかにいたころからソートン刑務所の舎房予約リストに書きこまれている。我が子がその道を歩んでいるあいだも、パパ・フランコはいまと同じ場所にいるんだろう——酒場に。

「もうじきね、あたしもおばあちゃんになるのよ！　ほんと、信じられない」おふくろは、驚きと誇りの入り交じったまなざしをビリーに向けた。ビリーは誇らしげににたりと笑う。ビリーの彼女のシャロンが妊娠して以来、ビリーは親父とおふくろのゴールデン・ボーイになった。警察に付き添われて帰ってきた回数は俺なんかとは比べものにならないくらい多いって事実は、この際すっかり忘れられている。少なくとも俺は、自分ちの軒先で糞を垂れるような真似をしないくらいの常識はわきまえている。だが、そういうことはもう意味を持たない。軍に入る契約をし（しかも今回は六年契約だとさ、あほか）、どこかの尻軽女と子供を作ったってだけ、それだけでみんな帳消しだ。親父やおふくろに、おまえはどういう将来設計を立ててるんだと責められたっていいはずだろう。なのに、責められない。それどころか、誇らしげににこにこ自慢してもらえるんだぜ。

「ビリー、女が生まれたら、シャロンに腹んなかに戻せって言えよ」ベグビーがさっきと同じことをまた言ったが、今度は呂律が怪しかった。酔っ払ってきたらしい。いつから飲んでるんだかわからない酔っ払いがここにも一人。

「その心意気だ、フランコ」シック・ボーイがベグビーの背中をばしっと叩いた。そうやっておだてておけば、調子に乗ったベグビーが暴言を吐いて、ベグビー名言集に新作を加えられるかもしれないからな。俺とシック・ボーイは、ベグビーの愚かで性差別的な暴言の数々をコレクションし、奴がいないときにその真似をして遊んで、腹がよじれて苦しくなるほど笑う。ほんと、スリルのあるゲームだ。もしベグビーにばれたらどんな目に遭うか想像するとな。シック・ボーイなんか、大胆にも、ベグビーの背後で変な顔を作ってみせたりまでするようになってる。いつか、俺たちのどっちかが、もしかしたら両方が、少々やりすぎて、こぶしか酒瓶か、「野球のバットでお仕置き（ベグビー名言精選集の一つ）」の餌食になることだろう。

俺たちはタクシーを拾ってリースに向かった。ベグビーが「ダウンタウンは酒が高い」とぶつぶつ言いだし、リースこそエンターテインメントセンターなんだと根拠のないセールストークを始めたからだ。ビリーはそうだそうだとうなずいていたが、ただ単に自分の家に近い店に移りたいだけだろう。電話して、家のすぐそばの店にいると言っておけば、妊娠中の彼女も怒らないだろうからとか言い訳してたけどな。

もし俺が先にリースなんかクソだと言ってなかったら、シック・ボーイがそう言ってただろう。というわけで、シック・ボーイは喜び勇んでタクシーを呼んだ。リース・ウォークのパブに移った。俺はこの店が昔から好きじゃないが、なんだかんだ言っていつもここに来てるような気がする。バーテンダーの太っちょマルコムが、店のおごりで俺にウォッカのダブルを出してくれた。

「裁判、終わったんだろ、聞いたぜ。よかったな」

俺は肩をすくめた。初老のおやじが二人、ベグビーをハリウッドの大スターかなんかみたいにもてはやし、大しておもしろくもないベグビーの話を食い入るように聞いていた。どうせ同じ話を何度も聞かされてるんだろうにな。

シック・ボーイが、ものすごい恩を売ってるみたいな顔で金を大げさにひらひらさせながら、全員に酒をおごった。

「ビリー！　ラガーでいいか？　ミセス・レントン……いや、キャシーは？　いま飲んでるそれは何？　ジン・アンド・ビターレモン？」俺たちのいる隅っこのテーブルに向かって、バーカウンターの前から大声でみんなの意向を確かめる。

そのとき、見えた。誰だって病原菌を避けるみたいに避けて通りそうな、気色悪いおやじと妙になれなれしく話をしてたベグビーが、シック・ボーイにそっと金を渡して酒の代金を払わせてた。

ビリーは電話でシャロンと言い争っている。

「だから、弟があやうくムショ行きになるところだったんだって。本の万引きと、そこの店員に対する暴行と、ドラッグの不法所持。判決が出たんだよ。うちのおふくろも一緒だぜ！　打ち上げくらい、いいじゃねえか……」

ああやって兄弟愛って切り札まで出さざるをえなくなってるようじゃ、シャロンがよほど機嫌そこねてるんだろう。

「猿の惑星が来てるぜ」シック・ボーイが一人の男を顎先で指した。あの映画のエキストラそのままみたいな奴でさ。例によってべろんべろんに酔っ払って、話し相手を探してる。くそ。目が合っちまった。俺のほうに近づいてくる。

「あんた、競馬は好きか？」奴が俺に訊く。

「いや」

「サッカーは？」

「いや」

「じゃあ、ラグビーは？」悲壮な声だった。

「いや」

ホモだちを探してるのか、ただの話し相手が欲しいのか、よくわからない。たぶん、自分でもわかってないんだろうな。いずれにせよ、俺には関心を失ったらしく、今度はシック・ボーイのほうを向いた。

「競馬は好きか？」

「いいや。ついでにサッカーもラグビーも嫌いだよ。映画なら好きだがね。とくに『猿の惑星』はよかったな。あれ、見た？　おもしろかったよ」

「ああ！　あの映画なら覚えてるよ。『猿の惑星』な。チャールトン・ファッキン・ヘストンと、ロディ・マク……あの俳優は何て名前っけ。ちっこい野郎だ。な、あいつ。あんたは知ってるだろ？」猿の惑星は俺の顔を見た。

「マクドウォール」

「それだ！」猿の惑星は勝ち誇ったように言って、シック・ボーイのほうに向き直った。

「ところで、今日はあのかわいこちゃんは？」

「え？　誰？」シック・ボーイは当惑顔で訊き返した。

「ほら、あのブロンドの子だよ。こないだの晩、連れてきてたじゃないか」

「ああ、あの子ね」

「あんな女とやってみたいな……おっと、気を悪くしたらごめんな。悪気はないんだ」

「いや、別にかまわないよ」シック・ボーイは声を落とした。「なんなら一晩五〇ポンドであんたに貸してもいい。マジだ」

「ほんとかい？」

「ああ。だが、変態プレイはなしだぜ。常識の範囲で。五〇ポンド」

俺は耳を疑った。シック・ボーイは本気だ。猿の惑星にマリア・アンダーソンを斡旋しようとしている。ジャンキーのマリア。ここ何カ月か、シック・ボーイとくっついたり離れたりを繰り返してる女だ。こいつは、そのマリアを売ろうとしていた。シック・ボーイもそこまで落ちたかと思うと、いや、俺たちもここまで来ちまったかと思うと、吐き気がした。またスパッドがうらやましくなった。

俺はシック・ボーイを引っ張った。「何のつもりだよ？」

「何のつもりって、自分の幸福を追求してるだけだ。何か文句あるか？　風紀委員か何かのつもりか？」

「それとこれとは話が違うだろ。おまえはいったいどうしちまったんだって言ってるんだよ。俺には理解不能だ」

「おまえは何だ？　ミスター・クリーンにでもなったつもりか」

「いいや。それでも俺は他人を売るような真似はしねえよ」

「けっ、何言ってんだよ。トミーがシーカーやなんかとつるむようになったのは、おまえのせいじゃないって言えるか？」シック・ボーイの瞳は水晶みたいに透き通って冷酷だった。良心の呵責《かしやく》も哀れみもそこにはない。それからまた猿の惑星のほうに向き直った。

俺はこう言いたかった。トミーの件は、トミーが自分で選んだ結果だ。しかしマリアは選べない。もしそう言っていたら、どこからどこまでを〝選択〟と呼ぶのか、激論が始まったことだろう。どれだけヘロインを注射したら、選択という概念が過去のものになるだろう？それが知りたい。自分が何も知らないのが悔しい。

噂をすれば影ってやつか、そのときトミーがパブに現われた。すっかりできあがったセカンド・プライズが一緒だった。トミーはヘロインをやるようになっていた。前は絶対にやらなかったのに。たぶん、俺たちのせいなんだろう。俺のせいなんだろう。以前のトミーはやってもスピード止まりだった。リジーと別れて、ついに一線を越えた。トミーは浮かない顔で黙りこくっている。だが、セカンド・プライズは対照的だった。

「レント・ボーイは助かったんだって？　やったな！　ラッキーじゃん！」セカンド・プライズは、俺の手が折れそうな勢いでぎゅうぎゅうと握った。

「いけ、いけ、マーク！」のコーラスが店中に響きわたった。歯のないウィリー・シェーンじいさんまでが声を張り上げていた。脚が片方しかないが気のいいベガーのじいちゃんも。ベガーと、俺の知らないサイコ仲間二人も。シック・ボーイやビリー、それにうちのおふくろまで参加してた。

トミーが俺の背中を叩いた。「よかったな」それから、こう言った。「ヘロイン、持ってるか？」

持ってねえよ、やめられるうちにやめるんだなと言ってやった。すると奴は、すかした野郎がよく言うみたいに、俺はやめようと思えばいつでもやめられるさと言った。前にも同じ台詞を聞いたことがある。俺自身も言ったことがある。たぶん、また言う日がくるだろう。

俺はいちばん近しい人間に囲まれている。だが、これほどの孤独を感じたことはない。生まれてこのかた、一度も。

猿の惑星は、すっかり俺たちの一員みたいな顔をしてた。この男があのマリア・アンダーソンとやってる想像図はお世辞にも美しい絵じゃない。奴が誰とやっているところを想像しても、美しくなんかなかった。もし奴がうちのおふくろに話しかけたりしたら、あのサル顔にジョッキを叩きつけてやる。

アンディ・ローガンがぶらりと入ってきた。こいつはいつも見てもうっとうしいほど元気で、けちくさい犯罪と刑務所の臭いをぷんぷんさせている。ローガンと初めて会ったのは二、三年前、公営ゴルフ場で駐車場係のバイトをしてたときで、二人とも結構な大金をくすねた。俺たちをそのいかさまに引っ張りこんだのは、パトロール用のバンに乗った駐車チケットの確認係だった。相当儲けさせてもらったよ。給料はまるきり使わずにすんでたくらいだった。俺はローガンを嫌いじゃないが、バイト仲間以上の友情は育たなかった。ローガンには、あのころの思い出話以外に話題がない。

だが、みんながみんな、思い出話をしていた。どの会話も「なあ、あのときのこと覚えてるか……」から始まる。そのときは不運なスパッドの思い出話に花が咲いていた。

今度はフロクシーが入ってきて、俺を手ぶりでバーに呼びつけた。クスリを持ってねえか、だと。俺はリハビリ中の身だ。持ってるわけがないだろうが。ヘロインをやめてまともに生きようと決意したとたん、本の万引きでしょっぴかれるなんて、皮肉な話だよな。それにしても、あのメタドンてのは最悪だ。あれをやると、神経過敏になる。本屋でボール顔の店員が英雄ぶって俺を捕まえようとしたときもそうだった。

俺はフロクシーに言った。俺は薬物療法の最中だ。すると奴は黙って行っちまった。

俺とフロクシーが話していたのに気づいたビリーが、奴を店の外まで追いかけていったが、俺はすっ飛んでいってビリーを止めた。

「あの野郎、ぶちのめしてやる」ビリーが脅しめいた声で言った。

「ほっとけよ、別に何されたわけでもないんだし」フロクシーはどんどん遠ざかっていく。

ドラッグの調達だけで頭がいっぱいなんだろう。

「あの役立たず。おまえ、あんなクズとつるんだりするから妙なことに巻きこまれるんだ」

ビリーは店に戻って腰を下ろした。シャロンとジューンが通りをやってくる姿が見えたからだ。

ベグビーはジューンがパブにいるのに気づくと、いかにも気に入らないって顔でにらみつけた。

「ガキはどうした？」

「お姉ちゃんに預かってもらった」ジューンはおずおずと答えた。

ベグビーは好戦的な目と、半開きの口と、凍りついた顔をジューンからそむけ、いま聞いた情報を咀嚼して、歓迎すべきか、怒るべきか、無関心を貫くべきか考えた。やがて唐突にトミーのほうを向くと、おまえってつくづくすごい奴だよなと猫を撫でるみたいな声で話し始めた。

いったい何だっていうんだ？　ビリーは他人のことにすぐ首を突っこもうとする。何にでもとりあえず怒る復古主義者みたいだ。シャロンは頭が二つある人間でも見るみたいな目で俺を見てた。酔っ払って下品な口をきくおふくろ、シック・ボーイ……こいつはふだんどおりのいやな奴だ。スパッドは塀のなかにいる。マッティは入院中だが、誰一人見舞いにさえ行かないし、マッティのことが話題に上ることもない。まるでマッティなんて奴は最初から存在してないみたいだった。ベグビー……何だか知らないが褒め褒めモードに入っている。

ジューンはむさ苦しいシェルスーツに詰めこまれた、ねじくれた骨の山みたいだ。ただでさえ色気もクソもない服なのに、ごつごつした痩せすぎの体がなおさら強調されてる。

　俺は便所に行き、小便をした。し終えたときには、もうあのクズどものところへ戻る気は完全に失せてた。俺は脇のドアからこっそり店の外に出た。新しい薬をやる時間まで、まだあと十四時間と十五分ある。国のお墨付きの薬物中毒者だ。あの反吐《へど》が出そうにぶよぶよしたメタドンを、ヘロイン注射の代わりに一日三錠。この治療法を受けてる奴はみんな三回分のメタドンをいっぺんにのんだあと、ヘロインを買いに走る。明日の朝まで。それまでは待たなくちゃいけない。そんなに待てそうにない。俺は一回だけ打ちにジョニー・スワンのところへ向かう。この一度だけだ。長くてきつい一日をしのぐための一度だけ。

ジャンク・ジレンマ　No.66

　動くのがつらい。いや、そんなはずはない。俺は動ける。前にも動けただろう。本質的に、俺たちは、ヒトは、動き続ける生物なんだ。だが、必要なものはみんな手の届くところにそろってるのに、なぜ動く？　だが、俺はじきに動かなくちゃならない。吐き気が我慢できなくなったら、動く。過去の経験からもそうわかってる。ただ、動かずにいられなくなるほど気分が悪い状態なんて想像できない。そう考えると怖くなる。もうじき動かずにいられなくなるだろうから。

　大丈夫、きっとやれる。その気になればな。

駄犬

おや……敵はじゅいぶんな小物だな。ジェームズ・ボンドならそう言っただろう。そいつは本当にどうしようもない外見をしてた。スキンヘッド。緑色のボマージャケット。ドクター・マーチンの九インチブーツ。典型的なぼんくらだ。しかもワンちゃんが忠実にまとわりついている。ピット・ブル・テリア。くそテリア《shitbull》。駄犬《bullshit》……牙と四本の脚でできた穀《ごく》潰し。うへえ、木の根もとに小便引っかけてやがる。おいでおいで、こっちだよ。

公園が見えるフラットならではのお楽しみ。テレスコープの照準を駄犬に合わせる。気のせいかもしれないが、最近、こいつの照準はほんの少しだけ右にずれちまってるようだ。ところが有能なスナイパーであるサイモン様は、愛用の二二口径エア・ライフルの多少の不調などものともしない。今度は照準をスキンヘッドの額に合わせてみた。それから奴の全身を舐めるように照準を上下させた。上から下へ、下から上へ、上から下へ……肩の力を抜いて……もう一度……穀潰しの飼い主が生まれてからこれまで、これほどの関心を注いでやった奴は誰もいないだろう。これだけの関心を、これだけの……そう、愛情を注がれた経験はないはずだ。こうして自分のフラットのリビングルームにいながらにして、あの男に苦痛をもたらすパワーを手にしていると思うだけで、心が晴れ晴れとしてくるじゃないか。闇のあんしゃつ者と呼んでくれたまえ、ミシュ・マニーペニー。

　とはいえ、真のターゲットはピット・ブルだ。あの闘犬が主人に飛びかかり、タマを食いちぎって、人と動物の感動的な絆を瞬時に断ち切る瞬間をこの目で見たい。このあいだ撃ったあのロットワイラー種の駄犬より派手に騒いでくれるとおもしろいんだがな。俺はロットワイラーの横っ面を撃った。なのに、あの駄犬ときたら、シェルスーツを着た、見てくれがいまいちなうえに頭が悪そうなご主人に飛びかかったと思うか？　いやね、そんなわけないじゃないの。『コロネーション・ストリート』のヴェラとアイヴィならそう言うだろう。あの駄犬ときたら、情けない声でくんくん鳴くだけだった。

　人は俺をシック・ボーイ、公団住まいの貧乏人の征服者、愚か者どもに罰を下す者などと呼ぶ。さあ、この弾を食らえ、ファイドー、ロッキー、ランボー、いや、それともタイソンかな。どうせおまえの無能なご主人様は、その程度のありきたりな名前しか思いつかなかっただろうよ。おまえが無慈悲に嚙み殺したガキどもと、おまえが食いちぎった顔と、おまえが道端にひり出した糞の仇《かたき》だ。いやそれより何より、公園で糞なんかするからこんな目に遭うんだと思え。ロジアン・サンデー・アマチュア・リーグ所属アビーヒル・アスレティック・チームのミッドフィールダーとして活躍すべく、サイモン様がスライディング・タックルをするたんびにくっついてくる糞の仕返しだ。

　ご主人様と駄犬が隣同士に並んだ。俺は引金を絞り、一歩後ろに下がった。

おみごと！　駄犬が悲鳴を上げ、スキンヘッドの腕に食らいついた。いい腕だね、シャイモン。ああ、ありがとよ、ショーン。

「シェーン！　シェーン！　何しやがる！　ぶっ殺してやるぞ！　シェエエエエエン！」

スキンヘッドはわめきながら飼い犬を蹴飛ばすが、せっかくのブーツもあのモンスターには威力を発揮しない。モンスターは万力のような顎で食らいついたままだ。闘犬なんだぜ、そう簡単に放すわけがない。あの手の犬を飼う唯一の利点は、狂暴だからだろ。スキンヘッドはもう何が何だかわからなくなっている。最初は振り払おうとしてたが、そうするとよけいに痛いからだろう、今度はじっと動かないようにしてる。情けのかけらもない殺人マシーンを脅してみたり、なだめてみたり、あれこれ試している。通りがかりのじいさんが寄ってきて助けようとしたが、犬がぎょろりとそっちに目を向け、低いうなり声を上げたものだから——「待ってろよ、次はおまえだ」——後ずさりした。

俺はアルミのバットを引っつかむと、全速力で階段を駆け下りた。このときを待ってたんだ。そうこなくっちゃ。狩人よ、いざ。期待で口のなかがからからに乾いている。シック・ボーイ・オン・サファリ。ちょっとてこじゅるかもしれないよ、シャイモン。いやなに楽勝さ、ショーン。

「助けてくれ！　誰か！」スキンヘッドが甲高い声で叫ぶ。思ったより若いな。

「もう大丈夫だ、落ち着け」俺はスキンヘッドに言った。恐るるでないぞ、サイモン様が救援に駆けつけた。

犬に気づかれないように用心しながら背後に回る。そんなことはまずないとは思うが、スキンヘッドを離して俺に向かって来たらたまらないだろう？　スキンヘッドの腕が流す血が犬の口からだらだらとあふれ、ボマージャケットの脇に染みていく。スキンヘッドは、俺がバットで犬の頭をぶん殴ると思ってる。だが、それじゃあ、ローラ・マキューアンの性欲を満たす任務にレントンやスパッドを派遣するようなものだ。

　ぶん殴るかわりに、俺はそっと犬の首輪を持ち上げ、バットの握りを差しこんだ。バットをひねり、ひねり、ひねる《twist》……『ツイスト・アンド・シャウト』……犬はまだ放さない。スキンヘッドは膝をつき、苦痛でいまにも失神しそうだ。俺はひたすらバットをひねり続け、犬の首の筋肉が力を失い始めた手ごたえを感じた。それでもまだまだひねった。〝またツイストしよう、この前の夏みたいに〟。

　俺は首を締めつづけた。犬は、薄気味悪いあえぎ声を何度か鼻や口から漏らしたあと、やっとぐったりした。断末魔の苦しみのあいだも、しばらくたってじゃがいもの袋みたいにぴくりとも動かなくなったあとでも、そいつはスキンヘッドの腕に食らいついたままだった。俺は首輪からバットをはずし、バットを使って犬の口をこじ開けて腕を解放してやった。お巡りが来るころには、ぼろぼろになったボマージャケットでスキンヘッドの腕に包帯をしてやっていた。

　スキンヘッドはお巡りや救急隊に、俺のおかげで命拾いしたとさかんに言い立てた。本当に失望しましたよ、何が原因で「ハエ一匹殺せない」――ほんとにそう言ったんだぜ、そんな胸が悪くなるような常套句をさ——おとなしいシェーンが血に飢えたモンスターに変身したのか、見当もつかないんです。いいでしゅか、ああいう獣はいつなんどき野獣に変身してもおかしくないんでしゅよ。

スキンヘッドが救急車に乗せられるのを見守りながら、若いお巡りが首を振りながら言った。「まったく理解できませんよ。こんな犬、ただの殺し屋じゃないですか。独りよがりの愚か者が飼うのは勝手ですがね、遅かれ早かれキレて人を襲う生き物ですよ」

歳を食ったほうのお巡りが、やや尋問じみた口調で、なぜバットを備えてる必要があったのかと俺に訊いた。万が一の用心のためですよ、この界隈で何件か強盗騒ぎが起きてると訊いたので。俺はそう答えてやった。もちろん、法の手続きを踏まずに勝手に悪党に罰を下そうというつもりはありませんよ。でも、いざとなったらあれを使えるって安心感のために家に常備してるんです。そう説明した。そもそもだ、大西洋のこっち側に、野球をやろうと思ってバットを買う奴なんかどこにいるんだよ。

「ああ、わかりますよ」年上のお巡りは言った。そうだろう、わかるだろうよ、この馬鹿が。けいしゃつ官ってのは愚直な奴ばかりだね、ショーン？　いましゃら言うまでもないことだろう、シャイモン？

奴らは俺のことを勇敢な青年だと言い、表彰状を出すよう本部に申請すると言った。ほんとでしゅか、お巡りしゃん、ありがとうごじゃいましゅ。でも、市民として当たり前のことをしたまででしゅから。

シック・ボーイ様は、今晩マリアンヌのところへお出ましになり、ビョー的なお楽しみを貪ることとする。ワンワン・スタイルを楽しむのを忘れちゃいかんな、もちろん。シェーンへの格好の手向けとなればよいのだがね。

俺は凧《たこ》のように舞い上がり、種馬のように精力に満ちあふれている。今日はなんと美しい日だろう。

深層心理の考察

ヘロインが理由で刑務所行きになったことはない。だが、俺をリハビリで救おうと試みた奴は無数にいる。カウンセリングなんかクソだ。あんなものを受けるくらいなら、独房にぶちこまれたほうがましだと思うこともある。リハビリってのは己を放棄するってことだ。

いろんなカウンセラーを紹介された。精神科医から臨床心理学者、ソーシャル・ワーカーに至るまで。精神科医のドクター・フォーブスは、非指示的カウンセリングってやつを採用して、主にフロイトの精神分析学に基づいたアプローチを採用していた。自分の過去について患者自身にしゃべらせ、未解決の心理的葛藤に注目するって手法だ。おそらく、そういった葛藤の存在を認識し、解決することを通じて、ハードドラッグ依存という形で表面化した俺の自己破壊的行動の原因になっている怒りを取り除けるはずだって理屈なんだろう。

俺とドクター・フォーブスの会話は、たとえばこんな感じだ。

ドクター・フォーブス：弟さんのことを、えっと、その、障害のある弟さんがいたと話していたね。亡くなったという弟さんだ。その弟さんのことを話そうか。

（沈黙）
俺：なんで？
（沈黙）
ドクター・フォーブス：弟さんのことはあまり話したくないのかな？
俺：ああ、いやだね。俺がヘロインをやることと弟にどんな関係があるのか、さっぱりわからないから。
ドクター・フォーブス：弟さんが亡くなった時期を境に、きみの依存症が悪化したように思えるんだが。
俺：ちょうどそのころ、いろんなことがあった。弟が死んだことだけを取り上げるのはどうかと思うな。そのころアバディーンに行ったし。大学に通い出した。大学は俺には合わなかった。それから、フーク・ファン・ホラント行きのフェリーで働いたりもした。マリファナをやり放題だった。
（沈黙）
ドクター・フォーブス：アバディーンの話に戻ろうか。アバディーンは気に入らなかったと言ったね？
俺：ああ。
ドクター・フォーブス：アバディーンの何が合わなかったのかな。
俺：大学だよ。教師も、学生も、何もかも。どいつもこいつも中流階級の退屈な野郎だと思った。
ドクター・フォーブス：なるほど。大学の人たちとうまく人間関係を築けなかったわけだ。
俺：築けなかったというよりは、築かなかったんだよ。あんたから見たら、その二つは同じことなんだろうけどさ（ドクター・フォーブスは曖昧に肩をすくめる）……大学の奴らにはまったく興味がわかなかった。
（沈黙）
何しに行ってるのか、よくわからなかったんだ。俺はここに長くいないだろうなって最初からわかってた。くっちゃべりたいなら、パブにでも行けばいい。女が欲しければ、買えばいい。
ドクター・フォーブス：きみは売春婦を買ってたのかね？
俺：ああ。
ドクター・フォーブス：それは、同じ大学生の女性とは社会的、性的な絆を結ぶ、きみ自身の能力に自信が持てなかったからかな。
（沈黙）
俺：いいや、大学の女とも二、三人はつきあった。
ドクター・フォーブス：それで？
俺：俺はセックスにしか興味がなかった。恋愛じゃなくてね。そのことを隠す気も別になかったし。俺は性欲の対象としてしか女を見てなかった。だから上辺を繕うより、金を払って売春婦とやるほうがずっと正直だと思った。あのころは俺もモラルにうるさかったから。で、女を買うのに奨学金をみんな使っちまって、食い物や本は万引きしてた。窃盗癖がついたのはそれでだ。ヘロインとは関係ない。まあ、ヘロインをやり出して治ったりもしてないけどな。

ドクター・フォーブス：なるほど。弟さんのことに話を戻そうか、障害のある弟さんのことに。弟さんのことをどう思っていた？

俺：　どう思ってたって訊かれても……ほら、弟は知的な障害もあったし。いてもいないようなものだった。体も完全に麻痺してたからね。頭をこう、横っちょのほうに向けて、いつもの椅子に座ってるだけ。まばたきしたり、ものを飲みこんだりするくらいしかできなかった。ときどき、何かちっちゃな声を出してたな……ものみたいだったよ、人間っていうより。

（沈黙）

ガキのころは、弟を恨んでたんだと思う。うちのおふくろは、ベビーカーに弟を乗っけて歩いてたんだ。こんな馬鹿でかい体をした野郎が、ベビーカーだぜ。俺や兄貴のビリーは、近所のガキの笑いものだった。こう言われるんだ。「おまえんちの弟は知能がゼロだ」「おまえの弟はゾンビだな」そんなつまんないことをあれこれ言われた。たかが子供の言うことだよな、わかってる。でも、あのころはそうは思えなかった。俺はひょろ長くて不器用な子供だったし、俺に何かいけないところがあるんじゃないかと思うようになった。俺も実はデイヴィと同じなんじゃないかって……。

（長い沈黙）

ドクター・フォーブス：なるほど、きみは弟さんを恨んでいた。

俺：ああ。ガキのころ、ほんとのガキのころはね。そのうち弟は病院に入った。それで問題は解決したと思うんだけどな。視界から消えたから、俺の心のなかからも消えたとでも言うのかな。何度か見舞いに行ったけど、行ったって意味がないような気がした。意思の疎通なんかまるでできないんだから。残酷な運命のもとに生まれたんだと思った。弟は人生ってゲームで最悪のカードばかり配られちまったんだなってさ。悲しいことだけど、だからって一生泣いて暮らすわけにはいかない。弟は、弟にとって一番幸せな場所にいた。ちゃんと面倒を見てもらえる場所だ。弟が死んだとき、俺は恨んだことに罪悪感を感じた。どうしてもうちょっと努力してやらなかったんだろうって後悔したりもしたかもな。でも、いまさらどうしようもないだろ？

（沈黙）

ドクター・フォーブス：その気持ちを誰かに打ち明けたことは？

俺：いや……ああ、親父とおふくろにはちらっと言ったかもしれないな……。

だいたいこんな風だった。いろんな問題が引っ張り出された。どうだっていいような些細な問題、ヘヴィな問題、退屈な問題、ちょっと興味深い問題。事実を話すこともあったし、嘘をつくときもあった。嘘を言うときには、ドクターはこういう答えを期待してるんだろうなと予想したことを言ったり、ドクターが怒ったり混乱したりしそうだと思うことをわざと言ったりした。

ただ、そういうこととヘロインの常用がどうつながるのか、俺にはさっぱりわからない。

それでも、ドクター・フォーブスのカウンセリングを受けたり、心理分析とか、俺の行為をどう解釈したらいいか自分なりに研究したりしたおかげで、いろんなことがわかった。どうやら俺は、死んだ弟のデイヴィとの関係に整理をつけられていないんだな。体を動かすことさえできなかった弟の人生と、それに続く死に対する自分の感情を理解することも表現することがいまだにできてない。おふくろに対抗心を抱き、その結果、親父に対して嫉妬を抱いている。俺がヘロインに手を出すのは、心理学的に言えば肛門期の反応で、要は親の関心を引きたいわけだが、親という権威に反抗するために排泄物を溜めこむ代わりに、自分の肉体を支配するためにヘロインを自分の体に流しこんで、社会一般と向き合うわけだ。イカレた話だよな。

俺の説は当たってるかもしれないし、的外れなのかもしれない。これまでじっくり考えてみたし、これからも詳しく研究してみるつもりでいる。説明をつけて弁解しようってつもりじゃない。ただ、俺の説は、せいぜい俺のヘロイン中毒の問題の上っ面を説明してるだけって気がするからだ。もちろん自分の問題について徹底的に検討すること自体はものすごく役に立った。でも、ドクター・フォーブスも、俺と同じくらいわけがわからずにいると思うな。

臨床心理学者のモリー・グリーブスは、原因を見極めようとするより、俺の行動に目を向け、それを変える方法を探すほうに力を注いだ。フォーブスは役目を終え、俺をまっとうな人間に作り替える時期が来たってことらしい。ちょうどそのころ、ヘロインの量を減らす治療を始めたが、これはまったくうまくいかなかった。次にメタドン治療が始まった。こっちは状態をさらに悪化させただけだった。

薬物取締局のカウンセラー、トム・カーゾンは、医師じゃなくソーシャル・ワーカーで、ロジャーズ式クライアント中心療法の信奉者だった。俺は中央図書館で『ロジャーズが語る自己実現の道』を読んだ。くだらない本だと思ったが、トム・カーゾンは、俺がひょっとしたらと思っていた真実に近づくヒントをくれたように思う。俺は自分の限界と人生の限界に直面することができないがために、自分自身と世界を軽蔑しているんじゃないかっていうことだ。

仮にそうだとすれば、自分では打破できない限界の存在を認めて受け入れることこそ、精神の健康、すなわち常識から逸脱しない行動を構成する要素の一つだ。

成功と失敗の違いは、単純に、欲求が満たされたか、それとも満たされなかったかということだと思う。欲求は、各人の生まれ持った動因に基づく先天的なものと、主としてマスメディアや大衆文化を通して接する広告や社会的ロールモデルに刺激されて生じる後天的なものの二つある。トムは、俺の成功と失敗の理論は、個人のなかでは完結できても、個人と社会との関わりにおいては成立しないと考えている。社会からの反応を認識しないせいで、俺にとって成功は(失敗も)つかのまの体験にしかなりえない。なぜかといえば、そういった経験が、社会から報酬として与えられる富や権力、地位などの力を借りて長期間持続することがなく、失敗の場合には、汚名や叱責によって長く心に刻まれることがないからだ。トムによれば、だから、試験でいい成績を収めたとか、いい仕事に就いたとか、いい恋人を持ったとか言って俺を褒めても無駄だ。そんな褒め言葉は、俺にとって何の意味もないからだ。もちろん、そういうものを手に入れたときは俺だってうれしい。でも、それを評価してくれる社会を俺は認めていないから、その価値はすぐに意味を失う。俺が思うに、トムが言わんとしてるのは、要するに俺はこの世の何もかもをくそくらえと思ってるってことだ。それはどうしてだ?

というわけで話は、俺は社会と隔絶してるってことに戻る。困ったことに、社会が良いほうに大きく変化することはありえないし、俺が社会に適応できるように変わることもありえないという俺の考えを、トムは受け入れようとしないってことだ。その状態が俺を鬱状態に追いこむ。怒りを俺自身に向けることになる。世間じゃそれが鬱ってことになってる。鬱は意欲を喪失させ、心に空いた穴をさらに大きくする。ヘロインはその穴を埋め、俺の自己破壊衝動を満たし、怒りの方角はまた少し俺自身に向く。

トムの言うことにはおおむね賛成だ。ただ、トムはいまの俺の状態はまったくよくないものと考えていて、その点では俺と意見が食い違っている。トムが言うには、俺は自己評価が低い。しかも社会に責任転嫁することによって、自己評価の低さを認めるのを拒んでいる。トムによれば、俺は社会から与えられる報酬や称賛を（あるいは非難を）、それ自体の価値を否定することによってではなく、自己評価が低いために素直に受け入れられない（あるいは自分に責任はないと考える）とほのめかすことによって、無意味にしてしまう。褒められるような人間じゃない（あるいは、もっとましな人間だ）と考える代わりに、俺はこう言うわけだ——「ふん、俺にはどうだっていいことだよ」。

ヘイゼルは、俺が懲《こ》りずにまたヘロインとやり始めたと知って、あんたとはもう会いたくないと言った。「あんたがヘロインをやるのはね、そういう自堕落な生活をしてると、周囲からものすごく複雑な人間だと思ってもらえるからでしょ。情けなくて、愛想が尽きた」

考えようによっては、ヘイゼルのその意見のほうが好みだ。エゴの要素が含まれてるからね。ヘイゼルは、利己的欲求ってものを理解している。ヘイゼルは百貨店のウィンドウ・ドレッサーをしていて、自分のことを〝コンシューマー・ディスプレイ・アーティスト〟とか何とかって呼ぶ。俺はなぜ社会を拒絶し、社会を見下すのか。それは、受け入れないからだ。俺のほうが上だからだ。それだけのことさ。

そういう考えを貫いた結果、この無意味なセラピー／カウンセリングに送りこまれたわけだ。別に俺が希望したわけじゃない。これか、刑務所か、二つに一つだった。スパッドは楽なほうを選んだのかもしれないなとこのごろ思う。俺の場合、無意味なものが加わったおかげで、かえって水が濁っちまった。問題点が明らかになるどころか、かえって混乱しちまった。俺が基本的に望んでるのは、誰も他人のことに首を突っこまず、俺も他人のことに首を突っこまないってこと、それだけだ。ハードドラッグの常用者だからって、そいつを解剖して分析する権利がこの世の全員に生じる根拠はいったい何なんだ？

だが、当人がその権利を認めちまったが最後、奴らの聖杯探しに自分も参加する羽目になる。腹立たしい騒ぎに自分も巻きこまれる。奴らの意見に従い、自分を騙して、奴らが振りかざすわけのわからない理屈を鵜呑みにするしかない。そうなったらもう連中のものだ。自分が自分のものじゃなくなる。依存する対象が、ドラッグから彼らに変わる。

社会は、複雑怪奇なまやかしの論理をでっち上げ、メインストリームから逸脱した奴らを取りこみ、変えていく。たとえば俺が賛否両論を知り尽くし、人生は長く続かないことを承知していて、しかも健全な精神を備えてるとして、それでも俺はヘロインをやりたいと思うだろうか？　世間が許さないだろう。奴らが許さない。それは連中の失敗の兆《きざ》しだからだ。奴らが分かち合おうとしたものが拒絶されたと受け止めるからだ。俺を選べ。人生を選べ。住宅ローンを選べ。洗濯機を選べ。車を選べ。ソファに座り、ジャンク・フードを頬張りながら、心を麻痺させ魂を破壊するクイズ番組に時間を費やす毎日を選べ。おむつを着け、大小便を垂れ流し、介護施設で腐っていく未来、自分が産んで育てた身勝手で考えなしの子供に疎まれる未来を選べ。人生を選べ。

俺は人生を選ばないことを選ぶ。そんなのは認めないと言うんなら、それはそいつらの問題だ。ハリー・ローダーの歌のとおりだ。〝道の続くかぎり歩み続けろ〟……

軟　禁

　このベッドは知ってる。っていうより、目の前の壁に見覚えがある。七〇年代風に流行ったもみあげを長く残すヘアスタイルをしたパッドリー・スタントンが俺をじっと見下ろしていた。その横でイギー・ポップがレコードの山の上に釘抜きハンマーを振り下ろしている。ここは俺の部屋だ。実家の部屋。何がどうなってここにいるのか、脳味噌を絞りに絞って考えた。ジョニー・スワンの家で、死にそうに気分が悪くなったのは憶えている。次の瞬間、思い出した。スワニーとアリソンが俺を抱えて階段を下り、タクシーに押しこむ。タクシーは病院に向けてかっ飛んでいく。

　皮肉だな。その直前に、俺はドラッグの過量摂取でぶっ倒れるなんてヘマは一度もやったことがないなんて自慢してたんだから。まあ、何にでも〝初めて〟はあるってことだ。だいたいスワニーがいけないんだ。スワニーのブツはいつもぎりぎりまでかさ増しされてるから、俺たちはそれを見越して、スプーンにほんの少し多めにヘロインを入れる。ところが奴は何をしたと思う？　突然、純度の馬鹿高いヘロインをよこした。文字どおり息が止まっちまったよ。スワニーの奴は考えなしだから、俺の実家の住所を伝えたんだろう。だから、呼吸が安定するまで二、三日入院したあと、俺はこうして実家にいるってわけだ。

俺はいま、ジャンキーの天国と地獄の中間にいる。苦しくて眠れず、かといって起きてるのはつらすぎる。リアルなものの何一つない五感のトワイライト・ゾーンでも、心身のすべてを押しつぶそうとしている苦しみだけはリアルに存在している。おふくろがベッドに腰かけ、無言でこっちを見つめているらしい。そのことに初めて気づいて俺はぎくりとした。

おふくろがすぐそばにいるってわかったとたん、おふくろが俺の胸にどんと座ってるみたいな気がしてきた。この全身が粉々に砕けそうな苦しみはきっとそのせいだ。

おふくろは、俺の汗ばんだ額に手をあてた。その手の這い回るみたいな感触が押しつけがましくて気色悪い。

「すごい熱」おふくろは首を振って小さな声で言った。顔には心配そうな表情が刻みこまれていた。

俺はおふくろの手を払いのけようと、毛布の上に手を出した。そのしぐさを誤解したおふくろは、両手で俺の手をつかみ、折れそうなほど強く握った。俺は悲鳴をこらえた。

「ママがそばにいるから。一緒にこの病気と闘ってあげるから。治るまで、パパやママと一緒にここで休みなさい。これを乗り越えなきゃ、マーク。かならず勝てるから！」

おふくろは真剣な目を輝かせて俺を見つめた。声には宗教がかった熱意がこもっていた。

そうだな、おふくろ。そうだな。

「かならず乗り越えられるわ。ドクター・マシューズは、禁断症状なんて、インフルエンザをこじらせた程度のことだからって言ってた」

老いぼれマシューズめ、自分で経験したことあるのかよ？　壁にクッションを張った隔離用の病室に監禁して、二週間くらいジアモルフィン（要するにヘロインだ）を一日二度ずつ注射してやったあと、放置してやりたい。何日もたたないうちに、お願いだからヘロインをくれって懇願するだろうな。そしたら、俺は首を振ってこう言ってやるんだ。落ち着けよ。大したことないだろ？　インフルエンザをこじらせた程度のことなんだから。

「テマゼパムを処方されてるの？」

「いいえ！　ドクターには言っておいたわ、とにかく薬はやめてって。そういう治療薬の禁断症状は、ヘロインのときよりひどかったじゃない？　腹痛に、吐き気に、下痢……ぼろぼろだったでしょう。とにかく薬はもうだめ」

「俺、クリニックに戻ったほうがいいかもな」俺は期待しつつ言ってみた。

「とんでもない！　クリニックもだめ。メタドンはもうだめよ。かえってひどくなっただけでしょ、自分だってそう言ってたじゃないの、マーク。あんたは嘘をついた。ママとパパに嘘をついた！　メタドンをのんだうえに、まだヘロインも買いに行ってた。金輪際、クリーンな体になるのよ。ママとパパの目が届くように、うちにいなさい。ただでさえ息子を一人亡くしてるのよ、もうあんな思いはいやよ」おふくろの目に涙があふれた。

かわいそうなおふくろ。デイヴィが生まれつき障害を負ってたのは自分の遺伝子のせいだと思ってる。デイヴィの世話であんなに長いあいだ苦労したのに、結局病院に入れたことに罪悪感を抱いてる。去年、デイヴィが死んだ衝撃からまだ立ち直っていない。おふくろは、近所の住人に自分がどう思われてるか知ってる。若作りした尻軽女。髪をブロンドにして、年齢《とし》のわりに若い格好をして、カールスバーグ・スペシャルをばかすか飲むってだけのことで。世間は、親父とおふくろがデイヴィの重度の障害を口実にしてフォート通りのフラットから川が見えるこのこぎれいな公営住宅にちゃっかり移り、しかも引っ越したとたんにかわいそうな息子を病院に放りこんだと思ってる。

でたらめだ。だが、自分のことは棚に上げまくって、他人のことをどうこう言いたがる口うるさい人種のたまり場みたいなリースでは、そういうどうだっていいことが、そういうつまらない嫉《そね》みひがみが、即行で神話に化ける。ここは、土地を取り上げられた貧乏白人がひしめく国の、土地を取り上げられた貧乏白人がひしめく街だ。アイルランド人はヨーロッパのゴミだって言う奴らもいる。そんなことはないさ。スコットランド人こそゴミだ。アイルランド人には自分たちの国を取り返す根性を見せた。少なくとも大半を取り返した。いつだったか、ロンドンに行ったとき、ニクシーの兄貴がスコットランド人を「朝飯にポリッジさえ食わしときゃ、文句を言わない奴ら」だってけなすのを聞いて腹が立った。でも、あいつが言ったことのなかでいまも不愉快に思ってるのは、黒人に対する差別発言だけだ。ほかはどれも的を射てる。誰に訊いたって言うだろう。スコットランド人は兵隊として使いやすいって。たとえばうちの兄貴のビリーな。

世間は俺の親父のことも怪しいと思ってる。グラスゴー訛も理由の一つだが、パーソン工務店を一時解雇になったのに、ストラシーのバーで世の無常を嘆くどころか、イースト・フォーチュンのイングルストンの店に入り浸って賭け事なんかやってるせいだ。

親父やおふくろに悪意がないのはわかる。俺のためによかれと思ってやってくれてる。でも、俺の気持ちはどうなのか、俺に何が必要か、絶対にわかりっこない。

お願いだ、俺を救おうとする奴らから、俺を守ってくれ。

「おふくろ……いろいろしてもらって、ほんとありがたいんだけどさ、でも俺、もう一発だけ打ちたいんだよ、それで少し楽になるだろうから。もう一回だけでいいから」俺は嘆願した。

「何言ってるんだ」いつの間にか親父が部屋にいた。おふくろが口をはさむ隙さえなかった。

「お茶を淹れた。しゃっきりしろよ、マーク」

親父は冷たい表情でそう言った。顎を突き出し、両腕をまっすぐ脇に下ろしている。まるで喧嘩を売ってるみたいだ。

「ああ……わかった」俺は毛布の下から情けない声を出した。おふくろがかばうように俺の肩に手を置いた。これで俺もおふくろも目標から一歩後退だ。

「何から何までだいなしにして」親父は責めるように言い、罪状を一つひとつ読みあげていった。「大工見習い。大学。かわいい恋人。どれもチャンスがあったのに、マーク、おまえは何もかもぶち壊した」

グラスゴー郊外のゴーヴァンで生まれ育ち、十五で学校をやめて大工見習いになった親父。

チャンスなんか一つも恵まれなかったとわざわざ繰り返す必要はない。すでにそう口に出して言ってるも同然だ。だが、考えてみれば、リースで育ち、十六で学校をやめて大工見習いになるのだって、大した違いはないじゃないか。しかも、親父はいまみたいに失業者があふれる不景気の時代におとなになったわけじゃない。ただ、言い返す気力なんかなかったし、たとえ言い返したところで、親父みたいなグラスゴー出身者が相手じゃ話をするだけ無駄だ。スコットランドで、いや西欧で、いやいや世界中で、本当に虐《しいた》げられているプロレタリアートは自分一人だけだと思いこんでいないグラスゴー出身者にはまだお目にかかったことがない。広い世界のなかでつらい経験と言えば、グラスゴー出身者のつらい経験だけを指す。だから俺は、別の方向から攻めることにした。

「あのさ、俺、ロンドンに戻ろうかな。仕事を探してみる」意識が混濁しかけていた。マッティがいまこの部屋にいるような気になっていた。「マッティ……」そう口に出して言ったような気もする。禁断症状もまた襲ってこようとしてた。

「幻覚でも見てるようだな、マーク。だめだ、どこへも行かせない。おまえがいつクソを出したか、それもわかるようにしておきたい」

そりゃあ無理だな。俺が腸に溜めこんでるこの岩みたいにかちかちになったものは、手術でもしなきゃ取り出せない。気は進まないが、ミルク・オブ・マグネシアを飲んだほうがいいだろう。効き目があらわれるまで、何日のむことになるか。

親父が行っちまうと、俺はおふくろをまるめこんでバリアムを何錠かせしめた。おふくろは、デイヴィが死んだあと半年くらいバリアムをのみ続けてた。自分がバリアムをやめられたからって、ドラッグ・リハビリテーションの専門家を気取るのはやめて欲しいよな。俺のはヘロインなんだぜ、まったく。頼むよ。

というわけで、俺は自宅監禁処分になった。

午前中もきつかったが、午後に比べれば何でもなかった。親父が情報収集の任務から帰ってきた。図書館、衛生局、福祉事務所を巡回してきたらしい。リサーチをし、アドバイスを求め、パンフレットを手に入れてあった。

俺にＨＩＶ検査を受けさせたいそうだ。無駄だってわかっててまた受けるなんてごめんだよ。

夕食の時間になると俺は起き上がり、年寄りみたいに腰を曲げて、よろよろと階段を下りた。少しでも動くたびに血が頭に駆け上り、どくんどくんと脈を打った。頭が破裂するんじゃないかと思った。風船みたいにぱんと音を立てて頭が割れ、血や頭蓋の破片や灰色の脳味噌が、おふくろが選んだ安っぽいクリーム色の壁紙に飛び散る光景が目の前に浮かぶ。

おふくろは、テレビの前、暖炉に一番近い位置に置いた安楽椅子に俺を座らせ、夕飯のトレイを俺の膝に置いた。もともと胃袋が痙攣でも起こしてるみたいに気持ち悪かったのに、ミンチ肉を見たらよけいに吐きそうになった。

「ねえ、俺は肉は食わないって言ったよな」

「あら、ミンス・アンド・ポテト、前は大好きだったじゃない。そうだ、だからいけないのよ、体にいいものをちゃんと食べないから。肉だって必要なのよ」

まいったね。ヘロイン常用と菜食主義を強引に結びつけようとしてるぞ。

「わざわざ高いひき肉を買ってきたんだ。食べなさい」親父が言った。高けりゃいいって話じゃねえだろ。

俺はスウェットスーツにスリッパって格好だったが、このまま出てってやろうかと思った。すると、俺の心を読んだみたいに、親父が鍵束を取り出してみせた。

「ドアには鍵がかかってる。おまえの部屋にも錠を取り付ける予定だ」

「そういうのをファシズムって言うんだろうが、クソったれ」俺は実感を込めて抗議した。

「くだらんことを言うな。何と呼ぼうが関係ない。それから、うちでは汚い言葉は許さない」

おふくろが猛烈な勢いでしゃべり出す。「ママやパパはね、こんなこと、したくてしてるんじゃないの。違うわ。あんたを愛してるからなのよ。もうあんたとビリーしかいないから」親父が自分の手をおふくろの手に重ねた。

俺は何も食えなかった。さすがの親父も、強引に口を開けさせて詰めこむわけにはいかなかったんだろう、せっかくの高いミンチ肉が無駄になるのを黙って見てるしかなかった。いや、実際には無駄になったわけじゃない。親父が俺の分も食ったからね。俺は肉は食わずに冷たいハインツのトマトスープをすすったが、それが精いっぱいだった。テレビのクイズ番組を眺めてたら、いつのまにか幽体離脱みたいなことになってた。親父がおふくろに何か言っているのが聞こえたが、クイズ番組の司会者から目をそらして親父たちのほうに顔を向けることさえできなかった。親父の声は、テレビから聞こえてきてるみたいだった。

……この資料によれば、スコットランドの人口は英国連邦全体の八パーセントなのに、HIV感染者は一六パーセントを占めると書いてある……さて、得点はどうなっていますか、ミス・フォード……エディンバラの人口はスコットランド全体の八パーセントだけなのに、HIV感染者はスコットランド全体の六〇パーセント以上を占めるそうだ。イングランドでもっとも割合が高い地域よりはるかに……ダフネとジョンが一一ポイント、ルーシーとクリスは一五ポイントです！……聞いたところじゃ、肝炎だか何だかを疑ってミューアハウスの衛生局に血液検査に来た大勢の市民が実際にはHIVに感染してて、思った以上に拡大してると……ああ、惜しいところでした。でも、破れたチームもよく頑張りましたね。皆さん、盛大な拍手を……うちの子をこんな目に遭わせた連中の名前がわかったら、仲間に声をかけて乗りこんでいきたいくらいだ。街中でヘロインが売られてるのに、警察は知らん顔で……何も賞品を差し上げずにお帰りいただくことはありませんから……もしHIV陽性だったとしても、かならず死ぬと決まったわけじゃない。キャシー、それが言いたいだけだ。かならずしも死刑宣告じゃない……スタフォードシャーのリーク在住のトムとシルヴィアのピースご夫妻です……マークも針の貸し借りはしていないと言ってるが、以前にも嘘をついた前科があるわけだから……おやおや、つまりこうですか、シルヴィア。トムに出会ったのは、トムがあなたのボンネットの下をのぞいたのがきっかけだそうですね……いや、仮定の話だよ、キャシー……ああ、なんだ、車のボンネットですか、修理のために。なるほど……マークがもう少し用心深ければ……最初のゲームは、〈シュート・トゥ・キル〉です……だから、かならずしも死刑宣告ってわけじゃ……誰よりもこつを心得ている人物をお呼びしましょう。グレート・ブリテン・ロイヤル・アーチェリー・ソサエティの我らがレン・ホームズ……それだけのことだよ、キャシー……。

吐き気に胃袋をわしづかみにされた。部屋がぐるぐる回り出す。俺は椅子から転げ落ち、トマトスープ色のゲロを暖炉の前のラグにぶちまけた。ベッドに寝かされた記憶はない……彼女を見た瞬間、一気に鼓動が速くなりました……。

体がねじられ、粉々に砕かれてく。通りに倒れこんだ俺の上に建設現場で使う大きな金属容器が下ろされて、そこに現場の労働者が取り壊したビルのコンクリートの塊なんかを放りこんでいく。塊から突き出した先の尖った鉄筋が俺の体にぐりぐりねじこまれる……昔つきあってた彼が……。

いま何時だろう？　七時二十八分？　マジかよ……どうしても彼女が忘れられなくて……。ヘイゼル。

見た瞬間、鼓動が速くなりました……。

俺はのしかかってくる毛布を押しのけ、壁のパディ・スタントンを見た。パディ。俺、どうしたらいい？　ゴードン・デュリー。ジューク・ボックス。いったいどうしちまったんだ。ジューク・ボックス、なんでいなくなっちまったんだ？　イギー……あんたは同じ経験があるだろう。助けてくれ。た・す・け・て・く・れ。

あんた、そのことどう話してたっけ？

なんだよ役立たず！……役立たず！……

枕に血が滴り落ちた。舌を噛んじまったんだ。けっこう深い傷らしい。全身の細胞が俺の体から出ていこうとしてる。全細胞が毒でマリネされて死ぬほど痛い

　癌

　死

苦しい　苦しい　苦しい

死　死　死

ＡＩＤＳ　ＡＩＤＳみんなクソったれだ　くそったれみんな

癌になったのは自分のせい　逃げ道はない

自業自得

身から出た錆《さび》　死刑宣告

人生を捨てた

かならずしも死刑宣告じゃ　破壊

リハビリ

ファシズム

いい《nice》妻

いい子供
いい家
いい仕事
いい
お会いできて光栄《nice》です　お会いできて……
いい　いい　いい　　　　　　　　　　脳障害
　　　　　　　　　　　　　　　　　　認知症

ヘルペス　口腔カンジダ症　肺炎
人生は長い　いい娘《こ》を見つけて
落ち着きなさい

その初恋の彼女とまだ恋をしてるんです
　　　自業自得

　　　　　　眠り。

恐怖は続いた。俺は眠ってるのか？　目が覚めてるのか？　わからないし、どっちだっていい。俺はどっちでもかまわない。苦しさはまだ残ってる。一つだけ確かなことがある。身動きをしたら、舌を飲みこんじまうだろうってことだ。美味《うま》い舌《タン》。おふくろが作るのが楽しみだった。牛タンサラダ。子供を毒してはならない。

そのタンを食べなさい。美味しいタンなのよ、マーク。

そのタンを食べなさい。

じっとしてたって、舌はやっぱり食道を滑り落ちていくだろう。滑り始めてるのがわかる。根拠のない恐怖に疲れ切り、吐き気を催して体を起こしたが、胃袋からは何も出てこなかった。心臓がばくばく打っている。肉の落ちた体を汗が伝った。

俺は眠ってるのかああああああ。

うわあああやめてくれ。俺のほかにも何かが部屋にいて、ベッドの真上の天井から這い出てこようとしている。

赤ん坊だ。ドーンだ。天井をはいはいしてる。泣いている。俺をじっと見下ろしている。

「よくもあたしを死なせたわねえええええ」赤ん坊が言った。ドーンじゃない。あのかわいいドーンじゃない。

やめてくれ。こんなの狂ってる。

赤ん坊の吸血鬼みたいに尖った歯から血が滴っていた。全身に黄緑色のぬらぬらがまとわりついている。目は、俺が知ってるサイコ野郎どもの目と同じだ。

「あんたがころした　あたしをしなせた　あたままでやくづけになった　かべばかりながめてこのへろいんちゅうどくやろう　あんたをずたずたにひきさいて　あんたのはいいろのや

くづけにくをくってやる　まずはそのこっくからだよ　だってあたしはばーじんのまましんだからいちどもやれないけしょうだってできなかったおしゃれもできなかったなんにもなれなかったどうしてかっていうとあんたみたいなやくづけのばかがあたしのせわをおろそかにしたから　あたしをしなせたあたしはいきができなくなってしんだ　どんなにくるしかったかあんたにだってわかるでしょ　だってあたしはまだここにいてあのくるしみをいまもかんじてるあんたもあんたもあんたはじぶんかってなへろいんちゅうどくへろいんのせいであたしあたしあたしころされた　だからあんたのやくづけのこっくをこっくをがむみたいにかんであげる　**しゃくはちしてあげる　しゃくはちしゃくはちしてあげるあげるあげるあげるあげるあげる**」

そいつは天井から俺の上に降ってきた。俺は指で工作用粘土みたいに軟らかい肉やねばねばをめちゃくちゃに引き裂いたが、あの甲高いぞっとするわめき声は俺を罵りつづけた。俺はがばと跳ね起きた。ベッドが垂直に立ち上がった気がして、俺は床の上に落ちて……。

俺は眠ってるのかああああああ。

それが僕の初恋だったわけです。

次の瞬間、俺はベッドの上に戻っていて、赤ん坊を抱いて優しくゆすっていた。かわいいドーン。かわいそうに。

枕だった。枕に血が染みてる。舌から流れた血だろう。いや、ドーンがいたのかもしれない。

人生はこんなじゃないはずだ。

さらに苦痛が来て、それから眠り／苦痛が訪れた。

次に意識を取り戻したとき、かなりの時間がたったらしいことはわかっていた。だが、どのくらいの時間かわからない。時計は二時二十一分を指している。

シック・ボーイが椅子に座って俺を見ていた。心配そうな表情の下に、哀れむような、見下すような軽蔑の色も見えた。紅茶を飲み、チョコレート・ビスケットをかじっているシック・ボーイ。そのとき、おふくろと親父も部屋にいることに気がついた。

いったいどういうことだ？

こういうことだった。

「サイモンが来てくれたのよ」おふくろが高らかに宣言したおかげで、幻覚に音響効果がつくようになったんじゃなければ――ドーンみたいに、夜明け《ドーン》が来るたびに思い出すドーンみたいに――これは幻覚じゃないようだとわかった。

俺はシック・ボーイに笑って見せた。ドーンのパパだ。

「よお、サイ」

シック・ボーイは好青年をみごとに演じていた。うちのレンジャーズ・ファンの親父と友達みたいな乗りで冗談まじりにサッカーの話をし、一家の主治医みたいな顔でおふくろを気遣う。

「馬鹿のやることとですよ、ミセス・レントン。僕は何一つやましいことはしていないなんて口が割けても言えませんけど、誰にだってあのくだらない代物に背を向けて、もう二度とやらないと宣言しなくちゃならない時がかならず来るものです」

もう二度とやらないと宣言する？　宣言するだけなら簡単だ。人生を選べ。人生を選べ。親父とおふくろは〝ヤング・サイモン〟が（奴より俺のほうが四カ月あとに生まれた。なのに俺は一度も〝ヤング・レントン〟と呼ばれたことがない）、ドラッグに手を出すなんてありえない、若い者特有の好奇心からちょっと試してみたくらいが関の山だと信じこんでいる。あの二人の目には、ヤング・サイモンは異彩を放つ好青年と映ってる。ヤング・サイモンの彼女たち。ヤング・サイモンの趣味のいい服。ヤング・サイモンの健康的な小麦色をした肌。ヤング・サイモンのダウンタウンのフラット。ヤング・サイモンがちょくちょくロンドンへ遊びに出かけるのでさえ、リースのフラットで独り暮らしをする愛すべき青年紳士のトレンディでスリルに富んだ冒険譚に彩りを添える一ページだと思っている。俺がロンドンに出かけると、うさんくさい仲間とつるんでるんじゃないかと疑うくせにな。ヤング・サイモンは決して間違いをしない。奴のことを、俺たちビデオ世代の『僕らのウーリー』だと思ってる。

ドーンはシック・ボーイの夢にも現われるだろうか？　まさか。

親父もおふくろもはっきりそう言ったことは一度もないが、「マーフィーさんちの息子」が俺をドラッグに引っ張りこんだんじゃないかと疑ってる。スパッドがぐうたらでだらしなくて、ヘロインをやってないときでもラリってるみたいにぼうっとしてるからだ。スパッドが二日酔いで彼女を拒絶したとしても、彼女のほうは怒りもしないだろう。一方で、あのサイコ野郎ベグビーは骨っぽいスコットランド男児の理想像だと思われてる。そう、ベグビー様が凶暴に大暴れあそばし、自分の額にめりこんだジョッキの破片をほじくり出す羽目になるかわいそうな奴が出るときもあるかもしれないが、あの子は仕事にも遊びにも全力を尽くすさわやかな青年ってことになってる。

一時間かそこら、俺を馬鹿扱いした会話が続いたころ、親父とおふくろは、シック・ボーイはほんとにドラッグをやっていないし、大事な息子にヘロインをこっそり渡そうって魂胆もなく、ただ同情して見舞いに来ただけだと納得したらしく、部屋を出ていった。

「変わらないな、この部屋」シック・ボーイは、ポスターを見上げて言った。

「ちょっと待ってろ、そのへんにおはじきサッカーやエロ本もあるはずだ」

ガキのころは、よくここでポルノ雑誌を見ながら二人でマスをかいた。いまとなってはまるで種馬のくせに、シック・ボーイはセックス発展途上時代の話をされるのをいやがる。案の定、奴は話題を変えた。「つらそうだな」こんな状況だぞ、いったいどんな顔してると思ってた？

「ああ、当然だろ。もう耐えられねえよ、サイ。頼むからヘロインを調達してきてくれ」

「あきらめろ。俺はクリーンでいるつもりなんだよ、マーク。これでまたスパッドやスワニーみたいな負け犬とつるむようになったら、あっという間に逆戻りだ。冗談じゃない」奴はそう言うと、唇をすぼめて息を吐き、首を振った。

「ありがとよ、サイ。持つべきものは友だな」

「めそめそしてんじゃねえよ。俺だってそのつらさは知ってるんだぜ。何度もやったし、全部憶えてる。いま二日目か。だったら、もう最悪の時期は越えただろう。つらいのはわかるが、いままた戻ったら、ここまで我慢した分が無駄になる。とりあえずはバリアムでものんどけよ。週末にはハシシを買ってきてやる」

「ハシシ？　ハシシだと！　何抜かしてんだよ。冷凍グリーンピース一袋で第三世界の飢餓問題を解決しようとするようなもんだ」

「いいか、聞けよ。本当の勝負は、そのつらさが消えたとこから始まる。鬱。倦怠感。耳の穴ほじくってよく聞けよ。どん底まで落ちこんで、自殺したくなる。何だっていいから、とにかく頼るものが要るんだよ。俺は禁ヤクして酒を飲むようになった。テキーラを一日一本がぶ飲みしてた時期もある。セカンド・プライズでさえ、俺と一緒に飲むと下戸になったみたいな気になるって言い出したほどだ！　だが、いまは酒もやめたし、女もできた」

シック・ボーイは俺に写真を見せた。奴の隣に、とびきりのいい女が写っていた。

「ファビアンヌっていうんだ。フランス女だぜ。休暇でこっちへ来てる。それはスコット記念塔で撮ったやつだ。来月には、パリのファビアンヌの家に遊びに行くことになってる。そのあとはコルシカ島だ。親が別荘を持ってるんだと。なあ、ほんとすげえんだぞ。女がフランス語であえぐのを聞きながらやると、すげえ燃える」

「へえ、いったい何て言ってんだろうな。きっとこんなとこだろう。〝まあ、ずいぶん、えっと、その、ちっちゃい、って言うんだったわね、英語だと……ねえ、まだ挿れてくれないの……〟おまえにはわかんないようにフランス語で言ってくれてるんだよ」

シック・ボーイの奴、〝それで気はすんだか〟みたいな顔で悠然と微笑みやがった。

「それで思い出したが、先週、ローラ・マキューアンに会ったぜ。おまえもまったくおんなじ弱点があるようなことをちらっと言ってたっけな。最後に寝たとき、おまえ、にこりとする余裕さえなかったんだって？」

俺はにやりと笑い、肩をすくめた。あの災難はもう過去の記憶になったと思ってたのに。

「おまえが図太くもペニスと呼んでるその指ぬきみたいなブツじゃ、他人を喜ばせる以前に、おまえ自身も気持ちよくねえだろうって話だったな」

コックのサイズに関しては、たしかに、シック・ボーイに言い返す資格はない。奴のほうがでかい。それは認めざるをえない。昔はよく、ウェイヴァリー駅の証明写真用のブースでコックの写真を撮った。その写真をバス停留所のガラス壁に貼りつけた。〈マークとサイモンのアート展示会〉とか言ってさ。シック・ボーイのほうがでかいってわかってたから、俺はコックをカメラのレンズに思いっきり近づけて写真を撮ってた。そのうち奴もそれに気づいて同じことをするようになった。

ローラ・マキューアン事件に関しては、ますます何も言い返せない。あの女は変態だ。いちばん機嫌のいいときでもおっかない。あの女と一晩過ごしただけで、これまでに作った注射針の痕を全部合わせたよりずっと多い数の生傷があちこちにできた。あの晩のことについて、考えつくかぎりの言い訳をしたよ。だけど、世間ってのは、そういうことはなかなか忘れない。シック・ボーイは、世界中の人間にマークはどヘタな男だって広めたいらしい。

「まあな。あの晩は我ながら情けなかった。でも、俺はむちゃくちゃ酔っ払ってたし、俺をベッドに引きずりこんだのはあの女だ。俺が押し倒したんじゃない。期待するほうが悪いんだよ」

奴は俺の顔を見ながら含み笑いをしやがった。けなすネタならもっといいのがまだまだあるぜ、この次の機会に取っておいてあるだけだ。相手にそう思わせる、奴のいつもの手だ。

「まあな、マーク。いまのおまえに足りないものが何だか考えてみるんだな。このあいだ、公園をぶらぶらしてみた。女学生だらけだったぜ。あそこでマリファナでも吸ってみろ、ハエみたいに一斉にたかってくる。まんこの群れだ。外国産のまんこも混じってたな。マリファナをやってるのもいた。そうだ、リースでもかわいい娘を何人か見かけたぜ。かわいい娘といえば、日曜日にイースター・ロードでミッキー・ウィアーに会ったけど、ありゃいい女だな。いろんな奴から、おまえはどうしたんだって訊かれたよ。なあ、イギー・ポップやザ・ポーグスのライヴももうじきだ。おまえもそろそろ身辺を整理して、まっとうな生活を始めるんだな。死ぬまでずっと暗い部屋に閉じこもってるわけにはいかないだろう」

奴の戯れ言になんか興味はない。

「なあ、あと一回だけ打たないと、つらすぎて無理だよ、サイ。メタドンでもいいから……」

「いい子にしてたら、タータン・スペシャルの薄めたやつくらいにはありつけるかもしれないぜ。おふくろさん、金曜日あたりにドッカーズ・クラブに連れていってやろうかって言ってたからな。ただし、いい子にしてればの話だぜ」

上から目線のうざったい野郎が帰ったら帰ったで、今度は奴が恋しくなっちまった。奴がいてくれると、体のつらさをおおかた忘れられた。それに、まるであのころに戻ったみたいだった。とはいえ、奴が来たおかげで、あれからいろんなことが変わっちまったと痛感させられた。あれから何かが起きた。ヘロインに出合っちまった。ヘロインをやりながら生きていくにしろ、ヘロインで命を落とすにしろ、ヘロインをやらずに生きるにしろ、もう絶対にあのころには戻れない。俺はリースにいちゃいけない。スコットランドから出ていかなくちゃだめだ。永久に。すぐに。ロンドンに半年だけ行くとかじゃだめだ。俺はこの街の限界と醜さを知ってしまった。前と同じ目でこの街を見ることはもうできない。

それから二、三日で、症状は少しずつ和らいだ。自分で料理をするようになったくらいだ。世界中の誰もが、自分の母親は世界一の料理上手だと思うものだ。俺も昔はそうだったが、それも独り暮らしを始めるまでのことだった。うちのおふくろは世界一の料理下手だってよくわかった。だから、俺は夕食の支度は自分ですることにした。親父は「ウサギの餌」と鼻で笑うが、そのくせ俺が作ったチリやカレー、キャセロールを内心では喜んで食ってたんじゃないかな。おふくろは、自分の縄張りだと思っていたキッチンを侵されてすこしむっとしたらしく、肉も食べなくちゃ健康によくないとぴいちくぱあちく言っていた。だが、そういうおふくろだって、結構うまそうに食ってたと思う。

だが、苦痛が去るのと入れ違いに、醜くて真っ黒で強烈な鬱が襲ってきた。ここまで完全な絶望の底に突き落とされたのは初めてだ。ときおり強い不安感を感じる以外、その絶望感だけが果てしなく続く。身動きさえできない。つまらない番組だと思っても、チャンネルを変えたら何かとんでもないことが起きるんじゃないかと思っちまう。膀胱が小便ではち切れそうになっても、階段で何かが待ち伏せしていたらと怖くて便所にも行けない。シック・ボーイが前もって忠告してくれてたことだし、俺も以前に同じ経験をしてる。だが、あらかじめ警告されようが、経験ずみであろうが、事前に心の準備をしておくなんて無理だ。これに比べたら、ひどい二日酔いくらい、牧歌的なエロ夢を見てるようなものだ。

……鼓動が速くなりました……。かちっとチャンネルが変わる音。リモコンてものがあって助かった。ボタンを押すだけで別世界へ移動できる。彼女がぼろぼろのスポーツ用品を取り換えようと新品を持っているのを見ていたら男はインプットとアウトプットが何なのかさっぱりわからない計算式を持ち出してきてそれを使って集計すれば効果的にかつ効率的に地域レベルでの利益の見積りも確定もでき最終的な責任は――。

「マーク、コーヒー飲む？　コーヒー飲む？」おふくろが訊く。

俺は返事ができない。ああ、飲む。いや、いらない。どっちだかわからない。俺は黙っている。俺がコーヒーを飲むべきか否か、おふくろに決めてもらえばいい。そういったレベルの力、つまり意思決定の権利なんか、おふくろに丸投げしちまえばいい。権利の委譲とは権利行使の留保と同じだ。

「かわいい子供服を見つけたのよ、アンジェラの赤ちゃんにどうかなと思って」おふくろはそう言いながら、たしかにかわいい子供服としか形容しようのないものを広げてみせた。おふくろは、その子供服を受け取ることになる赤ん坊はおろか、そもそもアンジェラってのがいったい誰なのか、俺が知らないってことに考えが回ってない。俺はとりあえずうなずいてにっこりしておく。おふくろの生活と俺の生活は、何年も前から接点をまるきり失っている。大きな交差点があるにはあるが、どこにあるんだかよくわからない。たとえば俺だってこう言えるわけだ。「シーカーのダチからすげえ上物のヘロインを買ったんだ。ほら、あの反っ歯の奴だよ、何て名前だっけ」わかるだろ？　お袋は俺の知らない奴らのために服を買い、俺はおふくろの知らない奴らからドラッグを買うのさ。

親父は口髭を伸ばし始めた。短く刈った髪に口髭。そのうちまるでカミングアウトしたホモみたいになるだろうな。見た目はみんなクローンみたいに同じだ。たとえばフレディ・マーキュリー。親父ときたらカルチャーをちっとも理解してないんだ。説明してやったが、鼻であしらわれた。

ところが翌日になると、口髭はなくなってた。「手入れが面倒になった」んだそうだ。ラジオ・フォースでクレア・グローガンが『ドント・トーク・トゥ・ミー・アバウト・ラヴ』を歌ってて、おふくろはキッチンでレンズ豆のスープを作っていた。俺の頭のなかでは、ジョイ・ディヴィジョンの『シーズ・ロスト・コントロール』が一日中ぐるぐるしてた。ボーカルのイアン・カーティス。マッティ。俺のなかではこの二人はいつも結びついている。といっても、その二人の共通点はたった一つ。死の願望があるってことだけだ。

その日は、特筆すべきことはそれくらいしかなかった。

週末にはだいぶ具合もよくなった。サイがマリファナを買ってきてくれたが、それはエディンバラのスタンダードとでも呼ぶべき最低のブツだった。俺はそれを使ってスペースケーキを作って食った。少し楽になった。その午後は、自分の部屋にこもってひっそりハイになっていた。まだ外出する気にはなれなかったし、しかも親父やおふくろと一緒にドッカーズ・クラブに行くのなんて勘弁してもらいたいところだったが、親父たちのために行ってやることにした。あの二人にも息抜きが必要だろう。親父とおふくろが土曜日にあのクラブへ行かないことなんて、いままでめったになかったわけだしな。

人の目をやけに気にしながらグレートジャンクション・ストリートをぶらぶら歩いているあいだ、親父は、俺が逃げようとするんじゃないかと思ってるんだろう、俺から一瞬たりとも目を離そうとしなかった。リース・ウォークでマリーにばったり会って、軽く世間話をした。親父は話に割りこみ、「この邪悪な売人野郎、その脚をへし折ってやろうか」みたいな目でにらみつけて、ほら、行くぞと俺に言った。かわいそうなマリー。奴はマリファナにだって手を出したことがないってのに。ロイド・ベーティーがおずおずした感じで俺にうなずいた。大昔はロイドも俺の友達の一人だったが、自分の姉貴とやってることがみんなにばれたころから疎遠になった。

クラブに入ると、みんながうちの両親を歓迎して大きな笑みを見せた。俺には、引き攣った笑みを見せた。俺たちがテーブルにつくと、あちこちでひそひそ声が聞こえ、うなずきあう顔が見えた。親父は俺の背中をぽんと叩いてウィンクし、おふくろは俺のほうを見て、切なくなるほど優しくて息が詰まりそうなくらい甘い微笑みを浮かべた。二人とも、根っから優しい人間なんだ。ほんとに。正直に打ち明ければ、俺はこの二人を心の底から愛してる。

俺がこんな息子だってわかって、親父たちはどう思っているんだろう。面汚しもいいところだ。それでも、俺はこうしてここにいる。かわいそうにレスリーは、大きくなったドーンを見ることはできなかった。レスリーはシック・ボーイとファックした。いまレスリーはグラスゴー南総合病院で生命維持装置につながれてると訊いた。パラセタモールの過量摂取。レスリーはあのミューアハウスのヘロイン地獄から逃れるためにグラスゴーに移ったが、結局はポッシルのスクリールとガルボのところに転がりこんだ。どうしても出口を見つけられない人間もいる。レスリーに残された道はハラキリだけだった。

スワニーは例によってかなり神経質になっている。「近ごろじゃ、上物は全部グラスゴーの売人のとこに行く。薬品レベルの純度の高いヘロインは連中がやって、俺たちは残り物の錠剤をかき集めて砕いてる有り様だ。しかもだ、グラスゴーの野郎どもはせっかくの上物を無駄にしやがる。注射しねえんだからな。煙草に混ぜたり鼻から吸ったりするだけなんだとよ、もったいねえ」軽蔑を込めてそうぶつぶつ言う。「しかもだ、レスリーときたらよ、グラスゴーの上物を俺に回してくれてもよさそうなもんだろ。あの女が少しでも融通してくれたことがあるか？　ねえよ、一度も。赤ん坊の件でひたすら自分を哀れんでるだけだ。いや、誤解しないでくれよな、俺だって気の毒に思ってる。だがよ、これはチャンスだって見方もあるだろ。シングルマザーっていう責任から解放されたんだぜ。羽を伸ばすチャンスに飛びつかない手があるか？」

責任からの解放。いい響きじゃないか。俺もこのクラブでいい子にしてる責任から早く解放されたい。

ジョッキー・リンストンが来て俺たちのテーブルに座った。ジョッキーの顔は横から見ると卵みたいな形をしている。白髪まじりの黒い髪がふさふさしていた。半袖の青いシャツからタトゥがのぞいている。片方の腕には〈ジョッキー＆エレイン――真の愛は永遠に〉、もう片方には〈スコットランド〉という文字と、スコットランドを象徴する勢獅子《きおい》が彫ってあった。残念ながら真の愛は途中で息絶え、エレインはずいぶん前にジョッキーを捨てた。ジョッキーはいま、マーガレットって別の女と暮らしてるが、マーガレットは当然、このタトゥをものすごく嫌がっている。ジョッキーはその上に新しい図柄を重ねちまおうとしてタトゥ店に行くが、寸前でビビって、結局彫らずに帰ってくる。針からＨＩＶがうつりそうで怖いっていうのが理由だ。言い訳に決まってる。実のところはエレインが忘れられないだけなんだ。ジョッキーに関して俺がよく憶えてるのは、パーティで歌を歌ってる姿だ。ジョージ・ハリスンの『マイ・スウィート・ロード』が十八番だが、歌詞をまともに覚えてないらしい。ジョッキーが知ってるのはタイトルと〝主よ、心からあなたに会いたい〟って一行だけで、あとはダ・ダ・ダ……でごまかす。

「デヴィ。キャシ。こんやはいちだんときれだね。レントン、キャシをほておいたりしたら俺が駆け落ちしちまうからな。このグラスゴ野郎」ジョッキーは、カラシニコフ銃みたいにたかたかしたリズムで言った。

うちのおふくろは照れて困っているような表情を作った。その顔を見たら、俺のほうが恥ずかしくなった。俺はラガーのジョッキの影に隠れた。恒例のビンゴ・ゲームが始まって店内が静まり返ってほっとするなんて、生まれて初めてだ。いつもなら、何か言うたびに店にいる全員に検閲されてるみたいでいやな気分になるが、このときばかりは純粋にうれしかった。

俺に配られたカードはビンゴになっていたが、「ビンゴ！」って叫んで注目を集めるのはごめんだから、黙ってた。だが、運命――と、ジョッキー――は、その他大勢に埋もれてたいっていう俺の希望をくじかずにはいられないらしい。俺のビンゴに気づかれた。

「**ビンゴ！**　おまえだ、マク。おい、マクがビンゴだ。**ここだ**。なんで言わない。ほら、マク。しゃんとしろ」

俺は奴に柔和な笑みを向けた。いますぐむごたらしい死がこのやかましい男に訪れますように。

ラガーは、詰まってあふれた便所の中身に炭酸を淹れたみたいだった。一口飲んだだけで、胃袋がねじれたみたいな痙攣に襲われて、激しくむせた。親父が背中を叩いてくれた。そのあとはもう口をつける気にならなかったが、ジョッキーや親父は次から次へとジョッキを空けていいた。マーガレットが来た。マーガレットとうちのおふくろはウォッカのトニック割りとカールスバーグ・スペシャルをハイペースで消費していった。バンドが演奏を始め、最初のうちはありがたいと思った。おかげでしばらくしゃべらずにすむ。

『悲しきサルタン』がかかると、親父とおふくろは立ち上がって踊り出した。

「ダイアー・ストレイツのこの曲、すてき」マーガレットが言った。「若者の音楽なんでしょうけど、年齢を問わず、ダイアー・ストレイツはみんな好きよね」

このあほすぎる意見に、猛然と反論したい衝動にあやうく負けそうになった。だが、そこはこらえて、ジョッキーとサッカー談義をするだけにした。

「ロクスボロはくびだ。スコトランドはじまて以来最悪のだいひょチムだ」ジョッキーが不満げに顎を突き出して言った。

「いや、あいつが悪いとは言いきれない思うけど。それにさ、小便は手持ちのコックでするしかないだろ。首をすげ替えるとして、ほかに誰がいる?」

「ま、そだな……けど、俺としては、ジョン・ロバトソンにはこのちょしでやてもらいたいな。なかなかいいはたらきだ。スコトランドじゅでいちばん安定したストライカだ」

俺たちはおきまりのサッカー談義を続けた。会話を弾ませようと、上辺だけでも興奮してしゃべってるふりを試みたが、無惨な失敗に終わった。

どうやらジョッキーとマーガレットは、俺が抜け出したりしないよう目を光らせる手伝いをしてくれと、うちの親父やお袋からあらかじめ頼まれたんだな。四人の誰かがかならず俺に張りついてて、全員が一度に踊ることはない。ジョッキーとおふくろの組み合わせで『ザ・ワンダラー』。マーガレットと親父で『ジョリーン』。おふくろと親父で『ローリング・ダウン・ザ・リヴァー』。マーガレットとジョッキーで『ラストダンスは私に』。

太っちょの歌手が『ソング・サング・ブルー』を歌い出すと、うちのおふくろは俺をボロ人形か何かみたいにダンスフロアに引きずっていった。おふくろは踊りの上手いところを見せびらかすみたいに、そして俺は人目を意識してかくかくと不自然に踊った。ライトが熱くて汗が噴き出してくる。バンドはニール・ダイアモンド・メドレーを演奏してるらしいと気づいて、気恥ずかしさは絶頂に達した。『ブルージーンズ・ライフ』『ラヴ・オン・ザ・ロックス』『ビューティフル・ノイズ』。全部つきあわされた。『スウィート・キャロライン』が始まるころには、俺はいまにも卒倒しそうになってた。ところがおふくろときたら、ほかの全員が手を振りながら踊ってるからって、俺の手をつかんで無理やり振らせたうえに、バンドと一緒に歌った。

「手……触れ合う手……手を差し伸べて……僕に触れるう……私に触れるう……」

テーブルのほうを振り返ってみると、ジョッキーは例によってリースのアル・ジョルソンといった風情で、大げさな身振りつきで声を張り上げてた。

一難去ってまた一難ってやつだった。今度はうちの親父が俺に一〇ポンド札を握らせ、みんなの酒を注文してこいと言う。どうやら、今夜の課題は社交スキル向上および信頼回復訓練らしい。俺はトレイを持ってカウンター前の列に並んだ。出口のほうに目をやる。紙幣のぱりっとした感触を確かめる。これで何発分か買えるよな。三十分もあれば、シーカーのところか、修道院長ジョニー・スワンのとこに行ける。一発打って、この悪夢から抜け出せる。だがちょうどそのとき、親父が出口の脇に立ってるのに気がついた。トラブルを起こしそうな客がいないか見張ってるクラブの用心棒みたいな顔で、俺をじっと見つめてた。ただしこの用心棒の役割は俺をつまみ出すことじゃなくて、店から逃がさないようにすることだ。

陰険なゲーム。

向きを変えて列に戻ると、学校で同級生だったトリシア・マッキンレーがいた。誰ともしゃべりたくなかったが、いまさら無視するわけにはいかない。だってほら、トリシアはもう俺に気づいて大きな笑みを浮かべている。

「やあ、トリシア」

「久しぶり、マーク。元気にしてる？」

「まあまあかな。そっちは？」

「見てのとおりよ。こちらはジェリー。ジェリー、こちらはマーク。学校で同じクラスだったの。いまとなっては大昔のことみたい」

トリシアが紹介したのは、不機嫌そうな顔をした汗臭いゴリラだった。ゴリラが俺のほうに低い声でうなる。俺は挨拶代わりにうなずいた。

「ああ。年月がたつのは早いな」

「いまでもサイモンとは会ってるの？　女の子たちはみんな、いまだにサイモンはどうしてるかなって噂するのよ。そればかりでうんざり」

「ああ、あいつならこの前うちに来たよ。もうじきパリに行くらしい。そのあとはコルシカ島だとか言ってた」

トリシアが微笑む。ゴリラは相変わらず不機嫌そうだ。そいつの顔は、この世の何もかもが気に入らなくて、世界に喧嘩をふっかけようとしてるみたいだった。たぶんサザランド一家の誰かだろう。トリシアなら、もっとましな男を見つけられただろうに。学校じゃ、トリシアは男子の憧れの存在だった。俺も昔、トリシアにくっついて歩いてた時期があった。トリシアと俺はできてるって周りが思ってくれるのを期待してのことだった。そのうちほんとに既成事実になればいいなとも思った。そのうち自分のプロパガンダに俺自身が染まり、廃線になった線路沿いに歩いているときにトリシアのセーターに手を忍びこませようとして、ほっぺたを思い切り張られた。でもシック・ボーイの奴は、トリシアと寝た。あいつめ。

「サイモンって、気が多いって印象よね」トリシアは懐かしそうに微笑んだ。

パパ・サイモン。

「言えてる。女あさり、ぽん引き、ドラッグの売人、たかり。そういう奴だ」

俺は自分の棘《とげ》のある言いかたに驚いた。シック・ボーイは俺の一番の親友だ。シック・ボーイと、スパッドと……それにたぶんトミーもか。それなのに、どうしてそこまでひどい悪口を言う？　親としての務めを果たさなかったからか、それとも自分が父親だと認めることさえしなかったからか？　違う。俺は奴に嫉妬してるんだ。奴は何も気にしない。気にしないから、傷つくこともない。絶対に。

俺の内心はともかく、俺がいきなりそんなことを言ったから、トリシアは困惑したらしい。

「えっ……あの、それじゃまたね、マーク」

トリシアたちはそそくさと行っちまった。トリシアが飲み物のトレイを持ち、サザランドのゴリラ（俺はサザランドの誰かだと思う）は、俺のほうを振り返りながら遠ざかっていく。ゴリラはゴリラっぽく、ダンスフロアにこぶしをすりつけるみたいな歩きかたをしながらな。

シック・ボーイをあんなふうにこき下ろすなんて、俺はどうかしてる。俺はただ、奴がうまく立ち回り、いつも俺だけが悪者にされるのに我慢できないだけだ。しかし、それは俺の勝手な思いこみにすぎないのかもしれない。シック・ボーイだって、奴なりに心配の種や苦労があるだろう。それに、俺よりもずっと敵が多いはずだ。間違いなく。とはいえ、だから何だって言うんだ？

俺は酒を持って席に戻った。

「気分はどう、マーク？」おふくろが訊いた。

「ああ、新品みたいに元気だよ、おふくろ。まるで新品だ」ジェームズ・キャグニー風に言ったつもりだったが、これも無惨な失敗だった。俺は何をやってもだめだ。だが、失敗とか成功とかって、いったい何なんだ？　失敗しようが成功しようが、何の違いがある？　俺たちはみんな、ほんの短い時間だけ地上で生き、やがて死ぬ。それだけのことだ。それだけの。

弔い

空は晴れ渡っていた。きっとそれは↵
集中するんだ。埋葬に立ち合うのは初めての経験だった。誰かの声が聞こえた。「さあ、マーク」静かな声。俺は進み出てロープを握った。親父やチャーリーおじ、ダギーおじと協力して、兄貴の遺骸を穴の底へそろそろと。葬式の費用は軍が出した。「すべてお任せください」厚生担当の将校は穏やかな口調でおふくろに言った。「すべてお任せください」

そう、埋葬に立ち合うのは初めてだ。最近はたいてい火葬だから。棺には何が入っているんだろう。ビリーの体はほとんど入ってない。それはたしかだ。おふくろと、ビリーの彼女のシャロンのほうを見やった。おばさんたちが寄ってたかって二人を慰めている。ビリーのダチだったレニーやピーズボやナズも来てたし、陸軍の同僚も何人か来てた。

ビリー・ボーイ、ビリー・ボーイ。〝ハロー、ハロー、ウィ・アー・ザ・ビリー・ボーイズ〟。いや、いまはそんな↵
ウォーカー・ブラザースの歌、ミッジ・ユーロがカバーしたあの曲が頭のなかでぐるぐるしていた。〝悔いはない、泣かずにさよならを言える、取り返したくはないから〟……。

悲しみなんて感じない。怒りと軽蔑しかない。兄貴の棺にかけられたユニオンジャックを見たとき、はらわたが煮えくり返りそうになった、この役柄には力不足の将校がおふくろを慰めようとしているのも腹立たしい。そのうえ、グラスゴーの親戚、親父の側の親戚が大挙して押しかけてきて、ビリーは祖国に命を捧げたんだとか、グラスゴーのプロテスタントらしい卑屈な戯れ言を垂れ流していた。ビリーは愚か者だった。それだけだ。英雄なんかじゃない。殉国者じゃない。ただの愚か者だ。

腹の底から笑いがこみ上げた。こらえてもこらえても我慢できない。あやうく地面にひっくり返ってヒステリックに笑い出しそうになったが、そのとき、親父の側のチャーリーおじに腕をつかまれた。敵意のこもった目をしていた。まあ、このおじにかぎってはいつものことだが。連れ合いのエフィーがおじを俺から引きはがす。「混乱してるだけでしょう。あの子なりにああやって悲しんでるのよ、チャーリー。混乱してるだけ」

このグラスゴー野郎、臭えんだよ、たまには風呂に入れよ。

ビリー・ボーイ。小さかったころ、親戚はみんな兄貴をそう呼んでいた。「元気かい、ビリー・ボーイ？」だが、ソファの陰に隠れてばかりいた俺には、しぶしぶ声をかけるだけだった。「やあマーク」

ビリー・ボーイ。ビリー・ボーイ。俺の胸の上に座ったあんたをよく憶えてるよ。床に押し倒されて、上に乗られて、動けなかった。気管はストローくらいの細さまで押しつぶされて、俺の肺や脳が失われていくのがわかった。俺は祈った。この痩せた体がぺしゃんこになって死んじまう前に、おふくろがプレストの店から帰ってきてくれますように。あんたの性器から漏れる小便の匂い。半ズボンの股に広がっていく染み。そんなに興奮したか、ビリー・ボーイ？　せっかくだ、楽しんでもらえたことを祈るよ。いまさら恨む気はない。昔からそうだったもんな。妙なタイミングで糞や小便を漏らす。おふくろはいいかげんうんざりしてた。一番強いのはどっちだ？　あんたは俺に訊く。体重をかけ、爪を食いこませながら。ハーツだ。そう答えるまで、俺は息をさせてもらえない。元日のタインキャッスルでの試合で、ヒブスが七対〇で勝ったのに、それでもまだハーツのほうが強いと言わせた。俺がそう言うことのほうが、現実の結果よりあんたにとって重要だったんだとしたら、俺は光栄に思うべきなんだろう。

俺の最愛なる兄は、英国陸軍人として英領北アイルランドのクロスマグレン基地周辺のパトロール中だった。兄貴たちが車を降り、路上のバリケードを調べようと近づいたとき、ぱん！　びりびり！　どかん！　うわあ！　一瞬で兄貴達はこの世から消えた。今回の軍務期間終了までわずか三週間を残しての出来事だった。

ビリーは英雄らしく死んだとみんな言う。俺はあの歌を思いだした。『悲しみのヒーロー（ビリー・ドント・ビー・ア・ヒーロー）』。英雄らしく死ぬどころか、ビリーは軍服を着た役立たずのまま、ライフルをぶら下げて田舎道をてくてくと歩いていて死んだ。兄貴は帝国主義の無知な犠牲者として死んだ。自分を死に追いやった複雑な事情などかけらも理解しないまま。何が愚かかって、俺はそこだと思う。ビリーは何一つ理解していなかった。兄貴の命を奪ったアイルランドでの素晴らしき冒険のあいだ、兄貴を導いていたものは、輪郭すら曖昧な近視眼的な思想だけだった。奴は生きたとおりに死んだ。どうしてそうなったかわからないまま死んだ。

兄貴の死は俺にとってはいいことだった。夜のニュース番組で報じられた。ウォーホルの有名な言葉を借りるなら、兄貴は十五分間の名声を死後に手に入れた。大勢がお悔やみの言葉をかけてきた。見当違いの同情ではあるが、気にかけてもらえるのはいいことだ。人をがっかりさせちゃいけないしな。

副大臣だか何だか、政府のお偉いさんがやってきて、インテリくさい言葉遣いで、ビリーはたいへん勇敢な青年でしたと抜かした。もし軍人じゃなく民間人だったら、同じ政府の役人どもは、兄貴を腰抜けのチンピラに分類しただろうにな。まるでわかっちゃいない役人は、ビリーを死なせた人物が特定されるまで徹底した捜査を行なう所存ですと言った。ああ、せいぜい頑張ってくれよな。黒幕はきっと、国会議事堂で見つかるぞ。

金持ちの手先と化した貧乏白人どもに対するこの小さな勝利を楽しもうぜ。いやだめだだめだ。

サザランド兄弟や取り巻き連中から嫌がらせされて身を震わせていたビリー。「**おまえの弟はうすのろまぬけ**」彼らは疲れてサッカーの試合をそれ以上続けられなくなると、ビリーを取り囲んでそうはやし立てた。あれは七〇年代リリース最大のヒット曲の一つだった。ディヴィのことを言っていたのか。それとも俺のことだったのか。どっちだっていい。橋の上から俺が見てたことを奴らは知らない。ビリー、あんたはうなだれてたな。無力感にうちひしがれてた。どんな気分だった、ビリー・ボーイ？　いい気分なわけないよな。俺にはわかる、だって↵

　墓地はどことなく奇妙な雰囲気に包まれていた。スパッドもどこかその辺にいる。ソートンを出所したばかりのクリーンなスパッド。トミーも来てる。おかしなものだ。スパッドが健康そのもので、トミーがゾンビみたいな顔をしている。立場逆転だ。トミーと仲のいいデイヴィ・ミッチェルも来ていた。デイヴィとは、ずっと前に見習い大工をしてたころ、同じ現場で働いたことがある。恋人からＨＩＶをうつされたと聞いた。それでも来るなんて、勇気がある。ほんとに勇敢な行為だと思う。ベグビーは、あのいかにも悪党って感じのたたずまいとトラブルを起こす能力が珍しく俺の役に立ちそうなときにかぎって、スペインのベニドルムに旅行中だ。無軌道なベグビーの援護射撃があれば、グラスゴーの親戚連中と対決できたのに。シック・ボーイはまだフランスにいて、夢が現実になった日々を過ごしている。

　ビリー・ボーイ。一つの部屋を一緒に使ってた。あんなに長いあいだよくも我慢したと我ながら↵

　太陽にはパワーがある。人が太陽を崇拝するのも理解できる。空を見上げれば太陽はかならずそこにある。誰にでも見え、誰もが太陽を必要としている。

　部屋の優先使用権はいつもあんたにあったな、ビリー。俺よりも十五カ月だけ年上だった。

力は正義なり。あんたは、意地悪な目をしてガムをくちゃくちゃ噛んでる、疲れた顔をした女たちを拾って帰っちゃ、部屋でやっていた。少なくとも、濃厚なペッティングはしてた。あんたは俺と、俺の友達と、おはじきサッカーを廊下に放り出し、女たちは俺を人造人間みたいな軽蔑の目で見た。俺のリヴァプールの選手一人と、シェフィールド・ウェンズデイの選手二人を、あんたが意味もなくかかとで踏みつぶしたのをよく覚えてる。そんなことする必要はなかった。だけど、完全な支配にはそれを象徴するものが何か必要だものな。そうだろう、ビリー・ボーイ？

いとこのニナはえらくセクシーになっていた。黒い髪を長く伸ばし、足首まで届く黒いコートを着ている。ちょっとゴス風な雰囲気だ。ビリーの軍隊仲間と俺のグラスゴー系おじたちがすっかり意気投合してるのを見て、イースター蜂起を歌った『フォギー・デュー』のメロディが思わず口笛で出ちまった。ひでえ出っ歯の兵隊仲間の一人がそれに気づき、驚いて俺のほうを振り返り、次に怒った顔をした。そこで俺は投げキスを返してやった。そいつはしばらく俺を見ていたが、やがて気まずそうに目をそらした。一丁上がり。ウサギ狩りの季節だ。

ビリー・ボーイ、俺はあんたのもう一人のうすのろまぬけの弟だった。あんたが友達のレニーに言ってたみたいに、女と寝たことさえないうすのろまぬけだった。レニーはそれを聞くと、ぜんそくの発作を起こしそうなくらい大笑いした。ビリーらしいといえばそうだな。あんたは馬鹿でどうしようも↵

俺がウィンクすると、ニナははにかんで微笑んだ。たまたま親父が見てて、頭から湯気を立てながらすっ飛んできた。

「もう一度いまみたいなふざけた真似をしてみろ、次は承知しないぞ。わかったな」

親父の目は落ちくぼみ、疲れた表情をしていた。すっかりしょぼくれた親父を見ていると、悲しくて俺だって泣きたくなる。親父にかけてやりたい言葉はあふれ出しそうなくらいたくさんあったが、このサーカスみたいな葬式を許した親父が腹立たしくてたまらない。

「あとでうちに寄るよ、親父。おふくろの様子を見に寄るから」

いつだったかもう忘れたが、キッチンの話し声が聞こえてきたことがあった。親父がこう言った。「あの子、どこかおかしいんじゃないかな、キャシー。いつもじっと黙ってるだろう。不自然じゃないか。だってほら、ビリーをごらんよ」

おふくろはこう答えた。「あの子はちょっと変わってるだけよ、それだけのこと」

ビリーとは違う。ビリー・ボーイじゃない。声がするから〝あの子〟がいるとわかるんじゃない。静かだから〝あの子〟がいるとわかる。〝あの子〟がわめきながら、何がしたいのか言い触らしながら、現われることはない。それでも、〝あの子〟はやってくる。ハロー、ハロー。グッバイ。

俺は、トミーとスパッドとミッチの車に乗せてもらった。三人ともうちには上がらずに、そそくさと帰っていった。おふくろが、姉のアイリーンと義理の妹のアリスに支えられてタクシーを降りるのが見えた。ひどく取り乱していた。グラスゴーのおばさん連中が背景で雌鳥みたいにこっこっこっと騒いでいる。あの耳障りな訛が俺のところまで聞こえてきた。男の訛もひどいが、女にあの調子でしゃべりまくられると胸が悪くなる。痩せて尖った顔をしたばあさんどもは落ち着かなそうにしている。年寄りの親戚の葬式のほうが、居心地がいいんだろう。形見分けとかあるものな。

おふくろは、ビリーの彼女のシャロンの腕にすがりついた。シャロンの腹には赤ん坊がいる。葬式になると、何でみんなああやって腕にすがりつき合うんだろう？

「ビリーはあなたと正式に結婚するつもりでいたと思うわ。あの子にはぴったりの娘さんだったもの」おふくろの言いかたは、シャロンにわかってもらいたいっていうより、自分を納得させようとしているみたいだった。かわいそうなおふくろ。二年前には息子が三人いた。それなのに、いまは一人だけ。しかも残った一人はジャンキーときてる。世の中、うまくいかないもんだよな。

俺が家に入ろうとすると、シャロンがエフィーおばさんに尋ねてる声が聞こえた。

「軍は私にもいくらかはくれると思います？　ビリーの赤ちゃんがもうじき生まれるのに……ビリーの子が……」シャロンは泣き声だった。

「ハシシってのは緑色のチンかすを固めて作るんだと思うか？」

幸い、みんなそれぞれの話に夢中で、俺の言ったことは聞こえなかったらしい。

ビリーと同じだ。俺が目立たずにいると、俺なんか存在しないみたいに振る舞う。

ビリー、俺は少しずつあんたを軽蔑するようになっていった。にきびから膿を押し出すみたいに、軽蔑が恐怖を少しずつ押し出して、最後に軽蔑だけが残った。もちろん、俺にはナイフがあったよ。あれのおかげで平等になれた。身体的なハンディがなくなった。エック・ウィルソンも二年のとき痛い目に遭ってそれを痛感した。あんたは受けたショックが去ると、俺を愛するようになった。生まれて初めて俺を弟として認め、愛した。俺はあんたをそれまで以上に軽蔑するようになった。

ナイフの威力を知った俺は、あんたの強さなんて表面的なものにすぎないと理解した。あんたもそれに気づいてたんだろう？　ナイフ、爆弾。今度も同じことだ。爆弾は⏎

気まずさと不快感は時間とともに膨らんでいく。集まった奴らはグラスを酒で満たし、ビリーがいかに素晴らしい人間だったかを語り合う。俺はビリーを讃える文句を一つも思いつかなかったから、黙っていた。ところがまずいことに、ビリーの兵隊仲間のあのウサギみたいな前歯の奴、さっき俺が投げキスをしてやった野郎が寄ってきて言った。「あんた、ビリーの弟だって」そいつが言った。むき出しの前歯がからからに乾いてる。

やっぱりそうか。こいつもグラスゴー系、オレンジ党の偽善者なんだ。道理で親父の親戚と話が合うわけだよ。奴がそんなことを言ったおかげで、まずいことになった。全員の目がこっちを向いている。このお節介なウサギ野郎。

「そのとおり。ご名答。俺はビリーの弟だ」俺はおどけて言った。俺に対する敵意がのしかかってくるのがわかる。ここは観客を喜ばせておくしかない。

礼儀と書いたラベルを貼って安売りされている、胸が悪くなるような偽善（いまこの部屋にはそれが満ちている）にさほど媚びることなく共感を得るにはこういう場合の決まり文句を言っておくにかぎる。こういう場面では決まり文句が歓迎される。決まり文句のほうが誠実に聞こえるからだ。何か意味があることのように聞こえるからだ。

「兄貴と意見が一致することはあまりなかったけど……」

「まあ、喧嘩するほど仲がいいって……」おふくろのほうのおじが助け船を出そうとした。

「……けど、一つ共通点があって、二人とも美味い酒と楽しいおしゃべりが好きだった。俺たちがこうやって冴えない顔してるのをもしビリーが見たら、死ぬほど大笑いするんじゃないかな。きっとこう言うよ。楽しくやろうぜ、頼むよって。友達や親戚がみんな集まってくれてるわけだし。すごく久しぶりに会えた」

カードのやりとり。

ビリーへ
メリー・クリスマス・アンド・ア・ハッピー・ニュー・イヤー
（ただし元日の三時から四時四十分までは除く）
マークより

マーク
メリー・クリスマス・アンド・ア・ハッピー・ニュー・イヤー
ビリー
ハーツFC　OK

ビリーへ
誕生日おめでとう
マークより

ビリーとシャロンから送られてきたカード。

マーク
誕生日おめでとう

ビリーとシャロンより

シャロンの手書きのカードだった。まるで↵

親父の親戚、グラスゴーのクズ白人ども。毎年七月になると、オレンジ党員の集会にやってくる奴ら。イースター・ロードやタインキャッスルでレンジャーズの試合があるときに繰り出してくることもある。俺は連中がドラムチャペルあたりに泊まってくれることを願った。ビリーに捧げた俺のちょっとしたスピーチに感じ入ったらしく、一同まじめくさった顔でうなずいた。だが、チャーリーおじだけは違った。俺の内心を鋭く見抜いてる。

「おまえにとってはただのおふざけなんだろう、違うか、マーク？」

「どうしても知りたいなら言うけど、そうだよ」

「哀れな奴だな、おまえは」おじは首を振った。

「思ってもないこと言うなよ」俺は言い返した。おじは首を振り振り行っちまった。

連中はマキューアン・エキスポートとウィスキーを空け続けていた。エフィーおばさんが歌い出す。鼻にかかった田舎くさい歌いかただ。俺はニナに近づいた。

「ずいぶんきれいになったな」俺は酔っ払った勢いで言ってみた。ニナは、そんなのもう聞き飽きたわよみたいな顔で俺を見た。俺はここを抜け出して、フォックスの店か、モンゴメリー・ストリートの俺のフラットに行こうと誘うつもりでいた。従姉妹とやるのは犯罪なのか？　きっとそうだ。法律って奴は何でもかんでも禁止してるものな。
「ビリーは気の毒だったわね」ニナが言った。俺のことをどうしようもない奴だと思ってる。そのとおり、そう思ってて正解だ。俺だって自分が二十歳になるまでは、二十歳以上の人間はみんな大馬鹿野郎で、話をする価値もないと思ってた。世の中がわかるにつれて、俺は正しかったってこともわかった。二十歳を過ぎてからは、何もかもがいやらしい妥協の連続だ。おどおどと降参してばかりいる。死ぬまでずっとそれが続く。

　ちえっ、チクタク・チクタク・チクタク・チャーリーおじが、俺がニナをたぶらかすようなことを言ってるらしいと気づき《clock》、ニナの貞操を守らんと割りこんできた。ニナにはこんな肥満体の不潔男に守ってもらう必要なんかなさそうだけどな。

　奴はちょっとこっちへ来いと手招きした。俺が無視すると、俺の腕をつかんだ。相当酔っ払ってる。ひそひそ話す声はとげとげしく、息はウィスキー臭かった。

「いいか、とっととここから失せねえと、その顎に一発食らわすぞ。おまえの親父さんがいなけりゃ、とっくにぶっ飛ばしてるところだ。おまえは気にくわん。昔からずっと気にくわなかった。おまえの兄貴のビリーは、おまえの十倍もまともな人間だったよ、ジャンキーめ。おまえのおふくろさんや親父さんが、おまえのおかげでどれだけつらい思いをしてきたか、おまえにわかっ……」

「はっきり言ってかまわないんだぜ」俺は口をはさんだ。腹の奥で怒りがどくんどくんと脈打っていたが、それよりもこいつの神経を逆なでしてやったぜという甘い喜びのほうが勝っていた。クールにいこうぜ。こういう独善的な奴にぎゃふんと言わせるにはそれが一番だ。

「よし、はっきり言わせてもらおうか、大学出のインテリ兄ちゃん。あそこの壁までぶっ飛ばしてやる」奴はタトゥと贅肉だらけのこぶしを俺の目の前に突きだした。俺はウィスキーのグラスを持つ手に力を込めた。こいつの不潔な指には触れられたくねえ。殴りかかってきたら、このグラスを奴の顔に叩きつけてやる。

俺は奴のこぶしを脇に押しのけた。

「望むところだ、ぶちのめしてみろよ。あとでそれをネタにマスかいてやる。俺たち大学中退のインテリのジャンキーはな、そろって変態なんだよ。おまえみたいな奴にはマスネタ程度の価値しかねえからな。それにだ、俺をちょいと過小評価してねえか。外に出て白黒はっきりさせたいなら、そう言えよ」

俺はドアを指さした。部屋がビリーの棺くらいの大きさに縮み、俺とチクタクの二人しかいないような錯覚にとらわれた。だが、ほかの奴らもちゃんといる。全員の目が俺たちに集中していた。

奴は俺の胸を軽く突いた。

「今日は一つ葬式を出した。このうえもう一つ出すなんてごめんだ」

ケニーおじが近づいてきて、俺を脇に引っ張っていった。

「オレンジ野郎どもは放っとけよ。なあ、マーク、おふくろさんのことを考えろ。もしおまえが喧嘩なんかしてみろ、卒倒しちまうぞ。今日はビリーの葬式なんだ。場所をわきまえてくれ」

ケニーはいい奴だ。まあ、正直に言えば、ちょっとむかつくところもあるけどな。それでも、風呂にもろくに入らねえグラスゴー野郎どもよりは、アイルランド系カトリックどものほうがまだましだ。俺はものすげえ組み合わせのハーフだ。おふくろ方はアイルランド系カトリックで、親父方はグラスゴーのプロテスタント。

俺はウィスキーをぐっとあおった。焼けるような苦味が喉から胸へと下りていく感触は心地よかったが、むかついている胃袋が直撃されたところでさすがにうっときた。俺は便所に向かった。

ちょうどビリーの彼女のシャロンが出てきたところだった。俺は通り道をふさいだ。シャロンとはほとんどまともにしゃべったことがない。シャロンは酔ってぼんやりしていた。妊娠してるのとアルコールのせいで、顔がむくんで真っ赤になっている。

「待ちなよ、シャロン。ちょっと話でもしようぜ。ここなら誰にも聞かれずにすむし」俺はシャロンの背中を押して便所に入り、ドアに鍵をかけた。

こういうときには互いに支え合わなくちゃいけないとか何とか、無意味なことをしゃべりながら、シャロンを愛撫した。大きくなった腹をなでる。これから生まれてくる甥っ子だか姪っ子におじとして責任を負っていかなくちゃならないと思ってると言った。俺たちはキスした。俺は手を下のほうへすべらせ、コットンのマタニティ・ドレスの上からパンティのラインをなぞった。まもなくあそこを愛撫し始めた。シャロンはズボンから俺のコックを引っ張り出した。俺はでたらめをしゃべり続けていた。人間として、女として、ずっとシャロンに憧れてたんだとか。でもそんな風におだてる必要はなかった。シャロンはもう俺のコックを口に含もうとしてた。でも、そうやってしゃべってるとなんとなく安心できた。シャロンが俺のをしゃぶる。俺はすぐに固くなった。すげえ。フェラチオがうまいんだな。兄貴に同じようにしてるシャロンの姿を頭に浮かべ、兄貴のコックは射精の瞬間にはどんなふうだったんだろうと想像した。

ビリーにこの俺たちの姿を見せてやりたい。俺はそう考えていた。ただし、そこには奇妙な敬意が含まれていた。ビリーに見えるだろうかと思った。どこかで見ているといいと思った。ビリーのことを、そうやっていいほうに考えるのは初めてだ。絶頂に達する直前に俺は腰を引き、シャロンを四つん這いにさせた。スカートをずりあげ、パンティを引き下ろす。シャロンの大きな腹が垂れさがって床に触れそうになる。初めはアナルに挿れようとしたが、そこはきつく、コックの先が痛くて無理だった。

「そこはだめ、そこはだめ」シャロンがそう言い、俺は潤滑油代わりになりそうなものを探してそのへんを引っかき回すのをやめ、指をシャロンのあそこに突っこんだ。つんとする臭いがした。まあ、それを言ったら、俺のコックもけっこういやな臭いをさせてたし、亀頭のあたりにはチンかすの点々がくっついていた。俺は衛生に気を遣うほうじゃない。グラスゴーの血か、ヘロインのなせる技か。

シャロンのご希望どおり、ヴァギナのほうに挿れた。最初は、世間でよく言うみたいに、ソーセージを袋小路に投げこんでるみたいだったが、俺がリズムに乗ってくると、シャロンもぐっと締めた。もうじき赤ん坊が生まれるんだな、俺はどのくらい奥まで入ってるんだろうと考え、赤ん坊の口に突っこんでる図を想像した。いいね。はめるのとフェラチオと同時ってことか。そう思ったら、我慢できないくらい興奮してきた。セックスすると、腹のなかの赤ん坊にいいって話は聞いたことがある。血行がよくなるとか何とか。赤ん坊の健康に関心を持ってやるくらいのことなら俺にもできる。

ノックの音がし、エフィーおばさんの鼻にかかった声が聞こえた。

「そこで何してるの？」

「大丈夫だよ、シャロンの気分が悪くなっちゃってさ。妊娠してるのに飲み過ぎたらしい」

「面倒を見てあげてるのね、マーク？」

俺はうめくような声で答えた。

「ああ……こうやってちゃんと面倒見てる……」俺はあえいだ。シャロンのうめき声が大きくなる。

「そう、ならいいんだけど」

俺は液体を発射してから抜いた。それからそっとシャロンを仰向けにさせ、ミルク色の乳房をワンピースの胸もとから引っ張り出し、俺はガキみたいにそこに鼻をすりよせた。シャロンが俺の髪をなでる。安らかで爽快な気分だった。

「すごくよかった」俺はあえぎながらそう言った。満足だった。

「また会える？」シャロンが言った。「どうなの？」追い詰められたような、懇願するような声だった。なんて女だ。

俺は体を起こし、シャロンの頰にキスをした。膨れ上がった熟れすぎのグレープフルーツにキスしたみたいだった。重たい女と関わり合うのはごめんだ。正直な話、シャロンに嫌悪感を抱き始めていた。この女は、たった一度やっただけで、兄貴から弟に乗り換えられると思ってる。困ったことに、それはまったくの思い違いってわけでもない。

「さあ、立ってちゃんとしておかないとまずいよ、シャロン。こんなところを見られたら、どう思われるか。あいつらには何もわかっちゃいないんだ。俺はわかってるよ、シャロン。きみはいい娘だって。でも、あいつらにはわからない」

「あたしだってあんたがいい子だってちゃんと知ってるわよ」シャロンは俺を励ますように言ったが、大した説得力はなかった。ビリーにはあまりにももったいない女だ。いや、連続殺人者マイラ・ヒンドリーだってマーガレット・サッチャーだって、あいつにはもったいないくらいだ。シャロンは、娘たちが叩きこまれる「いい男を見つけて、子供を産んで、家を持つのが女の幸せ」っていうたわごとにすっかり感化されちまい、脳味噌の代わりにマッシュポテトが入ってるような奴らの価値観を捨てて自分をいったん白紙に戻す機会に恵まれなかったんだ。

またノックの音がした。

「おい、ここを開けろ。開けないとぶち破るぞ」

チャーリーおじの息子、キャミーの声だった。スコットランド・カップの優勝杯にそっくりな、若き警察官殿だ。水差しの取っ手みたいなでかい耳。ないに等しい顎。細い首。俺がここでやってると思ってるらしい。まあ、「やってた」には違いないが、奴の想像してるようにに「クスリを」じゃない。

「もう大丈夫……すぐに出るわ」シャロンはあそこを拭い、パンティを引っ張りあげ、身なりを整えた。でかい腹をした妊婦が意外に手際よく動くもんだから、俺は感心して見とれた。ついいままで俺とやってたなんて信じられない。明日になれば俺はこのことを後悔してるだろうが、シック・ボーイがよく言うように、明日は明日の風が吹く。馬鹿話や酒で消せない過去なんて、この世に存在しない。

俺はドアを開けた。

「まあ落ち着けよ、『ドック・グリーンのディクソン』くん。おまえ、妊婦を見たことねえのか？」キャミーの馬鹿っぽいぽかんとした表情を見た瞬間、俺の胸に軽蔑があふれた。

実家に充満してた雰囲気に我慢できなかったから、俺はシャロンを連れて自分のフラットに帰った。ずっと話をして過ごした。シャロンは、俺が訊きたかったことをあれこれ話した。うちの親父やおふくろは知らないだろうし、知りたくもないような内容だ。シャロンにとって、ビリーはとんでもなくいやな野郎だった。奴は何かと言えばシャロンに暴力を振るい、罵り、いつだってシャロンをひどく汚いもののように扱っていた。

「別れればよかっただろ？」

「彼氏だからよ。誰だって期待するものでしょ、いつか変わる、いつかこの人も変わってくれるはずだって。自分が変えてみせるって」

その気持ちはよくわかる。ただし、間違ってる。結局、ビリーを変えたのはＩＲＡだけだし、あいつらだってビリーに負けず劣らずいやな野郎どもだ。俺は奴らが自由の闘士だなんて幻想は抱いてない。奴らは俺の兄貴をキャットフードの小山に変えちまった。だが、そのＩＲＡにしても、最後のスイッチを押しただけだ。七月になると飾り帯や笛を持ってやってくるあのオレンジ野郎ども、ビリーの頭に英国による統治だの何だのっていうクズみたいな思想を吹きこんだあのオレンジ野郎どもが、兄貴を殺した元凶だ。奴らは得意満面でグラスゴーに帰っていくだろう。親戚が死んだ、ＩＲＡにやられたって街中で言い触らし、アイルランドから分離したアルスター州を讃える。グラスゴー市民の無益な怒りはさらに煽られ、うちの親戚はパブに行けば皆から酒をおごられまくり、同じ信念を共有するあほうどもから一目置かれるだろう。

俺の弟に手を出す奴は許さねえ。ヘロインの代金の取り立てのために俺をパブまで追いかけてきたポップス・グラハムとダギー・フードに、ビリー・ボーイはそう言った。ビリーがそう言ったんだ。そうさ。確信と自信に満ちたあの言いかたは、脅しなんていうレベルを越えていた。俺のいじめっ子たちは、顔を見あわせ、逃げるようにパブから出ていった。俺は思わず笑った。スパッドも笑った。俺たちはハイになってて、何にもかまっちゃいなかった。俺はビリー・ボーイはそんな俺たちを見て、「おまえら、ほんとにどうしようもねえな」みたいに鼻で笑った。それから、ポップスとダギーが逃げちまったおかげで喧嘩の口実を失った仲間のほうに戻っていった。俺はくすくすと笑いつづけていた。ありがとよ↲

ビリー・ボーイは、あんなクソのせいで俺は人生をめちゃくちゃにしてると言った。ことあるごとに、何度も何度もそう言った。ほんとにそれは↲

くそ。くそ。くそ。だから何だってんだ。ビリーが何だってんだ。何だっていうんだよ。俺は↲

シャロンの言うとおりだ。人を変えるのは難しい。

だが、どんな大義にも殉死者が必要だ。だから、俺はシャロンがさっさと帰ってくれればいいのにと思った。そうすれば、俺は隠してあったクスリを出してこられる。一発打てる。忘却という大義を口実にして。

ジャンク・ジレンマ No.67

貧困とは相対的な問題だ。毎秒何人かの子供が、虫けらのように餓死していく。遠い国の出来事だからといって、根本的な真実は否定できない。俺たちが錠剤を砕き、溶かし、打つあいだに、どこかの国では何千人という子供が、そしてこの国でも何人かの子供が、死んでいく。そして同じあいだに、何千人という金持ち連中が投資した金が利子を産み、それぞれをまた何千ポンドかずつ金持ちにする。

錠剤を砕く――馬鹿な話だ。錠剤なんだから、そのまま胃袋におさめるべきだ。脳味噌や静脈は、こんなものを直接ぶちこむにはデリケートすぎる。

デニス・ロスがいい例だ。

デニスはウィスキーを静脈に注射し、至福を味わった。次の瞬間、奴は白目をむいた。鼻の穴から血が噴き出し、デニスはこの世とおさらばした。あのペースで床に鼻血がぼたぼた滴ったら……そこまでだ。ジャンキーの男意気……いや、違う。ジャンキーの本能だ。

認める。俺は怖い。ちびっちまいそうなほど怖い。だがちびるほど怖がってる俺は、錠剤を砕いて回る俺とは別の人間だ。錠剤を砕いてるほうの俺は、漫然と下り坂を転がり続けるのは死ぬよりもずっと恐ろしいと言う。議論して勝つのは、いつでもこっちの俺だ。ヘロインがあれば、ジレンマらしいジレンマは存在しない。ジレンマに陥るのは、手持ちのヘロインがなくなったときだけだ。

流浪

ロンドンの夜

まずいぞ。いったいどこ行っちまったんだよ？　まあ、悪いのは俺だ。泊まらせてもらうからって電話しとけばよかった。不意を食らわせようと思って、自分が食らったってわけだ。留守だとはまいったな。黒塗りのドアは冷ややかで近寄りがたく、死んだみたいで、二人はずいぶん前に出ていったきりだ、また帰ることがあってもずいぶん先の話だろうよと言いたげだった。俺は郵便受けから室内をのぞいてみたが、玄関マットに郵便物がたまってるかどうかまでは確かめられなかった。

かっとなってドアを蹴飛ばした。すると、踊り場の向かい側の部屋——たしか、年増の娼婦が住んでる——のドアが開いて、女が顔を出した。何か訊きたそうに俺をじっと見る。俺は無視した。

「そこんちは留守だよ。ここ二、三日、一度も帰ってきてないみたいだね」女は、爆薬か何か持ってるんじゃないかとでも疑ってるみたいな目で俺のスポーツバッグをじろりと見た。

「弱ったな」俺はぼそりとつぶやき、困った顔で天井を見上げた。女がこう言ってくれるんじゃないかと期待してた。あんた、見たことのある顔だね。前にそこの部屋に泊まってたでしょ。スコットランドからはるばる来たなら、疲れたんじゃない。さあ、お入りよ、あたしの部屋でお茶でも飲んで、友達の帰りを待ってたらいい。だが、女はこう言った。「まあ、無理だね……あと二日は戻ってこないんじゃないの」

あいつら。勘弁してくれよ。ちくしょう。くそったれ。

奴らがどこにいるのかなんて見当もつかない。どこにもいないかもしれない。いますぐ帰ってくるかもしれない。二度と戻らないかもしれない。

俺はハマースミス・ブロードウェイを歩き出した。馴染みの土地をしばらく離れてるとよくあることだが、たったの三カ月来てなかっただけなのに、ロンドンは初めて見る街みたいに思えた。目に入るもの全部が、以前はよく知ってたもののコピーみたいだ。同じには見えるけど、どこかちょっとずつ違ってるみたいな、そう、夢のなかの景色みたいな感じだ。住んでみなければその土地のことはわからないと言うが、しばらく離れてたあと、新しい目で眺めてみないと、本当の姿は見えてこない。エディンバラで、スパッドと一緒にプリンスズ・ストリートをぶらぶらしたときのことをよく憶えてる。あの通りは不愉快きわまりない。観光客や買物客という、現代資本主義が産み落とした双子の呪いにうんざりさせられる。俺はエディンバラ城を見上げて考えた。地元民にしてみりゃただの建物の一つにすぎない。俺たちの脳味噌には、ブリティッシュ・ホーム・ストアやバージン・レコード店とまったく同じ扱いで刻みこまれてる。ちなみに、俺とスパッドは、万引きしまくる予定でその二つの店に向かっているところだった。ところが、だ。エディンバラをしばらく離れて久しぶりにウェイヴァリー駅に下りた瞬間、こう思うんだよ。へえ、なかなかいいとこじゃないか。今日は通りで見るものすべてにソフトフォーカスがかかっていた。睡眠不足か、ヤク不足のせいだろうな。

パブの看板は新しくなっていたが、書いてあることは変わっていなかった。ザ・ブリタニア。〝統べよ、ブリタニア〟。俺は英国民じゃないから、自分が英国民だと思ったことはない。醜くて薄っぺらな概念だ。かといって、自分がスコットランド人だと実感したこともない。勇者の国スコットランド。聞いてあきれるね。スコットランドなんか、クソみたいな国じゃねえか。俺たちスコットランド人は、イングランドの貴族のイボ痔に接吻する特権を争って、互いの首を締め合ってきた。俺は国家に対して何の愛情も抱いてない。あるとすれば、嫌悪くらいのものだ。国家なんて制度、撤廃しちまえばいい。スーツでめかしこんで愛想笑いを顔に貼りつけ、嘘やファシストじみた陳腐な台詞しか吐かない寄生虫じみた政治家どもは、みんなまとめて死刑にしちまえばいい。

店の中に、今夜は奥のバーで〈ゲイ・スキンヘッド・ナイト〉をやるという告知ボードがあった。こういう店では、いろんなカルトやサブカルチャーが、本来の分類を無視してごっちゃにされがちだ。この街にはより大きな自由がある。ここがロンドンだからじゃない。リースじゃない場所だからだ。誰もが休暇の解放感に酔ってゆるくなってるからだ。

　手前のバーを見回し、知った顔を探す。店内のレイアウトや装飾は前とはがらりと変わっていた。それも、悪趣味なほうに。以前はやや小汚いが居心地のいい近所のパブって感じだった。ダチにビールをぶっかけたり、女便所か男便所でしゃぶってもらったりできるような店だった。それがいまじゃ、おぞましいほど清潔な店に変身しちまった。安物の服を着て、硬い表情で考えごとでもしてるみたいな地元の客が数人、流木にしがみつく難破船の遭難者みたいにカウンターの端っこにへばりついている。そのほかは耳障りな声で馬鹿笑いしてるヤッピーだ。これも仕事のうちってわけだ。電話を酒のグラスに持ち替えただけで、オフィスにいるのと変わらない。この店は、ロンドン中心部を侵略しつつあるホワイトカラー向けの食事を出す小洒落たパブに成り上がっていた。ディヴォやスージーがこんな魂の抜けた便所で飲んだりするわけがない。

　それでも、バーテンダーの一人になんとなく見覚えがあった。

「ポール・デイヴィスはいまも飲みに来たりする？」俺はそいつに訊いた。

「あんた、あのスコットランド野郎《ジョック》と知り合いなのか？　アーセナルでプレイしてる、肌の色の黒い選手」すげえコックニー訛だ。

「いや、俺が言ってるのはリヴァプール出身の奴だ。髪の色は黒で逆立ててあって、スキーのコースみたいな鼻をした奴。一度見たら憶えてるはずだ」

「ああ……あいつか、知ってる。ディヴォな。短い黒髪の小柄なねえちゃんといつも一緒にいる奴。いいや、ずいぶん見かけてねえな。まだこの近所に住んでるのかどうかもわからねえ」

俺は炭酸入り小便を一パイント・ジョッキを注文し、バーテンダーと最近の客の話をした。

「聞けよ、ジョック。あの手の輩の大部分はさ、ほんもののヤッピーでさえねえんだよ」バーテンダーはそう言って、隅のテーブルを占めたスーツ軍団を軽蔑のこもった手つきで指し示した。「ほとんどの奴は、一日座りっきりでケツがつるつるになった事務員か、歩合給の保険会社の営業マンがいいとこさ。週給いくらでどうにか食いつないでるみたいな、さ。借金であっぷあっぷどころの話じゃない。ばか高いスーツ着こんで肩で風切って、年俸五万ポンドでございって顔してるけどな、実は五桁にもいかねえような奴がほとんどじゃねえの」

奴の話はなかなか鋭いところを突いてる。言いかたは意地が悪いとしてもな。たしかに、エディンバラに比べたら、ロンドンじゃ桁違いの額の金が動いてる。だが、ロンドンの奴らは、そのマネー・ゲームに参加してるふりさえできれば、あとは金のほうから集まってきてくれるって幻想を鵜呑みにしてる。そんなわけがない。現に、多額の住宅ローンを抱えたロンドンの共働きの夫婦より、資産と負債のバランスが健全なエディンバラの公営住宅暮らしのジャンキーを俺は何人も知ってる。ロンドンの上っ面の好景気がいつまでも続くはずがない。その証拠に、そこらじゅうの家の郵便受けに督促状が届いてる。

俺はフラットに戻った。奴らが戻った気配はない。

向かいの女がまた顔を出した。「まだ帰ってないよ」

いい気味だと嘲笑ってるみたいな言いかただ。この年増、何様のつもりなんだよ。黒猫が女の足もとをすり抜けて踊り場に出てきた。

「ショーター！　ショーター！　お馬鹿さん、こっちにおいで……」女は猫を抱き上げると、赤ん坊をかばうみたいに胸に抱き締め、俺をにらみつけた。言っておくが、俺は毛の生えた糞の袋に何か危害を加えようとなんか考えちゃいない。

俺は猫が大嫌いだ。犬も大嫌いだ。動物のペット化禁止と世界中の犬の処分を提唱したい。まあ、動物園に展示する分を何頭か残すくらいはかまわない。これに関しては、俺とシック・ボーイの意見は珍しく昔から一致していた。

またパブに戻り、ビールを二杯、胃袋に流しこんだ。まったく気が滅入る。この店がこんな風になっちまうなんて。俺たちがここで過ごした夜を返せ。まるでその思い出まで、古い内装と一緒に処分されちまったみたいな気がした。

俺はぼんやりとパブを出て、ヴィクトリア駅の方角へ戻り始めた。公衆電話の前で足を止め、小銭とぼろぼろのアドレス帳を引っ張り出した。いいかげん、別の宿を探したほうがいい。うまい具合に見つかるかは怪しいが。スティーヴィやステラとは喧嘩しちまったから、歓迎されないとわかってる。アンドレアスはギリシャに帰ってるし、キャロリンはスペイン旅行中だ。トニー、あのあんぽんたんのトニーは、フランスから帰ってきたシック・ボーイと一緒にエディンバラにいる。トニーの部屋の鍵を借りてくるのを俺は忘れたし、向こうも渡すのを忘れたらしい。

シャーリーン・ヒル。ブリクストンに住んでる。シャーリーンから連絡してみるか。上首尾に運べばシャーリーンとやれる可能性だってある。誰でもいいから誰かとやりたくてしかたがない……クリーンになるってのは――厳密には、ほぼクリーンになるってことは、そういうことだ。まるで拷問だな。

「もしもし」シャーリーンじゃない女が出た。

「どうも。シャーリーンはいる？」

「シャーリーン？……ああ、シャーリーンなら、もうここには住んでないわよ。どこに引っ越したんだったかな、ストックウェルだったと思うけど……住所はわからない……ちょっと待って……ミック！　ミック！　シャーリーンの住所、知ってる？……シャーリーンよ……だめね、悪いけど。わからないわ」

今日の俺はなんてついてるんだろう。次はニクシーか。

「いないよ。いないよ。ブライアン・ニクソンはいない。いない。もういない」電話に出たアジア人らしい奴が言った。

「新しい住所は知ってる？」

「いない。いない。ブライアン・ニクソン、いない」

「いまどこにいるのか知ってる？」

「え？　何？　わからない……」

「ブ・ラ・イ・ア・ン、ニ・ク・ソ・ン、は、どこ、に、いる？」

「ブライアン・ニクソン、いない。ドラッグ、ない。さよなら、さよなら」そいつはがちゃんと受話器を叩きつけやがった。

もう時間も遅い。この街から完全に締め出された。そのうえグラスゴー訛の酔っ払いが寄ってきて、二〇ペンスせびられた。

「あんた、いい奴だなあ、兄ちゃん。ほんとに……」そいつはうめくみたいな声で言った。

「あんたもな、ジョック」俺はコックニー訛を真似して答えた。ロンドンにいるスコットランド人てのはほんとに頭にくる。とくにグラスゴーの馬鹿どもは、ただでさえぺちゃくちゃうるさくてたまらない。ぺちゃくちゃしゃべるのは親しみの表現だってふりしてしゃべりまくるんだ。こんなときにグラスゴー野郎にまとわりつかれるのだけはごめんだよ。

三八系統か五五系統のバスに乗ってハックニーまで行き、ダルストンのメルを訪ねてみようかとも考えた。ただし、メルが家にいなくて、しかも電話帳に番号が載っていなければ、その時点で俺はアウトだ。

だが、結局バスには乗らず、ヴィクトリアのオールナイト映画館の入場券を買っていた。午前五時まで、オールナイトでポルノ映画をやっている。オールナイト映画館は、世界中のクズどもの簡易宿泊所だ。失業者、ジャンキー、ホームレス、セックス依存症者、サイコ野郎。夜になるとオールナイト映画館に大集合する。この前、こういう映画館で夜明かししたとき、もう二度とここには来ないって自分に誓ったんだけどな。

何年か前、ニクシーと来たとき、どっかの小僧がナイフで刺された。警察が来て、俺たちも含め、映画館にいた全員をしょっ引いて尋問した。俺たちもだ。そのときは一クオート分のハシシを持ってて、大急ぎで消費する羽目になった。おかげで俺たちの番が回ってきたところには、口をきくこともできないくらいラリってた。そのまま留置所で一晩過ごす羽目になった。翌日、ボウ・ストリートの治安判事裁判所に全員まとめて護送された。って言っても、警察署のすぐ隣だけどな。自分の治安妨害についてまともに証言できない奴は、端から罰金刑を食らった。ニクシーと俺はそれぞれ三〇ポンドふんだくられた。

　なのに、俺はまたこんなとこにいる。この映画館は、俺が最後に来て以来、ひたすら下り坂を転がってたらしい。映画は全部ポルノだったが、一本だけ、どこか外国でいろんな動物が殺し合うっていう見ちゃいられないくらい残虐なドキュメンタリーだった。デイビッド・アッテンボロー製作のドキュメンタリーの映像美とは天と地くらいの差があった。

「黒人どもめ！　野蛮人！」現地住民の一団がバイソンに似た巨大な動物に槍を投げつけると、スコットランド訛の罵声が館内に響き渡った。

　人種差別主義だが動物愛護主義のスコットランド人。おまえらのほうがよっぽど野蛮だろうが。

「うすぎたねえ黒人どもめ」コックニー訛の罵声が続く。

　まったく、こんなとこには一秒だっていたくねえ。そこらじゅうから聞こえる怒鳴り声やら重い息遣いやらをシャットアウトしようと、俺は映画に神経を集中した。

　一番よかったのは、アメリカ英語の吹き替え付きのドイツ映画だった。ストーリーはどうってことない。バイエルン地方の民族衣装を着た女が、農場の男全員と何人かの女に、いろんな場所、いろんな方法で犯されるってだけの話だ。だが、その見せかたが素晴らしく創意工夫に富んでいて、思わず真剣に見ちまった。この不潔な穴蔵にいる全員が思わず欲情しちまうような種類のものだ。暗がりのどこかで男と女、男と男が何組か、とっくにファックし始めてるってのは気配でわかったが。気がつくと俺のモノもやる気になってて、ここで一発マスでもかいてやろうかと考えたが、次の映画が始まったとたんに萎えた。

それはイギリスの映画だった。言うまでもなく。設定は、パーティ・シーズンのロンドン、とあるオフィス。『オフィス・パーティ』。いやはや、なんと想像力豊かなタイトルか。主演はマイク・ボールドウィン、じゃなければジョニー・ブリッグス。ドラマの『コロネーションション・ストリート』に出てた俳優。『キャリー・オン・フィルム』シリーズのユーモアを減らして、セックスを増やしたような内容だった。マイクは最後には女とやるんだが、出てきた瞬間から観客を不愉快にさせるようなゲス野郎にやらせてやることはねえよ。

何度もうとうとしかけちゃ、頭がもげちまいそうになったところではっと目を覚ます。

一人の男が席を立ち、俺のすぐ隣の席に移動してきたのが視界の隅っこで見えた。俺のものに手を置く。俺はその手を払いのけた。

「失せろ、この野郎。頭と手がありゃ自分でやれるだろうが」

「ごめんよ、ごめん」そいつはヨーロッパ風のアクセントで謝った。けっこう歳を食ってるらしい。情けない声、いかにもしょんぼりした顔。なんだかこっちが悪いみたいな気になった。

「俺はおカマじゃねえんだ」俺は言ったが、通じなかったらしい。「ホモセクシュアルじゃねえんだよ」俺はそう言いながら自分を指さしてみせた。なんだか馬鹿みたいだ。そんなあほみたいなことわざわざ説明するなんて。

「ごめんよ。悪かったよ」

とはいえ、それをきっかけに俺は考え始めた。男と寝た経験が一度もないのに、なんで自分はゲイじゃないってわかる？　絶対にゲイじゃないと言いきれるか？　どういうものなのか知るために、同性と最後までいってみたいって考えは昔から頭の隅っこにあった。何事も一度は試してみなくちゃ本当のところはわからないだろう？　でも、どうせなら、ドライビングシートに座りたい。野郎のコックを俺のケツの穴に挿れさせるなんて、絶対にいやだ。昔、ロンドンのアプレンティスってゲイ・バーで、すっげえ美少年をナンパしたことがある。俺はそいつを、そのころ借りてたポプラ・ストリートのフラットに連れて帰った。それで、ちょうど俺がそいつのをくわえてるところを、やって来たトニーとキャロリンに見られちまった。死ぬほど恥ずかしかったよ。コンドームを着けた男にフェラチオ。プラスチックのおとなのおもちゃをしゃぶってるみたいだった。別にやりたくてやったわけじゃない。けど、美少年のほうが先にしゃぶってくれたから、お返ししなくちゃいけねえかなって気になっただけだ。テクニックって意味じゃ、美少年のフェラチオは最高だった。だけど、やってるそいつの表情を見てたら大笑いしちまって、途中で何度も萎えた。それでも、そいつはずっと前に俺が惚れてた女にそっくりで、想像力と集中力を総動員してるうちに、ゴムのなかに射精してたから自分でも驚いた。

　その事件に関しては、トニーにはさんざんからかわれたが、キャロリンはクールだと思ったらしい。死ぬほどうらやましかったそうだ。あの美少年にくらっときたんだとさ。

　ともかく、試しにやってみていやじゃなかったら、男と最後までいってもいいなって考えはあった。経験の一つとしてね。問題は、俺は女にしか魅力を感じないってことだ。男なんか、ちっともセクシーに見えない。モラルの問題じゃなく、美意識の問題なんだよ。

　隣に来た中年男は、ゲイのヴァージンを奪われてもいい相手リストの上位にランクするほどの男じゃなかった。だがそいつは、ストーク・ニューイントンに部屋を借りてる、よかったら泊まってくれてかまわないと言った。ふうん、ストーキーならダルストンのメルのとこにも近いな――えい、どうとでもなれ。

　中年男はイタリア人で、名前はジーといった。きっとジョヴァンニの愛称だろう。どこだかのレストランで働いていて、イタリアに妻と子供を残してきてると言った。嘘じゃないかって気がした。ヘロインをやる素晴らしい利点の一つは、大勢の嘘つきと知り合えるってことだ。自分も嘘のプロになるし、でたらめを嗅ぎ分ける鋭い嗅覚も養われる。

　俺たちはヴィクトリア駅から夜行バスに乗ってストーキーに行った。バスは若い奴らで満員だった。ドラッグで酔った奴、酒で酔った奴、これからパーティに行く奴、パーティ帰りの奴。こんなオヤジと一緒じゃなく、ああいう連中に混じっていたかったと思った。しかし。

　半地下にあるジーのフラットは、チャーチ・ストリートをちょっと外れたあたりにあった。

チャーチ・ストリートから先の地理には詳しくないが、ニューイントン・グリーンまでは行かない界隈だと思う。なかはおそろしく汚かった。かび臭い部屋には、古ぼけた食器棚、箪笥なんかがあり、真ん中にでっかい真鍮《しんちゅう》のベッドが鎮座してる。隅にちっちゃなキッチンと便所がついていた。

こいつの話は嘘だと確信してたから、部屋のあちこちに女と子供の写真が飾ってあるのに驚いた。

「家族かい？」

「ああ、俺の家族だ。もうじきこっちに来る」

それでもなんだかまだうさんくさい気がしてしかたがない。俺は嘘ばかり聞き慣れてるから、本当のことを言われてもでたらめに聞こえるんだろう。だがしかし。

「早く会いたいだろうね」

「ああ、そりゃもう」ジーは答えた。それから言った。「さあ、ベッドにお入りよ。眠るといい。僕はきみが気に入った。しばらく泊まっててもいいよ」

奴をじっと観察した。体格では俺が勝ってるし、まあ、いいとしよう、疲れてるんだし。俺はベッドに上った。そのとき、大量殺人者デニス・ニルセンの顔が脳裏をよぎり、不安がちらりと頭をもたげた。体格で言えばデニスなんか屁でもないと思った被害者もいただろう。だが、それも奴に殺されてバラバラにされ、頭を大鍋で煮てシチューにされるまでのことだった。ニルセンは以前、俺の知り合いのグリーンノック出身の奴と同じ、クリックルウッドの職安で働いていた。そのグリーンノック出身の奴によれば、ある年のクリスマス、ニルセンは、職安のみんなに食べてもらおうと思ってと言って、カレーを持ってきたことがあるらしい。作り話かもしれないが、絶対にないとは言えないよな。そんなことを思い出しながらも、眠気に負けて、そのまま目を閉じた。ジーが隣に横になったときにはどきりとしたが、俺に触ろうとするわけでもなかったし、二人とも服を着たままだったから、俺はすぐに警戒体勢を解いた。そして、そのまま眠りに落ちていった。

目を覚ましたとき、どのくらい眠っていたのか見当もつかなかった。口のなかがからからに乾いていた。なんとなく、顔が濡れてるような気がした。ほっぺたに触ってみた。乳白色の濃い液体が糸を引いた。横を向くと、中年男が俺のすぐ隣に横たわっていた。素っ裸で。怒張してるがちっちゃなコックの先端から精液がぽたぽた滴ってた。

「何しやがんだよ、このエロじじい！……俺が寝てるすきにマスなんかかきやがって……このエロじじいが！」自分が鼻をかんだハンカチみたいに思えた。たったいま鼻をかんだばかりの。使い捨てみたいな。怒りが爆発した。奴の顎にパンチをめりこませ、ベッドから引きずり下ろした。ぽっこり出た腹と丸い頭。太った醜い小人みたいだった。ジーは床の上で体を丸め、俺は二、三度蹴りつけたが、奴が泣いているのに気づいてやめた。

「何だってんだよ。エロじじい。まったく……」俺は部屋の中をうろうろ歩き回った。奴が泣いてるのを見てちょっと動揺してた。ベッドの真鍮の支柱に引っかけてあったドレッシングガウンをとって、奴の醜悪な裸の体にかけてやった。

「マリア。アントニオ」ジーはそう言って泣いた。いつのまにか俺は奴の肩に腕を回して慰めていた。

「いいんだよ。なあ、気にするなって。悪かったよ。傷つけようなんて気はなかった。ただ、ほら、マスネタにされたのなんか初めてだから、ちょっとかっとなって」

それはほんとに本当のことだ。

「優しいんだね……どうしたらいい？　マリア……僕のマリア……」ジーは声を上げて泣いた。顔のほとんどが口になったみたいに見える。夜明けの薄明かりにぽっかり開いたでっかいブラック・ホール。奴は酒と汗と精液のむっとする匂いを発散させていた。

「な、カフェか何かに行こう。ちょっと話をしようぜ。朝飯をおごるよ。リドリー・ロードの市場のそばにいい店を知ってる。この時間ならもう開いてるだろう」

そう言って誘ったのは、愛他主義からではなく利己主義からだった。ダルストンのメルのフラットはそっちの方角だったし、この気が滅入るような半地下の部屋からすぐにでも出たかった。

ジーが身支度をすませ、二人で家を出た。ストーキー・ハイ・ストリートからキングス・ロードをたどって市場へ向かう。カフェは意外に込んでいたが、どうにかテーブルを確保した。俺はチーズとトマトをはさんだベーグルを注文し、中年男は見るからにまずそうな塩漬け肉を頼んだ。スタンフォード・ヒルあたりのユダヤ系住人が好みそうな食いものだ。

奴はイタリアの話をあれこれ始めた。マリアという女と結婚したのはもう何年も前だ。ところが、マリアの弟のアントニオとジーがカマを掘り合ってたのが家族にばれた。そんな言いかたは失礼だな。二人は恋人同士になったと言うべきなんだろう。たぶんジーは、そのアントニオのことも愛してたんだろうし、マリアのことも愛してたんだと思う。俺はドラッグ関係でいろいろトラブるが、世の中の連中が色恋がらみで起こす騒ぎといったら……。考えたくもない。

ま、それはいいとして、マリアにはほかにもカトリックのマッチョな男きょうだいが二人いて、しかもジーによると、マフィアに関わりがあるらしい。この二人には許しがたい事態だった。ジーはその家族が経営するレストランの前で、奴らにとっつかまった。そしてかわいそうなジーは、ありとあらゆる辱《はずかし》めを受けた。アントニオもあとで同じ目に遭った。

アントニオはそのあと自殺した。イタリアの社会では、そういう風にメンツを潰されるっていうのは、生きていけないくらいの不名誉らしい。どこの社会でだってそうじゃねえのか、と俺は考えてた。するとジーは、アントニオは列車に飛びこんだんだと言った。それを聞いて俺は思ったよ。それじゃ、社会よりも列車のほうが思いっ切りアントニオの顔を潰したわけだなって。ジーはイギリスに逃げ、あちこちのイタリアン・レストランを転々としながら働いた。ボロいフラットに住み、飲んだくれ、若い男や中年の女を拾っては、食い物にしたりされたりしている。ずいぶんとみじめな人生だよな。

店を出て、やっとメルのうちに向かって歩き出した。メルのフラットに明かりがついてるのが見え、レゲエが大音量で通りまで響いているのが聞こえた瞬間、俺の気分は一気に晴れ晴れとした。昨晩のパーティはかなり盛り上がったらしく、まだどんちゃん騒ぎを続けているらしい。

馴染みの面々に囲まれるのはいいものだ。全員がそろっていた。ディヴォ。スージー。ニクシー（ぐでんぐでんに酔っ払ってる）。シャーリーン。力尽きて寝ちまった奴が部屋じゅうに転がってる。女が二人、向き合って踊っていた。シャーリーンもどっかの男と踊っていた。ポールとニクシーは何か吸ってた。ハシシじゃない。アヘンだ。イングランド人のジャンキーには、ヘロインを注射する奴より、煙草みたいに吸う奴のほうが多い。注射器ってのは、スコットランド名物、あるいはエディンバラ名物みたいなものだ。それでも俺は奴らから一服わけてもらった。

「よう、久しぶりだな、レントン！」ニクシーが俺の背中を叩いた。それからジーに気づいて、小声で訊いた。「あのオヤジは何だ？」

俺はジーを連れてきていた。あんな悲愴な身の上話を聞いちまったあとだろう。置いてくるわけにいかなくなっちまったんだ。

「ああ、久しぶりだな、ニクシー。会えてうれしいよ。こちらはジー。俺の親友さ。ストーキーに住んでる」俺はジーの背中を叩いた。ジーは、ウサギ小屋の金網に鼻を押しつけてレタスをねだるウサギみたいな顔をしてた。

俺はポールとニクシーを相手に、男の世界共通語、サッカーの話――ナポリとリヴァプールとウェスト・ハム・ユナイテッドについて――をしているジーを置いて、部屋の中をぶらぶら歩き回った。俺もサッカーの話で盛り上がることだってあるが、意味のない退屈な話が延々続いて憂鬱になることもある。

キッチンには男が二人いて、人頭税の是非を議論していた。片方はよく理解して話していたが、もう一人は労働党／保守党のどっちの奴隷になりたいのか自分でもよくわかってないらしい腰抜け野郎だった。俺は話に割りこみ、腰抜け野郎に言ってやった。

「あんたさ、二つの点でとんでもない思い違いをしてると思うよ。まず、労働党が今世紀中に政権を取り返す可能性なんかあるわけがない。それから、たとえ返り咲いたとしても、何一つ変わるはずがない」

そいつは突っ立ったまま、あんぐりと口を開けた。その隣でもう一人がにやりとした。

「それそれ、さっきからこいつにわからせようとしてたのはそれなんだ」そいつはバーミンガム訛で言った。

俺はキッチンを出た。腰抜けはまだ茫然と突っ立ったままだった。寝室に入ると、男が女のあそこを舐めていた。その二人から一メートルと離れてないところで、ジャンキーたちがヘロインをやっていた。俺はジャンキーを見つめた。驚いたね、こいつら、注射器を使ってるぜ。俺のエディンバラ名物説はいきなり否定されたってわけだ。

「あんた、写真でも撮ろうってのか？」ヘロインをつくっているヘビメタが言った。

「あんた、口から血を流したいってのか？」俺は質問に質問で答えた。奴はそっぽを向き、ヤク作りに没頭した。俺はしばらく奴の脳天をにらみつけていた。奴がヘロインを注射するのを見届けてから、ようやく警戒を解いた。南へ来るたび、どうしても警戒心の塊になっちまう。着いて二、三日はそれが続く。自分でも理由はわかってるつもりだが、説明しようとしたら日が暮れちまいそうだし、あまりにも馬鹿げた理由だ。寝室を出ようとしたとき、女のうめき声と、男のささやき声が聞こえた。「おまえのまんこはなんてうまいんだ……」

俺はよろよろとドアを開けた。あの低い、緩慢なささやき声が頭の中で響いていた。「おまえのまんこはなんてうまいんだ……」その声を聞いたとたん、俺が何を探してこうしてうろうろしているのか、はっきり思い知らされた。

別に、選択肢が多すぎるってわけじゃない。セックスの相手を探すにしても、女の数が圧倒的に少なすぎる。朝のこんな時間じゃ、よさそうな女はみんなほかの男に取られてるか、酔いつぶれちまってる。シャーリーンも男と一緒にいるし、二十一歳の誕生日の記念にとか言ってシック・ボーイが口説き落とした女もだった。マーティ・フェルドマンそっくりの目と恥毛みたいに縮れた髪の毛をした女まで、どこかの男に口説かれている。

俺の人生はいつもこうだ。パーティに早く行きすぎて、退屈だからって飲んだくれちまってチャンスをふいにする。それか、たどりついたころにはパーティが終わってる。

ジーは暖炉のそばに立ってラガーをすすっていた。怖じ気づき、戸惑ったみたいな顔をしてる。俺は思った。この調子でいくと、結局あの中年男とやることになったりしてな。

そう思ったとたん、思い切り憂鬱になった。それでもやっぱり、俺たちはみんな休暇の解放感に酔ってゆるくなった馬鹿どもだものな。

憎　悪

　アラン・ヴェンタースに初めて会ったのは、〈前向きに生きるＨＩＶキャリアの会〉という自助グループの集会でのことだった。といってもヴェンタースは、すぐにこのグループを抜けてしまった。どうやらヴェンタースは、あまり健康に気を配るたちではなかったらしく、僕たちＨＩＶキャリアがかかりやすい日和見感染症の一つを発症した。日和見感染症と聞くたびに、おもしろい言いかただなと思う。我々の社会では、日和見主義は称賛すべき資質と考えられているように思うからだ。入りこむ余地のある市場を目ざとく見つけ出す起業家や、ペナルティエリアでチャンスをうかがうストライカーが思い浮かぶ。チャンスにめざとい人々。日和見感染症も同じだ。

　グループのメンバーの健康状態は、だいたい似たようなものだった。抗体検査の結果は陽性だが、いまのところこれといった症状は出ていない。集会はいつも、妄想じみた不安がいまにも爆発してしまいそうなのがぎりぎりで抑えこまれているといった雰囲気だった。誰もが、腫れ始めた徴候はないかと他人のリンパ腺を盗み見る。話をしている相手の視線が自分の顔のすぐ横あたりをさまよっているのに気づくと、どうにも落ち着かなくなる。

そういった他人の挙動は、そのころ僕の心にまつわりついて離れなかった非現実感をいっそう強めていた。僕はまだ、自分の身に降りかかった事態がよく理解できていなかった。検査の結果さえ、最初は信じられなかった。体調だってよかったし、どう見たって健康そのものなのに、おかしいじゃないかと。検査を受け直したあとでも、何かの間違いだとどこかでかたくなに信じていた。しかし、そんな僕の自己欺瞞は、ダナから別れを切り出された瞬間、音を立てて崩れた。それでもまだ心の奥底では断固として自分を騙しつづけた。人間というのは、自分が信じたいと思うことを信じるようにできているんだと思う。

アラン・ヴェンタースがホスピスに入ったころ、僕はグループから脱退した。もともと集会に出席しても気が滅入るだけのことだったし、アランを見舞うほうに時間を割きたいと思ったからだ。自己精神療法グループのカウンセラーの一人、トムも、しぶしぶ僕の決断に同意した。

「いいかい、デイヴ。きみがアランの見舞いに行くのはとてもいいことだと思う。ただし、アランにとって、だ。僕がいま心配してるのは、きみだ。いまは体調もいいし、グループの目的は励まし合いながら精いっぱい生きていこうということだ。僕らがＨＩＶキャリアだからといって、生きることをあきらめてはいけ……」

おっと、トム。本日最初の失言だな。

「その〝僕ら〟っていうのは、きみも含めてってことかい、トム？　〝僕ら〟なんて言うのは、きみ自身もＨＩＶキャリアになってからにして欲しいものだ」

トムのつやつやしたピンク色の頬に血がのぼった。トムはポーカーフェイスを保てない。何年もかけて対人関係のスキルを徹底的に磨いてきているんだから、内心の動揺を表情や言葉から他人に悟らせないようにすることだって身についているはずだ。気まずい場面に遭っても、目をそらしたり、声を震わせたりなどしないはずだ。ところがトムはそれができない。かならず耳まで真っ赤になってしまう。

「悪かった」トムは素直に謝った。トムには過ちを犯す権利がある。トム自身、誰にでも過ちを犯す権利があるといつも言っていた。でも、僕の壊れた免疫システムにも面と向かって同じことが言えるか？

「僕はただ、アランと過ごすほうを選択するというのはどうかなと心配してるだけだよ。アランが衰弱していくのを目の当たりにするなんてきみのためにならないと思う。それにアランはグループのなかでもとくに前向き《ポジティブ》なメンバーじゃなかったから」

「いや、アランはグループでいちばん強烈にＨＩＶ陽性《ポジティブ》だったよ」

トムは僕の駄弁を無視することにしたらしい。トムには、周囲のネガティブな言動を無視する権利がある。僕らには誰にでもその権利がある。トムはいつもそう言う。僕はトムが好きだ。誰も味方がいなかろうと我が道を貫き、つねに前向きであろうと心がけている。眠っている肉体がハウイソンのメスで容赦なく切り開かれるのを見守るという僕の仕事が、憂鬱で血の通わないものに思えてくる。だが、魂が肉体から引き剝がされていくのを見守るトムの仕事に比べたら、僕の仕事など楽なものだ。トムは、グループの集会のたび、それに耐えつづけている。

〈前向きに生きるＨＩＶキャリアの会〉のメンバーは、ほぼ全員がヘロインを静脈注射していて感染した患者だ。八〇年代半ばごろから街の至るところにできた〝ジューティング・ギャラリー〟でＨＩＶに感染した。ブレッド・ストリートの医療器具卸業者が倒産し、新しい注射針や注射器が品薄になって、みなが数少ない注射器を使い回した。僕の友達にも、リースのジャンキーとつきあっているうちに自分もヘロインをやるようになったトミーという奴がいる。そのリースの連中の一人、マーク・レントンは、僕が大工をしていたころ、同じ現場で働いたことのある同僚だ。皮肉なものだと思う。マークは何年もヘロインを打ち続けているのに、僕の知るかぎりではいまもＨＩＶに感染していない一方で、ヘロインなど一度もやったことがない僕は感染した。だが、〈前向きに生きるＨＩＶキャリアの会〉のメンバーがジャンキーだらけだという事実は、マークは原則ではなく例外であることを示している。

集会にはいつも緊迫した空気が漂っていた。ジャンキーたちは、グループに二人だけいる同性愛者を恨んでいる。そもそもエディンバラのドラッグ社会にＨＩＶが蔓延したのは、禁断症状に苦しむジャンキーをホモの大家が家賃代わりにレイプしていたからだと信じている。僕と二人の女性――うちの一人は、自分はドラッグをやらないが、パートナーがジャンキーだった――は、同性愛者とジャンキーの両方を恨んでいる。自分は同性愛者でもジャンキーでもないからだ。初めのうち僕は、自分は罪もないのに感染したと思っていた。ほかの誰もがそう信じるように。そのころは、ジャンキーや同性愛者に責任を押しつけておけば気が楽だった。しかし、ポスターを目にし、パンフレットを読むうちに、僕の考えは変わっていった。パンクの全盛期にセックス・ピストルズがこう歌っていた――〝罪のない人間はいない〟。まったくそのとおりだ。だが、そこにもう一つだけ付け加えることがある。罪のない人間はいないとしても、ほかより罪が深い人間が存在するということだ。ここで話はヴェンタースに戻る。

チャンスは与えた。悔恨を示すチャンスを与えた、あの男には与えられる資格などないチャンス。ある集会で、僕は一連の嘘のなかの最初の一つをついた。嘘をつき、アラン・ヴェンタースの魂を掌握するための道のりの第一歩を踏み出した。

僕は、自分がＨＩＶに感染していることを知りながら、無防備なセックスを何度かした、いまはそれを後悔していると話した。部屋は死んだように静まり返った。

参加者は座ったままそわそわと身動きをしたり、足を組み替えたりした。やがて、リンダが首を振ってわっと泣きだした。トムが席を外したければどうぞと声をかけた。するとリンダは、怒りのこもった視線をまっすぐに僕に向けて、いいえ、皆さんの意見を聞きたいと思いますと言った。僕はリンダの怒りなど無視した。ヴェンタースの顔だけをじっと見ていた。ヴェンタースはいつもどおりの退屈したような表情を浮かべていた。一瞬、かすかな笑みが彼の唇をよぎったように見えた。

「デイヴィ、よく思い切って打ち明けてくれたね。とても勇気がいる行為だと思う」トムが厳粛な面持ちで言った。

そうでもないよ。だって、でたらめなんだから。僕は肩をすくめた。

「肩の荷をいくらか下ろせたんじゃないかな」トムは僕に先を促すように眉を吊り上げた。

僕も与えられた機会をありがたく利用することにした。

「ああ、ほんとに、トム。ここにいるみんなに聞いてもらえただけで、少し気持ちが軽くなった。ひどいことをした……許してもらえるとはこれっぽっちも期待してない……」

もう一人の女性参加者のマージョリーが、軽蔑のこもった声で僕に何か言ったが、内容は聞き取れなかった。そのあいだもリンダは泣いていた。だが僕の真正面に座ったあの男からは何の反応も返ってこなかった。利己的な態度と道徳観念の欠如に吐き気さえ覚えた。できることなら、そのとき、その場で、あいつを素手で引き裂いてやりたいと思った。だが、そいつを破滅に追いやる素晴らしい計画を思い浮かべ、冷静さを失うまいとした。病気が彼の肉体を滅ぼすだろう。どんなものであれ、病《やまい》にとっての勝利は相手の死だ。しかし、僕の目指す勝利はもっと壮大で、より破壊的なものだった。僕はあの男の魂が欲しかった。不朽のものとされる魂に、あの男の魂に、致命傷を与えるつもりでいた。アーメン。

トムが参加者をぐるりと見回した。「誰かデイヴィに共感する意見のある人は？　みなさんはどう思いますか？」

長い沈黙のあと――その間もずっと僕の目は、何の感情も示さずにいるヴェンタースに注がれていた――ジャンキーのゴーグジーが落ち着かない様子で何かぶつぶつつぶやき始め、やがて堰を切ったように猛烈な勢いでしゃべり始めた。ヴェンタースが言うのではと僕が期待していたことを。

「デイヴィが先に打ち明けてくれてよかった……俺も同じことを……俺も同じことをしちまったんだ……誰にも迷惑をかけたことなんかない、何の罪もない女に……何もかもが憎かった、それだけなんだ……その……思ったんだ、かまやしねえじゃねえか、俺には失うものなんかないんだからって……二十三だってのに、何も持ってない。仕事さえない……どうなったっていいじゃねえかって……打ち明けたとき、彼女は取り乱して……」ゴーグジーは、子供のようにしゃくり上げた。やがて僕の顔を見ると、涙を流しながら微笑んだ。あんな美しい笑顔はほかに見たことがない。「……でも、大丈夫だった。彼女も検査を受けた。半年の間に三回。何でもなかった。感染してなかった……」

同じ状況で感染させられた側のマージョリーが、僕らを罵った。そのとき、それは起きた。ヴェンタースの奴がうんざりしたように目をぎょろりと回して、僕に微笑みかけた。僕はこれを待っていた。その瞬間を待っていたんだ。まだ怒りは感じていた。だが、その怒りは、深い静けさ、鮮烈な明快さと溶け合った。僕は笑みを返した。目だけを水面にのぞかせ、川の水を飲む草食動物をうかがっているワニの気分を味わいながら。

「違う……」ゴーグジーがマージョリーに向かって哀れっぽい声を出した。「そんなんじゃなかった……あの子の検査の結果を待つのは、自分のときよりずっと怖かった……きみにはわからない……俺は……俺は……そんなつもりじゃ……」

唇をわななかせながら言葉にならないことを言い続けているゴーグジーに、トムが救いの手を差し伸べた。

「自分が感染したとわかったときの深い怒りや憤《いきどお》り、苦痛を忘れないようにしましょう」

この一言がきっかけとなって、長々と続くいつもの議論が加速する。トムは、それを「現実に直面する」ことを通して「怒りをコントロールする」と表現する。セラピーのプロセスの一つで、たしかにグループの一部のメンバーには有効な療法になっているようだが、僕にとっては精神的に消耗させられるだけのことだった。それはたぶん、あのころ僕がひそかに抱いていた目的がまったく別のものだったからだろう。

こういった個人の責任に関する議論が始まると、ヴェンタースは何度も――こういう場面になるとかならずといっていいほどそういう態度を取るが――あの実に洞察と教訓に満ちた感想を発する。「くだらねえ」誰かが熱心に何かを主張するたびにあの男はそう言う。そしてトムは、こちらもかならず、どうしてくだらないと思うのかと尋ねる。

「そう思うから」ヴェンタースはそう言って肩をすくめる。トムは、その理由を説明してくれないかと言う。

「他人の意見に対する別の人間の見方というだけのことだ」

そうするとトムは、じゃあアラン、あなたはどういう意見なんですかと促す。ヴェンタースは、俺には関係ないと答えるか、どうでもいいと思ってるというようなことを答える。正確に何と言ったかは覚えていないが。

トムは、今度はこう尋ねる。それでは、なぜこの集会に来るんです？　ヴェンタースは答える。「たしかにそうだな。じゃ、帰るとするか」

　ヴェンタースが出てゆき、部屋の雰囲気は一気に持ち直す。まるで誰かがひどい臭いの屁をこいたあと、その屁を自分の尻の穴に回収してくれたような感じだった。

　だが、次の集会になると、ヴェンタースはかならずまた出席している。あの他人を小馬鹿にしたような独り善がりな表情を浮かべて。まるで自分だけは不死身だと信じているかのようだった。そして、ほかのメンバーが前向きに生きようと努力する様子を見ておもしろがったあと、全員の希望をくじくような態度を取る。グループから締め出されないよう手加減しつつ、しかし、皆を意気消沈させるには充分な程度に。ヴェンタースの肉体をむしばむ病など、あのゆがんだ心に取り憑いた目に見えない病に比べたら、かわいいものだった。

　皮肉なことに、僕が集会に参加する唯一の理由が彼を観察することだとは知らないヴェンタースは、僕のことを同類と見なしていた。僕が集会で発言することはなかったし、ほかのメンバーが発言すれば、徹底して皮肉っぽい視線を向けるようにした。そのような態度を続けたおかげで、アラン・ヴェンタースと友達になる下地が完成した。

　あの男と仲良くなるのは簡単だった。誰もあんな男をもっとよく知りたいとは思っていなかった。だから僕は楽勝で奴の親友という地位を手に入れた。僕らは一緒に酒を飲むようになった。奴は無謀に飲みまくり、僕は用心して量を控えた。着実に知識を蓄え、やがて奴の生活の隅から隅まで把握するようになった。僕はストラスクライド大学の化学科を卒業したが、ヴェンタースを研究するときのような厳しさと熱意をもって化学の勉強に取り組んだことは一度もない。

ヴェンタースがＨＩＶに感染したのは、エディンバラの感染者の大部分と同じく、他人の注射器でヘロインを打ったからだった。皮肉なことに、ＨＩＶ陽性と診断される前にヘロインは断っていた。いまは救いようのないアルコール依存症だ。何時間もぶっ通しで飲みながら、ときおりパブ・ロールやトースト・サンドイッチを胃に詰めこむという、無謀としか言いようのない飲みかたからすれば、ありとあらゆる感染症があの抵抗力の衰えた肉体に襲いかかり、奴の命を奪うのは時間の問題だった。二人で飲み歩くうち、僕は、彼はもう長くないだろうと確信した。

案の定、そのとおりになった。いくらもたたないうちに、奴の肉体を無数の感染症が冒し始めた。それでもまだヴェンタースは変わらなかった。それまでと同じ生活を続けた。やがてホスピス（ユニットとも呼ぶようだ）に通うようになった。最初は外来の患者として。そしてついに入院した。

僕がホスピスへ行くときは、いつも雨が降っていたような気がする。凍りつくような、なかなか降りやまない霧雨。何枚服を重ねても、Ｘ線のように貫き通ってくる風。寒気は肺炎に等しく、肺炎は死に等しい。だが、あのころの僕は、そんなことは気にしていない。いまはもちろん、体に気を遣うようになっている。しかしあのときの僕には、命を引き換えにしても果たしたい使命があった。やらなければならないことがあった。

ホスピスの建物は、なかなか洒落ていた。灰色のブロックの上にきれいな黄色の煉瓦風タイルを張ってある。だが、エントランスへ続く小道は、エメラルドの都への道とは違って、黄色の煉瓦敷きではなかった。

アラン・ヴェンタースを見舞うたびに、最後の見舞いとなる日が、そして僕の復讐が果たされる日が、少しずつ近づいていった。まもなく、心の底からの謝罪を引き出すのはもう時間的に無理だと確信する日が来た。僕は復讐を求めているのではなく、ヴェンタースの謝罪を聞きたいのだと思いこんでいた時期もあった。もし謝罪を耳にすることができていたなら、僕は人間とは究極的には善なるものなのだと考え直して死ぬことになっただろう。

ヴェンタースの命を支える骨と皮だけのしなびた器《うつわ》は、いかなる精神も宿すことなどできなさそうに見えた。もちろん、他人への思いやりを持ち合わせた精神が雇っているはずもなかった。だが、肉体が衰え、朽ち果ててゆくにつれ、魂はよりいっそうくっきりと浮かび上がり、僕ら人間の目にも見えるようになる。僕が働いている病院の同僚ジリアンはそう言っていた。ジリアンはとても信心深い女だし、彼女らしい考えかただと思う。僕たち人間は、見たいものだけが見えるようにできている。

僕が本当に求めているのは何だろう？　ひょっとすると、謝罪ではなくて、やはり復讐だけをひたすら追い求めていたのかもしれない。ヴェンタースが赤ん坊のように顔をくしゃくしゃにして涙を流し、頼む、許してくれとかすれ声で懇願することだってありえた。だが、そうなっても僕は、やはり満足せず、計画を進めていたかもしれない。

頭のなかであれこれ議論する癖。トムのカウンセリングの副産物だ。トムは、基本的な真理を強調した。きみはまだ死にかけてはいない、そのときが来るまでは生き続けなければならない。その真実の根拠は、迫り来る死への恐怖も、目の前の現実に力を注ぐことを通じて遠ざけることができるという信念だった。あのころの僕にはそうは思えなかった。だが、いまはトムの言うとおりだと思っている。当たり前のことだが、人間は死ぬまでは生きなければならないのだ。それなら、いざ訪れた死がつまらないものだった場合に備えて――僕はおそらくそうじゃないかと思っている――人生をできるかぎり満足のゆく、楽しい体験にしておいたほうが得策だ。

ホスピスの看護師は、僕が昔つきあっていて、ちょっと悲惨な別れかたをしたゲイルにちょっと似ていた。ゲイルと同じ、冷めた表情をしていた。だが、看護師の場合には、ちゃんとした理由がある。職業柄そうせざるをえないんだろうと思う。しかしゲイルの場合には、あのよそよそしさに理由はないんだろう。そのゲイル似の看護師は張り詰め、真剣で、いたわるようなまなざしを僕に向けた。

「アランはかなり衰弱しています。あまり長い時間、お話しなさらないでください」

「わかりました」僕は、優しく悲しげに微笑んでみせた。

この看護師が患者をいたわるプロフェッショナルを演じているのだから、僕も友人を気遣う見舞客を演じておいたほうがいい。僕はこの役をかなりうまく演じていたと思う。

「あなたのようないいお友達がいらして、アランは幸せですね」看護師が言った。

顔を見ればわかる。アランのような嫌悪しか催さない男にたった一人でも友人がいるなんて信じられないと思っている。僕はあたりさわりのないことをぼそぼそと答えたあと、小さな病室に入った。アランはひどく具合が悪そうだった。僕は死ぬほど心配になった。こいつは今週いっぱいもたないかもしれない、僕が苦労してこの男のために用意した恐ろしい運命をすり抜けて勝手に逝ってしまうかもしれない。絶対にタイミングを逃してはならない。

初めのうちこそ、ヴェンタースの肉体的な苦しみを見るのは僕の喜びだった。僕はたとえ発症してもあんな風になりたくない。あんなのはごめんだ。そのときがきたら、車庫に鍵をかけ、エンジンをかけっぱなしにしようと思っている。だが、人間のクズ、アラン・ヴェンタースには、自ら人生に別れを告げるだけの度胸はない。最後の最後まで生にしがみつこうとするだろう。そうすれば周囲の人間に最大限の迷惑をかけるだけだとわかっていても。

「アラン、調子はどうだい？」僕は訊いた。滑稽な質問だ。しきたりというのは、こういう不適切な場面でその馬鹿馬鹿しさを僕らに押しつける。

「まあまあだ……」ヴェンタースはぜいぜいと苦しげに息をした。

本当かい、アラン、僕の親友くん？　本当にどこも悪いところはないのかい？　ちょっとやつれたみたいだな。ああ、きっとその体のなかをぐるぐる駆け回ってるちっちゃなウィルスのせいだね。鎮痛剤でも飲んで、まっすぐベッドに入るといい。朝起きたらすっかりよくなってるだろうから。

「どこか痛むところは？」僕は期待しながら訊いた。

「ない……薬をもらったから……息がちょっとしにくいだけ……」

僕は奴の手を取った。やつれ果て、骨と皮だけになった彼の指がぐっと握り返してくる。その感触についうれしくなった。落ちくぼんだ目を閉じたままの骸骨じみた顔に鼻先を近づけ、大声で笑ってしまいそうになった。

ああ、かわいそうなアラン。看護師さん、僕はね、この男をよく知っていました。こいつはろくでなしで、どうしようもない厄介者でした。僕は笑いを噛み殺しながら、ヴェンタースが息をしようとあえぐ姿を見守った。

「もう大丈夫だよ、アラン。僕がついてる」

「デイヴィ、きみはほんとにいい奴だ……」口から唾が飛んだ。「……こんなことになる前に知り合えてたら……」彼は目を開き、また閉じた。

「ほんとにそうだな、このクズ野郎……」僕は彼の閉じたまぶたに向かって小声で言った。

「何だって?……いま何て言った……?」彼は疲労と薬で朦朧としている。

だらしない野郎だ。ごろごろしてばかりいるからだ。こんなむさくるしいとこにこもってないで、たまには外へ出て体を動かせよ。ジョギング、公園を一周。腕立て伏せ、五十回。スクワット、二十回。

「こんな状況で出会ってしまったことは残念だって言ったんだ」

ヴェンタースは満足げにうーんとうなったあと、眠りに落ちた。僕は骨張った指を僕の手から引き剝がした。

楽しくない夢でも見るんだな、このクソったれ。

看護師が入ってきて、僕の親友の様子を確認した。

「失礼な奴ですよね。見舞客が来たとたん眠っちまうなんて」僕はそう言ってにっこりと笑い、死骸がまどろんでいるようなヴェンタースを見下ろした。看護師はわざとらしく笑った。ゲイ特有のブラック・ジョークだ――いや、ジャンキーの、かもしれないし、血友病患者の、かもしれない、看護師が僕を何だと考えているかによる――と思ったんだろう。僕のことをどう思おうが彼女の勝手だ。僕は自分のことを復讐の天使だと思っている。

このどうしようもない男をただ殺してしまうのでは、こいつに恩恵を施してやるようなものだ。そこが問題だったが、僕はその解決策をひねり出した。もうすぐ死ぬ男、それも本人ももうすぐ死ぬことを承知していて、しかも死ぬことを何とも思っていない男を苦しめるにはどうしたらいい？　僕はヴェンタースと話していて、いや、ヴェンタースがしゃべるのを聞いていて、その方法を見つけた。生きている人間を通じてそいつを苦しめればいい。そいつが愛している人間を通じて。

〝誰にでも誰かを愛するときがある〟という歌があるが、ヴェンタースはその法則が当てはまらない男らしかった。あの男はとにかく人間を嫌っていたし、周囲もそれ以上に奴を嫌っていた。奴は人間関係のすべてを敵対関係ととらえていた。知り合った人間を全員、いまいましい「あのこそ泥」か、取るに足りない「まぬけ」に分類していた。どちらに分類されるかは、ヴェンタースとその相手のどちらがどちらを騙し、利用し、食い物にしたかで決まる。

女も、どういう区別なのかよくわからない二つのカテゴリーに振り分けられた。「晩飯に魚が出てきたみたいなまんこ」か、「破けたソファみたいなまんこ」か。ヴェンタースは、女を、彼の言うところの「毛の生えた穴」以上のものとしては見ていなかった。たまに彼がおっぱいがどうのとかケツがどうのと馬鹿にしたように言うだけで、ずいぶん視野が広がったじゃないかと思いたくなるほどだった。僕はがっかりした。こんな奴が他人を愛するわけがない。だが、僕は待った。そして、その忍耐が報われた。

卑劣漢ヴェンタースにも、愛する人間が一人だけいた。「坊主が」と言うときの声の調子の変化。間違いない。僕は慎重に情報を引き出した。ウェスター・ヘイルズに住む女。五歳になる息子ケヴィン。その息子に会わせようとしない「雌牛」。その話を聞いた瞬間から、僕はその女を愛しく思い始めていた。

その子供こそ、ヴェンタースを苦しめる手段だった。自分の息子の成長を見届けることができない。「坊主」をこんなに愛しているのに。そんな話をするとき、ヴェンタースはいつになく苦しげな表情をし、動揺した様子を見せた。ヴェンタースが死を恐れない理由は息子だった。自分は息子のなかで永遠に生き続けることになると本気で信じているからだ。

ヴェンタースの元恋人フランシスの生活に入りこむのは簡単だった。フランシスはヴェンタースを憎んでおり、辛辣な悪口を言った。僕はそれを聞いて、ますます彼女が愛しくなった。ただし、そうでもなければフランシスになど何の魅力も感じなかったが。

フランシスのことを念入りに調査し、安っぽいディスコでの〝偶然の出会い〟を演出し、魅力的で思いやりのある新しい恋人候補を演じた。もちろん、金も惜しみなく使った。あっという間に彼女は僕に夢中になった。いままで男にまともに扱われた経験などなかったのは見ればわかるし、それに子供を抱えて苦しい生活をしている身では、現金などしばらくお目にかかったこともなかったんだろう。

最悪だったのは、いざセックスということになったときだった。もちろん僕は、コンドームを使おうと言った。この段階に至る以前に、彼女はヴェンタースのことを僕に打ち明けていた。僕は高潔にこう言ってやった。きみを信頼しているし、いつだって喜んでコンドームなしでセックスする用意はある。しかし、きみの心にわずかでも不安な気持ちを残したくない。それに、いまのうちに正直に打ち明けておくなら、僕はいままでに複数の女性と経験がある。ヴェンタースという元彼氏との経験を考えたら、いまでもそういう不安感は残ってるんじゃないかな。フランシスが泣き出したときには、しまった、やりすぎたと思った。だがその涙は、感謝の涙だった。

「あなたってほんとにいい人なのね、デイヴィ。ほんとにそう思うわ」フランシスは言った。もし僕の目的を知っていたら、そんな高尚なことは言わなかっただろう。僕は罪悪感を覚えたが、ヴェンタースの顔を思い浮かべるたび、そんなものはすぐに消えた。これなら最後までやり抜けるだろう。

僕はヴェンタースの容体が深刻になり、体の自由がきかなくなるのに合わせてフランシスとの仲を深めた。ヴェンタースの体内で無数の病がひしめきあい、彼を殺そうとしていた。競走のトップを行っていたのは、肺炎だ。ヘロイン・ルートでＨＩＶに感染した奴らはほとんどそうだが、ヴェンタースもやはりゲイの感染者がよくかかる皮膚癌は発症せずにすんでいた。肺炎の最大のライバルは、喉から胃に広がったカンジダ症だった。カンジダ症はあの生ける糞を最初に苦しめた症状ではないが、僕がさっさと計画を進めなければ、最後に苦しめた症状になってしまうかもしれない。彼は急速に衰えていた。一時は僕も焦りを感じたほど急激に衰弱した。僕の計画が完成しないうちに、あの世に行ってしまうのではないかと恐れた。

だが、チャンスがついにやってきた。まさしく絶好のタイミングで。いま思えば、あれほど完璧なタイミングだったのは、運のおかげが半分、計画の完成度の高さのおかげが半分といったところだろう。ヴェンタースは、ただの骨と皮の皺くちゃな塊になってもまだ生にしがみついていた。医者は「もういつ逝ってもおかしくない」と言っていた。

フランシスは、子供を預けるほど僕を信頼するようになっていた。僕は、たまには友達と出かけておいでと勧めた。そしてフランシスは、子供と僕をフラットに残し、土曜日の夜、同性の友人たちとインド料理を食べに行く約束をした。僕はこのチャンスを利用しようと決めた。その大切な日を控えた水曜日、僕は実家に寄ることにした。僕の病気のことを話しておこうと思ったからだ。それに、きっと両親に会うのはそれが最後になるだろうとわかっていた。

両親は、オクスギャング・アヴェニューのフラットに住んでいる。子供のころは、やたらとモダンな一画に思えたものだ。だがいまはもう見る影もない。過ぎた時代の遺物みたいな貧民街にしか見えない。母がドアを開けた。一瞬、ためらったように見えた。だが、すぐに弟ではなく僕だとわかったんだろう。すなわち、財布を出して来ないでもいいのだとわかったようだ。ほっとしたんだろう、うれしそうに僕を迎え入れた。

「まあ、珍しいわねえ」母は歌うように言いながら、先に立って大急ぎで中へ戻っていく。慌てている理由がわかった。『コロネーション・ストリート』の放送時間だったんだ。ちょうど、マイク・ボールドウィンがついに同棲中の恋人アルマ・セジウィックに詰問されて、裕福な夫を亡くした女ジャッキー・イングラムに本気で惚れてしまったと告白するところだった。マイクはもう自分の気持ちを抑えられない。何か別の力にコントロールされ、愛の奴隷となった彼には、抵抗する術《すべ》がない。僕は、トムの表現を借りるなら、彼に共感を覚えた。僕は憎しみの奴隷だった。愛と同じくらい過酷な仕事を課す主人を持ってしまった奴隷だ。

僕はソファに座った。

「おお、珍しいな」父は『イヴニングニュース』を広げたまま、母と同じことを言った。それから、警戒するように訊いた。「で、何の用だ？」

「いや、特に用はない」

別に用はないよ、パパ。そうだ、ＨＩＶ検査で陽性って結果が出たって話はしたっけ？　流行の最先端だろう？　いまどき免疫システムをだめにしてなきゃ、時代に遅れてるって言われるんだよ。

「中国人が二百万人。つまりホームレスが二百万人。香港が中国に返還されると、それだけの人数がこっちへ流れてくるんだと」父は長い溜め息をついた。「眠りの精が二百万」

僕は、父のまいた餌には食いつかずに黙っていた。父たちがいつも「まっとうな仕事」と言っていた仕事を辞めて大学に入って以来、僕は学生じみた革新主義者役を割り当てられ、父はそれに対抗する頑固な保守主義者を演じ続けていた。最初はただのお遊びだった。しかし、歳月が過ぎるなかで僕は自分の役柄を卒業したが、父は逆にそれに固執するようになった。

「パパはファシストだなあ。知ってるかい、ペニスが未発達だとそうなるんだって」僕は茶化すようにいった。万力のような力で母の関心を握っていた『コロネーション・ストリート』がほんの一瞬その力をゆるめ、母が意味ありげな笑みを浮かべてこちらを振り向いた。

「そんなでたらめ、言うもんじゃないぞ。パパはそっちの能力をちゃんと証明してるだろう」父が喧嘩腰に言い返す。僕が二十五にもなってまだ、結婚もしていなければ子供もいないことを当てこすっている。一瞬、父は一物を引っ張り出して僕の説の間違いを証明してみせるんじゃないかと思ったが、結局そんなことはせずに、僕の冗談についてそれ以上何も言わず、さっきの父好みの話題に戻った。「二百万人も中国人どもが通りにあふれるんだぞ」

中国というキーワードから、僕の家の前の通りに食べかけの中華料理のテイクアウト用カートンが散乱している光景を想像した。想像するのは簡単だった。毎週日曜の朝に見かける光景だからだ。

「もうそうなってるような気がするな」思わず口に出して言っていた。

「だろう?」僕がいいことを言ったとでもいうみたいに父が続ける。「そのうえさらに二百万が押し寄せてくるんだ。どう思う?」

「二百万全員がカレドニアン・プレースに押し寄せるわけじゃないと思うよ。だって、ダルリーの貧民街はもう満員なんだから」

「笑いたけりゃ笑えばいいさ。仕事はどうする? いまでも二百万人が失業手当でどうにか食いつないでるんだぞ。家は? 段ボールハウスに住んでるホームレスならもううんざりするほどいる」

ああ、頭痛がしてきた。ありがたいことに、ソープ・オペラの守護者、全能のママが口をはさんだ。

「ちょっとあんたたち、静かにしてよ。テレビ見てるんだから!」

ごめんよ、ママ。ママのHIV息子は少し自分勝手だよね。わかってる。マイク・ボールドウィンが将来を左右する重大な選択を迫られているっていうのに、ママの邪魔をしてしまうなんて。閉経を迎えたしなびた売女は、二人のグロテスクなスケベ男のどちらをベッドのお相手に選ぶでしょう? お楽しみに!

HIVの件を話すのはやめることにした。父たちは、そういうことに関してはあまり進歩的な考えかたができない。いや、ひょっとしたら進歩的な考えを持っているのかもしれない。誰にわかる? とにかく、そのときはそういう気分じゃなかった。トムがいつも言っているじゃないか。自分の心の声につねに耳を傾けるようにって。僕の心の声はこう言っていた。

父たちは十八歳で結婚し、僕の年齢になるころにはもう、やかましい子供が四人もいた。ただでさえ父たちは僕のことをゲイかもしれないと疑っている。そこにＨＩＶの話なんか持ち出したら、その疑いは確信に変わるだろう。

打ち明けるのはやめにして、エキスポート・ビールを飲みながら父と小声でサッカーの話をした。父は一九七〇年以来、サッカー場に試合を観に行ったことがない。カラーテレビが父の足の代わりに競技場に行ってくれるからだ。それから二十年、衛星テレビが登場して、父の足はだらけきっている。それでも父は、サッカーのエキスパートを自認していた。他人の意見など耳を貸す価値もないと思っている。少なくとも、父の見解に反論したところで時間の無駄だ。政治に関してもそうだが、父はある意見を熱心に論じていたのに、話しているうちにそれとは正反対の意見に寝返って、いつのまにかそっちを同じくらい熱心に論じ始めたりする。ちょっと大胆な意見を言って挑発すれば、父はそのうちこっちの意見を代弁してくれる。

僕はしばらくのあいだおとなしくうなずいていた。それから適当な言い訳をして帰ることにした。

家に戻って道具箱を点検した。以前大工をしていたころに集めた、切れ味のいい道具の数々。土曜日が来ると、それを抱えてウェスター・ヘイルズのフランシスのフラットへ行った。ちょっとした雑用がいくつかあったからだ。だが、フランシスから頼まれていない仕事も一つあった。

　フランシスは、友達と食事に出かけるのをずっと楽しみにしていた。支度をしながらひっきりなしにしゃべり続けた。僕は低くうなったり、「ああ」とか「そうかい」以外の返事もしようとしたが、そのあとのことをあれこれ考えるのに忙しくてろくに聞いていなかった。フランシスが〝顔を作る〟あいだ、たびたび立ち上がって窓の外をのぞく以外は、背を丸めてベッドに腰かけていた。

　一生分くらいも時間が過ぎたかと思うころ、人気《ひとけ》のない荒れた通りに車のエンジンの音が響いてきた。僕は窓際にすっ飛んでいき、晴れやかに宣言した。「タクシーが来た！」

　フランシスは、眠っている息子を僕に託して外出した。

　作業は何もかもスムーズに運んだ。あとになって恐ろしくなった。僕はヴェンタース以下の人間なんじゃないか？　小さなケヴィン。僕らは楽しいときを過ごした。メドウズ・フェスティバルのショーに連れていったこともあるし、カークカルディのリーグ・カップ優勝決定戦や子供博物館にも行った。大したことじゃないと思っていたが、本物の父親より僕のほうがこのかわいそうな子供にいくぶんか父親らしいことをしてやったらしい。フランシスがそんなようなことを言っていた。

　ただでさえ罪悪感でいっぱいだったが、それは現像した写真を目にした瞬間にとらわれた戦慄の予告編にすぎなかった。現像液の底で像がくっきりと浮かび上がったとき、僕は恐怖と自責の念におののいた。写真が乾くのを待つあいだ、コーヒーを淹れてバリアムを二錠、流しこんだ。それから写真を手にホスピスへ向かった。ヴェンタースに会うために。

物理的な意味では、ヴェンタースはもうほとんど残っていなかった。最悪の事態を覚悟しながら、うつろな目をのぞきこんだ。若年性認知症を発症するエイズ患者も少なくない。ヴェンタースにもその可能性はある。もし彼がぼけてしまっていたら、僕の復讐のチャンスは失われる。

よかった。ヴェンタースは僕の気配を認識した。最初、何の反応も示さなかったのは、投与された薬物の副作用だろう。すぐに彼の目が僕のほうをまっすぐに見つめた。焦点が合うにつれ、いつものこずるそうな表情が蘇った。顔に浮かんだいやらしい笑みは、僕に対する軽蔑を滴らせていた。最後の最後まで利用できそうなまぬけを見つけたつもりでいる。僕はベッドに腰を下ろし、彼の手を握った。痩せた指を一本ずつへし折って、奴の全身の穴という穴に突っこんでやりたい。僕がケヴィンにしなくてはならなかったことも、ほかのすべてのことも、この男のせいだ。

「デイヴィ、きみはほんとうにいい奴だ。できることなら別の状況で知り合いたかったよ」僕が来るたびに繰り返す陳腐な台詞をこのときもまた繰り返して、苦しげに息をついた。僕は手に力をこめた。彼が少し不安げに僕を見返した。いいぞ。まだ肉体的な痛みを感じるらしい。しかし、僕が与えようとしている痛みは種類が違う。肉体的な痛みは、言ってみればボーナスだ。僕は明瞭な発音でゆっくりと言った。

「憶えてるかい？　僕も使い回しの注射器からＨＩＶに感染したと話したね、アラン。あれは嘘なんだ。僕はきみに数え切れないくらいの嘘をついた」

「いったい何の話だ、デイヴィ？」

「まあ、聞けよ。アラン。僕が感染したのはつきあってた女からだ。彼女は自分が感染してることを知らなかった。ある晩、パブで知り合ったクソみたいな男からうつされた。その夜、彼女は相当に酔っ払ってたし、もともと人を信じやすいたちだった。その男は、自分の家でマリファナをやらないかと彼女を誘った。彼女はついていった。その男のフラットに。そこでそいつは彼女をレイプした。その結果はわかるだろう、アラン？」

「デイヴィ……いったい何の……」

「とりあえず聞けって。その男はかみそりで脅して彼女を縛った。そうやって自由を奪っておいてレイプした。肛門もレイプした。尺八もさせた。彼女は怯えていた。身体的な傷を負ったただけじゃない。どこかで聞いた話じゃないか、アラン？」

「わからない……何の話だ？……デイヴィ」

「しらばっくれるなよ。ダナを憶えてるだろう。サザン・バーだって憶えてるだろう」

「俺は酔っ払ってた……おまえだって同じことをしたって言ってたじゃな……」

「だから、あれは嘘だ。まったくのでたらめだよ。自分の精液にあんな毒が入ってると知ってたら、勃つものも勃たない。女に笑いかけることさえできない」

「ゴーグジー……あいつを憶えてるか……」

「黙れ。ゴーグジーは僕がやったチャンスに飛びついただけさ。だがおまえは、おまえにだって同じチャンスが与えられてたのに、だんまりを決めこんだ」僕はかすれた声でささやいた。唾液の小さな粒が飛び散り、彼の皺だらけの額を覆った汗の膜の上に落ちて薄く広がり、吸収されたように見えなくなった。気持ちを落ち着けて、先を続けた。

「ダナは苦しんだ。だが、芯の強い女だった。たいていの女ならまいってしまっただろう。しかしダナはその一件を忘れようとした。女とやるしか能がないような男のクズのせいで、人生をあきらめるなんて愚かだろう？　ただ、実際に立ち直るのは言うほど易しくない。それでもダナはやってのけた。ただ、彼女が知らなかったことが一つある。問題のレイプ男がＨＩＶキャリアだったことだ。やがて彼女は別の男と知り合った。意気投合した。男は彼女を愛している。彼女が異性やセックスに心や体を開けなくなっていることも察した。あんな経験をすれば当たり前のことだよな」こんな男のものでも生命と呼ばれる邪悪な力を、いますぐこいつの肉体から追い出してやりたかったが、まだだと自分に言い聞かせた。もう少しの辛抱だ。僕は深呼吸をし、あのときの恐怖をふたたび味わいながら先を続けた。

「カップルはその問題を乗り越えた。しばらくは楽しい日々が過ぎた。だがしばらくして、彼女は自分をレイプした男がＨＩＶキャリアだったことを知った。検査を受け、自分も陽性だとわかった。彼女にとって、彼女という感情を持った人間、道徳心を持った人間にそれ以上の打撃を与えたのは、新しい恋人も感染していたことだった。何もかもおまえのせいだ。おまえがそのレイプ犯だ。そして僕がその新しい恋人さ。この僕が。この僕がそうなんだ」

僕は自分を指さした。

「デイヴィ……悪かった……何と言ったらいい？……きみは友達になってくれた……あの病

気のせいだ……恐ろしい病気だよ、デイヴィ。罪のない人間を殺す病気だ、デイヴィ……罪のない人間を……」

「いまさらそんなこと言っても遅いんだよ。あのとき、おまえにもチャンスはあった。ゴーグジーと同じように、チャンスがあった」

奴は僕の鼻先で笑った。低いぜいぜいという笑い声を立てた。

「で、いったい……いったい何をする気だ？　……俺を殺すか？　やれよ……願ったりかなったりだ……俺はどのみち死ぬんだから、どうだっていい……」

すでに死んだみたいにやつれた顔に生気が戻ったように見えた。奇妙で醜悪なエネルギーが満ちあふれたかのように。こいつ人間じゃない。もちろん、そう思うほうが僕は都合がいい。これからやることが楽になる。冷静になったいま振り返っても、僕はあの物体は人間ではなかったと思う。さあ、切り札を出すときがきた。僕はゆっくりと内ポケットに手を入れて写真を取り出した。

「これから何をするのかっていうより、もう何をしたのかっていうべきだな」僕は笑みを浮かべ、アランの顔に表われた当惑と不安をじっくり味わった。

「何だ、これは……どういうことだ？」

ああ、最高の気分だった。衝撃の波が奴に襲いかかり、これ以上ないほどの恐怖が心をわしづかみにし、骸骨じみた頭がぐらぐらと揺れた。奴は慄然と写真を見つめていた。そこに写ったものを理解できないまま。この写真にはどんな恐ろしい秘密が隠されているのだろうといぶかりながら。

「僕が何をしたらおまえは死ぬほど怒るだろうな。想像してみろよ、アラン。想像して、それをさらに一千倍にしてみるといい……いや、それでもまだまだ甘いかな」僕は哀れむように首を振った。

奴に見せたのは、僕とフランシスの写真だった。写真のなかの僕らは自信にあふれていた。交際を始めたばかりの恋人同士らしい傲慢さをさりげなく漂わせている。

「何だ、これは？」彼はつぶやき、見るも哀れなほど苦心して骨張った体を起こそうとした。僕は片手を奴の胸に当て、易々と元の位置に彼を押し戻す。ゆっくりと、自分の力と奴の無力さの証をそのたった一つの甘美な動作に見出しながら、そしてそれを心ゆくまで堪能しながら。

「落ち着けよ、アラン。落ち着けって。ほら、肩の力を抜いて。少し楽にするといい。医者や看護師は何て言ってた？ゆっくり体を休めること。だろ？」僕は一枚目の写真を一番後ろに回し、次の写真を見せた。

「さっきのはケヴィンが撮ってくれた写真だ。子供が撮ったにしてはいい写真だろう？ほら、今度は〝坊主〟当人が写ってる」二枚目の写真には、スコットランド代表チームのユニフォームを着て僕に肩車されているケヴィンが写っていた。

「いったい何をした……」それは声というよりは、音だった。奴の口からではなく、衰弱しきった体のどこからか漏れ聞こえてきたように思えた。その気味の悪さに僕はどきりとしたが、平静を装って先を続けた。

「何をしたかって言うと、要するにこれだ」

　僕は三枚目の写真を見せた。キッチンの椅子に縛りつけられたケヴィンが写っている。頭は片方にだらりと垂れ、目は閉じていた。ディテールに目を配る気持ちのゆとりがあれば、息子のまぶたや唇が不自然に青すぎることや、顔がピエロの化粧みたいに真っ白だということに気づいただろう。だが、ヴェンタースの目が認識したのは、ケヴィンの頭や胸、膝についたどす黒い傷や、そこから流れ出ている血液だけだったはずだ。ぱっと見ただけでは全裸だということもわからないほど大量の血。

　キッチンは血の海だった。ケヴィンの椅子の真下のリノリウムの床にどす黒い水たまりがある。床のほかの部分にも、噴き出した血液の汚れが飛び散っている。背をまっすぐに伸ばして座ったケヴィンの足もとには、よく研いだナイフや先を尖らせたドライバーのほか、いろいろな電動工具が散らばっていた。ボッシュのドリル。ブラック・アンド・デッカーの研磨機。

「まさか……まさか……ケヴィン……嘘に決まってる……坊主は何も悪くないのに……坊主は誰かを傷つけたりしていない……嘘だ」奴はうめきつづけた。希望も、人間らしさもない、執拗で醜い音。僕は奴の薄くなった髪を乱暴につかみ、頭を枕から持ち上げた。そして邪悪な喜びを感じながら奴を見つめた。骸骨のような彼の頭が、たるんだ皮膚の奥底に沈んでゆくように思えた。写真をその鼻先に突きつけた。

「ちっちゃなケヴィンもパパみたいになるべきだと思った。そこで、あんたの元恋人と寝るのにも飽きたことだし、ケヴィンに、その……裏口を作ってやろうと思い立った。ＨＩＶはパパを殺せるんだ。パパのガキくらい、一ひねりだろう」

「ケヴィン……ケヴィン……」彼はうめき続けていた。

「だがあいにく、ケヴィンのケツの穴は僕にはちょっと小さすぎた。そこでしかたなく石工職人が使う工具で少し広げてやった。ところが悲しいかな、つい夢中になって、ほかのところも穴だらけにしちまった。ケヴィンがあんまりおまえにそっくりなものだから、つい、ね。苦痛は感じなかったはずだと言いたいところだが、そう言えば嘘になるだろう。まあ、そこそこ短時間で終わったのがせめてもの救いかな。ベッドで腐ってくよりはずっと短かったよ。ケヴィンが死ぬまで、二十分くらいかかった。悲鳴と苦痛の二十分間。哀れなケヴィン。おまえの言うとおりだ。これは罪のない人間を殺す病だな」

ヴェンタースの頬を涙が伝い落ちた。低い、押し殺した声で、嘘だ、嘘だと繰り返している。彼の頭が僕の手のなかでぐらぐら揺れた。看護師が来たらと心配になり、僕は枕を一つ取った。

「小さなケヴィンが最後に言った言葉は〝パパ〟だったよ。それがあんたの息子の最期の言葉だ、アラン。気持ちはわかるが、ケヴィン、パパは遠くにいるんだよ。僕はそう慰めてやった。パパはいない」奴の目をのぞきこむ。瞳孔が開ききっていた。そこには恐怖と絶望の黒い淵があるだけだった。

僕は彼の頭をベッドに下ろし、さっき取った枕を顔に押しつけた。吐き気がしそうなうめき声がくぐもって聞こえなくなった。枕を強く押しつけ、その上に自分の頭を置くと、ボニー・Mの古い歌の歌詞をちょっと変えて、なかばあえぐように、なかば歌うように、繰り返した。「ダディ、ダディ・クール、ダディ、ダディ・クール……大馬鹿野郎のダディ、バイバイ、ダディ・クール……」

ヴェンタースの弱々しい抵抗がやむまで、僕は陽気に歌い続けた。

枕を押しつけたまま、ベッド脇の物入れから『ペントハウス』を取った。奴はもうページもめくれないほど衰弱していただろうし、マスターベーションなどできるはずもなかった。だが、同性愛者を徹底的に嫌悪していたから、女の裸が載った雑誌をわざと目につきやすいところに置き、自分の性的指向をわざとらしいほど誇示していたのだろう。死に着実に近づいていくあいだ、奴が何より気にかけたのは、絶対にホモセクシュアルだと思われたくないということだった。僕は雑誌を枕の上に広げ、のんびりとページをめくって待った。それからヴェンタースの脈を確かめた。止まっていた。ヴェンタースは死んだ。ただ死んだだけじゃない。責め苦を受け、苦悶し、絶望のなかで死んでいったということだ。

死体から枕を取り、ぐらぐら揺れる醜い頭を持ちあげ、枕を戻してそこに載せた。しばらくのあいだ、僕は目の前の物体を凝視していた。目も口も開いたままだ。人間の醜いカリカチュアみたいな、馬鹿っぽい表情だった。たぶん、死体なんてどれも人間のカリカチュアなんだろう。それに、忘れちゃいけない。ヴェンタースは生きていたときからすでに醜いカリカチュアだった。

僕の焼けつくような軽蔑はすぐに冷め、代わりに悲しみに襲われた。どうして悲しいと思うのか自分でもわからなかった。死体から目をそらした。そのまましばらくぼんやり座っていたが、数分たったころ、ヴェンタースが死んだと看護師に知らせに行った。

シーフィールド火葬場で執り行なわれたヴェンタースの葬儀に、僕はフランシスと一緒に参列した。フランシスはかなりこたえていたようだから、そばにいて支えてやるのが僕の務めだという気がした。葬儀の参列者の数はさすがに歴代最低記録とはならなかった。ヴェンタースの母親と妹が来ていたし、トムも、〈HIVキャリアの会〉の何人かも来ていた。

聖職者はヴェンタースに讃えるべき点を見つけられなかったようだが、彼の名誉のために付け加えれば、だからといって話をでっち上げるようなことはしなかった。短く、好感のもてる説話だった。アランは多くの過ちを犯しました――異議を唱えた者はいなかった。神は、私たちみなと同じように、アランをもお裁きになるでしょう。そして神は、彼に赦しをお与えになるでしょう。なかなか興味深い概念だが、あんな人間でも天国に招き入れられるのだとしたら、あいつはきっと先回りして天にましますわれらの親父にささやかな賄賂を贈っておいたんだろうな。もし奴が天国にいるなら、僕はなるべく長くここにいる努力をしてみよう。

外に出ると、僕は花輪が届いているか確認した。ヴェンタースの分は一つしかなかった。「アランへ。愛をこめて、ママとシルヴィアより」。僕の知るかぎり、〝ママとシルヴィア〟は一度もホスピスに見舞いに来ていない。賢明な判断だ。世の中には、そばにいなければ愛せる人間というのが存在する。僕はトムやほかの連中と握手を交わし、フランシスとケヴィンをマッセルバラのルーカスの店へ連れていって高級アイスクリームをおごった。

もちろんそうさ。僕はケヴィンに関してもヴェンタースに嘘をついた。あの男とは違い、僕は獣《けだもの》ではない。自分がしたことを誇りに思ってなどはいない。僕はあの子供の健康を大きな危険にさらした。病院の手術室に勤務しているから、麻酔医の責任の重大さはよく理解している。患者が死なないのは、例えばハウイソンのようなサディスティックなブタ野郎の腕がいいからではなく、麻酔医たちが優秀だからだ。麻酔薬で眠った患者は、生命維持装置につながれる。高度な制御が施された環境下で、バイタルサインのすべてが常時監視されている。患者から目を離す瞬間はない。

クロロホルムは効き目の弱い麻酔薬だが、危険度は高い。あの子をどんな危険にさらしたかを思うたび、いまでも背筋がぞっとする。ありがたいことにケヴィンは、軽い頭痛と自宅キッチンまでのホラーな小旅行のおぼろげな記憶が残っただけで、ちゃんと目を覚ましてくれた。

傷はジョーク・グッズの店で買ってきたものやハンブロールのエナメル塗料を使って作った。それから、フランシスの化粧品やタルカム・パウダーはケヴィンの真に迫った死に顔を描いた。だが、出来映えに自分でも惚れ惚れしてしまったのは、病理学ラボの冷蔵庫から失敬してきたビニール袋入りの血液三袋の成果だった。廊下でハウイソンとすれ違い、あの意地の悪い目でにらまれたときは、ばれたかと焦った。といっても、ハウイソンはいつもああいう目で僕を見る。あの男を「ミスター」と呼ばずに「ドクター」と呼んでしまったことがあるせいだと思う。おかしな男だ。外科医はだいたい変わり者だ。変人でなければ、外科医など務まらないんだろう。トムの仕事もそうだろうけどね。

ケヴィンを薬で眠らせるのは意外に簡単だった。最大の難題は、三十分以内に舞台をセットしたうえに片づけもすまさなくてはならないということだった。なかでも骨が折れたのは、ベッドに戻す前にケヴィンの体をきれいにする作業だった。水だけでは落ちず、テレビン油まで使う羽目になった。そのあとはフランシスが帰ってくるまで、ずっとキッチンの掃除をしていた。だが、苦労の甲斐はあった。写真は本物らしく見えた。ヴェンタースを完璧に騙せる出来だった。

アランのあの世行きに手を貸してやって以来、僕は平穏な暮らしを続けている。フランシスとは別れた。そもそも相性が悪かったんだ。向こうは僕をベビーシッター兼財布としてしか見ていなかった。もちろん僕にとっても、ヴェンタースの死後は、フランシスとの関係は上っ面なものにすぎなくなっていた。会えなくなってさみしいと思ったのは、ケヴィンのほうだ。ケヴィンと過ごして、子供が欲しかったなと思うようになった。いまとなっては絶対に無理な話だ。そう言えば、フランシスはこんなことを言っていた。ヴェンタースと別れて以来、男を信用できなくなっていたが、僕のおかげでその気持ちを取り戻せたと。皮肉なことに、それが僕の宿命だったらしい——あのクズ野郎が残していったがらくたを片づけるのが。

　僕の体の具合は――このまま幸運が続きますように――良好だ。症状はまだ出ていない。風邪を引くのが怖いし、ときどき不安で頭がどうかしそうになったりもするが、健康には気を遣っている。たまに缶ビールを飲むくらいのことはあっても、深酒はしない。食べるものにも気を配り、軽めのエクササイズを毎日欠かさない。定期的に血液検査を受け、T4細胞数をチェックしている。限界値の八〇〇よりまだまだずっと高い数値を保っている。実際、いまのところ健康時に比べて低くなったことは一度もない。

　それから、結果的にヴェンタースから僕にHIVウィルスを媒介してしまったダナともよりを戻した。僕たちは、もしこんな事情でなければ与え合うことなどできなかっただろうものを互いに見つけた。いや、ひょっとしたら、どんな状況でも与え合えていたのかもしれない。いずれにしろ、僕らはそれについてあれこれ考えたりはしない。仮定の話に費やす時間のゆとりは残されていないからだ。自助グループのトムの功績は認めなくてはならないだろう。トムは、怒りを自分なりに解消しなくては前に進めないと言った。そのとおりだった。僕はヴェンタースを忘却のかなたへ送りこむという手っ取り早い道を選んだわけだが。いまはもう、小さな罪悪感が残っているだけだ。その程度のものならうまくつきあっていける。

　ついに父たちにもHIVキャリアだと打ち明けた。母はただ泣きながら僕を抱き締めた。父は何も言わなかった。青白い顔で黙って『クエスチョン・オブ・スポーツ』を見ていた。声を上げて泣く母に何か言ったらどうなのと促されて、ようやくこうつぶやいた。「いや、何も言うことはない」何度も何度もそう繰り返した。僕の目を見ようともしなかった。

その晩、フラットに戻るなり、エントランスのチャイムが鳴った。きっとダナが帰ってきたんだろうと思って、オートロックと部屋の鍵を開けて待った。まもなく、玄関に、目に涙をためた父が現われた。父が僕のフラットに来たのは初めてだった。父は苦しいほど僕を抱き締め、泣き、繰り返した。「息子よ」と。「いや、何も言うことはない」より、ずっと、はるかに、心に響く一言だった。

僕も大きな声で泣いた。人目を気にせず、思い切り。ダナの前でなら泣ける。家族の前でだって泣ける。こんなことがなければ僕と父には訪れなかったかもしれない絆を僕らは見つけた。もっと前に人間らしい心を取り戻せていたらよかったのに。でも、遅すぎたとしても、取り戻せないまま終わるよりはずっとましだ。そうだろう?

明るい陽光の下、鮮やかな緑色に輝く芝生の裏庭から、近所の子供たちの楽しげな声が聞こえている。空は吸いこまれそうに透明な青色をしていた。人生は素晴らしい。僕は人生を精いっぱい楽しむつもりだ。そしてきっと長生きしてみせる。医療関係者から長期生存患者と呼ばれてみせる。僕には確信がある。かならずそうなると。

決して消えない光がある

フラットを出て、闇に呑みこまれた無人の通りをぞろぞろと歩き出す。飛び跳ね、はしゃぎながら歩く者もいる。元気が有り余ってやたらに騒ぎ回っている。一方で、幽霊のように音もなく歩く者もいた。頭痛に耐えながら、いっそう強烈な苦痛がまもなく襲ってくることを予感して脅えている。

彼らが向かっているのは、イースター・ロードとリース・ウォークをつなぐ路地にある、その一角の倒壊しかけの安フラットのつっかい棒の役割を果たしているようなパブだ。周辺の建物は石壁の清掃がすんできれいになっているのに、この界隈だけは取り残されて、どのフラットの壁も煙草を一日二箱吸うヘヴィスモーカーの肺のようにすすけて真っ黒のままだった。月のない夜で、空とフラットの境界線は曖昧だ。最上階の部屋にぽつんと一つだけ灯った明かりや地上に近い階の壁から突き出した街灯がなければ、建物の形さえわからない。

パブの扉は濃紺の艶やかなペンキを厚塗りされている。看板は大手ビール醸造会社が好む一九七〇年代初期を思わせるデザインだ。当時は、どのバーも画一的な店構えをしていた。店ごとの個性を前面に出すことはしなかった。周囲の安フラット群と同じく、このパブも、この二十年ほど、たまに申し訳程度の補修が行なわれるのみで放っておかれている。

時刻は午前五時六分。パブの黄色い明かりは灯っている。雨降りの暗い無人の通りに浮かぶ安息所の目印。明かりを目にするのは何日ぶりだろうとスパッドは考えた。彼らはヴァンパイアのごとく夜に生きていた。同じ安フラット群で暮らしながら睡眠と労働を規則的に繰り返している人々とは生活時間帯がまるきりずれている。他人と違うというのはなかなかいい気分だ。

開店してまだ数分だというのに、パブは込んでいた。店内には、各銘柄のビールサーバーが並んだフォーマイカのカウンターがある。床は薄汚れたリノリウム張りで、カウンターと同じフォーマイカの天板を張ったおんぼろのテーブルはぐらぐら揺れた。カウンターの奥には、この店には不似合いな、みごとな彫刻の施された酒棚が据えつけられていた。裸電球が放つ淡い黄色の光が、ニコチンで汚れた壁にぎらぎらと反射している。

醸造所や病院で交代勤務をこなす実直な労働者でパブは満員だったが、こういった店がわざわざ早朝の営業許可を取得しているのはそういった客を見込んでのことだから、当然の光景ではある。しかし、もっと切実な理由を抱えた者もわずかながらいた。ここ以外に居場所のない者たちだ。

いまパブに入ってきた一団も、必要に迫られてやってきた者たちだった。ハイな気分を保ち、あるいはハイな気分を取り返し、つらく気分の滅入る二日酔いの襲来に抵抗するために、さらなるアルコールを必要としている。加えて、それ以上に大きな動機がもう一つあった。

誰かとつながっていたい。そして数日来続いているどんちゃん騒ぎのあいだ、彼らを一つにまとめていた力の正体が何であれ、その力にもう少ししがみついていたい。

カウンターにもたれていた年齢不詳の男が、彼らがパブに入ってくる様子をじっと観察していた。男の顔は、安酒と、北海から吹きつける氷のように非情な風に長年さらされたためにやつれ果てていた。顔の血管という血管が破裂したかのように、男の皮膚は近所のカフェで出される生焼けのローン・ソーセジそっくりだ。瞳は、肌とは対照的に冷めた青色をしているが、白目はパブの壁と同じ色を帯びている。騒がしい一団がカウンターに近づくと、男は見覚えのある顔を見つけて頬を引き攣らせた。若者の一人は――いや、一人だけとはかぎらんぞ、と男は自嘲気味に考えた――男の息子だった。若いころ、ある種の女たちに大もてにもてた時期があり、相当な数の子供を産ませていた。ただ、それもアルコールが彼の顔貌を衰えさせ、容赦ない毒をはき続けた声を理解不能のうなりに歪めるまでのことだった。男は見覚えのある若者を見つめ、話しかけようかと思ったが、何も言うことがないと気づいてやめた。何か言うことがあったことなど一度もなかった。若者のほうは男に気づいてもいない。酒を注文することに全神経を集中していた。大酒呑みの老いぼれにも、息子が仲間たちと一緒に酒を飲むのを楽しんでいるのだとわかった。自分も若いころはそうだったと思い出す。酒を飲む楽しさと仲間たちはしだいに遠のいていったが、酒そのものが去ることはなかった。それどころか、楽しさと仲間たちが残した空白を酒が埋めるようになっていった。

スパッドは、ビールをもう一杯たりとも受けつけない状況にあった。ドージーのフラットを出る前、バスルームの鏡で自分の顔をとくと観察した。血の気が失せた顔にニキビがぽつぽつとでき、むくんだ重たいまぶたは、シャッターを閉じて現実を締め出そうとしていた。その上の砂色の髪はべたつき始めていた。そうだ、腹が痛いから、またアルコールを飲む前にトマトジュースを飲んでおくか。それとも、新鮮なオレンジとレモネードで水分を補給しておくというのもよさそうだ。

だが、真っ先にカウンターに突進したフランク・ベグビーから差し出されたラガーをおとなしく受け取った瞬間、脱出口はぴたりと閉ざされた。

「乾杯、フランコ」

「俺はギネスがいいな、フランコ」レントンが言った。レントンは少し前にロンドンから帰ってきたばかりだった。エディンバラを出ていったときもほっとしたが、戻ってきたときもほっとした。

「ここのギネスは飲めた代物じゃないぞ」ギャヴ・テンパリーが言った。

「それでもギネスがいい」

ドージーは眉を吊り上げ、女の店員に向かって歌を歌っていた。

「イエーイ、イエーイ、恋人よ、きみは美しい」

ドージーは、みんなでやった〈馬鹿馬鹿しい歌詞コンテスト〉で自分がエントリーして最後まで勝ち抜いた歌をいまだに歌い続けていた。

「やめなよ」アリソンがドージーの脇腹をつついた。「店から追い出されたいの？」

どのみち店員はドージーを無視していた。するとドージーは、今度はレントンを相手に歌い始めた。レントンはうんざりした笑みを浮かべただけだった。ドージーの困ったところは、おだてるとすぐ図に乗るところだとレントンは思っている。たしかに二、三日前はそれなりにおもしろいと思ったが、レントンがエントリーしたルパート・ホルムズの「エスケイプ（ザ・ピニャ・コラーダ・ソング）」ほどはおもしろくない。

「〝リオで出会った夜を忘れられない〟……そのギネス、不味《まず》いだろ。この店でギネス飲むなんてどうかしてるな、マーク」

「俺がもう言ってやったよ」ギャヴが勝ち誇ったように言った。

「どこで飲んだって同じだ」レントンは力ない笑みを浮かべたまま答えた。酔っ払ったようだ。ケリーの手がレントンのシャツの内側に忍びこみ、乳首をもてあそんでいた。ケリーは一晩中、こうやって乳首をこねくり回しながら、レントンの胸毛のない平らな胸が好きと言い続けていた。乳首を触られるのは快感だ。とりわけケリーに触られるのは、ぞくぞくするほどの快感だった。

「ウォッカのトニック割り」おまえは何を飲む？　というベグビーの無言の問いに答えて、ケリーが言った。「それから、アリにはジン・アンド・レモネード。いまトイレに行ってるけど」

彼らは隅の席に陣取ったが、スパッドとギャヴだけはカウンターの前に立って話しこんでいた。

「ジューンは元気？」ケリーがフランコ・ベグビーに恋人の様子を尋ねた。ジューンはついこのあいだ出産したばかりなのに、また妊娠したらしい。

「え、誰だって？」フランコが喧嘩腰に肩を怒らせた。この話はそこまでということだ。

レントンは早朝の番組を流しているテレビを見上げた。

「アン・ダイアモンドだ」

「え、誰？」ケリーがレントンの顔を見た。

「俺なら押し倒すな」ベグビーが言った。

アリソンとケリーがあきれた顔で眉を吊り上げ、天井を仰いだ。

「そういえば、彼女の赤ん坊も突然死したんだったな。レスリーの子供と同じだ。あのドーンと同じ」

「ほんとに気の毒だったわね」

「かえって幸せだったんじゃねえのか。あの赤ん坊は突然死してなけりゃ、エイズで死んでただろうからよ。赤ん坊にしてみりゃ突然死のほうが楽だろう」ベグビーが言った。

「レスリーはＨＩＶになんか感染してなかったわよ！　ドーンは完全に健康な赤ちゃんだったんだから！」アリソンは憤慨した調子でベグビーに言った。

レントンもベグビーの言い分を不快に思っていた。しかし、アリソンは腹を立てるとなぜかふだんより上品な言葉遣いになるなと考えずにはいられなかった。そして、つまらないことにこだわる自分に根拠のない罪悪感を覚えた。ベグビーはにやにや笑っていた。

「それはどうかな」ドージーが媚びるように言った。レントンは喧嘩腰にドージーをにらみつけた。ベグビーにこんな目を向けることは絶対にしない。仕返ししてこないとわかっている人間に攻撃の矛先を向けただけのことだった。

「いやさ、俺が言ってるのは、誰にもほんとのとこはわからないってことだよ」ドージーは弱気に肩をすくめた。

カウンター前では、スパッドとギャヴが呂律の回らない者同士で会話を続けていた。

「レンツはケリーとやると思うか？」

「どうだろ。ケリーはあのデズとかいう奴と別れたし、レンツもヘイゼルと別れたみたいだし。自由契約選手同士ってわけだよね」

「あのデズって奴。あいつはどうも気に入らねえ」

「……ぼく、その猫は知らない」

「嘘こけ！　お前の従兄弟だろうが、スパッド。デズだよ！　デズ・フィーニーだよ！」

「……あ、そうか……あのデズだね。でも、やっぱりあんまりよく知らないや。よちよち歩きのころ、何度か会ったことがある程度だからさ。でもさ、ヘヴィだよね。ヘイゼルは別の男とパーティに来ててさ、レンツはケリーと一緒でさ……ヘヴィだよ」

「それにしてもあのヘイゼルって女は無表情だよな。あの女が笑ってるとこって見たことがない。ま、レンツとつきあってりゃ当然か。年がら年中ハイな奴と一緒にいたっておもしろいことなんかないだろうから」

「そうだね……ヘヴィすぎるな……」いまの年がら年中ハイになってるっていうの、ぼくに対する当てこすりかな。スパッドは一瞬そう考えたが、ギャヴに悪気はなかったのだろうと思うことにした。ギャヴはそういう嫌みな人間ではない。

スパッドの酒に浸かりきった脳味噌は、セックスについて考え始めた。パーティに行くとどいつもこいつも女と消えてしまう。スパッド以外の全員がだ。スパッドは女とやりたくてたまらなかった。ドラッグも酒も入っていないときはシャイすぎて声をかけることさえできず、ドラッグや酒でハイになればなったで今度は言動が支離滅裂になり、異性に好印象を抱かれにくいというのがスパッドの弱点だった。目下は、カイリー・ミノーグにどことなく雰囲気が似ているニコラ・ハンロンに熱を上げていた。

何カ月か前、サイトヒルのパーティからウェスター・ヘイルズの別のパーティへ移動する道中で、ニコラとスパッドは少し話をした。仲間たちから離れ、二人だけで盛り上がった。ニコラは聞き上手だったし、スパッドはスピードでハイになっていたせいもあって、いつもより気楽に話すことができた。しかもニコラは、スパッドの一言ひとことにきちんと耳を傾けた。スパッドはこのまま次のパーティにたどりつけずに終わればいいのにと思った。そうやって歩きながらしゃべり続けたいと思った。地下道にさしかかったとき、スパッドはニコラの肩に腕を回してみようと思った。その瞬間、前から好きだったザ・スミスの『決して消えない光がある（ゼア・イズ・ア・ライト）』の一節が頭のなかで聞こえ始めた。

　地下道の暗がりで思ったよ
　ああ神様、ついにチャンス到来だとね
　ところがなんだか急に怖くなって
　そのままチャンスを逃した

　モリッシーの愁いを帯びた声がスパッドの気持ちを代弁していた。結局ニコラの肩を抱くこともなかったし、このままおしゃべりを続けてあわよくばという下心も満たされぬまま終わった。その代わり、誰かの家の寝室でレンツやマッティとヘロインを打ち、彼女を口説き落とすべきか否かという悩みからの解放感に酔いしれた。

　セックスの機会がスパッドに訪れるのは、たいてい、はるかに抵抗しがたい力に狙い撃ちされたときだ。そういう場合でさえ、災難と無縁ではなかった。ある晩、誰とでも寝ると評判のローラ・マキューアンがグラスマーケットのパブでスパッドをつかまえ、家に誘った。

「お尻のヴァージンを奪ってもらいたいんだけど」

「ええ?」スパッドは耳を疑った。

「お尻にやってよ。そっちはまだ一度も試したことがないから」

「えっと、その……よさそうだね……その……」

　スパッドは、自分は選ばれし者なのだと思った。ローラはいつも、一つのグループにつきまとい、そのグループの男たちと一とおり寝ると、次のグループに移っていく。シック・ボーイもレントンもマッティも、みんなローラと寝たことがあるはずだ。ただ、スパッドがいざしようとしていることは、その彼らもしたことがない行為なのだ。

しかし、ローラは始める前にスパッドにちょっとした処置を施した。セロテープでスパッドの手首と足首を縛った。

「どうしてかっていうと、痛くされたらいやだから。わかる？　横からやって欲しいの。ちょっとでも痛かったら、そこでおしまい。わかった？　相手が誰であれ、痛い思いなんていやだから。いままで男に痛くされたことないの」ローラは冷たい声でそっけなく言った。

「うん……わかった。それはそうだよね……」スパッドは言った。誰かに痛い思いをさせるのは彼だってごめんだ。だが、ローラの非難するような口調がショックだった。

ローラは一歩下がって自分の作品を鑑賞した。

「すごい。きれいよ」

ローラは自分の股間をまさぐりながらそう言い、素っ裸のスパッドは縛られたままベッドに転がっていた。ひどく無防備になった気がした。妙に照れくさいような気もした。縛られるのも初めてだったし、きれいと言われるのも初めてだった。やがてローラはスパッドの長く細いコックを口に含んでしゃぶった。

ローラは、本能と経験から、絶好のタイミングを察知してフェラチオをふいに中断した。恍惚としたスパッドが射精する直前だった。それから、部屋を出ていった。スパッドは、縛られたままでいることに不安を感じ始めた。ローラは頭がどうかしてるという噂を聞いたことがある。目に入る男すべてと寝るようになったのは、ロイという長年つきあっていた男のインポと早漏と鬱にうんざりして、精神科送りにして以来のことだという。病院送りにした最大の理由はインポだったらしい。

「あいつったら、何年もまともにセックスできなかったんだから」いつだったか、ローラは、ロイが精神科に入院していることを正当化するように、スパッドにそう言っていた。ただ、残酷なところとか無情なところがローラの魅力でもある。スパッドはそう自分を納得させようとした。シック・ボーイは、ローラを〝セックスの女神〟と呼んでいる。

ローラは寝室に戻ってくると、体の自由を奪われ、抵抗一つできないスパッドを見つめた。

「さあ、後ろからやって。でも、その前にあんたのコックにヴァセリンをたっぷり塗るから。挿れるとき、あたしが痛くないように。初めてだから、きっと力が入っちゃうだろうけど、できるだけリラックスするようにするから」ローラはマリファナ煙草を思い切り吸った。

ローラの説明は、厳密に言えば正確ではなかった。バスルームの棚にはヴァセリンがなかった。しかし潤滑剤に使えそうな別のものを見つけた。ぬるぬるしていることには変わりない。ローラはそれをスパッドのコックに気前よく塗りつけた。ヴィックス・ヴェポラップを。

コックが火がついたように熱くなった。スパッドは苦しみ悶え、泣き叫んだ。セロテープの縛《いまし》めから逃れようとめちゃくちゃに手足をばたつかせた。コックの先端をギロチンで切断されたかと思うような苦痛だった。

「どうしよう。ごめんね、スパッド」ローラはあんぐりと口を開けていた。

ローラはスパッドをベッドから助け起こし、バスルームに連れていった。涙で前が見えないながらも、スパッドはぴょんぴょん飛び跳ねながらついていった。ローラはシンクに水を張り、セロテープを切断するナイフを探しに行った。

危なっかしくバランスを取りながら、スパッドはコックを水に突っこんだ。じんじんする痛みはますますひどくなり、その衝撃に思わず飛び退いた。床に後ろ向きに倒れこみ、その拍子に頭を便器にしたたかにぶつけ、目のすぐ上が切れた。ローラがバスルームに戻ってみると、スパッドは床に転がって気絶しており、黒っぽいどろりとした血がリノリウムの床に流れ出していた。

ローラは救急車を呼び、スパッドが病院で目を覚ましたとき、目の上は六針縫われていた。脳震盪を起こしていた。

結局、ローラの後ろの穴をファックすることはできなかった。噂によれば、そのあとまもなくシック・ボーイのところに欲求不満のローラから電話がかかり、ダチの代役を依頼されたらしい。

この災難からまもなく、スパッドはニコラ・ハンロンに好意を抱くようになった。

「ね、ニッキーがパーティに来ないなんて、びっくりしちゃった……ニッキーは知ってるでしょ?」スパッドはギャヴに言った。

「知ってるよ。あの尻軽な。誰とでもすぐに寝るうえに何でもやらせる」ギャヴが何気ない調子で言った。

「そうなの？」

　おののきと不安を隠そうとしながらまるで隠しきれないスパッドの様子に気づいたギャヴは、内心ではおもしろがりながらも、わざとそっけないビジネスライクな口調で続けた。

「そうさ。俺も何度かやったよ。なかなか悪くないな。シック・ボーイも寝た。レンツもだな。そうだ、トミーもだと思うよ。あいつも、チャンスをうかがってたみたいだから」

「そうなの？……ふうん……」スパッドはしゅんとしたが、同時に期待をふくらませてもいた。酒量を減らそうと決心した。目と鼻の先で起きていることくらい、きちんと認識できるようにならなくては。

　そのころテーブル席では、ベグビーがそろそろ固形食が必要だと意思表示していた。

「腹ぺこだよ。何か食いに行こうぜ。そのあともっとましな店に飲みに行こう」

　ベグビーは、新しい住まいに視線を巡らす落ちぶれた傲慢な貴族のように苦々しげな目で、ニコチンまみれのむさ苦しいバーを見回した。

　パブを出ると、外はまだ暗かった。彼らはポートランド・ストリートのカフェに向かった。

「全員に朝食のセット」ベグビーが食欲に目をぎらぎらさせながら仲間たちの顔を確かめる。

　レントンを除く全員がそれでいいとうなずいた。

「いや、俺は肉はいらない」レントンは言った。

「おまえのベーコンとソーセージとブラックソーセージは俺がもらってやるからよ」ベグビーが言った。

「ああ、どうぞどうぞ持ってってくれ」レントンは皮肉を込めて答えた。

「わかったよ、卵と豆とトマトを代わりにやるよ！」

「もういいって」レントンはウェイトレスのほうを向いた。「使ってる油は植物性？　動物性？」

「動物性ですけど」ウェイトレスは何を言っているのかと困ったような目でレントンを見た。

「おいおい、レンツ。どっちだって同じだろう」ギャヴが言う。

「何を食べたってマークの勝手じゃないの」ケリーがかばうように言った。アリソンがうなずく。レントンは自惚れたポン引きにでもなった気がした。

「飯がまずくなるじゃねえかよ、レンツ」ベグビーがうなった。

「どうしてまずくなるんだよ？」レントンはウェイトレスに向き直った。「俺はチーズと野菜のロール・サンド」

「全員がいいって言ってんだ。全員に朝食のセットだよ」ベグビーが断言する。

レントンは信じがたい思いでベグビーを見つめた。いい加減にしろよと言ってやりたい。だが、その衝動をはねのけて、ゆっくりと首を振った。「俺は肉は食わないんだ、フランコ」

「菜食主義なんかクソくらえだ。くだらねえ。肉だってな、体には必要な栄養なんだよ。ジャンキーのくせに、口から入るものにはうるせえときてやがる！　お笑いだな！」

全員がくすくす笑った。

「肉の味が嫌いなだけだ」レントンはそう言ったが、全員にくすくす笑われて、自分が馬鹿みたいに思えた。

「動物を殺すのは嫌いだとか言い出すんじゃねえぞ。憶えてるか、昔は一緒にエアライフルで犬だの猫だのを撃ちまくったじゃねえか！　そうだ、鳩にも火をつけてやったしよ。知ってるか？　こいつ、ハツカネズミに爆竹をテープでくくりつけたりしてたんだぜ」

「べつに動物を殺すのに反対してるんじゃない。食うのがいやなだけだ」レントンは肩をすくめた。少年時代の残虐行為をケリーにばらされて気まずい。

「残酷な話。犬を撃つ人の気が知れない」アリソンが首を振りながら嘲るように言った。

「豚を殺して食う奴の気も知れないよ」レントンはアリソンの皿のベーコンとソーセージを指さした。

「それとこれとは別じゃない？」

スパッドが皆を見回して言った。「それってさ、その……レンツは正しいことをしてるんだけど、理由が間違ってるってことじゃないかな。自分より弱い生き物に優しくできないと、自分のことだって大事に思えないでしょ……でも、レンツが菜食主義なのはいいことなんだよ……つまり、続けていければだけど……その……」

ベグビーはへなへなと体を揺らし、スパッドにピース・サインをしてみせた。ほかの奴らが笑った。レントンは、スパッドが助け船を出してくれたことをありがたく思い、非難の矛先をスパッドからそらそうとした。

「続けるのは簡単だ。俺はとにかく肉の味が嫌いなんだよ。食うと吐きそうになる。それだけだ」

「ふん、それでも俺たちの飯がまずくなったことには変わりねえんだぞ」

「なんで？」

「俺がそう言ってるからだよ！」ベグビーは自分を指さし、脅すような低い声で言った。

レントンはまた肩をすくめた。これ以上議論しても意味はない。

一同はがつがつと食事をたいらげた。ただ、ケリーだけは別だった。周囲のもの欲しげな視線に気づかぬまま、料理をただつつき回している。が、ようやく食べ残しをフランコとギャヴの空っぽの皿に空けた。

まもなく彼らは店から追い出された。ハーツのマーク入りのジャンパーを着た神経質そうな感じの男がテイクアウトの食事を買いに店に入ってきたところで、一斉に「ヒブス・ファンじゃなきゃ人間じゃない！」とわめき立て、それをきっかけにサッカーの応援歌や〝馬鹿馬鹿しい歌〟をメドレーで歌いまくったからだ。カウンターにいた女が警察を呼ぶと脅し、彼らは潔《いさぎよ》く店を出た。

また別のパブに入る。レントンとケリーは一杯だけつきあったあと、二人で消えた。ギャヴ、ドージー、ベグビー、スパッド、アリソンはしこたま飲み続けた。しばらく前からふらつき始めていたドージーがついに酔いつぶれた。ベグビーはカウンター前でサイコ仲間に囲まれていた。ギャヴは我が物顔でアリソンに腕を回していた。

トゥパウの『チャイナ・イン・ユア・ハンド』が流れ始めた。スパッドがジューク・ボックスのほうに目をやると、選曲したのはやはりベグビーだった。ベグビーは、いつもこの曲か、ベルリンの『愛は吐息のように』か、ヒューマン・リーグの『愛の残り火』か、ロッド・スチュワートの曲のどれかを選ぶ。

ギャヴがふらつきながら便所に消えたとたん、アリソンがスパッドのほうを向いた。「スパ……じゃなくて、ダニー。この店、出よう。あたし家に帰りたい」

「えっと……そうだね……いいよ」

「でも、一人で帰るのはいやなの、ダニー。送ってって」

「えっと……そうだね……うちにね……うん……いいよ……」

二人は、疲れて思うように動かない体が許すかぎり目立たぬように、煙の充満したパブを抜け出した。

「ね、送っていって、しばらく一緒にいてくれない、ダニー？　ドラッグとか、そういうのはなしで。とにかくいまは独りぼっちになりたくないの、ダニー。わかってくれる？」通りをよろめき歩きながら、アリソンが言った。涙をためた目が懇願するようにスパッドを見つめていた。

スパッドはうなずいた。アリソンの言いたいことはわかる気がする。彼も独りぼっちになりたくないからだ。だが、本当にそうなのか、自信はない。自分は独りぼっちになりたくないと、本当に思っているのかどうか。

解放感

アリソンはだんだん手に負えなくなってきてる。カフェでお茶を飲みながら、あたしはアリソンのくだらないおしゃべりを必死で理解しようとしてた。アリソンがマークの悪口を言い出して、まあ、もっともな意見ではあるんだけど、だんだんいらいらしてきた。悪気がないのはわかってる。だけど、だったらサイモンのことはどうなのよ？　サイモンなんて、ほかに寝る相手がいないときだけアリのとこに来る。それって利用されてるだけじゃない。アリに他人のことをあれこれ言う資格はないと思う。

「誤解しないでよ、ケリー。あたしだってマークは好きだよ。ただ、彼にはいろいろ問題が多いでしょ。いまはつきあわないほうがいいんじゃないの」

アリが保護者ぶってそんなことを言うのは、あたしがデズと別れてぼろぼろに落ちこんだのを知ってるから。しかも中絶までしたしね。でも、これってただのよけいなお世話。自分の始末が先でしょ？　アリはいまヘロインをやめようとしていて、だから自分には誰彼かまわず人生について説教する資格があるつもりでいる。

「ふうん。じゃあ、サイモンならいいわけ？」

「そんなこと言ってるんじゃないよ、ケリー。それとこれとは関係ないでしょ。それに、サイモンは少なくともヘロインをやめようとしてるけど、マークはやめようって気もないんだから」

「マークはジャンキーじゃない。たまに打つだけ」

「へえ、そうなの？　ねえ、現実を直視しなよ、ケリー。あのヘイゼルって子にふられたのだってヘロインのせいでしょ。マークはヘロインなしじゃ生きてけないんだよ。あんたまでジャンキーみたいなこと言うようになってる。そうやって甘く考えてたら、あんたもすぐにヘロインにはまることになるよ」

反論する気はなかった。どのみちそろそろ住宅協会の面談の時間だった。

今回の面談は、アリが家賃の支払い猶予の申請のためのもの。アリはいらいらそわそわしてたし、緊張もしてたけど、出てきた担当者は話のわかる人だった。ヘロインはやめたこと、就職の面接もいくつか受けてることをアリが説明する。猶予は認められた。しかも、滞納分は何週かにかけて分割で納めればいいことになった。

それでもアリはまだぴりぴりしてた。郵便局の改修をしてる職人たちが口笛を吹いて、一人が「よう、美人さんたち！」って声をかけてきたときの反応でわかった。

アリはすごく気が強いから、いきなりそいつのほうを振り返ってこう言った。

「あんた、彼女いるの？　いるわけないよねえ。こんなデブの醜男に、彼女なんか。エロ本でも持ってトイレにこもって、あんたのあれに触る勇気のある世界でただ一人の相手とファックしたら――あんた自身とね」

そいつはものすごい敵意のこもった目でアリをにらみつけたけど、まあ、もともとそんな目であたしたちを見てた。ただ、いまは女だからっていうだけじゃなく、アリを憎むれっきとした理由ができたわけ。

今度はそいつの仲間が言った。「やれやれ！」突っ立ったまま怒りに震えてる最初の男をけしかけてるつもりなのね。別の職人は、サルみたいに足場にぶら下がってた。こんな連中、みんなサルよサル！

「このアマ、とっとと失せやがれ！」最初の男が言った。

アリはたじろがなかった。気まずいけど、ちょっとおもしろいことになりそう。だって、通行人が何人か立ち止まって何ごとかって顔で見てるんだもの。バックパックを背負った学生風の女の子が二人、すぐそばに立っていた。それに気づいたら、何だか急にわくわくしてきちゃった。どうしてかわからないけど。

アリが――ああ、この子はほんと気が強すぎる――言った。「ということは、あたしをからかってたさっきまでは、あたしは美人さんだったのに、失せろって言ってるいまは、このアマ、に変わったわけね。へえ。言っとくけど、あんたはさっきと変わらずデブの醜男だよ、しかもこの先もずっとそのままだろうね！」

「女ならみんな同じことを言うと思うわ」バックパッカーの一人がオーストラリア訛で加勢した。

「ふん、何だよ、レズどもが！」別の男が怒鳴った。

レズと言われて、あたしもすっかり頭にきた。気色悪い無知なスケベどもに、からかわないでよって言い返しただけで、そんな風に言われるなんて！

「この世の男がみんなあんたみたいなむかつく奴だったら、レズビアンになるほうがずっとまし！」思わずそう怒鳴り返してた。自分でもびっくりしちゃった。どうかしてる！

「あんたたちがどこかおかしいのは確かね。そのまま いつまでもカマ掘り合ってれば？」もう一人のオージーが言った。

そのころにはかなりの人垣ができていて、中年の女の人も二人、あたしたちのやりとりに聞き耳を立てていた。

「まあ、何てこと。年ごろの娘が男の人にあんな口をきくなんて」一人が言ってるのが聞こえた。

「あら、いいじゃないの。相手は害虫みたいな輩なんだから。若いお嬢さんがああやって自分の誇りを守ろうとするなんて、素晴らしいことよ。わたしたちの時代にはああはいかなかった」

「でも、あの言葉遣いはどうなのかしら、ヒルダ。ああいう言葉遣いはちょっとどうかと思うわ」最初の一人が唇を尖らせ、大げさに体を震わせた。

「あら、じゃあ、向こうの言葉遣いはどうなの？」あたしはその人に言った。

男たちはものすごい人だかりができたものだから、ひどく居心地悪そうにしていた。あとからあとから人が集まってくる。すごい。そのとき、ランボー気取りの現場監督が現われた。「ねえ、この家畜どもをどうにかしてくれない?」オージーの一人が言った。「ここで通行人をからかう以外に仕事らしい仕事はないわけ?」

「おまえら、なかに戻ってろ!」現場監督が怒鳴りつけて職人たちを追い払った。

あたしたちは歓声を上げた。気分爽快。気持ちいい!

あたしとアリはオージー二人と一緒に、通りの向かいのカフェ・リオに入った。中年の女の人たちも一緒に来た。〝オージー〟たちは実はニュージーランドから来てる旅行者で、しかも本当にレズビアンだったけど、そんなこと関係ない。二人で世界中を旅して回ってるんだって。うらやましい——あたしもあちこち行ってみたい。あたしとアリ。きっと楽しいだろうな。でも、よりによって十一月にスコットランドに来るなんて。血迷ったとしか思えない。六人で、それはもうありとあらゆることについて、すごく長い時間おしゃべりした。さすがのアリも、いちいち人の意見に反論したりしなかった。

しばらくしてから、あたしのフラットに行ってハシシを吸ったり、もっとお茶を飲んだりしようってことになった。中年の女性たちも誘ったんだけど、二人はそろそろ家に帰って旦那の夕食の支度をしなくちゃならないからと言った。あたしたちは、自分の食べるものくらい自分で支度させればいいのにって言ったんだけどね。

一人は本当に一緒に来たそうにしてた。「あなたがたくらいの年ごろにもう一度戻りたいわ。まったく違う人生になったでしょうね、きっと」

とってもいい気分だった。解放されたみたいな。みんなそうだった。魔法みたい！　あたしの部屋で、アリとヴェロニカとジェーン（ニュージーランドの子たち）の四人で思い切りハイになった。みんなで男どもをけなした。男なんかみんな馬鹿で、幼稚で、女よりはるかに劣ってる。意見は完全に一致してた。女同士でここまで連帯意識を抱いたのは初めてだったし、自分がレズビアンだったらよかったのにとまで思った。ときどき思うの。男の人って、たまのセックスの相手としてくらいしか役に立たないって。それ以外のことではただの頭痛の種でしかないことも多いって。こんな考え、ちょっとおかしいのかもしれないけど、完全な的外れってことでもないでしょ？　あたしたち女の問題は、あまりそういうことを考えないってこと、男たちが押しつけてくるでたらめをはいはいって受け入れがちだってことだと思う。

ドアが開いた。マークだった。面と向かって思わずにやにやしちゃった。マークは、あたしたちがすっかりハイになってて、そのうえ彼を見て大笑いしてるもんだから、何がどうなってるんだって困った顔をしてた。ドラッグのせいだと思うけど、マークが珍しい生き物に見えた。男の人って変よね。真っ平らのおかしな体におかしな形の頭が乗っかってて。ジェーンが言ってたけど、生殖器をからだの外にぶら下げてるなんて、それだけでもう珍獣よ。ただのスケベよね！

「よお、美人さん！」アリがあの職人の声を真似て怒鳴った。

「やっちまえ！」ヴェロニカが笑った。

「あたし、あの男とやったんだぜ。あたしの憶えてる限りじゃ、悪くはなかったな。ただし、ちょっとばかりちっちゃかったけどよ」あたしはマークを指さし、フランコのしゃべり方を真似して言った。あたしとアリは、女の子たちの憧れのフランク・ベグビー――あたしはそうは思わないけど――のことを、いつも陰でくそみそにけなしてる。

哀れなマーク。よく怒り出さなかったなと思う。マークのためにもそれは褒めてあげなくちゃ。マークはただ首を振って笑っただけだった。

「どうやらまずいときに来ちまったみたいだな。明日また電話するよ、ケリー」

「あら……かわいそうなマーク……あたしたち、女同士のおしゃべり《crack》をしてただけよ……ごめん……」アリが申し訳なさそうに言った。

あたしはアリの言ったことがおかしくて大笑いした。「ね、女のどの割れ目《crack》のこと?」

みんな一斉に笑い転げた。アリとあたしって、何でもかんでもセックスに結びつけちゃう。男に生まれたほうがよかったかもしれない。とくにドラッグでハイになってるときはね。

「いいんだ、気にするなよ。じゃ、またな」マークはあたしにウィンクをすると、帰っていった。

「ふうん、まともな男もいるのね」笑いの発作が一段落したころ、ジェーンが言った。

「そうね。自分たちが人数で負けてるときはああなのよ」あたしは言った。

言いながら、どうしてこんな棘のある言いかたをするのかしらと思っていた。でも、あまり深く考えたくない。

ミスター・ハントはいますか

ケリーはサウス・サイドの男性客の多いバーで働いていた。店は繁盛しており、ケリーも大忙しだった。その土曜の午後、レントン、スパッドとギャヴが立ち寄ったとき、店はいつにも増して込んでいた。

通りをはさんだパブからシック・ボーイが店に電話をかけた。

「ごめん、ちょっと待ってて、マーク」酒を注文しようとカウンターに近づいたレントンにそう断ると、ケリーは鳴り始めた電話を取り、よそ行きの声で言った。「はい、ルターフォールド・バーです」

「もしもし」シック・ボーイは、マルコム・リフキンド風のビジネスマンらしい口調を装って言った。「そちらにマーク・ハントという人が来ていると思うんですが」

「マーク・レントンならいますけど?」ケリーが答えた。

シック・ボーイは、くそ、ばれたかなと考えた。だが、そのまま芝居を続けた。

「いえ、私が探しているのはマーク・ハント(Mark Hunt)です」渋い声がケリーにそう繰り返す。

「マーク・ハント（Ma-khunt）って方、いらっしゃいますか！」ケリーは客席に向かって声を張り上げた。

ほとんど男ばかりの酔客が、一斉に振り返った。どの顔もにやにやしている。

「どなたか、マーク・ハント（Ma Cunt）を見ませんでした？」

何人かの男たちがどっと笑い出した。

「いいや。だが、できれば拝ませてもらいたいもんだな！」一人が言った。

ケリーにはまだぴんと来なかった。どうして笑われるのかわからないままつぶやいた。

「マーカント《あたしのまんこ》を見なかったかって言っただけなのに……」声がしだいに小さくなって消えた。

それからケリーは目を見開き、口もとを手で覆った。ようやくわかったのだ。

「俺も見てえなあ」レントンがにやりとする。シック・ボーイがパブに入ってきた。

レントンとシック・ボーイは、笑いすぎてひっくり返らないよう、文字どおり互いにしがみつき合いながら笑い転げた。

ケリーは水差しに半分ほど残っていた水を二人の頭からぶっかけたが、男たちは気づいてもいない様子でまだ笑っている。彼らにとっては単なるジョークでも、ケリーは侮辱されたように感じていた。また、ジョークをジョークとして片づけられずにむっとしている自分にも腹が立った。

だが腹が立ったのも、自分が腹を立てているのはジョークに対してではなく、バーにいる男たちの反応に対してなのだと気づくまでのことだった。カウンターのこちら側にいると、檻のなかで何かおもしろいことをした動物園の動物になったようだった。男たちの顔を観察した。一様に大口を開け、真っ赤な顔をくしゃくしゃにして、満足げに笑っている顔。また女がコケにされた。カウンターの奥の〝馬鹿なねえちゃん〟が。

レントンはケリーの表情から、傷つき、腹を立てているらしいと察した。そのとたん、すっと笑いが引っこんだ。わけがわからない。ケリーにはジョークが通じると思ったのに。いったいどうして怒っている？　〝月のものの最中だから〟という陳腐な答えが頭に浮かびかけたが、バーにあふれる笑い声に違和感を覚えて店内を見回した。それは、ただおかしくて笑っている声ではなかった。

リンチに荷担する暴徒の笑い声。

こんなこと、予想しろって言うほうが無理だ――レントンは思った。わかってたらやらなかったよ。

故郷

正真正銘のプロ

楽勝だったよ。むちゃくちゃ楽勝だった。なのにベグビーはえらく不機嫌だ。

「誰にも一言もしゃべるんじゃねえぞ。誰にも、一言もだ」ベグビーが言う。

「わかった。わかったよ。ちゃんとわかったから。ねえ、落ち着いてよ、フランコ。計画は大成功だ」

「だな。けど、誰にも何も言うんじゃねえぞ。レンツにもだぞ。わかったな」

理屈を並べても通じない相手っているよね。こっちが道理《reason》って言えば、向こうは裏切り《treason》って言う。

「ドラッグもやるな。しばらく金は使うな」

しまいには金の使いかたにまで干渉してくる。

なんだかめんどくさい。もう一人に分け前をやったあとでも、一人あたり二〇〇〇ポンドずつ残るのに、この猫はまだ毛を逆立ててる。ベガー・ボーイって猫は、バスケットでぬくぬく丸くなって喉をごろごろ鳴らしたりしてることは絶対にない。

ぼくたちはもう一杯ずつ飲んでから、タクシーを呼んだ。スポーツバッグにさ、ADIDASとかHEADとかじゃなく、SWAG（盗品）ってロゴを入れるといいかもね。だって二〇〇〇ポンドだよ。すげえ！　〝怖がらずに受け取れよ……ぼくの究極の敬意の証なんだから〟……もう一人のフランク、ミスター・フランク・ザッパならそう歌うだろうな。

タクシーでベグビーのうちに行った。ジューンがいて、ベグビーの子供を膝に乗っけてた。

「赤ちゃんが起きちゃって」ジューンが、言い訳みたいにフランコに言った。フランコは、〝おめえら二人ともぶっ殺したろか〟みたいな顔でジューンを見た。

「だから何だ。来いよ、スパッド。寝室だ。まったく、自分の家だってのによ、プライバシーのかけらもねえとはな」ベグビーはドアを指さした。

「いったいどうしたの？」ジューンが訊く。

「ごちゃごちゃ言うんじゃねえ。おめえはな、そのガキの面倒を見てりゃいいんだよ！」ベグビーが怒鳴った。

あの言いかた。まるでベグビーの子供じゃないみたいじゃないか。だけどさ、ベグビーの言うこともわからないでもない。フランコって、いわゆる子煩悩タイプじゃないからね……じゃあ、どういうタイプなんだろ？

それにしても今回は楽勝だった。暴力なし、ややこしいことなし。合鍵を使って開けて、ふつうに歩いて入っただけ。カウンターの向こう側、レジ下のタイル張りの床に一枚だけダミーのパネルがあって、それを外すと、愛しの現ナマが詰まったでっかいキャンバス地のバッグが隠してある。ゴキゲンじゃん！　ハロー、札束ちゃんとコインくん。リッチな暮らしへのパスポートだ。幸せな暮らしへのパスポート。

玄関のチャイムが鳴った。ぼくとフランコは、警察かと思ってどきりとしたけど、分け前をもらいにきたあの男の子だった。ほっとしたよ。だってフランコとぼくは、コインやら札やらを全部ベッドの上に広げてたから。山分けの最中だったんだ。

「どう、うまくいった？」ベッドの上の絶景に、少年は信じられないって顔で目を見開いた。

「いいから座りやがれ！　このことは絶対誰にも言うんじゃねえぞ、いいな？」フランコが怒鳴りつけた。少年がすくみ上がる。

もうちょっと優しくしてやれよって言いたかった。だってこのおいしい話を持ってきてくれたのはこの子猫ちゃんだよ。この話を聞かせてくれたのも、合鍵を作れるように鍵をこっそり持ち出してきたのも。ぼくは黙ってたけど、ベグビーはぼくの表情を見て察したらしい。

「このガキはな、次に登校するなり、ダチに現ナマをばらまいて歩くに決まってる。ダチとか、女どもにいいとこ見せようとしてな」

「そんなことしません」少年が口をはさんだ。

「おまえは黙ってろって言ってんだろ！」ベグビーは嘲るみたいに言った。少年はますますすくみ上がった。

ベグビーはぼくのほうを向いた。「俺がこいつなら、絶対にそうする」

それから立ち上がってダーツの矢を三本取ると、壁の的に向かって、ものすごい力をこめて投げた。ものすごく乱暴に。少年の顔は不安そうだ。

「タレこみ屋よりもっと許しがたい連中がいる」ベグビーはダーツを壁から抜いて、また同じくらい乱暴に投げつけた。「口の軽い奴らだ。やたらと自慢したがる野郎どもは、タレこみ屋よりたちが悪い。タレこみ屋は、そういう自慢したがりからネタを仕入れるんだ。サツはタレこみ屋からネタを仕入れる。でもって、俺らがしょっ引かれる」

ベグビーは矢を少年の顔を狙って投げた。ぼくは飛び上がった。少年は悲鳴を上げ、何かの発作でも起こしたみたいに体を震わせながら泣きわめいた。

ベグビーはプラスチックの羽根の部分を投げただけだった。金属の先端と軸はこっそり外してあったんだよ。だけど、ショックからだろう、少年はまだ泣いていた。

「羽根だよ、このタマなし。プラスチックの羽根だよ！」

フランコは馬鹿にしたみたいに笑うと、少年の分け前を数えて渡した——といっても、ほとんどは札じゃなくてコインだった。

「万が一、職質なんかに引っかかったら、ポーティの店のゲームで勝ったとか、ゲーセンで稼いだって言うんだぞ。このことを一言でも誰かにしゃべってみろ。サツがさっさとおまえをしょっ引きに来ますようにって祈れ。ポルモントにでもいたほうがおまえの身のためだろうからな。俺がおまえを見つけ出す前に少年院にでも入っとくほうが身のためだ。わかったか？」

「はい……」少年はまだ震えてた。

「よし、とっとと失せろ。土曜日はＤＩＹでバイトなんだろ、さっさと行け。忘れるんじゃねえぞ、金を見せびらかしてたって噂がちょっとでも聞こえたら、俺はまっすぐおまえの家に行くからな。おまえは気づいたときには死んでることになる」

少年は分け前を受け取って帰っていった。かわいそうに、ほとんど何ももらえなかったようなものだ。五〇〇〇ポンド近くある中から、せいぜい二、三〇〇ポンド。それでも、あの年ごろの子供にしたら、大した儲けだ。でもさ、フランコも、子供を相手にちょっときつく当たりすぎだと思う。

「ねえ、あの子のおかげでぼくたち二〇〇〇ポンドずつ手に入ったわけでしょ……ちょっとさ、フランコ、きつく言いすぎじゃないかな？」

「いいか、今回のことを自慢したり、あちこちで金を見せびらかされたりしたらたまんねえだろうが。ああいうガキと組むってことほど危なっかしいビジネスもねえよ。自制心ってものと無縁の連中だ。だから、店だの民家だのに盗みに入るときはおまえと組みたいって言うんだよ、スパッド。おまえは俺と同じでれっきとしたプロフェッショナルだし、とにかく口が固い。俺はおまえのそういうプロ意識を尊敬してんだぜ、スパッド。正真正銘のプロと組んで仕事をしてるかぎり安心だ」

「そうだね……そうだよね」ほかに返事のしようがない。正真正銘のプロフェッショナルか。いい言葉だ。ゴキゲンだよ。

プレゼント

おふくろの家には泊まりたくなかった。がみがみうるさくてたまらない。そこで、マッティの葬式がすむまで、ギャヴのとこに泊めてもらうことにした。エディンバラまでの列車の旅は、何事もなく過ぎた。期待どおりだった。ウォークマンでザ・フォールのテープを聴きながら、ラガーを四缶あけ、H・P・ラヴクラフトの小説を読んだ。このH・P・ラヴクラフトってのはナチスみたいな野郎だが、書くものは最高だ。ほかの乗客がにこやかな顔で「失礼」とか言いながら正面の席に無理やり割りこむたび、〈ただいま面会謝絶〉って札をドアノブにぶら下げたみたいな顔をしておいた。おかげで列車の旅は快適そのもので、エディンバラまでの時間は飛ぶように過ぎた。

ギャヴが引っ越したばかりのフラットはマクドナルド・ロードにある。俺は駅から歩いていくことにした。着いてみると、ギャヴは機嫌が悪そうだった。俺はあやうく被害妄想に陥りかけたが——ひょっとして俺が押しかけたせいで機嫌が悪いのかもと思って——ギャヴがむっつり顔のわけを説明した。

「聞いてくれよ、レンツ。セカンド・プライズの野郎がさ」ギャヴはいまいましげに首を振って誰もいないリビングルームを指さした。「奴にバイト代払ってこの部屋の内装をやってもらおうと思ったんだ。漆喰《しっくい》塗りとかペンキ塗りとか。そしたらさ、今朝、〝俺、ちょっとホームセンターで材料調達してくるわ〟って出てったきり、戻ってこねえんだよ、まったく」

セカンド・プライズにそんな仕事を頼むなんて、ギャヴ、何考えてんだよ。しかも奴に前払いするなんて、どうかしてるぞ。俺は思わずそう言いかけた。だが、いまそんなこと言ったらよけい機嫌をそこねちまうかもしれない。それに俺は泊めてもらう立場だ。そこで俺は、空いた部屋に自分の荷物を置くと、奴をパブに引っ張っていった。

俺はマッティのことを聞きたかった。いったい何がどうしたのか。といっても、俺はマッティが死んでショックは受けているが、さほど驚いてはいない。

「マッティは自分がＨＩＶキャリアだったってこと、最後まで知らずにいた。感染したのはだいぶ前みたいだけどね」ギャヴが言った。

「肺炎か？　それとも癌だったのか？」俺は聞いた。

「いや、トキソプラズマ症だ。脳卒中で死んだ」

「え？」何が何だかさっぱりわからない。

「じつに悲しい物語だ。あんな死にかた、マッティならではだよ」ギャヴは首を振り振り言った。「あいつ、娘に会いたがってたんだ。シャーリーに産ませた娘のリサだよ。ところがシャーリーはマッティが家に近寄るのも嫌がった。まあ、そのころのマッティの荒れようを思えば、当然だよな。それはそうと、ニコラ・ハンロンは知ってるか」

「ああ、ニッキーだろ、知ってる」

「ニコラの猫が子供を産んでさ、マッティはそのうちの一匹をもらってきた。シャーリーの家に持っていって、娘にやろうと思いついたらしい。で、奴はウェスター・ヘイルズに行った。リサへのプレゼントってわけだ」

子猫とマッティの脳卒中がどこでつながるのかさっぱりわからないが、マッティにまつわる話はいつだって支離滅裂だ。俺は首を振って言った。「いかにもマッティらしいな。好意から猫なんかプレゼントするのはいいが、世話は人任せだ。どうせシャーリーにあっけなく突き返されたんだろ」

「そのとおり。それを予想できないのはマッティだけ」ギャヴはにやりと笑い、うなずいた。「シャーリーはこう言った。〝猫なんかいらないったら。世話できないもの。持って帰ってよ〟で、マッティはしかたなくその猫を飼うことにした。その後どうなったかは想像がつくだろ。子猫はほっぽりっぱなしさ。猫用トイレは小便の海だわ、糞は家じゅうに散らばるわ。マッティはそんな環境でごろごろしてたってわけさ。ヘロインだかダウナーだかでぶっ飛んでな。ま、ただ引きこもってただけかもしれない。奴ならそれもありそうだろ。さっきも言ったけど、奴は自分がＨＩＶに感染してるって知らなかった。猫の糞からトキソプラズマに感染するってのも知らなかったんだろ」

「俺だっていまのいままで知らなかったよ」俺は言った。「ところで、いったいそりゃ何だ？」

「ひでえ病気なんだ、これが。脳に膿みたいなものが溜まるんだ」

俺は身震いした。哀れなマッティのことを思うと、胸が押しつぶされそうになる。俺も一度、コックに膿瘍《のうよう》ができたことがある。脳味噌にあれができたらって考えてみろよ。脳が膿の汁だらけになるんだぜ。マッティも気の毒に。地獄だったろうな。「それでどうなった？」

「頭痛がするようになって、マッティの奴、ヘロインの量を増やしたらしい。鎮痛剤のつもりだったんだろう。そのうち発作が起きた。軽い脳卒中みたいな発作だ。二十五歳の若い男が脳卒中だぜ。その発作のあとは、道で会っても奴だってわからなかった。あぶなく通り過ぎちまうところだった。リース・ウォークを歩いててだぜ。老いぼれみたいだったからな。こう、体は片方にかしいでるし、片脚引きずって歩いてるし、顔もこう、妙な具合に引き攣ってた。三週間もそんな状態だったかな。二度目の発作を起こして、今度は死んじまった。家のなかで死んだんだ。猫の鳴き声がうるさかったのと、フラットからひでえ臭いがしてたのとで、近所からついに苦情が出るまで、ずっとそのまま転がってたらしい。警察が来て、ドアをこじ開けて入った。マッティは床に転がって死んでた。干からびたゲロの中に顔を突っこんでな。子猫は元気だった」

俺はマッティと一緒にシェパーズブッシュの空き家で暮らしたときのことを思い出した。あれがマッティにとって幸せの絶頂期だった。あいつはパンクっぽい物事をとにかく気に入っていた。あの空き家に勝手に住み着いてた奴らも全員がマッティを気に入った。そこで暮らしてた女全員と、マッティは寝た。俺がずっと狙ってた女とも寝た。よくないことがマッティに起き始めたのは、あの家を出てこっちに戻ってきてからだ。それからは悪運ばかりが続いた。かわいそうなマッティ。

「やべえ。あいつだ」ギャヴがつぶやいた。「パフューム・ジェームズだよ。いまはあいつだけは勘弁してもらいたいのに」

顔を上げてみると、パフューム・ジェームズがにこやかな顔で近づいてくるところだった。いつものケースを抱えている。

「元気かい、ジェームズ？」

「元気だよ、お二人さん。元気だ。マーク、久しぶりだな、どこ行ってた？」

「ロンドンだ」

パフューム・ジェームズには気をつけたほうがいい。隙あらば香水を売りつけようとするから。

「最近、浮いた話はないのか、マーク？」

「ないね」ふん、残念だったな。

パフューム・ジェームズは眉を寄せて唇をすぼめた。「ギャヴ、ガールフレンドは元気かい？」

「ああ」ギャヴがもごもごと応える。

「勘違いだったら悪いが、この前あんたとここに来たとき、ガールフレンドはニナ・リッチをつけてたな」

「香水ならいらねえよ」ギャヴは、その話はここまでと宣言するみたいな冷たい声で言った。

パフューム・ジェームズは首をかしげ、両の手のひらを上に向けた。「残念だな。しかし、これだけは言わせてくれ。女はどんなプレゼントに感激するって、香水だよ。花はすぐ枯れちまうし、誰もがスタイルを気にするこのご時世、チョコレートは話にならない。ま、俺の知ったことじゃない話ではあるがな」パフューム・ジェームズはそう言ってにやりとすると、やっぱりケースを開けてみせた。あの小便の詰まった瓶がずらりと並んでるのを見れば、俺たちの気も変わるだろうとでも思ってるみたいに。

「おかげさまで今日も売れ行き上々だ。買ってくれたのは、きみたちも知ってるあのセカンド・プライズだ。つい一時間くらい前かな、シュラブでばったり会ってね。あれは相当に酔っ払ってたな。で、こう言うんだ。〝ああ、その香水を何本かもらうよ。いまからキャロルのところに行くんだ。いつもひどい扱いをしてるから、たまには機嫌を取ってやらないとな〟というわけで、贅沢にお買い上げってわけさ」

ギャヴが見るからにうなだれた。こぶしを握り締め、憤りながらもあきらめたように首を振る。パフューム・ジェームズは、次のカモを探して、跳ねるようにラウンジに行ってしまった。

俺はビールの残りを一気に片づけた。「セカンド・プライズを探しに行こう。預けた金をみんな飲まれちまう前に。あいつにいくら渡した？」

「二〇〇」

「あほか」俺はくっくっと笑った。笑わずにはいられない。まったくこいつ、どういう神経してんだか。

「俺、頭の医者に診てもらったほうがいいかもな」ギャヴもそう言った。それでも作り笑い一つ浮かべる気にもなれないらしい。まあ、笑うようなことでもないしな。

マッティの記憶

1

「ネリー、元気かよ？　ずいぶん久しぶりじゃねえか」

フランコがネリーに微笑みかけた。首で入れ墨の蛇がとぐろを巻き、波打ち際にヤシが一本だけ立った孤島を額に彫りこんだネリーには、スーツは絶望的に似合わない。

「こんなことで再会するなんてな」ネリーがしんみりと言った。スパッドやアリソン、スティーヴィと話していたレントンは控えめな笑みを浮かべた。葬式らしい台詞を聞いたのは、この日それが初めてだった。

それが合図になったように、スパッドが言った。「かわいそうなマッティ。悲しいニュースだよ」

「ほんと。あたし、もうヘロインはやらない」アリソンは両腕で自分の体を抱くようにしているのに、それでも寒気を感じたように身を震わせた。

「しっかりしないと、俺たち全滅だぜ。この調子でいったら全滅だ」レントンも言った。

「スパッド、おまえは検査受けたのか？」

「やめようよ。こんなときにそんな話……マッティの葬式なんだから」

「こういう話向きのときってのがあるのかよ」

「検査、受けときなよ、ダニー。ね、受けときなよ」アリソンが哀願するように言った。

「知らないほうがましかもしれないでしょ。だってさ、もし感染してるって知ってたら、マッティの人生は悪いほうに変わってたかもしれないよ」

「ねえ、相手はマッティだよ。HIVに感染する前、マッティがどんな素晴らしい人生を送ってたっていうの？」アリソンが言った。スパッドもレントンも、これには黙ってうなずいた。


火葬場に付設された小さな教会で、牧師が短い説教をした。この朝は何件も火葬の予定があり、長々としゃべっている時間はなかった。手短なコメントを二つ三つ、聖歌を二つ三つ、それから祈りを捧げ、スイッチをかちりと押して棺を焼却炉へ送りこむ。あと数回それを繰り返せば、今日の当番は終わりだ。

「マシュー・コンネルは、今日、ここに集まった私たち一人一人に対し、それぞれ違った役割を演じました。私たちの息子であり、兄であり、父であり、友人でした。彼の短かった人生の最後の日々はつらく、苦しいものでした。それでも、私たちは真のマシューを、生きたいと心から願っていた愛すべき若者を忘れてはなりません。彼は優れたミュージシャンでした。ギターを弾き、友人たちを楽しませることを何よりも……」

レントンはすぐ隣にいるスパッドと目を見交わしたりしないよう必死でこらえていた。噛み殺そうとすればするほど笑いがこみ上げてくる。マッティほど最低なギタリストはほかに見たことがないし、どうにか弾けたのは、ドアーズの『ロードハウス・ブルース』と、クラッシュやステイタス・クオの数曲だけだった。『クラッシュ・シティ・ロッカーズ』のリフを必死に練習していたが、マスターできずに終わった。それでもマッティはあのフェンダー・ストラトをそれは大切にしていた。血管をヘロインで満たす金を捻出するために、アンプはとうの昔に売り飛ばしたというのに、あのギターは本当にギリギリになるまで売ろうとしなかった。哀れなマッティ。レントンは思った。俺たちは、あいつのことをどこまで理解していただろう？　人間は他人をどこまで理解できるものなんだろう？

スティーヴィは、葬式に参列しているのではなく、何百キロも南に離れたホロウェイのフラットでステラと過ごしているのならどんなによかっただろうと考えていた。一緒に暮らし始めてから、長時間、離ればなれになるのはこれが初めてだ。落ち着かない気分だった。どれほど頑張ってみても、マッティの顔を思い浮かべることができない。思い出そうとすると、マッティの顔が途中からステラの顔になってしまう。

オーストラリアなんて、きっと住むには最低のところだろうな、スパッドはそう考えていた。暑さ。昆虫。そのうえ『ネイバーズ』や『ホーム・アンド・アウェイ』といったドラマで見るかぎり、郊外の街はどれも冴えない雰囲気だった。パブらしいパブは一軒たりともなく、ベイバートン・メインズやバックストーン、イースト・クレイグといった住宅街の温暖バージョンといったところだろうか。とにかく退屈そうでクソみたいに見える。スパッドは、メルボルンやシドニーの古くからある街並はどんなだろうと思い、エディンバラやグラスゴーやニューヨークのように、安フラットが並んでいるだろうか、あるとしたら、なぜテレビには映らないのだろう。ところでぼく、なんでマッティからオーストラリアを連想したんだろ――スパッドは首をかしげた。フラットに遊びに行くと、マッティはいつもマットレスに寝転がってヘロインを打ちながら、オーストラリアのソープ・オペラを眺めてたからかな。

アリソンは、マッティとのセックスを思い出していた。何年も前のことだ。ヘロインに手を出す前で、アリソンは十八歳くらいだった。マッティのコックを思い浮かべようとする。どのくらいの大きさだった？　どうしても思い出せない。マッティの体は憶えている。痩せて引き締まってはいたが、とりたてて筋肉質というわけではなかった。細身の美青年といった雰囲気のマッティは、落ち着きのない性格そのままの、落ち着きなく動き回る鋭い目をしていた。一番よく憶えているのは、あの夜ベッドにもぐりこんだときにマッティが言ったことだ。「いままでしたことがないようなセックスをしてやる」宣言したとおりだった。あんなにひどいセックスは、あれが最初で最後だ。マッティはものの何秒かでいき、なかで射精すると、はあはあと荒い息をしながら彼女の横に転がった。

アリソンは不満を隠さなかった。「全然よくなかった」ベッドから下りてマッティにそう言った。期待と緊張で燃え上がったままの体。だが、満足は与えられていない。欲求不満でわめき出しそうだった。アリソンは服を着た。マッティは一言もしゃべらず、身動きもしなかったが、アリソンが部屋を出ようとしたとき、マッティの目から涙がこぼれ落ちたのが見えたような気がした。棺を見つめていると、そのときの彼の表情が脳裏に蘇って、それきり消すことができなくなった。あのとき、もっと彼を思いやっていればと後悔した。

フランコ・ベグビーは、怒りと混乱のさなかにあった。仲間の死は、ベグビー自身に対する攻撃と同じだ。自分こそ仲間たちの保護者だと自負していた。だが、そのうちの一人の死によって、自分の無力さを痛感した。フランコは、怒りをマッティにぶつけることで問題を解決しようとした。ロジアン・ロードでジャイポやマイキー・フォレスターと喧嘩になったとき、マッティはさっさと逃げ、フランコ一人で二人を相手にする羽目になった一件を思い出す。二人を相手にしたこと自体は何でもない。義理の問題だ。仲間なら助け合うのが当然だろう。フランコは、マッティにしっかりそのつけを払わせた。肉体的には殴り、社会的には侮辱し、けなすことで。いま、フランコは悟った。あれしきじゃまだまだ手ぬるかったな。

ミセス・コンネルは、幼いころの息子を思い出していた。男の子は服を汚すのが仕事みたいなものだが、マッティは度を超えていた。靴はすぐに穴だらけになり、服もあっという間にすり切れてぼろぼろになった。だから、思春期のマッティがパンクにはまったときもとくに不安は抱かなかった。当然の成り行きだと思った。どうせ生まれたときからずっとパンクだったのだから。ふと、ある出来事が心に浮かぶ。ミセス・コンネルが義歯を入れてもらうのに小さかったマッティがついてきたときのことだ。帰りのバスで、彼女は人目を気にしていた。するとマッティは、うちのママは義歯を入れてきたとバスの乗客全員に話すと言い張った。マッティは思いやり深い子供だった。でも、子供は離れてゆくものだわ、とミセス・コンネルは思った。七歳を過ぎたら、親のものではなくなる。そしてそれに慣れたと思ったら、今度は十四歳になるころ、もう一度同じ経験をさせられる。何かがそれまでと変わる。そのうえヘロインが入りこんでくると、もはや本当に自分の子ではなくなってしまう。マッティは少しずつ遠のいてゆき、ヘロインだけが残った。

彼女は同じリズムで静かにしゃくり上げた。バリアムの効果が小さな風のように波を立て、その波が悲嘆を少しずつさらっていき、生々しい苦悩と失意が激しく渦巻くハリケーンの勢力を弱めようとしながら、同時にそれを心の奥底に沈めて隠してしまおうとしていた。

マッティの弟のアンソニーは、仇討ちについて考えていた。兄の命を奪った汚らわしい奴らへの復讐について。誰なのかはわかっている。そのうちの何人かは、図々しくも今日、この場に参列している。マーフィー、レントン、ウィリアムソン。あの救いようのないクズども。ただのジャンキーのクズのくせに、成功者のような顔をして肩で風を切って歩き、誰も知らない秘密を自分たちだけは知っているような顔をしている。あいつらと、その陰で糸を引いているもっと腹黒い悪党ども。意志の弱い愚かな兄は、そのクズ連中に子分のようにくっついて歩いていた。

アンソニーの心は、もう使われていない鉄道操車場でディーク・サザランドにぼこぼこにされた日に引き戻されていた。マッティはそのことを知ると、アンソニーと同い年でマッティより二歳年下のディークに仕返しをすると言って出かけた。兄はディークを徹底的にぶちのめしてくるだろう――アンソニーはそう期待した。だが、打ちのめされたのはまたしてもアンソニーだった。今回は、頼りの兄がぶちのめされるという結果によって。兄はあっけなく地面に倒され、そのまま執拗に蹴りつけられた。その様子を見ていたアンソニーは、自分自身がやられたとき以上の屈辱を感じた。マッティはアンソニーの期待を裏切った。あの日からマッティは、周囲の全員の期待を裏切り続けた。

リサ・コンネルは、パパがあの木の箱に入れられてしまって悲しいが、パパにはきっと天使みたいに翼が生えて天国に飛んでいくのだろうと思っていた。パパは天使になって天国へ行くんだねと言うと、リサの祖母は泣いた。パパはあの箱のなかで眠ってるみたいに見えた。祖母は、あの箱は遠くへ行くのよ、天国へ行くのよと言った。それを聞いてリサは心配になった。パパを箱から出してあげなくては飛べないのではないか。それでも、おとなに任せておけば平気だと自分に言い聞かせた。天国って楽しそう。あたしもいつか天国に行ってパパに会うんだと決めた。せっかくウェスター・ヘイルズの家までリサに会いに来てくれても、パパはいつも具合が悪くて、パパとはお話ししてはいけませんと言われた。天国に行ったら、もっとちっちゃかったときみたいにパパと遊ぼう。楽しいだろうな。天国に行けば、パパもきっと元気になる。天国はウェスター・ヘイルズとは違うはずだからとリサは思った。

シャーリーは娘の手をしっかりと握り、柔らかな巻き毛をくしゃくしゃと撫でた。マッティの人生がまったくの無駄ではなかった証は、リサ以外には何一つないように思えた。シャーリーはリサを見ながら思った。誰だって、この子の存在だけで充分な証だと納得するはずだ。しかし、マッティは名ばかりの父親だった。だから牧師がマッティは父親だったと言うのを聞いたとき、怒りがこみ上げた。シャーリーはリサの母親と父親の両方の役割を果たしている。マッティは、生物学上の父親になり、何度か訪ねてきてリサと遊んだ。ただし、それもヘロインにどっぷり浸かるまでのあいだだけだし、マッティがしてくれたのはそれだけだった。

昔からマッティには弱いところがあった。果たすべき責任と向き合うことができず、自制心を働かせることもできなかった。シャーリーの知っているジャンキーの大部分は、隠れロマンチストだった。マッティもだ。シャーリーは、屈託なく、優しく、愛情深く、生き生きとしているときのマッティのなかの夢想家を愛していた。だが、マッティの愛すべき状態はいつも長くは続かなかった。ヘロインを打ち始める前から、マッティが急に冷酷で無情な人間に変貌することはあった。以前はよくシャーリーのために愛の詩を書いてくれた。美しい詩だった。文学的な意味でではなく、その詩に読み取れる純粋な感情を美しいと思った。いつだったかマッティは、とびきり感動的な詩を読み聞かせたあと、すぐに火をつけて燃やしてしまった。シャーリーは泣きながら、なぜ燃やすのと訊いた。炎が何かを強く象徴しているように思えた。そのときのマッティの答えは、シャーリーの人生にもっとも悲しい記憶として刻み込まれた。

マッティは粗末なフラットに視線を巡らせてこう言った。「見ろよ。こんな部屋に住みながら夢を見て、何になる？　自分をごまかしてるだけだ。かえってみじめになるだけだ」

マッティの目は暗く、その奥をのぞき見ることはできなかった。彼の皮肉な言葉と絶望がシャーリーにも伝染し、いつかよい暮らしをしたいというシャーリーの希望を殺した。彼女の命までをも奪い去りかけたこともあった。だから彼女は勇気を奮い起こして決めた。この人とはここまでだと。

2

「お静かに願いますよ、お客さん」
バーテンダーがげんなりした顔で懇願する。死者を悼んでいた一団は、いまやただの飲んだくれに成り下がっていた。最初の何時間かは静かに飲みながらしんみりと思い出話をしていたが、途中から我慢できなくなって歌をがなり立て始めた。大声で歌うと胸がすっとした。緊張感が抜けてゆく。バーテンダーの懇願は無視された。

恥を知れ　シーマス・オブライエン
ダブリンの娘たちはみんな涙に暮れている
きみの嘘やペテンにうんざりしてる
恥を知れ　シーマス・オブライエン！

「お願いします！　静かに！」バーテンダーが怒鳴った。リース・リンクス公園の上品な側にあるこぢんまりとしたパブは、このような客に慣れてはいなかった。とりわけ、平日の夜には。

「おい、あの野郎、何言ってやがるんだ？　俺たちにだってダチを見送る権利があるだろうが！」ベグビーは獲物をじっと観察する肉食獣のような視線をバーテンダーに向けた。

「おい、フランコ」物騒な気配を察知したレントンはベグビーの肩に手を置き、攻撃的な気分を和らげようとした。「な、憶えてるか？　おまえと俺とマッティでさ、エイントリーまでグランド・ナショナル競馬を観に行ったよな」

「ああ！　そんなこともあったな！　俺がテレビに出てる有名な奴に失せやがれって言ったときだろ。あいつ、何て名前だっけ」

「キース・チェグウィン。チェガース」

「それだ。チェガース」

「あの番組に出てた奴だろ？　『チェガース・プレイズ・ポップ』。あの番組、憶えてるか？」ギャヴが訊く。

「そう、そいつだよ」レントンが言うと、フランコはにんまりと笑い、先を続けろよと促した。「競馬を観に行ったんだ、な？　そしたらそのチェガースがリヴァプール・シティ・ラジオのレポーターか何かで来ててさ、観戦席をうろうろしながらつまんねえ質問をして回ってたんだ。で、俺たちのほうにも来たんだけど、俺たちは答えたくなかった。ところがマッティときたら、こりゃ有名人の気分が味わえるとでも思ったか、今日はリヴァプールに来られて素晴らしい気分ですよ、キース、とても楽しいです、とか何とか愛想よくしゃべったわけだ。気をよくしたチェガースの馬鹿は、次にフランコの鼻先にマイクを突きつけた」レントンはベグビーを指さした。「こいつ、何て言ったと思う？　こうだぜ――このタマなし、とっとと失せやがれ！　チェガースの奴、真っ赤になって怒ってた。放送禁止用語にピー音をかぶせるために三秒ディレイの生放送だったんだが、ほんとに三秒で編集できたかどうか」

全員が笑い、ベグビーは自分の行為を正当化した。

「俺たちは競馬を観に行ったんだ。ラジオの馬鹿相手にしゃべるためじゃねえ」まるでメディアのインタビュー攻勢にいいかげんうんざりしている有名人のような顔だった。

だが、フランコにはいつでもどこでも向かっ腹を立てる対象をめざとく見つけだす才能が備わっている。

「なあ、今日はシック・ボーイの野郎はなんで来てねえんだよ？　あいつもマッティとつきあいがあったろ」

「シック・ボーイはさ、ほら、フランスにいるから……例の女の子と。ほっぽり出してくるわけにはいかなかったんじゃないの……だって……フランスからでしょ」スパッドはすっかり酔っ払っている。

「だから何だってんだよ？　レンツとスティーヴィは、このためにわざわざロンドンから帰ってきた。レンツとスティーヴィがロンドンから来られるなら、シック・ボーイだってフランスから帰ってこられるはずだろうが」

スパッドの感性はアルコールのせいで危険なほど鈍くなっており、愚かにもベグビーに言い返した。「うん、そうなんだけど、でも……フランスはもっと遠くだし……だって、フランスのなかでもずっと南のほうにいるんだよ」

ベグビーは信じられないという目つきでスパッドを見た。どうやらメッセージが伝わっていないらしい。ベグビーは、冷酷な唇を奇妙な形に歪め、目をぎらぎらさせながら、ゆっくりと、そしてさっきより大きな声で繰り返した。

「レンツとスティーヴィがロンドンから来られるなら、シック・ボーイだってフランスから帰ってこられるはずだろうよ！」

「そうだね……たしかにそのとおりだ。少なくとも努力はしなくちゃね。友達の葬式だもの」ベグビーが二、三人、スコットランドの保守党にいたら、いまごろ政権を取れてるかもしれないなとスパッドは考えた。メッセージの内容はさして問題ではない。肝心なのはその伝えかただ。ベグビーには、自分の考えを相手にまっすぐ伝える才能が備わっている。

スティーヴィはいますぐ逃げ出したい気持ちでいた。こんなやりとりを耳にするのは久しぶりで慣れていない。フランコはスティーヴィに腕を回し、もう一方の腕をレントンに回した。

「おまえらにまた会えてうれしいよ。二人ともな。スティーヴィ、ロンドンに戻ったら、こいつの面倒をちゃんと見といてくれよな」今度はレントンのほうを向く。「マッティと同じ道をたどってみろ、ぶっ飛ばしてやる。フランコ様の命令に背くんじゃねえぞ」

「もしマッティと同じ道をたどったら、ぶっ飛ばすも何もねえだろ」

「甘いな。おまえの死体を墓から掘り返して、リース・ウォークを蹴飛ばして歩いてやる。わかったな？」

「心配してくれてるってわかってうれしいよ、フランク」

「心配してるに決まってんだろ。ダチってのは助け合うもんだ。だろ、ネリー？」

「へ？」ネリーはのろのろと振り向いた。完全にできあがっている。

「こいつらにな、ダチは助け合わなきゃなんねえって言ってたんだよ」

「ああ、決まってるじゃないか」

スパッドとアリソンは、二人で何か話している。レントンはさりげなくフランコのそばを離れ、その二人のところに行った。フランコは、スティーヴィの腕をつかんでトロフィーか何かのように持ち上げ、ネリーに向かって、こいつはすげえいい奴なんだぜと自慢している。

スパッドがレントンのほうを向く。「いまね、アリと話してたんだ。こういうのってヘヴィだよねって。年齢のわりに葬式ばかりだ。次は誰なんだろ」

レントンは肩をすくめた。「次が誰だとしても、俺たちは少なくとも心の準備ができてる。〝親しい者との死別〟に学位がもらえるものなら、俺はそろそろ博士号を取れそうだ」

閉店時間が来ると、彼らはぞろぞろと通りを歩き出し、テイクアウトしたビールを抱えてベグビーのフラットに向かった。すでに十二時間、酒を飲みながらマッティの人生とその意味について、わかったような口をきき続けている。しかし実のところ、深く考えれば考えるほど、全員分の洞察を寄せ集めて分析してみたところで、その残酷なパズルの一部さえ解くことはできないのだと思い知らされた。

十二時間前と比べて、彼らはわずかも進歩していなかった。

ストレート・ジレンマ　No. 1

「ねえ、これやってみなよ。どうってことないから」女が煙草を差し出す。俺はなんでこんなとこにいるんだ？　ほんとならいまごろは家に帰って着替えをすませ、テレビを眺めてるか、ちょっとそのへんに飲みに出かけてるはずだったのに。ミックがいけないんだ。帰りがけに一杯やろうなんて言い出した奴のせいだ。

　おかげさまで、俺はこの居心地のいいフラットで浮きまくってる。俺一人だけスーツとネクタイって格好のまま、自分では大したワルのつもりでいるジーンズとTシャツ姿の面々のど真ん中に放りこまれてる。週末のパーティってのはどうしてこう退屈なんだ。

「ポーラ、放っておいてあげなよ」パブで知り合った女が横から言った。その女は、俺と寝たくてたまらないらしい。ロンドンの盛り場によくいるタイプの女だ。傍《はた》で見ててもわかるくらい、男とやりたくて必死になってる。さっきから、便所に行くたびに、あの女、どういう顔してたっけって考えてみても、大まかなイメージさえ浮かんでこないんだが、それでもまあ、あの女と寝ることになるんだろう。ああいうタイプの女にはほんと、うんざりさせられる。上っ面だけの人間だ。寝て、利用するだけしたら、あとはおさらばさ。それ以上のことをしたら、かえってがっかりさせちまうんじゃないかって気がする。おっと、こんなこと考えてるようじゃ、まるでシック・ボーイだな。しかし、奴の理論が当てはまる時と場合ってのがないわけじゃない。たとえば、いまこの場所がまさにそうだ。

「ねえ、こっちへいらっしゃいよ、ミスター・スーツ・アンド・タイ。こんなもの、やったことないでしょ？」

俺はウォッカをちびりと飲みながらその女を観察した。きれいな小麦色の肌と手入れの行き届いた髪。だが、そのせっかくの肌と髪は、やつれた不健康な雰囲気をごまかすどころか、かえって際立たせちまってる。子供みたいに素直な目で観察してみる――流行に敏感だと思われたがってる自称都会人が一人。その手の人間は墓地に行くと大勢埋まってる。

俺はマリファナを受け取り、匂いを確かめてから女に返した。「マリファナか。それにアヘンをちょっと混ぜた。だろ？」なかなかの上物ではあるらしい。

「そうだけど……」女は少しひるんでいる。

俺は女の指先でじりじりと燃えている煙草をもう一度眺めた。何かを感じようとした。何でもいい。俺が求めてるのは悪魔だ。俺を誘惑する悪党だ。俺のなかに棲むあいつ。脳味噌をシャットダウンし、俺の手を操縦して煙草を受け取り、唇に運び、掃除機のように吸わせようとするあいつだ。だが、奴がしゃしゃり出てくる気配はなかった。ひょっとしたら、俺のなかにはもういないのかもしれない。奴が出ていったあとに残ったのは、九時五時で働く平凡な労働者のみ。

「せっかく誘ってくれたのに悪いけど、パスするよ。臆病者って呼びたいなら呼んでくれてかまわない。ドラッグにはちょっと抵抗があってね。はまっちまって抜け出せなくなった奴を何人か知ってるから」

女は俺をじっと見た。俺が言わなかったことのほうに何か重要な意味があると察したようだ。いやな奴だと思ったらしく、いきなり立ち上がってどこか行っちまった。

「あんた、どうかしてる。どうかしてるよ」パブで知り合った女——名前は何だっけな、また忘れちまった——はやけに大きな声で笑った。ああ、ケリーが懐かしい。ケリーはスコットランドに帰っちまった。ケリーの笑い声はすてきだった。

正直な話、ドラッグなんてどうしようもなく退屈なものだって思えてしかたがない。ヘロインをやってたころより、いまの俺ははるかに退屈な人間だ。だが、こういう退屈がかえって新鮮に感じられたりもして、見た目ほどつまらない生活じゃない。だから、もうしばらくはこんな感じで行こうかと思ってる。もうしばらくはな。

外食産業

　はあ、もううんざり。こういう日ってあるのよね。込んでるほうがまだまし。今夜みたいに開店休業状態だと、時間が経つのがのろくてのろくて。お客さんがいないとチップをもらうチャンスもないし。最低！

　お店はがらがらだった。アンディは退屈そうな顔で『イヴニングニュース』を広げてる。厨房のグラハムは、誰か食べてくれる人がきっといるって期待しながら料理の下ごしらえをしている。あたしは疲れたって思いながらただカウンターにもたれてる。哲学のレポートの提出期限は明日なのに。テーマは「道徳」。道徳とは相対的なものか絶対的なものか、いかなる環境において相対的または絶対的か。そんなようなこと。レポートのことを考えると憂鬱になる。バイトが終わったら、徹夜で書かなくちゃ。うんざり。

　ロンドンを懐かしいと思うことはないけど、マークには会いたい……ほんのちょっとだけ。ううん、ほんのちょっとよりはもう少し恋しいかもしれない。でも、覚悟してたよりはさびしくない。マークは、大学に行きたいなら、わざわざエディンバラに帰らなくてもロンドンで行けばいいじゃないかって言った。奨学金で大学に通いながら生活するのはどこの街でも苦しいけど、ロンドンじゃ不可能に近い、物価が違うから絶対に無理って言うと、俺の給料は悪くない、だからどうにかなるよってマークは言ってくれた。でも、元締めと娼婦じゃないんだから、囲われるみたいな生活はいやって言ったら、それとこれとは違うだろって言われた。結局あたしはエディンバラに戻ってきて、マークはロンドンに残った。あたしもマークもそう後悔してないと思う。マークは優しいところもあるけど、基本的にはあんまり他人を必要としない人みたい。半年くらい一緒に暮らしてみても、マークって人はいまだによくわからない。あたしが期待しすぎた、マークは見かけほど奥行きのある人じゃないんだって思うこともある。

見るからに酔っ払った四人組がお店に入ってきた。べろんべろん。そのなかの一人になんとなく見覚えがあった。大学で見かけたことがあるのかもしれない。

「いらっしゃいませ」アンディが声をかけた。

「おたくで一番いいワインを二、三本と……四人用のテーブル……」見覚えのある一人が、呂律の回らない調子で言う。

アクセントや服装や物腰を見れば、四人組がミドル・クラスかアッパー・ミドル・クラスのイングランド人だってわかる。エディンバラには、最近、お金にものを言わせて他人の街で好き勝手するような人たちが増えてる。そろいもそろってロンドン帰りだって自慢するの。前はエディンバラの大学に来るのはニューカースルとかリヴァプールとか、バーミンガムとかロンドン出身者が多かったけど、最近はせっかくオクスフォードやケンブリッジの地元に生まれたのに、そこには入れなかった落ちこぼれタイプの遊び場と化してる。そこにエディンバラの一流高校を出たような人たちがちらほら混じってる感じ。

あたしは四人組に愛想笑いを向けた。偏見は捨てて、人を人として扱うようにしなくちゃ。マークの影響だと思う。マークの偏見は伝染しやすいの。やれやれ。四人組がテーブルについた。

一人が言った。「スコットランドじゃ、かわいい女の子のことをどう呼ぶか知ってるか？」

別の一人がすかさず答えた。「観光客！」大きな声だった。恥知らずな人たち。

次に別の男があたしを指さして言った。「そうともかぎらないぜ。あの子なら喜んでベッドにお迎えするね」

このどスケベ。こっちがお断りよ。

お腹のなかは煮えくり返ってたけど、聞こえなかったふりをした。このレストランをクビになるわけにはいかない。お金が要るんだもの。お金がなければ、大学も行けない。学位が取れない。どうしても大卒の資格が欲しかった。ほかの何よりも欲しい。

四人組はメニューを眺めてる。黒い髪の痩せた男が、スケベったらしい笑みを作ってあたしを見て、わざとらしいコックニー訛で言った。「やあ、お嬢ちゃん」

お金持ちのあいだではそういうおふざけが流行ってるってだけのこと。それはわかる。でも、お帰りはあちらです、と言ってやりたかった。こんないやな思いしてまでお金なんか……

…だめだめ、お金は要る。

「お嬢ちゃん、ちっとは愛想よくしてくれたって罰は当たらないだろ！」太った男が大きな声で尊大に言った。気配りや知性とは無縁なうえに、傲慢で礼儀知らずだけどお金には困ってない人たちだけが出せる声。控えめに微笑んで見せようと、あたしの顔の筋肉は引き攣ってた。やれやれ。

注文を取るのは、もう悪夢としか言いようがなかった。四人とも就職の話に熱中していた。商取引。広告。企業弁護士。それが人気の職業ベスト3みたい。夢中になってしゃべる合間に、さりげなくあたしを馬鹿にしたような口をきいたりからかったりする。痩せた男なんか、恥知らずにも、今夜は仕事は何時に終わるの、なんて訊いたりまでした。残りの三人はひゅうひゅうとか言いながらテーブルを指で叩いてドラムロールみたいな音を立てた。あたしは完全に無視した。注文を取り終えて厨房に戻るころには、くたくたに疲れたうえに、品性を貶《おとし》められた気がしてた。

文字どおり怒りで震えてた。あとどのくらい、爆発せずに我慢できるだろう。ルイーズかマリサもいる日だったらよかったのに。女の子同士ならわかってもらえただろうに。

「あの客を追い帰すわけにはいかないの？」あたしはグラハムにつっかかった。

「商売だからね。お客様はつねに正しいんだよ、たとえどんないやな客でも」

マークが言ってたことを思い出した。何年も前の夏、ロンドンのホース・オブ・ジ・イヤー・ショーでシック・ボーイと一緒にウェイターのバイトをしたときの話。マークはいつも、支配者はウェイターだって言っていた。ウェイターには嫌われないほうが自分のためだよって。もちろん、マークの言うとおりよ。いまこそせっかくの力を行使すべきときだと思った。ちょうど重い生理の真っ最中だった。お腹の中身をかき出されてるみたいな、なかのものが全部押し出されそうになってるみたいな痛み。あたしはトイレに行ってタンポンを取り替え、月経血が染みた使用済みのほうをトイレットペーパーでくるんだ。

帝国主義者の成金たちのうち、二人がスープを注文していた。うちの店のお勧め、トマトとオレンジのスープ。グラハムはメイン・ディッシュの調理に気を取られてる。あたしは血だらけのタンポンを取り出すと、ティーバッグみたいに片方のスープに浸した。フォークを使って汚い液体を押し出す。子宮から流れ出た液体が細い線になってスープに浮かんだ。念入りにかき回して完全に溶かした。

前菜のパテ二皿とスープ二皿をテーブルに運んで、隠し味をきかせたほうのスープを痩せた整髪料てらてら男の前に置いた。四人組の一人、褐色の顎ひげに出っ歯という驚異的な醜男は、やっぱり無駄に大きな声で、ハワイなんて行く価値もないところだって言ってた。「暑いだけのとこだよ。いや、暑いの自体はかまわないんだが、南カリフォルニアのからっとした暑さとはまたちがうんだよ。ハワイは湿気がすごい。一日中、ブタみたいに汗まみれだ。そのうえ、地元民があとからあとからたかってきて、つまらない土産物を買わせようとする」

「ワインをもっとくれよ！」ブロンドのでぶちんがあたしのほうを向いて横柄に怒鳴った。

またトイレに行き、今度はソースパンに尿をなみなみ入れた。膀胱炎を起こしやすい体質なのよね。生理中はとくにひどくなる。やっぱり尿路が炎症を起こしてるみたいで、おしっこはちょっと濁ってた。

そのおしっこを、デカンターに移したワインに混ぜた。すこし濁ったワインになっちゃったけど、あれだけ酔っ払ってればきっと気づかない。ワインを四分の一くらい流しにあけて、復讐の証としておしっこを足した。

魚料理にもおしっこをかけた。マリネ・ソースと同じ色と濃度だから絶対にわからない。完璧！

四人組は、何も気づかずに料理を食べ、ワインを飲んだ。

新聞紙の上にうんちをするのは大変だった。トイレはほんとせまくて、かがむのも一苦労だから。それにグラハムが何か怒鳴ってた。ゆるいうんちをどうにか少し取った。それを生クリームと混ぜてミキサーにかけ、できあがったものをチョコレート・ソースと合わせてソースパンで温める。その特製ソースをデザートのプロフィトロールにかけた。おいしそう。上出来だわ！

心身にエネルギーがチャージされたような気がして、四人組の無礼な言葉まで耳に心地よく聞こえたくらい。さっきよりずっと自然に愛想笑いができた。貧乏くじを引いたのはあのデブっちょ。ミキサーで砕いた殺鼠剤をトッピングしたアイスクリームを注文してたのはそいつだったから。グラハムが面倒に巻きこまれたりしませんように。レストランが閉店に追いこまれたりしませんように。

ここまでやったらもう、哲学のレポートには、特定の状況下においては道徳は相対的なものであると書くしかないでしょ。あたしの正直な考えを書くとすればね。でも、ラモント教授の考えとは違うってわかってる。媚びを売っていい成績をもらうために、予定どおり、道徳とは絶対的なものだと書くことにするかも。

まったく、世の中って。

トレインスポッティング、リース・セントラル駅で

ウェイヴァリー駅を出て通りを歩き出す。どこか不気味で見慣れない雰囲気が漂っていた。カルトン・ロードの陸橋の下、郵便局前のバス停のところで、男が怒鳴り合っていた。いや俺に向かって怒鳴ってるのかな。こんな時間にこんなとこで喧嘩かよ。しかしまあ、喧嘩向きの場所や時間帯ってのもないか。俺は歩くペースを上げて——重たいダッフルバッグを抱えて急ぐのは楽じゃない——リース・ストリートに出た。いったい何なんだよ？　チンピラどもめ。俺は……。

俺はそのまま急ぎ足で歩き続けた。プレイハウス劇場にさしかかるころには、チンピラどもの怒鳴り声は背後に消え、入れ違いに、劇場から出てきた中流階級のグループがいくつか、いま鑑賞したばかりのオペラ『カルメン』を褒めそやすざわめきが聞こえてきた。何人かはリース・ウォークのてっぺんのレストランに向かった。きっと予約してあるんだろう。俺はさらに歩き続ける。ここからはずっと下り坂だ。

前に借りてたモンゴメリー・ストリートのフラットの前を過ぎ、いまとなっては溜まった汚れをこそげ落としてぴかぴかに生まれ変わっているが、昔は麻薬密売ゾーンだったアルバ

ート・ストリートも越えた。パトカーがサイレンを狂ったように鳴らしながらリース・ウォークを猛烈な勢いで下っていった。男が三人、パブから出てきて、ほろ酔いの足取りで中華料理屋へ入っていく。そのうちの一人は、俺と目が合わないかと期待してうずうずしてる。どんな見え透いた口実であろうと与えられれば、待ってましたとばかり両手で食らいつく連中もいる。こういうときは、用心して、さらに歩くペースを上げるのが一番だ。

確率という意味で言えば、夜遅い時間にリース・ウォークを港に向かって下れば下るほど、顎にパンチを食らう確率は高くなる。しかし俺の場合は、下れば下るほどリラックスできる。ここはリースだ。俺にとってはリース＝家なんだろう。

誰かが吐いているげぇっという音が聞こえた。俺は資材置場に通じる路地をのぞいた。大量のゲロを撒き散らしているのはセカンド・プライズだった。俺は気を遣って奴が落ち着くまで少し待ってから声をかけた。

「ラブ。大丈夫か？」

セカンド・プライズが振り返った。立ったまま微妙に揺れながら、懸命に俺の顔に目の焦点を合わせようとしているが、むくんだまぶたは、通りの向かいの深夜営業のアジア食品店のシャッターみたいにがしゃんと下りたくてたまらずにいるように見えた。

奴は何かこんなようなことを言った。「やあ、レンツ。俺は酔ってなんかねえ……よ……」その直後、奴の表情が変わったように見えた。「……この野郎……こうしてやる……」

奴はよろめきながら近づいてくると、こぶしを振り回した。ダッフルバッグを抱えてたって、こんなとろい奴、よけるのは楽勝だ。セカンド・プライズは壁にぶつかって跳ね返り、ふらふら後ずさりして尻餅をついた。

支離滅裂なことをしゃべり続けているセカンド・プライズを助け起こす。奴ももう殴りかかってくる気はなくしていた。

奴を抱えるようにして通りを歩き出したとたん、セカンド・プライズはトランプで作った家みたいに崩れ落ちた。アルコール依存症者が長い年月を経て身につける無力さ。全体重を俺に預けてくる。こうなるともう、ダッフルバッグを持ったままじゃ、奴がひっくり返らないように支えたり、また誰かに喧嘩を吹っかけて負け《セカンド・プライズ》たりしないよう引き留めたりするのは不可能だ。歩くのは無理だな。

リース・ウォークを流してたタクシーをつかまえ、セカンド・プライズを後部座席に押しこんだ。運転手は不満げだったが、俺は五ポンド札を握らせて言った。「ボウトウあたりで降ろしてやってくれ。ハウソーンベールだ。そこまで行けば、あとは自分で帰れるだろうから」街中がお祭り気分でいる時期だ。一年のうちでもいまの季節なら、セカンド・プライズみたいな奴もそう目立たずにすむ。

奴と一緒にタクシーに乗って実家の前で先に降りちまおうかとも思ったが、トミー・ヤンガー・バーの誘惑に負けた。店に入ると、ベグビーがいた。同類のサイコ野郎どもに囲まれてご満悦だ。そのなかの一人に俺も見覚えがあった。

「レンツ！　おい、元気かよ？　いまロンドンから帰ってきたとこか」

「ああ」俺はベグビーの手を握った。そのまま引き寄せられ、背中を平手で思い切り叩かれた。「いまそこでセカンド・プライズを拾ってタクシーに押しこんできた」

「あいつか。俺がもう帰れって追い出したんだよ。レッドカード級の騒ぎを二度も起こしやがったから。いるだけで迷惑なんだよ、あいつは。ジャンキーよりたちが悪い。クリスマスだから勘弁してやったが、ほんとなら叩きのめしてやってるところだ。あいつとは金輪際、つきあわねえぞ。これっきりだ」

ベグビーは仲間に俺を紹介した。セカンド・プライズが何をやらかして放り出されたのかなんて、知りたくもない。そうか、見覚えのある一人は〝ジョニー・ソートン〟・ドネリーだ。ほら、マイキー・フォレスターのところに行ったとき、マイキーが機嫌取りしてたあいつだ。あのあと、フォレスターに見切りをつけて骨の髄まで痛めつけたらしい。哀れマイキーは病院送り。もう少しまともな奴だったら、そこまでの目には遭わなかっただろうにな。

ベグビーは俺を脇へ引っ張って小声で言った。

「トミーが発症したって聞いたか？」

「ああ。聞いた」

「明日にでも顔を見に行ってやれよ」

「ああ、そのつもりだ」

「そうだよな。おまえだけは何があっても行ってやらねえとな。いやべつに、おまえのせいだって言ってんじゃないぜ、レンツ。セカンド・プライズの野郎にも同じこと言った。俺はトミーがHIVになったのはレンツの責任だなんてこれっぽっちも思ってねえって。自分の人生は自分で責任持たなくちゃな。セカンド・プライズにそう言ってやったよ」

そのあとベグビーは、俺は本当にいい人間だというようなことを機嫌よくしゃべり続けた。俺に恩を売りたかったんだろうな。俺は従順に恩を買っておいた。

そのままベグビーのいつものエゴひけらかし一人舞台の引き立て役を演じてやった。チンピラどもを相手に、ベグビーって奴がいかにたくましくて女にモテモテの素晴らしい男か、ベグビー伝説の古典をあれこれ聞かせてやった。本人以外の人間が話したほうがほんとらしく聞こえるからな。そのあと二人そろってパブを出ると、リース・ウォークを歩き始めた。俺はこのまままっすぐ実家に帰りたかったが、ベガーはうちに寄って一杯飲んでいけとうるさかった。

ベグビーとつるんでリース・ウォークを歩いていると、びくびくした小動物じゃなく、その小動物をつけ狙う肉食動物の側になった気がする。誰かと目が合わないかとつい期待しちまう。だが、そのうち自分が滑稽に思えてきてやめた。

リース・ウォークを下りきったところにあるリース・セントラル駅で立ち小便をした。この駅はもう使われてなくて、空っぽの車庫だけが残ってる。もうじき取り壊されて、跡地にスーパーマーケットとスイミングセンターが建つらしい。そう聞くとなんだかさみしいような気がする。まだ列車が通ってたころはほんの子供だったから、その当時のことなんか何も憶えてないのにな。

「けっこうでかい駅だったらしいね。昔はどこへ行くにもここから列車に乗ってたって」冷えきった砂利に湯気の立つ小便が跳ねるのを見ながら、俺は言った。

「いまも列車が通ってたらよ、そいつに乗って、こんなむさくるしい街、とっとと出ていってやるのにな」ベグビーが言った。リースのことをそんな風に言うなんて、ベグビーらしくない。どちらかといえば、この街を実際以上に褒めたがる奴なんだ。

そのとき、さっきからベグビーがじっと目を据えてた中年の酔っ払いが、ワインの瓶をぶら下げてよたよたと近づいてきた。この駅は、こういう酔っ払ってそのまま寝ちまうような奴らのちょうどいいたまり場になってる。

「おまえたち、いったい何してる？　列車見物《トレインスポッティング》か？」オヤジは自分の冗談に馬鹿笑いした。

「そうだよ。そのとおり」ベグビーが答えた。それから小さな声で付け加えた。「うるせんだよ、くそじじい」

「そうかい。邪魔はしねえよ。いつか列車を見てやろうっていうその気持ちを忘れるなよ！」オヤジはそう言うと、よれよれと行っちまった。がらんとした車庫に飲んだくれのひいひいという笑い声が響く。ベグビーは、奴らしくなく黙りこんでなんだかそわそわしている。こっちに顔を向けようとしない。

そのときになってようやく、俺は気づいた。いまの酔っ払いはベグビーの親父さんだ。デューク・ベグビーのうちに向かってまた歩き出しながら、二人ともずっと黙っていた。

ストリートで通りすがりの男に出くわすまで。ベグビーはいきなりそいつの顔を殴りつけ、男は地面に転がった。一瞬、こっちの顔をうかがったが、すぐに胎児のように体を丸めて防衛体制を取った。ベグビーは「このチンピラ」と一言つぶやくと、無抵抗の相手を二、三度蹴った。ベグビーを見上げた男の顔には、恐怖というより、あきらめに似た表情が浮かんでいた。何もかも悟ってるみたいな顔だった。

俺はベグビーを止めようとしなかった。止めるふりさえする気にならなかった。やがてベグビーは俺に向き直り、自分のうちの方角に顎をしゃくった。俺たちはぐったりした男を歩道に残して無言で歩き続けた。どちらも、一度も振り返らなかった。

片脚の男と

　ジョニーが脚を切断してから、会うのはそれが初めてだった。いまどんな精神状態でいるのか、想像もつかなかった。最後に会ったときは、全身が膿瘍だらけだっていうのに、まだバンコクに行くんだとか何だとか、わけのわからないことをしゃべりまくっていた。

　意外なことにジョニーは、ついこのあいだ片方の脚を失ったばかりとは思えないほど元気いっぱいだった。

「レンツ！　よく来たな！　元気にしてたか？」

「ぼちぼちだよ、ジョニー。なあ、脚のこと、ほんとに残念だったな」

　奴は俺の気遣わしげな顔を見て笑った。「サッカー選手としての輝かしき未来は少々曇っちまったかな。ま、どのみちハーツのギャリー・マッケイは止められなかったがね」

　俺はとりあえず笑っておいた。

「ホワイト・スワン様の充電期間もそろそろ終わりさ。松葉杖の扱いに慣れたらすぐ、また街に戻る。野心の翼は切り落とせないってやつさ。脚は切られてもな」ジョニーは背中に手を回して、翼がほんとにあるなら生えているあたりをぱんと叩いた。たぶん、ほんとに生えてるつもりなんだろう。「〝この鳥は変わらなーーーーい〟……」奴はレーナード・スキナードの歌を歌い出した。あきれたね、いったいどんなドラッグをやってる？

　俺の心を読んだみたいに、ジョニーが言った。「おまえもこのサイクロジンってやつを試してみろよ。単体じゃ何てことねえが、メタドンと混ぜてみろ。うひゃあ、こりゃすげえ！ってなるぜ。こんなにハイになれるクスリは俺も初めてだ。八四年に手に入れたあのコロンビア産のヘロインよりもっとすごい。おまえがいまクリーンなのは知ってるけどな、ほかのを試すくらいなら、まずこのカクテルをやってみな」

「そんなにすごいのか？」

「最高だ。この修道院長様がそう言ってるんだぜ、レンツ。俺はな、ドラッグに関しちゃ、自由市場擁護論者だ。しかしだ、国民医療サービスのクオリティは認めてやるべきだ。脚の切断後に禁ヤク・セラピーに通うようになってから、政府はこの業界で民間企業と互角に競争できるんじゃねえかと思うようになった。安価で良質な商品を消費者に提供できるんじゃねえかとな。メタドンとサイクロジンの組み合わせ。いいか、仕組みはこうだ。病院に行ってメタドンをもらうだろ。そのときサイクロジンを処方されてる奴を探すんだ。たいがい、癌とかエイズとかの気の毒な奴らが処方されてる。ちょちょいと交換するだけで、みんなハッピーってわけさ」

　ジョニーはろくな静脈がなくなっちまって、しまいに動脈に打つようになった。ほんの数回で壊疽《えそ》を起こした。それで脚を切断しなきゃならなくなったんだ。俺は包帯が巻かれた脚の先端をつい観察した。奴は俺の視線に気づいたらしい。

「何考えてるか当ててやろうか。あいにくだな、真ん中の脚はなくなってねえよ！」

「違うよ、そんなこと考えてねえよ」俺は言い返したが、奴はもうボクサーショーツから一物を引っ張り出していた。

「ま、俺にはあんまり使い道がねえんだけどな」そう言ってジョニーは笑った。

コックは乾いたかさぶただらけだった。ということは、治りかけてるのか。「だいぶ治ったみたいだな、ジョニー。その、膿が出てたんだろ」

「ああ。これからはメタドンとサイクロジンだけにして、注射はやめようとしてるところだ。切断した脚の残りを初めて見たとき、お、こりゃいいぞ、次からはここに打つかって思ったんだがな、医者の野郎がすかさず言うんだ。やめとけ、そこに打ったら次は確実に死ぬぞって。それに禁ヤクのセラピーもなかなか悪くない。ホワイト・スワン様の今後の戦略はだな、まずは動けるようになって、ドラッグをやめる。それから純然たる売人になる。自分は使わずに、ひたすら儲けのために売りまくる」ジョニーはパンツのウェストのゴムを引っ張り、かさぶただらけの一物をひょいと持ち上げて中にしまった。

「ドラッグとはもう完全に縁を切れよ」俺は言った。だが、奴はまるで耳を貸さない。

「ごめんだね。俺の目標はな、金を貯めて、バンコクに移住することなんだから」

脚はなくなっちまっても、タイに移住する夢はまだなくしてないらしい。

「いいか。俺はな、タイへ行くまで女とやれないなんてのはごめんだ。クスリの量が減ると、そっちの元気が出るもんだろ。こないだ、看護師が着替えを手伝いに来たとき、勃っちまってさ。けっこう年食った女だったんだが、ベッドの上の俺様は、根元にリンゴがついた赤ん坊の腕みたいなものを股から生やしてた」

「まずは歩くところからだな、ジョニー。そしたら次はやれる」俺は励まそうと思ってそう言ってみた。

「んなわけねえだろ。脚が一本しかねえ男とやりたがる女なんかいるか？　金を払わなきゃ、まず無理だろうよ。ホワイト・スワン様は大いにがっかりしてる。だがな、女は金で買うほうが気楽って考えもある。ビジネスとして割り切った関係だからな」それからどことなく棘のある声で訊いた。「そういえば、ケリーとはまだやってんのか？」

「いいや、ケリーはもうエディンバラに戻ってるから」

俺はジョニーの言いかたが気に入らなかった。自分の答えかたも気に入らなかった。

「ちょっと前にあのアリソンが見舞いに来てさ」なるほど、そういうことか。ケリーとアリソンは仲のいい友達だ。それでいまみたいな悪意のある訊きかたをしたわけだ。

「で？」

「ま、怖いもの見たさってやつだろ」ジョニーは顎で包帯の先端を指した。

「おい、よせよ、ジョニー。アリはそんな女じゃない」

ジョニーはまた笑った。ノンカフェインのダイエット・コークに手を伸ばし、プルトップを開けて一口ごくりと飲んだ。「飲みてえなら冷蔵庫から勝手に出せ」そう言ってキッチンを指さす。俺はいらないと首を振った。

「でな、アリソンがちょっと前に来たわけだ。二週間か三週間か前かな。俺は言ってやった。尺八やってくんねえかって。昔馴染みだろって。この修道院長様、ホワイト・スワン様には何度も世話になってきたわけだろ。その程度の恩返し、当然だろうが。ところがあの冷たい女はよ、いやだって言うんだよ」ジョニーはいまいましげに首を振った。「俺はあの売女とやったことは一度もねえ。たったの一度もだぜ。向こうがやりたがっててもだ。ヘロイン一回分と引き換えにならいつだってやらせてくれただろうけどな」

「だろうな」俺は答えた。それはほんとだ。いや、どうなんだろう。表向きは何もないように見えるが、アリソンと俺のあいだには、何か敵意みたいなものが昔から居座ってる。どうしてなのかわからない。だが、理由はどうあれ、そういう敵意が存在してるおかげで、アリソンのことを悪いほうに悪いほうに解釈しても、罪悪感とは無縁でいられる。

「だがな、ホワイト・スワン様は、困ってる女を見ても、弱みにつけこんだりはしねえ」

「だろうな」俺は今度は絶対に嘘だと思いながら答えた。

「もちろん、つけこんだりしないさ」ジョニーはしつこく繰り返す。「そんなこと一度もないだろ、え？　証拠はねえが、俺がそう言うんだから間違いねえ」

「ああ、だけどさ、前はヘロインのせいでやれなかっただけじゃないのか」

「いやいやいやいや」ジョニーはコークの缶で自分の胸を指した。「ホワイト・スワン様はダチを利用したりしない。黄金のルールその一だよ。ドラッグのせいじゃない、何のせいでもない。それに関してホワイト・スワン様の高潔さを疑ってもらっちゃ困るな、レンツ。それにだ、俺だってヘロインで勃たない時期ばかりだったわけじゃない。そうしたいと思えば、アリソンのまんこくらいものにできたんだ。俺がドラッグのせいでやれなきゃ、あいつに売春させることだってできた。ちょろいもんよ。ノーパンでミニスカート穿かせて、イースター・ロード競技場の外にでも立たせときゃいいだけなんだから。一発打っておとなしくさせといて、裏の便所の床に転がしとくって手もある。ホーム側のサポーター全員を並ばせて、ホワイト・スワン様が外に立って、一人五ポンドの料金を徴収する。コンドームは無料で配布したとしても、桁外れの儲けになっただろうよ。次の週にはタインキャッスル競技場でHIV持ちのハーツ・サポーターにもやらせてやるんだ」

信じられないことに、移動遊園地の運営で有名なミスター・カドナよりはるかにたくさんの射的場《シューティング・ギャラリー》の設営に関わってきたのに、ジョニーはいまだにHIVに感染していない。しかも、HIVに感染するのはハーツのサポーターだけで、ヒブス・サポーターは全員が免疫を持っているという、理解不能な信念の持ち主だ。「俺の人生はそれで上がりってことにもできた。老後の備えはばっちりだ。数週間もやれば、いまごろはタイで悠々と暮らしてただろうなあ。オリエンタルなケツを目の前にずらっと並べてな。だが、俺はやらなかった。なんでやらなかったかって言うと、ダチを利用するのは信念に反するからだ」

「信念を曲げずに生きるのは難しい場合もあるのにな、ジョニー」俺はにっこりしてみせた。もう帰りたかった。またあの東洋の冒険ファンタジーが始まったりしたらごめんだからな。

「ああ、そのとおりだ。だがな、困ったことに、俺は絶対に忘れちゃなんねえもう一つの信念を忘れちまってた。ビジネスに同情は禁物、ドラッグの世界じゃ俺たちはみんなただの知り合いだってやつだ。ホワイト・スワン様は心優しい男だから、ついつい友情とビジネスをごっちゃにしちまうことも少なくない。ところがよ、あのわがまま売女はその友情にどう応えたと思う？　俺はちょっと尺八をしてくんねえかって頼んだだけだぜ。あいつはやろうとした。脚のことでかわいそうだと思ったからだろうな。俺は、化粧を濃くさせて、口紅まで塗り直させた。でもって俺は、さあ、やっとくれってコックを引っ張り出した。するとあの女、膿がじくじくしてるのを一目見ただけでビビっちまいやがった。俺は言ってやったよ。心配ねえよ、唾液ってのは天然の消毒液なんだからってな」

「まあ、それは事実らしいな」俺は認めた。そろそろ我慢の限界だ。

「だろ。ついでにもう一つ教えてやるよ、レンツ。ほら、七七年のあのころさ、俺たちは正しいことをしてたんだ。パンクのコンサートで唾を吐きまくってただろ。唾の海に世界を丸ごと沈めようとしてた」

「唾の井戸が干上がっちまって残念だな」俺はそう言って、帰ろうと立ち上がった。

「ああ、ほんとに」ジョニー・スワンは言った。さっきまでとは違った静かな声で。

さあ、こんなとこはさっさとおさらばしよう。

トミーは元気そうだった。それがかえって恐ろしい。トミーはもうじき死ぬ。数週間後かもしれないし、十五年先かもしれないが、トミーは確実にこの世からいなくなる。もちろん、俺だってもうじき死ぬ可能性はあるよな。決定的な違いは、トミーの場合は絶対確実だってことだ。

「元気かよ、トミー？」俺は訊いた。トミーはほんとに健康そうに見えた。

「ああ」トミーはぼろぼろの肘掛け椅子に座ってた。部屋には湿っぽい匂いがこもってた。それと、溜まりに溜まったゴミの臭いも。

「気分はどうだ？」

「まあまあかな」

「あの話、したいか？」確かめないわけにはいかない。

「いや、やめとく」トミーはそう答えたが、本当は話したそうな口ぶりだった。

俺は対《つい》になったアームチェアにぎこちなく腰を下ろした。硬い。スプリングが生地を破って飛び出しかけている。何十年も前は、どこかの金持ちの屋敷にあったものだろう。しかしそのあと少なくとも二十年くらいは別の貧しい家族が使ってたに違いない。それが巡り巡ってトミーの部屋にやってきた。

こうして向かい合ってみると、トミーの顔色は遠目で思ったほどよくはなかった。何かが、トミーのどこか一部分が欠けている。完成していないジグソーパズルとでも言えばいいだろうか。ショックとか、鬱とか、そんなんじゃない。トミーはもうほんの少しだけ死んじまって、俺はその死を悼んでるみたいな感覚。死っていうのは、一つの出来事じゃなく、一つの過程なんだと初めて理解した。人間はたいがい、ちょっとずつ、段階的に死に向かう。家や病院やここみたいな部屋で、じわじわと朽ちてゆく。

トミーはウェスト・グラントンに住み続けるしかない。おふくろさんとは絶縁状態と聞いた。ここはよくある〝静脈瘤フラット〟の一棟だ。壁のあちこちに入ったひび割れをパテで埋めてあって、それが静脈瘤みたいに見えるから、みんなそう呼ぶ。このフラットをトミーに斡旋したのは役所だ。公営住宅の空きを待っている人間は一万五千人もいるのに、そのうちの誰一人としてここには入りたがらなかったわけだ。ここはまるで監獄だ。といっても、住宅公団の落ち度じゃない。政府は、いい物件はみんな売却し、残りものをトミーみたいな奴に貸す。政治的には、まったく道理に適ってる。このあたりには、与党に投票する住民なんか一人もいない。自分たちを支持しない愚民のために何かする必要なんかどこにもないわけだ。だが、道徳の観点から見たら、話は違ってくる。ただし政治に道徳の入りこむ余地なんかないよな？　要は金だ。金がすべてだ。

「ロンドンはどうだ、マーク?」

「悪くないかな。ここもロンドンも何も変わらないよ、基本的には」

「ああ、そうだろうよ」トミーは皮肉めいた調子で言った。

〈バイ菌〉。分厚いベニヤ板で補強された玄関ドアに、真っ黒な文字のでかい落書きがあった。〈HIV野郎〉〈ジャンキー〉。考えなしの子供は相手かまわずこういう嫌がらせをする。ただし、面と向かってトミーにそういうことを言う奴はいまのところ一人もいない。トミーは大柄だし、ベグビー流に言えば〝野球バットのお仕置き〟をためらわないタイプだからだ。それに、ベガーはじめ喧嘩っ早い仲間も多い。ついでに俺みたいな喧嘩じゃあまり役に立たない奴もいる。だが、そんなトミーでも、これからは少しずつ、こういう嫌がらせの標的にされやすくなるだろう。トミーに味方が必要になればなるほど、友達の数は少なくなっていくだろうから。人生における反比例の、あるいは道理に反した法則だ。

「検査、受けたんだろ」トミーが言った。

「ああ」

「陰性?」

「ああ」

トミーが俺の顔を見た。怒りと哀願とが入り交じった視線。

「俺よりおまえのほうがずっと前からヘロインをやってた。それに他人の注射器だって使ってたよな。シック・ボーイのとか、キーズボ、レイミー、スパッド、スワニー……マッティのだって使っただろ。マッティのは一度も使わなかったって言えるもんなら言ってみろよ！」

「俺は一度も他人のを使ったことはないよ、トミー。みんな口先ではそう言うだろうけど、俺はほんとに他人のを使ったことは一度もない。少なくともシューティング・ギャラリーでは」俺は答えた。

おかしなものだ、キーズボのことなんてすっかり忘れていた。奴が刑務所に入ってもう二年になる。ずっと面会に行こうと思ってはいた。だが、この分じゃ、行かないままになるんだろうな。

「嘘つくんじゃねえよ！　この野郎！　おまえだって誰かのを使ったことあるだろ！」トミーが身を乗り出す。泣いていた。奴が泣いたら、俺も泣いちまうだろうなと思ってた。だが、実際に感じているのは、はらわたが煮えくり返るような怒りだけだった。

「いや、一度もない」俺は首を振った。

トミーは椅子に背中を預けると、一人笑みを浮かべた。それから、俺から目をそらしたまま、記憶をたどるように話し始めた。その口調にはもう、棘はなかった。

「こんなことになるなんて、皮肉なものだよな。俺にヘロインを覚えさせたのは、おまえとスパッドとシック・ボーイとスワニーだ。昔はさ、セカンド・プライズやフランコと酒を飲みながらおまえらを笑ってた。世界中でおまえらほど愚かな人間はいないとか言いながらさ。そのあと、リジーと別れた。憶えてるか？　おまえのフラットに行ったよな。一発打ってくれっておまえに頼んだ。どうとでもなれ、何だって一度は経験しとけって思っただけだった。ところが、一度じゃすまなかった」

その日のことは俺もよく憶えてる。くそ、あれはほんの数ヵ月前のことだ。世の中には、特定の種類のドラッグに異様に弱い人間がいる。例えば、セカンド・プライズの場合は酒だ。トミーは尋常じゃない勢いでヘロインをやりまくった。完璧に自制できる奴なんていない。ただ、適当にコントロールできる奴なら何人か知ってる。俺もその一人だ。もう何度も禁ヤクに成功した。禁ヤクしたり、またやり始めたりするのは、刑務所に出入りを繰り返すのに似てる。塀のなかに戻るたび、そういう人生から足を洗える確率は低下していく。ヘロイン生活に戻るたび、それと似たようなことが起きる。ヘロインなしで生きていける確率が低下するんだ。トミーが最初の一発を打つ気になったのは、俺の影響だろうか？　あのときたまたま余分のヘロインを持ってたからなのか？　そうかもしれない。たぶんそうだ。俺はどのくらい罪の意識に苛《さいな》まれてる？　押しつぶされそうなくらいだ。

「ほんとに残念に思ってるよ、トミー」

「どうしたらいいのかわからないんだ、マーク。なあ、俺はどうしたらいい？」

俺は軽くうつむいて黙りこんだ。本当はこう言ってやりたかった。そのままの人生を続けていけよ。いまできるのはそれだけだ。体を大切にしろ。発症すると決まったわけじゃないんだから。デイヴィ・ミッチェルを見ろよ。デイヴィはトミーの親友だ。HIVに感染したが、一度もヘロインはやったことがない。だが、デイヴィのことは心配いらない。ごくふつうの生活を続けている。俺の知り合いの誰とも変わらない、ふつうの生活をしてるんだ。だが、トミーがこのフラットに暖房を入れる金さえ持ってないのを俺は知っていた。トミーはデイヴィ・ミッチェルじゃない。ましてやデレク・ジャーマンでもない。自分の世界を確立し、暖かな家で暮らし、栄養のある新鮮なものを食べ、新たな挑戦に心弾ませるなんてことは、こいつにはできない。五年、十年、十五年。そんなに生きられっこない。その前に肺炎か癌に負けてしまうだろう。

トミーには、ウェスト・グラントンの冬は生き延びられない。

「残念だ、トミー。ほんとに残念だよ」俺はただそう繰り返した。

「ヘロイン、持ってるか？」トミーが顔を上げてまっすぐ俺を見た。

「もうドラッグはやめたんだ、トミー」俺がそう言っても、トミーはせせら笑うことさえしなかった。

「金を貸してくれないか。じき住宅手当が入る」

俺はポケットに手を突っこみ、くしゃくしゃの五ポンド札を二枚引っ張り出した。マッティの葬式を思い出す。次に出る葬式はきっとトミーのだろう。だが、誰にもどうすることもできやしない。とくに俺には。

トミーが金を受け取る。俺たちの視線がぶつかり合った。その交差点で、何かがきらめいた。言葉では表わせない、素晴らしい何か。確かに見えた。だが次の瞬間、それはすでに消えていた。

スコティッシュ・ソルジャー

ジョニー・スワンはバスルームの鏡の前に立ち、坊主刈りの自分の頭をまじまじと見つめた。伸び放題の汚れ放題だった髪を、二、三週間前にきれいに剃った。今度は顎を覆う髭をどうにかしなくてはならない。脚が一本しかない人間にとって、髭剃りは厄介な作業だった。ジョニーはまだ、バランスを取って立ち続けるコツを習得していなかった。何度かあぶなく皮膚を切ってしまいそうになりながらも、どうにか見られる顔に仕上がった。二度と車椅子生活には戻らねえぞ。ジョニーはそう決めていた。絶対にな。

「いざ、社会復帰といくぜ」

ジョニーは鏡で顔を点検しながらつぶやいた。清潔な印象だった。そう思うとかえって落ち着かないし、ジョニーにとって髭剃りはたいそう不愉快なプロセスだった。しかし、世間の人々は、元軍人はみな規律を厳格に守る人種だと思っている。ジョニーは口笛を鳴らし始めた。民謡『スコットランドの兵士』。調子に乗って、鏡に映った自分にぎこちなく最敬礼した。

切断した脚に巻いた包帯のことが少し心配だった。かなり汚れている。地域巡回看護師のミセス・ハーヴィが今日、替えてくれるはずだった。もう少し衛生に気を遣うことと、またしても小言を頂戴することになるのは間違いない。

ジョニーは残っているほうの脚を観察した。二本の脚のうち、状態が良好だったほうの脚ではない。膝に不安があった。ずっと前にサッカーでけがをした後遺症だ。この脚だけで体重を支えていたら、しだいに悪化するだろう。こうなるとわかっていたら、こっちの脚に注射をするんだったな。どうせ壊疽を起こして外科医に切断されちまうなら、こっちのほうがまだましだった。利き手が運命を分けたといったところだ。

冷え切った通りへ出ると、体を左右に大きく揺らしながらウェイヴァリー駅に向かった。一歩一歩が拷問だ。切断された脚の先端だけでなく、全身から痛みが襲ってくるような気がする。だが、さっき飲んだメタドン二錠とバルビツールのおかげで、いくぶんかは楽だった。ジョニーはマーケット・ストリートの出口に陣取った。首にさげた大きな厚紙に黒い文字でこう書いてある。

フォークランド紛争の負傷兵――お国のために脚を失いました。お恵みを。

シルヴァーと呼ばれているジャンキー――ジョニーも本名は知らない――が、ビデオのコマ送りのような歩きかたで近づいてきた。

「スワン、クスリ、ない？」

「ねえよ。レイミーのとこには土曜に入るって聞いてるぜ」

「土曜日じゃ遅いんだよな」シルヴァーは苦しげに言った。「何か食わせろって駄々こねてるサルが背中に張りついててさ」

「このホワイト・スワン様はビジネスマンだ」ジョニーは自分を指さした。「売れる商品を持ってるならつべこべ言わずに売ってるよ」

シルヴァーはうなだれた。汚れた黒のコートは、血の気のないひどく痩せた体には大きすぎる。「メタドンの処方箋ももうないしな」同情を期待して言ってるわけではないらしい。次の瞬間、生気を失った目がかすかにきらめいた。「な、スワニー。それ、けっこう儲かるの？」

「一つの扉が閉まれば別の扉が開くって諺のとおりさ」ジョニーは、虫歯だらけの歯茎をむき出して笑った。「売人やってるより、こっちのほうがよほど儲かる。ところで、追い払うみたいで悪いけどな、シルヴァー、そろそろ離れてくれねえか。俺は勤務中なんだ。俺みたいに高潔な退役兵がジャンキーとしゃべってるのはまずいだろ。また今度な」

シルヴァーはジョニーの言ったことなどろくに聞いていなかったし、ましてや腹を立てたりもしなかった。「そっか。じゃ、俺はクリニックでも行ってみようかな。メタドンを融通してくれる奴がいるかもしれない」

「オー・ルヴォワール！」ジョニーはシルヴァーの背中に怒鳴った。

ジョニーは順当に稼いだ。ジョニーが置いた帽子にさりげなくコインを入れていく者もいれば、見たくもない存在に平穏な日常を侵害されたことに腹を立て、彼から目をそらし、まっすぐ前だけを見つめて通り過ぎる者もいた。施しをするのは男より女が多く、年配者より若者のほうが、またいかにも羽振りのよさそうな服を着ている者よりごく慎ましい服装をしている者のほうが多かった。

帽子に五ポンド札が置かれた。「ありがとう、神のご加護があらんことを」ジョニーは言った。

「いやいや、お礼を言うのはこちらだ」中年の男だった。「きみのような若者のおかげで平和が保たれているんだから。若いのに、つらかっただろうね」

「後悔はありません。だから気にしないでください。もともと後悔はしない主義ですから。俺は祖国を愛してます。また同じことをやれと言われればやりますよ。それに、これでも運がよかったほうだと自分では思ってるんです。こうして帰ってこられましたからね。グース・グリーンの戦闘で、何人か仲間を失いました」ジョニーはうつろな目をかなたへ向けた。

「でも、あなたのような方に会うと、報われた気持ちになります。それから、中年の男に視線を戻す。自分でもそのでたらめをあやうく信じてしまいそうだ。ちゃんと憶えてて、気にかけてくださるような方に会うと」

「幸運を祈ってるよ」男は静かにそう言うと、向きを変えてマーケット・ストリートに続く階段を上っていった。

「ちょろいもんだ」ジョニーは、うつむいて首を振った。笑いがこみ上げ、脇腹のあたりがひくついた。

　二時間ほどで二六ポンド七八ペンス稼いだ。悪くない金額だし、楽な稼業だ。ジョニーは辛抱強いたちだった。イギリス鉄道の列車の運行がどんなに遅れようと、ドラッグでハイになっているときのジョニーを怒らせるのは不可能だ。しかしそのジョニーでも、禁断症状の耐えがたい前兆を察知したときだけは焦りを感じる。全身が氷のような熱を持ち、それをきっかけに鼓動が急加速を始め、毒素をたっぷり含んだ汗が毛穴という毛穴から噴き出す。ジョニーが帰り支度を始めたとき、いかにもかよわそうな女が近づいてきた。

「ねえあんた、ロイヤルスコットランド兵連隊にいたの？　うちのブライアンはロイヤルスコットだった。ブライアン・レイドロウっていうんだけど」

「えっと、俺は海兵隊でした」

「ブライアンは帰ってこなかった。神よ、息子を愛したまえ。まだ二十一だった。あたしの息子だよ。いい子だったのに」女の目が潤んだ。声が低くかすれる。その弱々しさがいっそう哀れを催させた。「あたしはね、死ぬまであのサッチャーを恨み続けるよ。あの女を呪わずに過ぎる日は一日たりともないんだ」

　女は財布から二〇ポンド札を抜き、ジョニーの手に押しつけた。

「もらっておくれよ。もうそれしかないんだけど、あんたにもらって欲しいんだ」女は涙ながらにそう言うと、ナイフで刺されでもしたような足取りで、ふらふらと歩み去った。

「神のご加護を！」ジョニー・スワンは女の背中に向けて大声で言った。「ロイヤルスコットランド兵連隊に神のご加護を！」

しめしめ、これでまたサイクロジンとメタドンを仕入れられるぞ。ジョニーはほくほくしながら両手をこすり合わせた。

精神安定剤とメタドンのカクテル――明るい明日への切符だ。彼専用のちっちゃな天国。これの洗礼を受けていない奴は冷笑を浴びせるだろうが、それはあの至福を想像すらできないだろう。癌患者のアルボは処方されたサイクロジンをどっさり溜めこんでいる。よし、さっそく今日の午後はアルボの見舞いに行くとするか。ジョニーがアルボのサイクロジンを喉から手が出るほど欲しいのと同じくらい、アルボのほうもジョニーのメタドンを欲しがっている。何の偶然か、利害がみごとに一致しているというわけだ。そうさ、ロイヤルスコットランド兵連隊に神のご加護を。ついでに、国家医療制度にも神のご加護を。

出口

駅から駅へ

雨もよいの鬱陶《うっとう》しい夜だった。どんよりと低く垂れこめた雲は、下界でのろのろと進む行列の上に、たっぷりと溜めこんだ黒い水をいまにも吐き出そうとしていた。雨が降り出せば、朝からいったい何度目になるだろう。バス・ターミナルはまるで社会福祉事務所の内と外を逆にして、油で汚したような様相だった。大きな夢を抱え、小さな予算で生きる大勢の若者が、厳粛な顔つきでロンドン行きの列に並んでいる。夜行バスより安上がりに行きたいなら、あとはヒッチハイクしかない。

アバディーン発ダンディ経由のバスが到着した。ベグビーは冷ややかな目で指定席券を確認したあと、すでにバスに乗っている人々に敵意のこもった視線を向けた。それから、足もとにおいたアディダスの大きなスポーツバッグにまた目を落とした。

レントンはスパッドのほうを向き、ぴりぴりしているベグビーに顎をしゃくりながら、スパッド一人だけに聞こえる小さな声でささやいた。

「あいつ、きっと俺たちの席を横取りしてる馬鹿がいればいいと思ってるぜ。騒ぎを起こす口実になるからな」

スパッドは微笑み、そうかもねというように眉を吊り上げてみせた。そんなスパッドを見ながら、今回の計画がどれだけ危険か、本当のところは誰にもわからないのだと考えていた。どでかい計画だった。それだけは間違いない。だから、平常心で乗り切るためのあの一発が必要だった。数ヵ月ぶりのヘロインだった。

ベグビーが落ち着きのない様子で振り返り、レントンとスパッドの不遜な言動を察知したかのように不機嫌そうに表情を歪めた。「シック・ボーイはよ？」

「さあね、どうしたのかな」スパッドが肩をすくめる。

「そのうち来るさ」レントンはアディダスのバッグを顎で指した。「そのブツの二〇パーセントはあいつのものだし」

その一言が、暴発しかけの不安のど真ん中を撃ち抜いた。「おまえな、でけえ声で言うんじゃねえよ！」ベグビーはレントンを怒鳴りつけた。それからあたりを見回し、誰か一人でいい、一人だけでいいから目が合わないかと、いまにも噴出しそうな怒りをぶちまけるターゲットを求めてバス待ちの行列をねめつけた。そのあとのこと？　知るか。

いや、だめだ。ここは冷静にいかないとな。リスクが高すぎる。すべてがこれにかかっている。

だが、ベグビーのほうを見る者は一人としていなかった。ベグビーの存在に気づいている者は、ベグビーの発しているオーラを敏感に感じ取り、人間に等しく備わった特別な才能を発揮していた――危険人物が見えないふりをするという才能を。ベグビーの連れでさえ、彼とは目を合わせようとしない。レントンは緑色の野球帽を目深にかぶっている。アイルランド代表チームのユニフォームを着たスパッドは、ちょうどバックパックを下ろしたジーンズ姿のブロンドのバックパッカーをじろじろ見ていた。バックパックという邪魔物がなくなったおかげで、引き締まった尻がとっくりと拝める。三人とは少し離れて立ったセカンド・プライズは、足もとのばかでかい白いビニール袋二つに入った缶ビールのお守をしつつ、せっせと中味を消費していた。

ターミナルの反対側、自らをパブと称しているマッチ箱サイズの建物の陰では、シック・ボーイがモリーと立ち話をしていた。モリーは娼婦で、HIVキャリアだ。日がおちたあと、よく駅周辺に来て客を探している。二、三週間前、リースにあるいかがわしいディスコ兼バーでネッキングして以来、モリーはすっかりシック・ボーイにのぼせていた。その晩、シック・ボーイは酒の勢いで、HIVなんかそう簡単に感染しないと宣言し、自説を証明するためにほぼ一晩中モリーとフレンチ・キスをして過ごした。あとで酔いが覚めたころ初めて恐怖に取り憑かれ、五回も六回も繰り返し歯を磨いたあと、まんじりともせずに不安な一夜を過ごした。

シック・ボーイはパブの陰から仲間たちをこっそり観察していた。あんな奴ら、待たしておけばいい。バスに乗りこむ前に、警察に尾行されていないことを念入りに確認しておきたかった。もし監視されていたとしても、自分は捕まらずにすむ。

「なあ、一〇ポンド貸してくれないか」シック・ボーイはモリーに頼んだ。アディダスのバッグに三五〇〇ポンド相当の取り分が入っていることを忘れたわけではない。だが、あれは資産で、こっちはキャッシュフローで、後者はつねに頭の痛い問題だ。

「いいわよ」モリーは何も訊かずに即座に財布を開けた。シック・ボーイは感動を覚えた。だが、次の瞬間、財布にかなりの額の現金が入っているのがちらりと見え、ちくしょう、なんで二〇ポンドって言わなかったんだよと自分を呪った。

「恩に着るよ……さて、そろそろ行かないと。大都会が俺を待ってる」

シック・ボーイはモリーの巻き毛をかき上げてキスをした。ただし今回は頬に、しかもほんの軽く。

「帰ったら電話してね、サイモン」ほっそりとはしているがたくましい体が跳ねるように遠ざかっていくのを見送りながら、モリーは叫んだ。シック・ボーイが振り返る。

「よせよ、行きたくなくなるじゃないか。行きたくなくなっちまう。じゃあな、体に気をつけろよ」ウィンクをし、屈託のない温かい笑顔を見せたあと、ふたたび背を向けた。

「ふん、HIV持ちの娼婦のくせに」シック・ボーイはそうつぶやき、顔をしかめて軽蔑の表情を作った。モリーはアマチュアだ。あの業界で生き抜いていくには世間を知らなすぎる。男に食い物にされるだけだ。哀れみと軽蔑が入り交じった奇妙な感情がわいた。シック・ボーイは角を曲がると、素早く左右に目を配り、警察官らしき姿がないことを確かめながら、跳ねるような足取りで仲間たちのところへ急いだ。

　行列に並んだ仲間たちの様子はどうにも気に入らなかった。ベグビーは遅えよと彼を罵った。もちろん、こいつにはどんなときでも用心しなくてはいけない。しかも今日のようにリスクが山積した状況では、ふだんよりいっそう気が立っているだろう。シック・ボーイは、ベグビーが昨夜の即席パーティで飲みながら、〝偶発的に〟暴力沙汰を起こしてやろうという計画を温めていたことを思い出した。ベグビーが爆発したせいで、全員が終身刑につきあわされる羽目になりかねない。セカンド・プライズは一人でさっさとできあがっている――まあ、これもいつもどおりだ。心配なのは、バス・ターミナルに来る前に、この口の軽い酔っ払いがどこで何をしゃべり散らしてきたかという点だった。自分がどこにいるのか、しじゅう思い出せなくなっているような男だ。誰に何をしゃべったか、ちゃんと憶えているわけがない。今回の計画はマジでやばそうだ。冷たい不安にとらわれて身震いが出た。

　しかし、もっと心配なのはスパッドとレントンだった。二人とも、見るからにキマっていた。やばい事態に全員が巻きこまれることがあるとすれば、そのきっかけを作るのはおそらくこの二人のどちらかだろう。ロンドンの仕事をやめてエディンバラに戻って以来、かなり長い期間クリーンでいたレントンでさえ、シーカーがよこした純粋なコロンビアン・ブラウンの誘惑には勝てなかった。こりゃ本物だぜ、パキスタン産の安物に慣れきったエディンバラのジャンキーが、一生に一度、巡り合えるどうかって代物だとレントンは言った。スパッドは、言うまでもなく一緒に試していた。

スパッドはそういう奴だ。無邪気な遊びを易々と犯罪に変貌させるスパッドの能力に、シック・ボーイは日ごろから驚かされている。ママの子宮にいたときから、胎児というより、潜在性のドラッグ障害と人格障害の集合体と呼んだほうがいいような存在だったに違いない。たとえばファミレスのリトル・シェフでついソルトシェーカーか何かをくすね、彼ら全員を警察沙汰に巻き込みかねないような手癖の悪い奴だ。そうだよ、問題はベグビーじゃない──シック・ボーイは苦々しい思いでそう考えた。この計画をぶちこわす奴がいるとすれば、おそらくスパッドだ。

シック・ボーイはセカンド・プライズに鋭い視線を向けた。セカンド・プライズというあだ名は、酔っ払うとすぐに自分は喧嘩が強いと思いこみ、誰彼かまわず喧嘩を吹っかけては負ける、すなわち二等賞で終わることから来ている。セカンド・プライズの得意種目はボクシングではなくサッカーだ。素晴らしい才能を秘めたサッカー選手だった彼は、スコットランド学生選抜時代から海外でも有名で、十六歳でイングランドのマンチェスター・ユナイテッドと契約した。ところが、当時から早くもアルコール依存症への道を歩み始めていた。解雇されてスコットランドに送り返されるまでの二年間、チームから金を絞り取ることができていたのは、サッカー界の知られざる奇跡の一つだ。あいつはまれに見る才能を無駄にしたというフレーズが、枕詞のようにセカンド・プライズについて回っている。だが、シック・ボーイは、真実はもっと残酷であることを理解していた。セカンド・プライズは絶望が服を着て歩いているようなものだ──彼の人生全体から見れば、飲酒癖こそセカンド・プライズに与えられた無情な宿命であり、サッカーの素晴らしい才能はささやかなおまけにすぎない。

彼らはぞろぞろと――レントンとスパッドはジャンキー特有のコマ送りじみた歩きかたで――バスに乗りこんだ。ヘロインだけでなく、この計画そのものに浮き足立っていた。ロンドンで一世一代の大仕事をやっつけ、そのあと気分転換にパリに行く。ヘロインを現金に替えるだけでいいのだ。しかもその手はずはロンドンのアンドレアスがすでに整えてくれている。シック・ボーイは、しかし、キッチンの流しにたまった汚れた皿を見るような目をして仲間たちに挨拶した。とにかくむしゃくしゃしてしかたがない。そして、そういう気分は当然、仲間と分かち合うものだとシック・ボーイは信じていた。

バスのステップを上がろうとしたとき、誰かがシック・ボーイを呼びとめた。

「サイモン」

「またあの売女じゃねえだろうな」シック・ボーイはつぶやいたが、声の主はモリーよりも若い娘だった。「フランコ、俺の席を確保しといてくれよ、すぐ戻るから」

ベグビーはシートにどかりと座ると、嫌悪と少なからぬジェラシーを燃やしながら、シック・ボーイと手を握り合っている青いレインコート姿の娘を見つめた。

「あの野郎が女にのぼせ上がってるおかげで、俺たち全員がやばいことになるぞ！」ベグビーはレントンに言い、レントンは焦点の合わない目でベグビーを見返した。

ベグビーは薄手のレインコートに隠された女の体を想像しようとした。以前にもほれぼれ眺めたことのある女だ。あの女となら、こうして、ああして……ベグビーは想像を膨らませた。今日みたいに化粧をしていないほうが、控えめな雰囲気でかえって美人に見えると思った。シック・ボーイの顔はよく見えないが、唇が笑みをつくり、大きく見開いた目が誠意を演出しているのはわかる。ベグビーの忍耐がそろそろ限界に達し、いったんバスを降りて、シック・ボーイを力ずくで乗せてやろうと決めた。だが、立ち上がろうとしたちょうどそのとき、シック・ボーイがバスに戻り、通路伝いに奥に進みながら、窓の外を名残惜しげに振り返っているのが見えた。

彼らの席はバスの後部、化学処理式トイレのすぐそば、飛び散った小便の強烈な匂いが充満している一角だった。セカンド・プライズは、最後部の席を確保して缶ビールの袋を抱くようにしている。その前にスパッドとレントンが座り、そのまた前にベグビーとシック・ボーイが座った。

「おい、シック・ボーイ、いまの、タム・マグレガーの娘だろ？」ヘッドレストの隙間から、レントンがまぬけなにやにや笑いをのぞかせた。

「そうだよ」

「あのオヤジ、まだお前を追っかけ回してんのか？」ベグビーが訊いた。

「ああ、俺があのお転婆娘とやってるのが気に入らないんだろう。そのくせ自分は、自分の薄汚いクラブに飲みに来る未成年の女に端から手をつけてる。偽善者もいいとこだ」

「フィドラーの店で、おまえ、外に引きずり出されたって聞いたぜ。で、おまえのほうがあいつをぼこぼこにしたらしいな」

「なにもしてねえよ！　その話、誰から聞いたんだ？　あいつ、こう言いやがったんだよ。〝うちの娘に指一本触れてみろ……〟だから言い返してやった。〝指一本触れるだって？　何言ってんだ、もう何カ月も前から売りをやらせてんだぜ〟」

それを聞いてレントンはにやりとした。セカンド・プライズは、まともに聞いてもいなかったくせに、大きな声で笑った。彼の脳味噌はまだ、社会との接点を完全に失うほどアルコール漬けにはなっていない。スパッドは黙っていたが、禁断症状が全身の骨を万力のようにぎゅうぎゅう強く締めあげるのを感じて顔をしかめた。

ベグビーは納得していなかった。マグレガーに言い返すほどの根性がシック・ボーイにあるとは思えない。

「嘘こけ。おまえがあいつにそんなこと言えるわけがねえ」

「ほんとさ。俺にはジミー・バズビーがついてたからね。あのマグレガーも、さすがにバズビーのことは怖がってる。キャシー一家にビビってるんだよ。あいつ何を恐れてるって、あのファミリーが奴のクラブで喧嘩騒ぎを起こすことさ」

「ジミー・バズビーか……あれくらい大したことねえだろうが。ただのタマなしだぜ。ディーンの店でぶっ飛ばしてやったことがある。おまえも憶えてるよな、レンツ？　な？　おい、レンツ！　俺があのバズビーの野郎をぶちのめしたときのこと、憶えてるだろ？」ベグビーは言い分を裏づける証言を求めてシート越しにレントンを振り返ったが、レントンはスパッドと同じ苦痛に苛まれ始めていた。悪寒にひどい吐き気。ベグビーがお望みの説明を加えるどころか、弱々しくうなずくのが精いっぱいだった。

「何年も前の話だろ。いまだったらどうかな」シック・ボーイが挑むように言う。

「何だと？　俺を誰だと思ってる？　あ？　誰だと思って言ってんだよ？」ベグビーは猛烈な勢いで食ってかかる。

「ふん、何にせよくだらねえ話だ」シック・ボーイは不甲斐ない声で言い返した。いつもの手だ。ディテールで勝てないとわかったら、議論全体をくだらないと切り捨てる。

「あの腰抜けはな、俺には楯突かねえほうが身のためだって知ってんだよ」ベグビーが低くうなった。

シック・ボーイは無言だった。それは自分に対する警告だと察したからだ。ベグビーは、この場にいないバズビーを介してシック・ボーイを脅している。少し悪乗りしすぎたようだ。

スパッド・マーフィーは額を窓ガラスにへばりつかせていた。じっと座って苦痛に耐えている。全身に脂汗が浮き、すべての骨がぎしぎしとこすれ合っている。シック・ボーイは好機とばかりベグビーのほうに顔を向け、同盟キャンペーンを開始した。

「なあ、フランコ、こいつら」背後の席に顎をしゃくる。「クリーンでいる約束だったよな。嘘ばかりつきやがって。このままじゃ俺たちまでやばくなる」その声には軽蔑と自己憐憫がこめられていた。何かしようとするたびに、この意志の弱い面々、情けないことに自分の友人と呼ばなくてはならない軟弱な奴らに邪魔される運命にあるのかと嘆いているかのようだった。

　ところがその訴えは、ベグビーの共感を得るには至らなかった。ベグビーにしてみれば、レントンやスパッドの素行よりも、シック・ボーイの態度のほうがよほど気に入らないからだ。

「文句ばかり垂れてんじゃねえよ。おまえだってついこないだまで打ちまくってただろ」

「俺はもうずっとクリーンでいるさ。この馬鹿ども、いいかげんにおとなになれってんだ」

「じゃ、おまえはスピードもやらねえってことだな？」ベグビーは、塩に似た顆粒が入った銀色のホイルの包みをそっと叩きながらからかった。

　シック・ボーイも本当は何かドラッグをやりたくてたまらなかった。スピードがあれば、この不快な旅もあっというまに感じられるだろう。かといって、いまさらベグビーに泣きつくのも沽券《こけん》に関わる。そこでしかたなく、まっすぐ前を向いたまま静かに首を振り、小声でぶつぶつ文句を言った。不安がぎりぎりと心を締めあげ、ぶつける相手を失った怒りがあとからあとから絞り出されてくる。ついに勢いよく立ち上がると、セカンド・プライズの席に行き、奴が抱えていた缶ビールの山からマキューアン・エキスポートを一つ取ろうとした。

「自分の分は自分で買ってこいって言っといたろ！」セカンド・プライズの顔は、抱いている卵を肉食獣に狙われた醜い親鳥のようだった。

「一缶くらいいいだろ、ケチくせえな！　まったく！」シック・ボーイはかっとなってセカンド・プライズの額を平手で叩いた。セカンド・プライズはしぶしぶ一缶よこした。だが、結局、シック・ボーイはその一缶を飲みきれずに終わった。何時間も何も食べていない空きっ腹にいきなりビールはきつすぎた。

その後ろの席では、レントンの禁断症状が急速に悪化を続けていた。早急な対策が必要だった。それはすなわち、スパッドを裏切ることを意味する。だが、ビジネスに同情は禁物でありこのような特殊な状況下ではなおさらだ。レントンはスパッドに言った。

「ひでえ便秘で苦しい。しばらく便所にこもってくる」

一瞬のうちにスパッドが生き返った。「ぬけがけなんかしないよね？」

「するわけないだろ」レントンはもっともらしく答えた。

スパッドは顔をそむけ、情けない顔をしてまた窓ガラスに溶けこんだ。

レントンはトイレに入ってドアに鍵をかけた。アルミニウム製の便器の縁に飛び散った小便をふき取る。衛生を気にしてのことではなく、鳥肌の立った尻に水滴が触れたら気色悪いだろうと思っただけだ。

小さな洗面台にスプーン、注射器、注射針、コットンボールを並べた。茶色っぽい白い粉の入った小さな包みをポケットから、愛用のスプーンに中身を空ける。注射器に水を五ミリリットル吸い上げ、粉があふれてしまわないよう慎重にスプーンに注ぐ。ヘロインの準備をしている最中のみ発揮されるジャンキー特有の集中力が、手の震えをぴたりと止めていた。ベニドルム土産のプラスチックのライターでスプーンを軽くあぶりながら、なかなか溶けない粉を注射針の先でゆっくりとかき混ぜ、どうにか注射できそうなくらいまで溶かした。

バスが激しく揺れたが、レントンはその揺れに合わせて器用に動いた。ジャンキーにだけ備わったレーダーのような平衡感覚が研ぎ澄まされて、Ａ１自動車専用道路の凹凸やカーブの一つひとつを敏感に察知する。コットンボールをスプーンに入れたときも、貴重な液体は一滴たりともこぼれなかった。

注射針をコットンボールに刺し、赤錆色の液体を注射器に吸い上げる。それから、ベルトを引き抜こうとした。ジーンズのベルト通しにスタッズが引っかかり、悪態をついた。内臓がねじれているような気がした。ベルトを力ずくで引き抜き、肘の少し上に巻きつけ、黄ばみかけた歯でくわえてぐいと引っ張った。その姿勢を維持しようとすると、首の筋肉が攣りそうだ。根気強く腕を叩き、なかなか浮き上がってこない健康な静脈を探す。

ためらいが心の隅でひらりと身をくねらせた。だが、次の瞬間、全身をひねりつぶされるような痙攣に襲われ、そのためらいの息の根をあっけなく止めた。注射針を刺す。柔らかな肉を押し分けて、細い鋼鉄が突き通ってゆく。プランジャーをわずかに押しこみ、血液が注射器に逆流してくるまで何分の一秒か待つ。それからベルトを緩め、一気に静脈に注ぎこんだ。顔を上に向けて快感をじっくりと味わう。数分なのか数時間なのかわからない。しばらくそのまま座っていた。やがて立ち上がり、鏡をのぞきこんだ。

「なかなかいい顔じゃねえか」レントンは鏡に映った自分にキスをした。火照った唇に触れたガラスはひんやりとしていた。顔の向きを変え、頬を鏡に押し当ててガラスを舐めた。次に一歩下がり、苦しそうな表情を作った。ドアを開けたとたんにスパッドの目が彼をまじまじと観察するだろう。この先ずっと、具合が悪いふりを押し通さなくてはならない。簡単な仕事ではないだろう。

セカンド・プライズはひどい二日酔いを酒を飲んで乗り切っていた。酩酊状態と鬱状態の繰り返しをそんな上っ面な言葉で表わせるとするなら、どうやら一息ついたところだ。ベグビーもさっきよりリラックスしていた。バスはすでにかなりの道のりを走り、どうやらロジアン州やボーダーズ州の警察に捕まらずにすんだらしいとわかったからだ。勝利が視野に入りつつある。スパッドは禁断症状にときおり身悶えしながらも眠っていた。レントンもいくらか元気を取り戻していた。シック・ボーイでさえ、とりあえず順調に進んでいることを察して、緊張を解いた。

しかしその平和は、シック・ボーイとレントンがヴェルヴェット・アンダーグラウンド前と解散後のルー・リードの功績ついて議論を始めるなり、もろくも崩れ去った。シック・ボーイは、レントンの猛攻撃に、彼にしては珍しく歯切れの悪い反撃しかしなかった。

「違う、そんなことはない……」シック・ボーイは反撃の論拠を見つけられずに弱々しく首を振り、そっぽを向いた。こういう議論のとき、シック・ボーイが好んで着ける憤慨したような仮面を、今回はレントンが盗み取って着けていた。

敵の降伏に気をよくしたレントンは、顎を高く持ち上げ、胸をそらして勝ち誇ったように腕を組んだ。古いニュース映画を見たとき、ムッソリーニがそんな格好をしていたのを憶えている。

シック・ボーイは、しかたなくほかの乗客を観察して気をまぎらわすことにした。すぐ前の席には年配の女の二人組が座っており、ときおりこちらを振り返って舌打ちしながら「言葉遣いのひどさ」に文句を言っていた。老人特有の小便と汗の臭いを、タルカム・パウダーの匂いがかろうじてごまかしている。

通路をはさんだ席には、シェルスーツを着た肥満体のカップルが座っていた。シェルスーツなんか着るような奴らは俺たちとはまるで相容れないな。シック・ボーイは辛辣に考えた。そういえばベグビーはシェルスーツを一着も持ってない。それは意外な事実だ。そうだ、現ナマが手に入ったら、ジョークとしてプレゼントしてやるとするか。アメリカン・ピット・ブルの子犬もおまけにつけてやろう。もしベグビーがろくに世話をしなかったとしても、あのうちには赤ん坊がいることだし、犬が飢え死にすることはないだろう。

ところがイバラだらけのバスのなかに、一輪だけバラが咲いていた。その金髪のバックパッカーを発見したとたん、シック・ボーイは周囲の乗客たちを意地の悪い目で観察するのをやめた。彼女はシェルスーツのカップルの前に一人きりで座っていた。

ちょうどそのときレントンのいたずら心がむくむくと頭をもたげ、ベニドルム土産のライターを取り出すと、シック・ボーイのポニーテールの先端を焦がして遊び始めた。髪がばちばちと音を立て、バスの後ろ半分に満ちた多種多様な臭いに新たな悪臭が加わった。何が起きているか気づいたシック・ボーイが勢いよく振り向く。「やめろよ！」そう怒鳴って、降参するように挙げたレントンの手首をつかむ。ベグビーとセカンド・プライズとレントンの笑い声が車内に響き、シック・ボーイは「ガキどもめが」と馬鹿にするように言った。

だが、レントンのそのいたずらは、仲間のそばを離れてバックパッカーの隣の席に移動するうってつけの口実になった。シック・ボーイは「イタリア人はうまい」と書いたTシャツを脱いだ。しなやかでたくましい小麦色の上半身があらわになる。シック・ボーイの母親はイタリア系だが、そのTシャツを着るのはイタリアの血を引いていることを誇りに思っているからというより、また自惚れやがってと仲間たちの神経を逆なでするのが目的だった。自分の荷物を棚から下ろしてなかをかき回す。政治的に正しく、適度にロックな〈マンデラ・デイ〉のTシャツもあったが、当たり前すぎ、メッセージ性が強すぎる。しかもいまとなっては時代遅れだった。マンデラが刑務所の外にいる現実に世間が慣れてしまえば、マンデラもただの退屈な老人にすぎなくなるだろう。〈ハイバーニアン・フットボール・クラブ――ヨーロッパの闘士集団〉Tシャツは、ちらりと目をやっただけで即座に却下した。サンディニスタもののもう古い。結局、コルシカ島で焼いた肌がいちばん映えそうな、真っ白の〈フォール〉Tシャツに決めた。それを着て、例の女の隣にさりげなく腰を下ろす。

「失礼。ここに座らせてください。旅の仲間が幼稚すぎてつきあいきれないもので」

レントンは、シック・ボーイのただの役立たずから理想の男へのみごとな変身ぶりを、驚きと嫌悪の入り交じった目で観察していた。声の感じとアクセントはわずかに変化している。興味深げで真剣な顔を作り、新しい旅の道連れに矢継ぎ早に質問を発して、新しい隣人の警戒を解くのにあっという間に成功した。シック・ボーイが「ええ、僕は根っからのジャズ・ファンで」と言うのが聞こえ、レントンは思わず顔をしかめた。

「ありゃものにしたな」レントンはベグビーに言った。

「あいつのためにもうれしいね」ベグビーは皮肉っぽく言った。「まあ、少なくとも、あのスケベ野郎から解放されてありがたい。まったく、あの馬鹿、ようやく現われたと思ったら文句ばかり垂れやがる……あのタマなし」

「ま、みんなぴりぴりしてるからな、フランコ。なんせ今回は話がでかいから。ちょっとくらいビビってて当然だろ」

「あいつの肩なんかもつんじゃねえよ。あの恥知らずにはマナーってもんを教えてやんなくちゃな。ま、そのうち痛みを通じて理解することになるだろう。マナーを身につけて損はねえからな」

実りのある議論には発展しそうにないと見たレントンはシートにもたれ、ヘロインの心地よいマッサージに身を任せることにした。結び目がほどけ、皺が伸びていく。上物であることは間違いなかった。

ベグビーのシック・ボーイに対する憎悪を煽り立てたのは、嫉妬ではなく、奴が自分を放って席を移った怒りだった。誰か隣に座っていて欲しい。スピードが強力な効果を発揮し始めていた。さまざまな閃きが飛ぶように頭をよぎっていく。こんな素晴らしい洞察を独り占めするのはもったいない。話し相手が必要だ。レントンはこの危険な兆候を察知してとっとと逃げた。最後部の席では、セカンド・プライズが豪快にいびきをかいていた。あの様子では話し相手にはなりそうにない。

レントンは野球帽を深くかぶり直すと同時に、スパッドを肘でつついて起こした。

「レンツ、寝ちまったか？」ベグビーが声をかけた。

「うーん……」レントンはうめいた。

「スパッドは？」

「何？」スパッドが苛立たしげに答えた。

それが運の尽きだった。ベグビーは後ろを向き、シートに膝立ちになると、スパッドにのしかかるようにして、すでに聞き飽きた話を始めた。

「……で、俺は上に乗っかったんだ。そしたら女が狂ったようにわめきだしやがったもんだから、俺はこの雌牛め、喜んでやがるぜと思ったんだけどさ、あいつ、俺を押しのけたんだよ。見たらあそこから血がだらだら流れてるじゃねえか、あれの最中みたいにだらだらさ。俺はこう言ってやろうと思ったんだ、俺はそのくらい気にしねえよ、とくにムスコがこんなになっちまってるときにはな、ってよ。けどな、実は流産しかかってたってんだよ」

「ふうん」

「そうさ。さて、次の話にいくか。ショーンと俺がオブロモフの店でメス犬を二匹引っかけた話はしたっけな」

「うん……」スパッドは弱々しくうめいた。自分の顔が、スローモーションで破裂するブラウン管にでもなったような気がした。

バスがサービス・エリアに入って停まった。スパッドにとっては待ちに待った息抜きタイムだったが、セカンド・プライズは不機嫌だった。ようやく眠れたところで車内のどぎつい明かりが一斉に灯り、心地よい無の世界からむりやり現実に引き戻されたからだ。混乱状態で目を覚ました。アルコールのせいで朦朧としている。明るさになれない目は焦点が合わず、ただでさえ処理能力を超える負荷のかかった聴覚に支離滅裂なざわめきが襲いかかる。開きっぱなしだった口は、からからに乾いて閉じることもできない。反射的にテネント・スーパー・ラガーの紫色の缶を取り、気の抜けたビールを唾液代わりにして口を湿らせた。

一同は自動車道を越える橋を背を丸めて歩き出した。疲労とドラッグと寒さが間断なく彼らを苦しめていた。しかしシック・ボーイだけは例外だった。あのバックパッカーと並んで、まるでワルツを踊るように颯爽《さっそう》と歩いていく。

トラストハウスフォート・チェーンの安っぽく飾り立てたカフェテリアに入ると、ベグビーは列に並んでいたシック・ボーイの腕をつかんで引き寄せた。

「あの女の財布を盗ろうなんて考えるんじゃねえぞ。たかが二、三〇〇ポンドのためにサツに囲まれてみろ。俺たちは一万八〇〇〇ポンド相当のヘロインを持ってるんだからな」

「おい、俺をそこまでまぬけだと思ってんのか？」シック・ボーイは馬鹿にするなよという顔で言い返したが、その実、心のなかでは、ベグビーの奴、たまには役に立つなと思っていた。バックパッカーとバスのなかでネッキングしているあいだもずっと、シック・ボーイの目はカメレオンの目のように三六〇度ぎょろぎょろと動き、女が財布をどこにしまっているのか、観察していたのだ。サービスエリアでバスを降りたときが狙い目だと思っていた。だが、ベグビーの言うとおりだ。いまはそんなことをしている場合ではなかった。直感がいつもかならず正しいとはかぎらない。

シック・ボーイはわざとふくれっ面を作ってベグビーの手を振り払うと、列に並んでいる新しいガールフレンドのところへ戻った。

だが、これをきっかけに、シック・ボーイのその女に対する興味は潮が引くように急速に後退した。女はサウサンプトン大学の法学部に入学する予定だが、その前に八カ月間、スペインに行くのだと興奮気味に話していたが、シック・ボーイは女の話に集中できなくなっていた。ロンドンでの滞在先を聞き出すと、一日か二日しけこんでもいいなと思えるウェスト・エンドのゴキゲンなホテルではなく、キングス・クロス駅近くの安ホテルらしいとわかった。そのときまでは、アンドレアスがお膳立てした今回の取引が無事に終わったら、この女を絶対にモノにしてやろうと思っていたのに、その気もすっかり失せた。

バスはようやく、煉瓦造りの建物が立ち並ぶロンドン北部の郊外に入った。スイス・コテージ界隈にさしかかると、シック・ボーイは懐かしそうに窓の外の景色を眺めた。あの女はまだあのバーで働いてるのかな。いや、さすがにそれはもうないか、と思い直す。ロンドンでは、同じパブで半年も働くことはないだろう。早朝だというのに、ロンドン中心部の渋滞はすでに始まっており、バスはのろのろとしか進まない。うんざりするほど時間をかけて、ようやくヴィクトリア・バス・ターミナルに到着した。

輸送途中で割れた陶器を箱から空けるように、彼らはバスから吐き出された。ヴィクトリア駅からヴィクトリア線に乗ってフィンズベリー・パークへ行くか、ここからタクシーに乗るか、ひとしきり議論が行なわれた。大量のヘロインを抱えてロンドンをうろうろするより、タクシーに乗ったほうが安全だろうということになった。

一台のタクシーにぎゅう詰めで乗りこむ。話し好きの運転手には、フィンズベリー・パークの特設テントで行なわれるザ・ポーグスのライヴに行くのだと説明した。パリに向かう前に本当に行く予定でいるから、趣味と実益を兼ねた理想的なカモフラージュだった。タクシーは夜行バスが通ってきた道をたどりなおすようにして、公園を見下ろすアンドレアスのホテル前で停まった。

アンドレアスはギリシャ移民の息子で、父親の死後にホテルを相続した。父親が生きていたころは、何らかの理由で家を失った家族を臨時で受け入れるホテルだった。住む場所を失った市民に短期の滞在場所を斡旋する責任は各地域の自治評議会にある。フィンズベリー・パーク地区はハックニー、ハリンギー、アイリントンの三自治区に囲まれており、ホテルは大いに繁盛していた。しかしアンドレアスは、ロンドンのビジネスマン向けの売春宿にすればさらに儲かるだろうと考えた。業界一の売り上げを誇る売春宿に押し上げるという目標はまだ達成できていないとはいえ、一部の娼婦たちが絶大な信頼を寄せる宿にはなった。都会に住む中流階級の男たちも、アンドレアスの口の固さとホテルの清潔さや安全性を高く評価している。

シック・ボーイとアンドレアスは、同じ女を口説いてつきあったことがきっかけで知り合った。二人はすぐに意気投合し、組んでいくつか仕事をこなしたりもした。つまらない保険金詐欺やキャッシュカード詐欺だ。しかし、ホテルを相続したころから、アンドレアスは次第にシック・ボーイと距離を置くようになっていった。もはやシック・ボーイ・クラスの小物とつきあうような身分ではなくなったと思ったからだ。ところがそこに、シック・ボーイが上物のヘロインを大量に手に入れたと連絡してきた。アンドレアスは危険な幻想、いつの時代も人を魅了する妄想を抱いていた。具体的には、身銭を切ることなく裏世界の大物に近づき、自尊心を満たしたいと夢を見続けてきた。これはチャンスだ。彼はピート・ギルバートとエディンバラ・チンピラ連合を引き合わせるだけでいいのだから。

ギルバートは、麻薬密売業界では古参のプロフェッショナルだった。あらゆるドラッグを仕入れてさばいている。麻薬取引はあくまでもビジネスであり、ほかの業種と何の違いもないというのが信条だ。警察や裁判所といった国家による干渉も、商売上のリスクの一つにすぎない。しかも、尋常ではない額が懐に転がりこむことを考えれば、冒す価値のあるリスクだった。ギルバートは典型的な中間業者だ。築き上げたコネと資金を活用して商品を仕入れ、売り時をうかがい、混ぜ物をして、末端の売人に卸す。

このスコットランドから来たという一行は、たまたまでかい取引《やま》のチャンスに恵まれただけの素人だ。ギルバートは会った瞬間にそう見抜いた。だが、ヘロインの質の良さには感嘆するしかなかった。これなら一万七〇〇〇ポンドまで出してもいいだろうと判断し、一万五〇〇〇でどうかと持ちかけた。売り手側は、一万八〇〇〇までは譲るつもりで二万ポンドを要求した。最終的には一万六〇〇〇ポンドで決着した。これに混ぜ物をしてさばけば、最低でも六万ポンドにはなるだろう。

しかし、国境の間違った側からやって来た素人集団との交渉にはうんざりさせられた。こんな一座を相手にするより、この上物を彼らに売った人物と直接話をしたかった。これほどの上物を素人集団にさばくほど買い手に困ったのなら、おそらくその売り手もこの業界では素人に違いない。ギルバートに話を持ちかけていれば、そいつにもそれなりの金が手に入っていただろうに。

それに、こういった交渉は面倒なうえに危険も大きかった。この話は誰にも絶対にしないと口では言ってはいるが、このラリったスコットランド人どもがこんなおいしい取引のことを黙っていられるはずがない。すでに取締局が察知してここまで尾行してきていたっておかしくない。その可能性を見越して、場数を踏んだ部下を二人、見張り役として外の車で待機させてある。しかし、できれば二度と関わりたくないと思いながらも、ギルバートは、また何かあったら連絡してくれと言った。こんな素人にこれだけの上物をさばくような切羽詰まった人間は、きっとまた同じ愚かな間違いを繰り返すことだろう。

取引が片づくと、スパッドとセカンド・プライズは祝杯を上げようとソーホーに繰り出した。典型的〝おのぼりさん〟の二人は、子供がおもちゃ屋に引き寄せられるように、有名な繁華街に行ってみたくてうずうずしていた。シック・ボーイとベグビーはサー・ジョージ・ロービーにビリヤードをしに出かけ、アイルランド人の二人組と大接戦を演じた。ロンドンの達人を自称する二人は、ソーホーごときに舞い上がっているスパッドやセカンド・プライズを鼻で笑った。

「どうせソーホーに行ったって、プラスチックでできた騎馬警官の帽子だのユニオン・ジャックだのカーナビー・ストリートって書いた看板だのを買って、観光地価格のビールを飲んで帰ってくるだけのことだろ」シック・ボーイが言った。

「おまえのダチの売春宿に戻ったほうが安く女を買えるだろうにな。あいつ、何て言ったっけ？　あのギリシャ人」

「アンドレアス。まあ、あいつらは女を買おうって気なんかまず起こさないだろうけどな」シック・ボーイは球をラックにセットした。「それはレンツの野郎も同じだ。いったい何度目の禁ヤクなんだか。あいつ、あのままロンドンにいれば、ちゃんとした仕事もよさげなフラットもあったのに。今後はあいつはあいつの道、俺は俺の道を行くことになりそうだ」

「けどよ、奴がついてこなくて好都合ではあったな。誰かが金を見張ってなきゃなんねえだろ。セカンド・プライズとスパッドじゃ、危なっかしくて金なんか預けらんねえし」

「確かに」シック・ボーイはどうやってベグビーをまいて女を探しに行こうかと考えていた。どの子に連絡してみるかな。いや、やっぱりあのバックパッカーのところに行ってみるか。いずれにしろ、とっととこいつを振り切ることにしよう。

そのころ、アンドレアスのホテルに残ったレントンは、ヤク切れで苦しんでいた。といっても、実はほかの四人に信じこませたほど体調は悪くない。窓から裏庭をのぞくと、アンドレアスが恋人のサラといちゃついているのが見えた。

振り返って、現金の詰まったアディダスのスポーツバッグを凝視した。ベグビーがこのバッグから目を離したのはこれが初めてだ。札束を取り出してベッドの上に並べた。こんな現金は見たことがない。ほとんど無意識のうちに手を動かし、ベグビーの着替えが入ったヘッドのスポーツバッグを開け、中身を空のアディダスに移す。次に、ヘッドのバッグに金を詰めこんだ。その上に自分の着替えを詰めた。

窓の外にちらりと目をやった。アンドレアスがサラの紫色のビキニに手を入れている。サラは笑いながら叫んだ。「だめよ、アンドレアス……やめてったら……」レントンはヘッドのスポーツバッグをしっかり持ち、静かに部屋を出ると、早足で階段を下りて廊下を進んだ。ホテルのエントランスから通りに出る直前で、一瞬、足を止めた。もしここでベグビーと鉢合わせしたら、殺される。その考えが頭のなかで明瞭に像を結んだとたん、恐怖でその場にしゃがみこみそうになった。だが、通りは無人だった。レントンは反対側に渡った。

シュプレヒコールのようなどよめきがどこからか聞こえて、思わずその場に凍りついた。午後から始まるザ・ポーグスのライヴに行く途中らしい、セルティックのユニフォームを着た若者の一団が千鳥足で近づいてくる。完全に酔っ払っていた。レントンは臨戦態勢で彼らをやり過ごした。しかし、一団はレントンには目もくれなかった。二五三系統のバスが来るのが見え、ほっと一息つく。バスに飛び乗る。フィンズベリー・パークが背後に遠ざかっていく。

レントンは、まるで自動操縦装置でコントロールされているかのようにハックニーでバスを降り、リヴァプール・ストリート駅行きに乗り換えた。それでもまだ、金の詰まったバッグを抱えていると恐ろしくて、人の目ばかり気になった。誰も彼もがスリやひったくりに見えてくる。ベグビーのと似たような黒いレザージャケットが目に飛びこんでくるたびに全身の血が凍りつく。リヴァプール・ストリート行きのバスに乗りこんだあとも、やっぱりホテルに戻ろうと真剣に考えたほどだった。だが、バッグに手を突っこみ、札束の感触を確かめて考え直した。バスを降りると、アビー・ナショナル銀行の支店に行き、すでに口座に入っている二七ポンド三二ペンスに九〇〇〇ポンドを加えた。窓口係は、まばたき一つしなかった。当たり前だ。ここはシティ、ロンドンの金融街なのだ。

持ち歩くのが七〇〇〇ポンドまで減って少し気が楽になると、リヴァプール・ストリート駅に行き、アムステルダムまでの往復切符を買った。ただし、片道分しか使うつもりはない。ハリッジに近づくにつれ、コンクリートと煉瓦ばかりのエセックス州の景色はみずみずしい緑に覆われていった。パークストン埠頭に着いた。フーク・ファン・ホラント行きのフェリーの出航まで一時間、待つことになった。だが、苦にはならなかった。ジャンキーというのは待つのは得意だ。何年か前、レントンはこの航路でスチュワードとして働いていた。当時の従業員に気づかれずにすむことを祈った。

フェリーが港を出ると、恐怖は少しずつ遠ざかった。その代わり、初めて強い罪悪感にとらわれた。シック・ボーイの顔が脳裏に浮かんだ。あの幼なじみとともに経験したさまざまな場面が蘇った。いいときもあった。どん底もあった。それでも一緒に乗り越えてきた。シック・ボーイなら、この損もすぐに取り返せるだろう。生まれつき他人の金を絞り取る才能に恵まれているのだから。問題は、裏切ったという事実だった。シック・ボーイのあの、憤慨しているというより傷ついたような表情がいまから見えるような気がした。だが、ここ何年か、シック・ボーイとの距離は少しずつ広がっていた。以前は周囲を楽しませるためのジョークにすぎなかった二人のあいだの反目は、儀式のように繰り返されるうち、少しずつ現実のものに変わっていった。これでよかったんだとレントンは思った。シック・ボーイなら理解してくれるだろうと、しぶしぶながら称賛さえしてくれるだろうと思った。シック・ボーイの怒りは主にシック・ボーイ自身に向けられるはずだ。なぜ自分が先にやらなかったんだろうと、そのことに憤慨するはずだ。

セカンド・プライズには恩を売ってやったのだと自分を納得させるのは簡単だった。今回の計画の元手としてセカンド・プライズが刑事事件被害者補償金を使ったことを考えると、ひどいことをしたと思う。だが、セカンド・プライズは破滅に向かってまっしぐらに突き進んでいる。救いの手が差し伸べられたとしても、それに気づきもしないだろう。あいつに三〇〇〇ポンド持たせるくらいなら、除草剤を一瓶丸ごとやるほうがましかもしれない。そのほうが短時間で苦しまずに死なせてやることができる。それはセカンド・プライズ自身が選択すべきことだという意見もあるだろう。だが、あの病こそが、有意義な選択を行なう能力をセカンド・プライズから奪ったのではないか。レントンは自分の上から目線の皮肉に、たったいま親友たちを裏切ったばかりのジャンキーの皮肉に、苦笑いした。しかし、いまの俺はジャンキーだろうか。そう、たしかにまたヘロインは打った。だが、ヘロインを打たずに過ごす期間は、少しずつ長くなっている。それでも、いまはその問いにはっきりした答えを与えることはできなかった。時間がいつかその答えを出すだろう。

レントンが心の底から申し訳ないと思うのは、スパッドに対してだった。スパッドは大切な友達だ。一度たりとも他人を傷つけたことのないスパッド。たしかに、他人のポケットやバッグや自宅から中味を解放せずにいられないスパッドの性癖は、世間の一部の人々にほんの少し不愉快な思いをさせているかもしれない。だが、世間はものにこだわりすぎる。ものに対してあまりにも愛着を持ちすぎる。世の中に物質至上主義や物質崇拝がはびこったのはスパッドの責任ではない。スパッドにはこれまで何一ついいことがなかった。世界はスパッドを裏切り続け、そしていま、親友までもが裏切った。レントンが誰か一人だけに償うことがあるとしたら、それはスパッドだろう。

残るはベグビーだ。ベグビーについては何の感情も湧かなかった。先を尖らせた編み棒を使って罪のない相手に〝お仕置き〟をするような人間だ。ナイフより編み棒のほうが肋骨に邪魔される確率が低いからなと得意げに吹聴するような人間。レントンは、ヴァインの店で、ベグビーがロイ・スネッドンを何の理由もなくジョッキで殴ったときのことを思い出した。ロイの声は耳障りだ、ベグビーは二日酔いだった、それだけのことだ。あれは卑劣で不快で、そして無意味な暴力だった。だが、ベグビーの行為そのものより愚劣だったのは、ベグビーを止めようとしないという形であの場にいた全員が共犯者になったことだった。あの一件を正当化する屁理屈までひねり出したりした。それは、誰も逆らうことのできない絶対的地位をベグビーに与えるための、そして間接的にはそのベグビーの仲間である彼ら自身の地位を確固たるものにするための、一つの手段だった。道徳的に見てあれは卑劣の極みだったとレントンは思う。それに比べたら、今回のベグビーに対する裏切りは、高潔な行ないに分類できそうだ。

皮肉なことに、運命の鍵を握っているのはベグビーだ。ベグビーは、仲間を裏切る行為は死に値する重罪と見なす。レントンはそのベグビーを利用しようとしている。ベグビーを利用して、自らの退路を完全に断とうとしている。ベグビーがいるかぎり、彼は決して故郷に帰れない。これでよかったのだ。リースには、エディンバラには、そう、スコットランドにさえ、もう二度と帰れない。あのままいたら、自分はいつまでたってもいまのまま変われなかっただろう。しかし、すべてから永遠に解放されたいまなら、なりたかった自分になれる。死ぬも生きるも自分一人の責任だ。そう思うと不安でもあり、楽しみでもあった。レントンは、アムステルダムでふたたび始まる新しい人生をまっすぐに見つめていた。

解説

批評家　佐々木　敦

小説『トレインスポッティング』は一九九三年に発表され、一九九六年に邦訳が出版された。作者はアーヴィン・ウェルシュ。これがデビュー作だった。映画『トレインスポッティング』は一九九六年に製作され、日本でも公開された。監督はダニー・ボイル。『シャロウ・グレイブ』に続く二本目の作品だった。小説は大ベストセラーとなり、イギリスで最も権威のある文学賞であるブッカー賞に選出された。これを受けて映画もメガヒットを記録し、世界を席巻、日本でも一大ブームを巻き起こした。

小説と映画、二つの『トレインスポッティング』の時代から、約二十年が過ぎた。まずこの事実に、大袈裟に言うのではなく、めまいがする。つい昨日のことのよう、とまでいうとさすがに嘘になるが、しかし今も、あの頃のことはリアルに思い出すことが出来る。私事で恐縮だが、ちょうど小説『トレインスポッティング』と映画『トレインスポッティング』の間に位置する一九九五年、僕は自分の事務所ＨＥＡＤＺを渋谷区宇田川町に設立した。当時の自分はほぼ九割以上、音楽にかかわるライターその他の仕事で生計を立てていた。それ以前に何年かフリーランスでやってきたが、あまりにも忙しくなったので、自宅と別に仕事場を確保しようということでマンションの一室を借りたのがHEADZの始まりだ。最初はさまざまな雑誌媒体への寄稿、インタビュー、編集、プロモーション協力などなどをやっていたのだが、次第に欲、というか思いついたら何でもやってみないではいられない生来の悪いクセ（?）が出て、海外ミュージシャンの招聘《しょうへい》やツアーを手掛けるようになり、その後は雑誌を出したりもして、ふと気づけばいわゆるインディ・レーベルとしてCDをリリースするまでになっていた。時は流れて、我がHEADZも今年（二〇一五年）で二十周年を迎えた。リリースしたCDは二百タイトルを超えている。物書きとしては音楽について書くことが減ったが、僕は今でもHEADZをやっている。

と、つい自分語りになってしまい申し訳ない。話を戻すと、つまり日本で『トレインスポッティング』現象が吹き荒れていた頃、僕はバリバリの音楽ライターとして活動していた。なのでダニー・ボイルの映画も、まずサントラの話題で知ったのだと思う。九〇年代半ばとは、いわゆるブリットポップのブームが最高潮に盛り上がっていた時期である。映画『トレインスポッティング』には、原作との繋がりでフィーチャーされたイギー・ポップとルー・リードの他に、当時圧倒的な人気を誇ったブリットポップの看板バンド、ブラー（とそのリーダー、デーモン・アルバーンのソロ曲も収録されている）、ブリットポップには通常分類されないが、同じくイギリスの音楽シーンの中心に位置していたプライマル・スクリーム、プライマルやブラーを追う位置にあったエラスティカやパルプ、そして九〇年代音楽のもうひとつの相であるダンス／クラブ・ミュージックの大物アンダーワールドとレフトフィールド等が楽曲を提供していた。つまり洋楽ファンにとって垂涎《すいぜん》のサウンドトラックだったのである。そういう感じで『トレインスポッティング』という作品の存在も伝わってきたのだったと思う。

ここで断わっておかなくてはならないのは、当時の僕は、自分で言うのもアレだが相当にディープな音楽ライターであり、それがゆえにいま記したような名前の並びには必ずしも胸ときめきはしなかった、ということである。九〇年代半ばに僕がのめり込んでいたのは、主にアメリカ、シカゴのポストロックと呼ばれた一群（トータス等）であったり、イギリスの音楽でいえば、もっとガチにアンダーグラウンドなクラブ・ミュージックの類いだった。僕からするとブリットポップは商業主義的、あまりにセルアウトしているように見えた（いま聴くとムッチャ良いんですが：笑）。というのも今ではむしろ日本での紹介／輸入のされ方に多少とも問題があったのではないかと思っているが、ともかくリアルタイムでは内心、『トレインスポッティング』？　へえー、ふーん、という感じだったのである。とはいえもちろん映画は観た。だが、その話はまた少し後で。

それでも小説『トレインスポッティング』は読んでみたのだった。これはむしろ、ダニー・ボイルの映画の原作としてというよりも、話題の新人作家アーヴィン・ウェルシュの第一作として読んだのだったと思う。そして、かなり驚かされた。この驚きは二重だった。ウェルシュの書きぶりの凄さに驚かされ、それを正当に評価してみせたイギリス文壇にも驚いたのである。

本書の始まりはこうである。

シック・ボーイの額から、汗が滝のように流れ落ちていた。全身が震えている。俺は視線をテレビに固定して、奴の様子に気づいていないふりを決めこんだ。まだ現実に返りたくない。だから、ジャン＝クロード・ヴァン・ダムのビデオに没頭しようとした。

畳み掛けるようなオープニング。というか、いきなり話の途中から始まってるこの感じ。誰だよシック・ボーイって？　そしてジャン＝クロード・ヴァン・ダム！　よりにもよってジャン＝クロード・ヴァン・ダムか！　なんなんだこれは？　と思ってしまった（そして今となってはこの名前は、当時とはまた違った意味で「なんなんだ」感を帯びている）。この小説は基本的には主人公であるマーク・レントン（レンツ、レント）の独白調の語りで進行してゆくが、一事が万事この調子で、唐突かつ性急、行き当たりばったりで気まぐれ、目の前の出来事にしか反応していない極度の利那感と全体に濃厚に漂う「うんざり」感、考える前に動いている感じと、動き続けながら別のことを考えている感じ。こうしたレントの行動パターン、そして内面が、それそのものの文体で、見事に描かれている。これは池田真紀子氏の訳業に負うところも大だと思われるが、ウェルシュはまず何よりも独自の「声（ヴォイス)」を持った作家である。彼の「声」は誰とも違っていて、それでいて誰もが耳を傾けざるを得ない魅力を放っている。それはまさに、さっき書いた「考える前に動いている感じと、動き続けながら別のことを考えている感じ」を文章の次元で表現している風なのだ。

ウェルシュはいわゆる天才肌の作家でもなければ、最終的な形が破天荒であっても実際にはこつこつと計算と努力を積み重ねて書くタイプでもない。彼はまさに、やみくもに行動するように、ひたすら体を動かすようにして書く。だがそのアクション自体が、同時に深い内省でもあるのだ。そしてこの感覚は、レントン以外の複数の視点、あるいは三人称の視点が、コラージュのごとく入り込んでくることで、より強調されている。更に重要なのは、明らかに他とは異なるトーンで挿入されている「ジャンク・ジレンマ」のパートだろう。ここでは詩的な文体が駆使されており、レントンという人物の意外な心の深淵を覗き見るような気がする。

ちょっと理屈っぽくなってしまった。この物語の舞台はスコットランド、エディンバラ、リース。アーヴィン・ウェルシュの出身地である。時代はおそらく八〇年代末(「元日の勝利」にレントンがプロクレイマーズの『サンシャイン・オン・リース』を聴く場面があるが、このアルバムがリリースされたのは一九八八年八月である)。「俺」ことレントンをはじめ、登場人物の大半は重度のジャンキーである。ドラッグに溺れたから生活がどん底になったのか、生活があまりにドイヒーだからドラッグでもキメないと生きていられないのか。出発点は後者なのかもしれないが、当然のごとく前者と後者はクルクルと無限に回転し、最後に待っているのは文字通りのデッドエンドである。レントンはそこから逃れようと決意するが……

ウェルシュの文体の凄みと共に初読時の僕が震撼させられたのは、ここに描かれている「徹底的にリアルな英国労働者階級の悲惨」だった。スタイリッシュ／ファッショナブルに書かれてあるとはいえ、よく考えてみるならば、いや考えてみるまでもなく、ここにあるのはいわば「快楽主義者たちの生き地獄」である。この小説は要するに作者アーヴィン・ウェルシュの半自伝のようなものだから、これはかなり現実に即した内容であり、だからこそイギリスでベストセラーになったのだとも言える。だがこれはあまりに惨い、酷い、ヒド過ぎる。そして思い至ったのは、むしろ逆のことである。この時代、つまりウェルシュがこの小説を書いて世に問うた、そして監督ダニー・ボイルがそれを映画化した九〇年代とは、いうなれば「悲惨がファッション」にまだしもなり得る時代だったのではないか。

小説『トレインスポッティング』の成功の最大のポイントは、ドラッグに追い詰められる者たちの悲惨、人生に、社会に、世界に追い込まれてゆく若者たちの悲惨を、しかし実際彼らがそうであったように、まるでそれがクールな生きざまでもあるかのように描いた点にこそある。それは虚偽だが、しかし正しくもあったのだ。なぜなら、悲惨過ぎるからといって彼らは、ウェルシュは、生きていかないわけにいかなかったからである。そしておそらくダニー・ボイルは、原作の世界をより「クール」の側に寄せて映画化した。それはひとりで書くことの出来る小説と多数がかかわり大多数に向けられる映画との違いだろう。そこでは音楽、ポップ・ミュージックという要素が小説以上に重要視されることになったことは先に述べた通りである。そして日本においては、それは表面的にはもっぱら「クール」ばかりが喧伝されるような形で上陸し、受容されたのだった。むろん今さらそのことの是非を問おうというわけではない。日本の九〇年代、少なくとも映画『トレインスポッティング』が公開されたあたりぐらいまでは、要するにそういう時代だったのだから。

さて、あれから二十年が経った。周知のように、この間にアーヴィン・ウェルシュは人気／実力ともに押しも押されもせぬイギリスを代表する作家になった。彼は二〇〇二年に『トレインスポッティング』の続篇も発表している。題名は『トレインスポッティング ポルノ』。レントン、シック・ボーイ、ベグビー、スパッド、お馴染みの顔ぶれが再登場する。同じく、この二十年の間にイギリスを代表する映画監督となったダニー・ボイルによる続篇の映画化も噂されてきた。二〇一三年の時点で、二〇一六年の公開を目指して本格的に着手するという報道が一部でなされたが、その後どうなったのだろうか。二〇一六年といえば来年である。期待したい。

二〇一五年七月

GOLDEN YEARS
Words & Music by David Bowie

NEON FOREST
Words & Music by IGGY POP

SWEET CAROLINE
Words & Music by Neil Diamond

THERE IS A LIGHT THAT NEVER GOES OUT
Words & Music by Steven Morrissey and Johnny Marr

MY SWEET LORD
Words & Music by George Harrison

映画化原作　世界で一億部突破のベストセラー三部作、第一弾！

フィフティ・シェイズ・オブ・グレイ（上・中・下）

Fifty Shades of Grey

ＥＬジェイムズ
池田真紀子訳

女子大生のアナは若き実業家クリスチャン・グレイをインタビューすることになった。ハンサムで才気あふれるグレイにアナは圧倒され、同時に強く惹きつけられる。ふたりは急激に近づいていくが、彼にはある「ルール」があった……。解説／三浦天紗子

ハヤカワ文庫

プリムローズ・レーンの男（上・下）

The Man From Primrose Lane

ジェイムズ・レナー

北田絵里子訳

オハイオの田舎町で「プリムローズ・レーンの男」と呼ばれてきた世捨て人が殺された。なぜか一年じゅうミトンをはめていたその老人は、殺害時、すべての指が切り落とされミキサーで粉々にされていた。断筆中の作家は、この事件には何か特別なものを感じ、調査に乗り出すが……。ジェットコースター・スリラー

ハヤカワ文庫

古書店主

The Bookseller

マーク・プライヤー

澁谷正子訳

パリのセーヌ河岸で露天の古書店を営む年配の男マックスが悪漢に拉致された。アメリカ大使館の外交保安部長ヒューゴーは独自に調査を始め、マックスがナチ・ハンターだったことを知る。さらに別の古書店主たちにも次々と異変が起き、やがて驚くべき事実が浮かび上がる。有名な作品の古書を絡めて描く極上の小説

ハヤカワ文庫

シャイニング・ガール

The Shining Girls

ローレン・ビュークス

木村浩美訳

その「家」は、ただの空き家に見える。だがそれは、別の時代への通路なのだ。導かれるように「家」にたどりついた犯罪者ハーパーは、時を超え女性たちを殺し始める。奇跡的に彼の魔の手を逃れた少女カービーは、元犯罪担当の記者とともに独自の犯人捜しを始めるが……。迫力のタイムトラベル・サイコサスペンス

スカウト52

The Troop

ニック・カッター

澁谷正子訳

沖に浮かぶ小さな島へ、指導員に率いられたボーイスカウトの五人の少年たちがキャンプにやってきた。だが無人だったはずの島に、一人の男が現われる。奇怪なまでに痩せ細ったその男は、異常な食欲に取り憑かれ、食糧ばかりか草や土までを貪り食うが……十四歳の少年たちを襲った恐怖を描く、正統派ホラーの傑作

ハヤカワ文庫

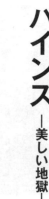

ゴッドファーザー（上・下）

The Godfather

マリオ・プーヅォ
一ノ瀬直二訳

〔**映画化原作**〕全米最強のマフィア組織を築いた伝説の男ヴィトー・コルレオーネ。人々は畏敬の念をこめて彼をゴッドファーザーと呼ぶ……アメリカを陰で支配する、血縁と信頼による絆で結ばれた巨大組織マフィア。独自の非合法社会に生きる者たちの姿を描き上げる、愛と血と暴力に彩られた叙事詩！　解説／松坂健

深海のYrr《イール》（上・中・下）

Der Schwarm

フランク・シェッツィング

北川和代訳

世界中で次々と起こる海難事故。牙をむく海の生物たち。大規模な海底地滑りが発生し、大津波がヨーロッパ北部を襲う。精鋭の科学者チームが探り出した、異常現象の裏に潜む衝撃の真相とは？ ドイツで『ダ・ヴィンチ・コード』からベストセラー第一位の座を奪った驚異の小説。福井晴敏氏感嘆、瀬名秀明氏驚愕。

ハヤカワ文庫

訳者略歴　英米文学翻訳家，上智大学法学部国際関係法学科卒　訳書『フィフティ・シェイズ・オブ・グレイ』ジェイムズ，『ファイト・クラブ〔新版〕』パラニューク（以上早川書房刊）他多数

HM=Hayakawa Mystery
SF=Science Fiction
JA=Japanese Author
NV=Novel
NF=Nonfiction
FT=Fantasy

トレインスポッティング

〈NV1355〉

二〇一五年八月二十日　印刷
二〇一五年八月二十五日　発行
（定価はカバーに表示してあります）

著　者　アーヴィン・ウェルシュ
訳　者　池《いけ》田《だ》真《ま》紀《き》子《こ》
発行者　早川　浩
発行所　株式会社　早川書房

郵便番号　一〇一 - 〇〇四六
東京都千代田区神田多町二ノ二
電話　〇三 - 三二五二 - 三一一一（大代表）
振替　〇〇一六〇 - 三 - 四七七九九
http://www.hayakawa-online.co.jp

印刷・星野精版印刷株式会社　製本・株式会社明光社
JASRAC 出1509042-501　Printed and bound in Japan
ISBN978-4-15-041355-2 C0197

本書は活字が大きく読みやすい〈トールサイズ〉です。